LA

des « ...langues... »

ou

L'exigence de Création

Paru dans Le Livre de Poche :

LE CERCLE DES ANCIENS (avec Alain Grosrey)

LE CINQUIÈME RÊVE

METTRE AU MONDE

LE MONDE S'EST-IL CRÉÉ TOUT SEUL ?

RÉAPPRIVOISER LA MORT

LA SOURCE NOIRE

PATRICE VAN EERSEL

La Source blanche

L'étonnante histoire
des « Dialogues avec l'Ange »
ou
L'exigence de Création

GRASSET

Crédits photographiques du cahier hors-texte :
pages 1, 2, 3, 4, 5, 6, 7, 8 : © D.R. ;
page 5, photo du bas : © AKG photo.
© Éditions Grasset & Fasquelle, 1996.
ISBN : 978-2-253-14546-2 – 1re publication LGF

à Michèle, ma femme,
tellement plus proche que moi
du théâtre des opérations

Je témoigne :
chacun des corps à corps
avec mon Ange
— aussi dur qu'il soit —
se joue sur le tatami
de la tendresse divine.

Gitta MALLASZ

Tüz csak bennetek lehet —
csak bennetek !
De tennetek kell — tennetek !
Le Feu ne peut brûler qu'en vous —
en vous !
Mais vous devez agir — agir !

REMERCIEMENTS

à tous les Anges qui ont guidé et protégé mon somnambulique parcours ; à Jeanne Gruson, qui s'est joliment démenée pour que je puisse rencontrer Gitta Mallasz et qui, avec Dominique Raoul-Duval et Michel Buthaud, m'a coaché tout au long de cette écriture ; à Bernard et Patricia Montaud qui après m'avoir généreusement nourri et logé lors de mes visites à Gitta m'ont fait entrevoir la perspective enthousiasmante d'une mise en actes des *Dialogues* ; à Albert Palma, mon instructeur en shintaïdo et en gymnosophie, ainsi qu'à tous les membres de la Société des Gens de Geste, pour nos prières en formes d'euphorique reconquête gestuelle ; à Marie Haumont, pour ses inépuisables et si généreux encouragements ; à Anne Avigdor, qui a décrypté tous mes entretiens avec Gitta Mallasz ; à Nathalie Beunat, qui a saisi pour moi toutes les notes laissées par Gitta ; à l'ordinateur de Bernard et Cornélia Zékri au moyen duquel ce livre a été écrit ; à toute la Tribu de Saint-Maur, pour continuer d'accepter d'être mon camp de base ; aux magazines *Actuel* et *Nouvelles Clés*, pour avoir continué à nourrir ma quête ; à Wolfgang Amadeus Mozart, Hector Zazou, Robin Grenon, Touria Hadraoui et au groupe chleuh marocain Awad Mtouga Anzigue, dont les musiques ont permis aux Anges de descendre jusqu'au fond de mon puits ; à tous les lecteurs, enfin, qui me gratifient de leur chaleureuse attention. Un merci tout spécial à Danièle Flaumenbaum, Dominique Raoul-Duval et Albert Palma pour leurs relectures minutieuses du manuscrit et leurs très judicieuses remarques et corrections.

AVERTISSEMENT

Les textes extraits des *Dialogues avec l'Ange* sont tous en italique et se terminent par la date de leur création, avec mention des dates, dans la typographie exacte où Gitta Mallasz et ses amis français les ont publiés dans l'édition intégrale, parue chez Aubier en 1990.

LES VIEILLES DAMES QUI ONT
CHANGÉ MA VIE

Depuis une quinzaine d'années, plusieurs vieilles dames m'ont réveillé l'âme. Coïncidence : toutes ont été initiées entre 1939 et 1945, à l'orée de l'horreur, là où, juste avant de devenir blanche jusqu'à l'irregardable, la flamme s'ourle d'un noir graisseux. Les vieilles dames dont je parle étaient alors de jeunes femmes audacieuses. Des prodiges de vitalité, en prise directe avec ce projet insensé qu'on appelle l'*humain* — dont elles allaient découvrir qu'il n'est pas un état, mais un mouvement, un processus, à la fois individuel et collectif, un verbe. On peut — éventuellement — *devenir humain*...

Pourquoi parler d'audace insensée ? La vie avait amené ces femmes à tenter d'impossibles échappées du côté de la Shoah. Ce qu'elles nous ont rapporté de là-bas constitue — les historiens l'attesteront, j'en suis sûr — des pages cruciales du Livre de l'Humanité.

La première à m'avoir touché, Elisabeth Kübler-Ross (« EKR »), n'eut de cesse, sitôt les nazis vaincus, de rejoindre la Pologne, en auto-stop à travers l'Europe en ruine. Elle passa plus d'un an, de 1946 à 1947, à donner toute son énergie, comme infirmière, dans le camp de la Croix-Rouge où s'étaient réfugiés les rescapés du camp d'extermination de Maïdanek. EKR y soigna jusqu'à se retrouver elle-même terrassée par le typhus. Auparavant, elle avait été inondée d'une clarté ineffable et inconcevable, qui transpirait de certains de ceux et de celles qui avaient connu l'enfer. Elisabeth devint par la suite, aux antipodes (dans l'Amérique infantile et dorée du sourire « techno-positif »), la grande pionnière de la redécouverte de l'art d'accompagner les mourants — art fondateur d'humanité, si vital pour nous autres, modernes, horizontalement écrasés par la naïveté de nos triomphes.

Gitta Mallasz, elle, a vécu son initiation avec ses compagnons Hanna Dallos, Joseph Kreutzer et Lili Strausz, au cœur d'une humanité juive qui subsista miraculeusement, en Hongrie, pendant des années, au centre même de l'ouragan nazi. Au cours de cette période, Gitta Mallasz reçut l'une des plus incroyables leçons de vie et de joie qu'humain puisse concevoir. Oui, de JOIE.

C'est à la description du contexte historique, anthropologique et psychologique de cette inconcevable aventure des *Dialogues avec l'Ange*, que le présent ouvrage est consacré — à la demande, explicitement formulée, de Gitta Mallasz, quelques mois avant sa mort.

Je ne connais pas de texte plus approprié à notre grand vide spirituel actuel que les *Dialogues avec l'Ange*, dont je ne suis guère étonné que les diverses traductions aient été menées, ou parrainées, par des personnalités aussi remarquables que Narciso Yepes (pour la version espagnole), ou Yehudi Menuhin (pour la version américaine), ou bien Leonid et Tania Pliouchtch (pour les versions ukrainienne et russe), ou encore Bob Hinshaw, de la Fondation Carl Gustav Jung (pour la version anglaise). Autant de bénédictions sur le berceau de cette œuvre admirable, dont le présent ouvrage ne saurait être, au mieux, qu'une humble et pressante invitation à la lire, ou à la relire, de tout votre corps, de tout votre esprit, de toute votre âme[1].

---

1. Si possible dans la version intégrale, minutieusement commentée par Gitta Mallasz et parue chez Aubier en 1990.

I

UN DÉSIR DE SCÉNARIO

Sur l'écran noir de mes nuits blanches,
Moi je me fais du cinéma.

Claude NOUGARO

1

LE CONTACT

Cela faisait quelques années que la vieille dame avait cherché à me contacter, par l'entremise de Jeanne, une amie décidée à pousser le sacerdoce de *public relation* jusque de l'autre côté du miroir. En journaliste maladivement pressé, je n'avais pas réussi à dégager de mon emploi du temps la moindre trouée qui m'eût permis de descendre sur la Côte-Rôtie, dans la vallée du Rhône. Le temps s'écoulait. La vieille dame dépassa les quatre-vingts ans. Et tout risquait bientôt de devenir impossible. Alors, jeté en avant par je ne sais quel coup de pied au cul, je me suis soudain ébroué et, m'éveillant quelques heures de la torpeur où baigne (finalement) la plus grande part de ma vie, j'ai pris rendez-vous par téléphone.

À l'autre bout, une voix rocailleuse :

« Ah ça, je n'en crois pas mes oreilles, mon vieux ! Eh bien, ça me fait plaisir. On va donc quand même se voir ? »

Un taxi m'emmena jusqu'au lieu dit Tartaras où, à l'ombre d'une ancienne auberge, se dressait une petite maison paysanne. La vieille dame m'attendait sur la terrasse. Plus charpentée que je ne l'avais imaginée, plus vigoureuse même que les *r* de sa voix, les yeux bleus, les épaules larges, les mains immenses. Je songeai : « Des mains de nageuse. » Elle avait gardé son corps de championne de natation jusqu'au bout.

Son accueil fut direct. Elle fit entrer le journaliste dans son petit living, le pria de s'asseoir et immédiatement lui versa un triple bourbon sec. Il se sentit illico à l'aise. Une impression de grande intimité, qui, pourtant, ne pouvait venir du livre.

Le livre — que je connaissais depuis cinq ans environ et dont la vieille dame tenait à se dire non pas l'auteur (comment eût-elle d'ailleurs pu ?), mais le scribe — m'impressionnait par contre énormément.

Les *Dialogues avec l'Ange* !

Œuvre vertigineuse, de beauté, de lumière, de joie. « Un manifeste esthétique radical », devait écrire, l'été suivant, le chroniqueur d'un quotidien parisien pourtant peu porté sur la transcendance[1].

Je me frottai les yeux.

Qu'une survivante de cette aventure puisse, un demi-siècle plus tard, se trouver assise en face de moi, me semblait irréel.

Je sortis un magnétophone de mon sac...

Les *Dialogues* constituent un message immense, dont je n'avais pu parcourir qu'une fraction — et n'assimiler qu'une infinitésimale parcelle. Afin d'éviter de graves malentendus, je voulus d'abord tester le peu que je croyais avoir compris. La vieille dame accepta sans broncher que j'ouvre le jeu. Monsieur le bavard, tirez le premier ! Je me lançai, tête baissée :

« L'ange serait donc cette partie de nous-mêmes qui nous inspire toutes nos inventions, nos créations, nos innovations ; ce serait la moitié immortelle, intemporelle, la moitié créatrice d'un être dont ce que j'ai coutume d'appeler "moi" ne serait en réalité que la moitié matérielle, temporelle, la moitié créée ? »

Elle but une rasade de bourbon et, d'un silence indulgent, m'invita à poursuivre.

« Ainsi, ma moitié créatrice, s'adressant à ma moitié créée, lui dirait à peu près ceci : "Toi l'homme et moi l'ange sommes liés à jamais, c'est clair. Tu peux

1. *Libération*, 5 juillet 1990.

m'ignorer pendant dix mille ans, cela n'y changera rien. Juste un beau gâchis." »

« Ma moitié ange préciserait : "Mais si tu veux, nous pouvons jouer ensemble et cela risque de devenir fabuleux. Dans ce cas cependant, de grâce, ne t'imagine pas qu'il te faille, pour jouer le Grand Jeu, être léger, pur esprit se promenant 'hors de ton corps'... Oh non ! De nous deux, le léger, c'est moi ! Toi, au contraire, tu as le privilège immense d'habiter un corps de matière. Alors je t'en prie, homme : pèse ! Sois lourd ! Ta voie, c'est le poids." »

« L'ange ajouterait : "Si tu savais l'amour de la lumière pour la matière et de la matière pour la lumière, tu n'hésiterais pas à peser. Mais attention : pèse joyeusement ! En toutes circonstances, sois joyeux. Quelles que soient les conditions extérieures, sois joyeux. Et rappelle-toi que la vraie joie, celle qui illumine la face des ravis, des simples d'esprit et des enfants, est sans raison. Ainsi, lorsque tu habiteras pleinement ton corps et que tu te laisseras emplir de joie, entre toi et moi se tendront les cordes d'un instrument dont tu n'as pas idée. Une harpe céleste ! Et nous entrerons en dansant dans un éternel présent d'où, enfin, émergera l'Homme." »

« Voilà ce que semble me dire l'ange, tel que les *Dialogues* rapportés par vous de la tourmente du siècle, nous le présentent. »

En parlant, je m'étais mis à transpirer. J'avouai : « Que ces mots, ou leurs équivalents, aient été prononcés par une bouche juive aux portes des camps de concentration — avant d'y périr —, leur donne une force considérable. Jamais, je n'avais entendu d'hymne à la joie aussi clair, ni d'invitation à la danse aussi troublante. C'est une musique unique en son genre. Et elle me plaît énormément. »

La vieille dame ne souriait plus. Dans son regard, la lueur amusée avait fait place à un mélange d'attente et de provocation. Sans commenter ce que venait de dire l'individu assis en face d'elle, elle lança :

« Eh bien, mon vieux, comment peux-tu aider cette "musique" à se prolonger ? Comment te mettre au travail pour que davantage de gens dansent sur son rythme enivrant ? »

J'avalai ma salive, cherchai mes mots. Pourtant, la tâche me semblait évidente. Je m'écriai :

« Si le monde peut être ivre de joie jusqu'au bord de ses cloaques les plus pestilentiels, mais alors il faut... il faut le hurler par-dessus les toits, il faut crier à tue-tête : "Réveillez-vous ! Réveillez-vous !" Vous ne pensez pas ? »

Elle attendit. Je baissai le ton :

« Oh bien sûr, notre monde dort dans de si puissants cauchemars qu'on ne devrait pas se faire d'illusion. Je ne sais vraiment pas s'il s'éveillera réellement un jour, ni de quelle façon. Comment pourrions-nous provoquer, ne serait-ce que... La pression collective est si forte. La philosophe Simone Weil ne dit-elle pas que la "bête de l'Apocalypse", c'est la pression sociale ? »

Gitta Mallasz me laissa m'enfoncer jusqu'à mi-mollet dans mon hésitation, puis murmura :

« Chaque petit doigt que tu lèves influence l'ensemble de l'univers.

— Euh...

— Tu n'y crois pas ?

— Euh, en théorie, si... Pourquoi sinon déploierais-je un tel enthousiasme pour toutes ces idées qui tournent notamment autour de la résonance et de l'influence que les formes exercent entre elles à travers l'espace-temps ? Nos idées, nos attitudes, nos comportements ressemblent à des formes, n'est-ce pas ? Et les formes semblent obéir à des lois qui échappent à notre énergétique et à ses règles physiques. J'imagine les images d'un immeuble en train de s'écrouler, mais passées à l'envers, vous savez : l'immeuble se construit spontanément, attiré par... par quoi ? Par un rêve dans la tête de l'architecte ! Mais en réalité, ce n'est pas un immeuble qui s'élève, c'est l'univers, c'est la vie, c'est l'homme ! Et les plans sont dans la tête de qui, de quoi ? »

La vieille dame eut un sourire qui, rayonnant de son immense bouche bien tranchée, vivifia tout son visage sous la forêt de ses rides. Encouragé, je m'emportais :

« Si bien que, même si personne ne me connaît, ni ne me voit, même si je vis tout seul sur une île déserte, il est pensable que je puisse, en créant un comportement radicalement nouveau, influencer l'humanité entière. Voilà pourquoi, contrairement à ce que croient les matérialistes, une personne priant, au fond de sa cellule, ou cachée dans le désert, peut véritablement être utile aux autres !

— Hmmm (son marmonnement m'invitait à conclure).

— Seulement voilà, pour *une* personne qui crée une forme radicalement nouvelle, des millions d'autres résonnent somnambuliquement avec la routine des formes anciennes et on ne voit pas ce qui pourrait renverser le rapport en défaveur de la morbidité. Vous n'êtes pas d'accord ?

— Tu peux me dire tu.

— Euh, merci... mais, voyons... la guerre est si présente, depuis toujours et partout, autour de nous — et en nous ! —, guerres économiques, guerres religieuses, guerres ethniques, guerres politiques, guerres sociales, guerres raciales, guerres culturelles, guerres psychologiques, guerres médiatiques, guerres conjugales, guerres générationnelles, guerres... qui font tant jouir les sado-masochistes et qui se soldent par tant de souffrances, que je nous vois définitivement englués dedans.

— Peuh ! La guerre c'est l'habitude. La routine. LE TRAIN-TRAIN le plus banal. C'est une gigantesque couche de paresse. Or l'habitude est le signe du Menteur. Du Malin. La signature de l'Ange, au contraire, c'est le nouveau, le jamais vu, le jamais entendu. Le problème, mon ami, ce n'est pas la violence, mais le mensonge.

— Je ne peux parvenir à comprendre comment vous, les quatre artistes de Budapest, avez pu faire pour délivrer le message débordant d'enthousiasme des *Dialogues avec l'Ange*, alors que vous étiez en train de sombrer, aspirés par la pire spirale dantesque de violence ET de mensonge, que les humains aient jamais pu créer à travers les siècles. Trois d'entre vous ont même accepté de... plonger dans... la Shoah... sciemment, non ? (le regard de la vieille dame ne cilla point), alors qu'ils auraient pu fuir ! Mais leur force était telle que... Ah, c'est fou !

— Le mensonge leur était devenu impossible. Comprends-tu ? IM-POS-SI-BLE ! »

La vieille dame regarda le journaliste d'un air tranquille et grave, et brusquement demanda :

« Mais en fait, dis-moi un peu, mon vieux : pourquoi es-tu venu me voir, finalement ?

— J'en mourais d'envie depuis des années. J'avais lu votre livre et...

— Ce n'est pas mon livre, tu le sais bien, je n'en ai été que le scribe.

— Le dernier témoin en tout cas, d'une des plus grandes aventures spirituelles du siècle. Cela aurait suffi. Il se trouve qu'en plus, la question de l'ange, c'est-à-dire de l'âme... (j'hésitai) — faut-il distinguer les deux, cette question est celle contre laquelle je me cogne aujourd'hui, comme sans doute beaucoup de mes contemporains. Quelle part de nous survit à jamais ? Quelle part de nous échappe au temps ? »

Elle me coupa :

« Et tu voudrais écrire un article là-dessus dans ton journal ?

— Vous ne pensez pas que ce serait une bonne idée ?

— Eh bien, cela n'a pas grande importance. L'essentiel est que tu sois finalement venu et que nous puissions parler. Pour t'aider à trouver une suite à ton travail. Vois-tu une continuité se dessiner ?

— Oh, elle m'éblouit ! Vous vous rappelez...

— TU te rappelles...

— Oui, te rappelles-tu que certains rescapés de la mort, qui ont fait ce qu'on appelle une *near death experience* (NDE), racontent qu'au moment où ils ont eu l'impression de se fondre dans le tout, ont vu leur vie entière revenir à leur mémoire en une fraction de seconde, comme un cinéma hyperaccéléré, vu, justement, depuis l'intemporel ? Ils disent avoir eu l'impression de tout revivre, jusqu'aux moindres détails de leur plus lointaine enfance ; mais de le revivre autrement — la grande différence venant de ce que, cette fois, ils revivaient non seulement ce qu'ils avaient fait, dit ou pensé à l'époque, mais qu'ils en ressentaient maintenant tous les effets sur les autres. Si bien que quelqu'un de tiède, par exemple, qui aurait très peu agi durant sa vie et n'aurait donc exercé qu'une faible influence sur les autres, ne ressentirait que peu de chose au moment de mourir.

— Celui-là serait menacé de vraie mort !

— Et voilà pourquoi on dirait "Malheur aux tièdes" ? À tout prendre, il vaudrait mieux même la violence d'un criminel vivant fortement ses relations avec le monde, qu'un tiède coupé d'autrui ?

— Tu l'as dit. C'est le mensonge qui néantise. Pas la violence.

— Tiens-tu pour vraie l'idée qu'au moment de s'éveiller — ou de mourir — nous revivrions tous les effets de notre vie sur le monde et sur les autres — au-delà du bien et du mal ? Peu importeraient les mots et la morale : j'ai causé ceci ou cela, eh bien, je ressens ceci ou cela, tel que l'autre l'a ressenti à l'époque des faits... À jouer avec cette idée je suis pris d'un vertige insupportable.

— On le serait pour moins.

— Oui mais à cause de la violence, malgré tout. Et à cause de la souffrance. Comment oser croire en quoi que ce soit après tout ce que l'on sait de notre engeance, depuis les massacres antiques jusqu'à Auschwitz, en passant par le génocide des Amérindiens ou le goulag ? Le monde demeure rempli de salopards qui massacrent de mille manières, et si je prends les plus néfastes, les Hitler visibles et invisibles de notre belle humanité, je ne puis concevoir comment ces gens-là sauraient ressentir — RESSENTIR ! —, de quelque manière que ce soit, au moment de mourir, l'intégralité des effets qu'ils ont eus sur les autres. Je... Écoute, il faudrait être Dieu Lui-Même pour supporter de ressentir personnellement tant de souffrance ! qu'est-ce qu'ont pu ressentir Hitler ou Staline au moment de mourir ? »

La vieille dame me regarda avec sollicitude :

« Mon vieux, je vais te donner un conseil : laisse tomber. Mauvaise piste. L'Ange a dit : *"La lumière ne naît pas des ténèbres, mais les ténèbres meurent de la lumière."* Ne t'intéresse pas à l'âme d'Hitler. Il y a beaucoup plus simple et urgent à comprendre et à faire. Fuis l'ombre. Ne cherche que la lumière. La réalité est bien plus folle que tu ne l'imagines. »

Le conseil de la vieille dame sonnait politiquement incorrect — se désintéresser de l'ombre ? Et les victimes alors ? ! Pourtant, je ne pouvais que l'admettre platement : malgré le troublant paradoxe de la vallée des larmes et de la compassion — sans laquelle nous ne connaîtrions peut-être rien des autres —, la question de la souffrance humaine me dépassait de trop de têtes. C'était un labyrinthe où l'on ne pouvait que se perdre. La lumière, au contraire...

2

LE DÉFI DE LA VIEILLE DAME

Elle m'avait dit : « Tu es trop dispersé. Tu te laisses trop manger par n'importe qui, n'importe quoi. Ose dire non, et aux heures d'études, affiche sur la porte de ton bureau : "Interdit d'entrer, même à mes enfants." Alors seulement, reviens me voir ! »

Si bien que je ne revins pas.

Les mois s'écoulèrent. J'appris un jour qu'elle avait eu un accident cardiaque. Elle en sortit légèrement changée, plus ouverte au tout-venant, acceptant même d'aller donner une conférence dans une grande librairie parisienne, ce qu'elle aurait d'ordinaire vigoureusement refusé. C'est ainsi que nous nous revîmes malgré tout, dans un café proche de la Sorbonne.

La vieille dame me dit alors :

« J'ai bien failli mourir, mon vieux. Infarctus. J'ai vu ma fin arriver et je m'en suis réjouie. Enfin ! Mission accomplie, bye bye ! Et puis tout d'un coup, alors que je partais déjà, là, étalée toute seule dans le corridor de ma petite maison, j'ai réalisé que j'avais oublié quelque chose. Quelque chose de grave.

— Quoi donc ?

— Le scénario !

— C'est-à-dire ?

— La version biographique, cinématographique si tu préfères, de notre histoire. Et tu ne peux pas savoir, mon vieux, ce que ça m'a embêtée. Dix fois déjà, des auteurs étaient venus me demander le droit d'adapter les *Dialogues* au théâtre, ou au cinéma, ou au roman. J'ai toujours refusé. Mais tout d'un coup, là, tandis que je mourais dans ma petite maison de la Côte-Rôtie, j'ai compris que cette version vulgarisée de notre aventure allait forcément circuler. Une frayeur m'a alors prise : que cette version soit kitsch !

— Kitsch ?

— Mais oui : mièvre, fausse, romantique, bidon quoi ! »

Alors, rassemblant des forces qu'elle aurait préféré laisser s'évanouir, la vieille dame avait rampé jusqu'au living où se trouvaient ses pilules pour le cœur et ainsi réussi à attendre que quelqu'un la trouve.

« C'est très clair, murmura-t-elle : je n'ai survécu que pour régler ce petit problème. Ensuite, crois-moi, pouf ! je m'en irai. »

Dans le petit café du Quartier Latin, je la regardai, passablement ahuri. Elle plaça ses grandes mains de nageuse sur la table et dit : « Je te pose donc la question suivante : veux-tu être celui qui écrira ce scénario ? »

J'ouvris la bouche. Ne pus proférer un son. Mes yeux furent pris d'un tic. Je dus me contenter de sourire. Redevins enfin sérieux :

« Tu... m'en croirais capable ?

— Ne perdons pas de temps avec les coquetteries, s'il te plaît. Je suis pressée.

— En ce cas, comment pourrais-je ne serait-ce que songer à refuser ? Cette histoire me dépasse tellement qu'il ne saurait venir en question de la contrôler. Alors, si tu m'en sens capable... eh bien je vais prier pour que ma plume soit guidée !

— Bien. Quand descends-tu me voir sur la Côte-Rôtie ? »

On était au milieu de l'automne 1991. Je descendis au mois de janvier suivant, entrai pour la seconde fois dans la petite maison paysanne que des amis de la vieille dame, inventeurs d'une « manière de jouer avec les actes de la vie quotidienne », Bernard et Patricia Montaud, lui avaient remise à neuf de leurs mains. En quelques minutes d'entretien, je compris que la vieille dame n'avait plus qu'un regret, une seule frustration : ne pas être metteur en scène et plus jeune de quelques années, afin de pouvoir diriger elle-même le film sur les *Dialogues* qu'elle sentait inéluctable. Tout de suite, la discussion s'orienta cinématographiquement.

« Alors, comment le vois-tu démarrer, ce film ? » me demanda-t-elle les yeux brillants.

Surpris par tant d'empressement, je répondis en hésitant : « Si tu le prends comme ça, moi, j'ai d'abord besoin de me figurer une musique. C'est quoi la musique de ce film ? »

Des mois plus tard, peu avant de mourir, elle me parlerait de Mozart. Mais ce jour-là, elle me coupa net : « Ah non, pas de musique. Ce serait d'un kitsch insoutenable ! »

Dans sa bouche, le mot kitsch était chargé de tout ce qui empêche les humains bien pensants de se réaliser : la gentillesse mièvre, le « bon goût », les bons sentiments, le sentimentalisme, la nostalgie, le romantisme qui travestit le réel plutôt que de le prendre à pleins bras... Gitta Mallasz sortait d'une école de vie si réaliste et même si spartiate, que seule la nature la plus crue trouvait grâce à ses yeux, surtout quand il s'agissait d'un paysage intérieur.

J'avançai timidement : « On pourrait peut-être envisager une musique naturelle, la musique... je ne sais pas, du vent, de la pluie, de la mer... ? »

Elle me regarda, la bouche en cul-de-poule. Je m'avançai d'un pas de plus : « La musique du soleil, alors ! L'équivalent de milliards de bombes thermonucléaires explosant à chaque seconde, tu imagines ce ronflement ? »

Elle eut un sourire enfantin : « Tu crois ? Oh ça serait formidable ! Attends. »

Sans me laisser le temps de souffler, elle se saisit du combiné téléphonique et composa le numéro d'un astrophysicien illustre dont elle était l'amie : « Allô, c'est toi ? Dis donc, mon vieux, quel bruit ça fait, le soleil ? » La réponse prudente du savant ne plut qu'à moitié à la vieille dame : on ne connaissait ce

« bruit » que transformé en ondes non sonores —
encore fallait-il se contenter d'approximations
métaphoriques : un bruit n'a de sens que dans un
milieu contenant des oreilles !

La bande-son du film ne parvenant pas à la satis-
faire, Gitta orienta la conversation vers une autre
voie : « Commençons par nous imaginer ce film sans
musique, veux-tu, et concentrons-nous plutôt sur la
lumière. Oui, la lumière sera décisive. Il faudra choisir un directeur de la photo de premier rang. Parce
que, vois-tu, quand les Anges se mettaient à nous
parler, rien ne changeait, la vie se poursuivait naturellement, comprends-tu : na-tu-rel-le-ment ! Hanna
était là, plus lucide que jamais, et nous étions tous
au maximum de notre capacité de présence, mais
rien de magique, rien de surnaturel.

— Allons, m'écriai-je, comment pourrais-je te
croire ? Des anges se mettent à vous parler, par la
bouche d'une amie... Mais ça devait être extraordinaire ! Vous quatre, dans cette petite maison d'un village proche de Budapest, en pleine guerre, et ces
paroles sublimes sortant de la bouche de Hanna, ça
devait être...

— Extraordinairement... naturel. Voilà ce qu'il
faut montrer. Et je crois que ça, ça pourrait passer
par la lumière. Imagine un peu : nous sommes là,
en train de vivre comme des gens ordinaires, mais
vraiment or-di-nai-res, dessinant, peignant, buvant
notre café, et tout d'un coup la lumière change, une
lumière d'or ! Pourtant, nous ne marquons aucun
arrêt dans nos gestes. Ils se poursuivent. La vie continue. Tout coule. Naturellement. Tu comprends ? Il y
a comme une continuité chorégraphique essentielle,
qui nous relie à l'éternité. Et cette continuité est
rigoureusement naturelle. Hanna parle, mais c'est
tout sauf "supranormal", ou "magique", ou "miraculeux". Non, c'est la vie, la vraie vie, tout simplement.
Et dans le film, le changement de lumière indiquera
simplement que dans ces moments-là, nous vivions
plus intensément, plus lucidement, dans un grand
calme vivant. Voilà. »

À TOI DE JOUER !

Les semaines passèrent. Je me rendis à Tartaras une dizaine de fois. La vieille dame me réservait toujours le même accueil chaud et bourru. Nos conversations étaient entrecoupées de courtes promenades dans les vignes, de tea-times au bar de sa maisonnette et de déjeuners plantureux au manoir, où Bernard et Patricia, les jeunes amis de Gitta Mallasz, observaient la nouvelle tocade de leur grand-mère spirituelle — faire un scénario de film, maintenant ! — avec un mélange de curiosité et de légère inquiétude.

Gitta n'avait aucun souvenir des dates. La reconstitution de ses souvenirs ressemblait à celui d'un puzzle compliqué. Elle changeait sans cesse de registre, sautait d'un souvenir d'enfance dans le domaine familial slovène, du temps de la première guerre mondiale, à une considération sociologique inspirée par un voyage en Chine dans les années 50 (quand elle accompagnait le Ballet national de Hongrie dans les « démocraties populaires »), en passant par tout un discours sévère contre les journalistes et les publicitaires d'aujourd'hui, qu'elle considérait comme « rachitiques sur le plan spirituel ».

Dans ses souvenirs, les moments de plus intense émotion touchaient bien sûr la période des « *dialogues* », de juin 1943 à novembre 1944. Période aussitôt suivie, dans l'ordre chronologique, d'une dépression à pic, sombre et muette comme un puits sans fond, de novembre 1944 à avril 1945, quand Hanna et Lili agonisaient à Ravensbrück...

Hormis la déportation, qui continuait de lui cisailler les entrailles un demi-siècle plus tard et dont elle ne pouvait à peu près rien dire, Gitta parlait de tout, ou quasiment de tout. Dans le plus grand désordre, mais avec des images que l'âge n'avait pas fanées bien au contraire !

De retour à Paris, les bandes d'enregistrement étaient minutieusement décryptées par une collaboratrice qui ne connaissait pas Gitta Mallasz (et ne la verrait d'ailleurs jamais), mais qui, à la seule écoute de la voix aux accents rocailleux, s'emplissait d'une émotion sans nom. « Quand m'apportes-tu de nouvelles cassettes ? » me demandait la jeune femme, avec un enthousiasme angoissé que j'ai rarement observé dans le travail de décryptage, généralement considéré comme fastidieux.

Et voilà qu'un jour du printemps 1992, la vieille dame me dit : « Mon vieux, cette fois c'est fini. Je t'ai tout dit. À toi de jouer ! »

Je fus très surpris. Tout dit ? Mais Gitta insista : « Tu en sais largement assez. Au travail ! Mais attention : rien de forcé, sens-toi libre, sois indépendant ! »

Je l'écoutai me prodiguer ses derniers conseils, que nous enregistrâmes jusque tard dans la nuit. Gitta me fit entendre plusieurs entretiens qu'elle avait accordés à la radio (essentiellement à France Culture), les commentant de petits mots pointus. Puis elle embrassa son « scénariste » en lui souhaitant bonne chance.

Je me retrouvai une nouvelle fois dans le train vers Paris, passablement perplexe. Quoi ? Était-ce vraiment à moi « de jouer » maintenant ? J'aurais voulu poser tant de questions encore ! Éclairer tant de mystères dans mon esprit, notamment sur le supposé caractère « naturel » de la formidable expérience. Et voilà qu'elle me flanquait au pied du mur, avec cette injonction diablement paradoxale : « Sois indépendant ! » Comme si l'on pouvait obliger quelqu'un à être libre. Ou à vous aimer.

OK, me dis-je, soyons donc indépendant.

Je me rendais bien compte que cette indépendance allait m'embarrasser, mais sans deviner comment. De toute façon, je n'avais pas d'alternative.

En soi, l'histoire des *Dialogues* était si fantastique que je n'avais aucune peine à imaginer ma plume s'envoler dans l'épique. Au contraire, il faudrait la freiner, l'empêcher de devenir emphatique, kitsch — quelle horreur ! Non, ce n'était pas du côté de l'épopée que je sentais poindre des nuages. Alors d'où ? Serait-ce de la difficulté extrême, pour ne pas dire de l'impossibilité de mettre en scène des paroles censées venir directement du « Divin » ? Mais, me disais-je pour me rassurer, personne n'a jamais trouvé fou de mettre en scène Moïse recevant le Décalogue dans le Sinaï, ou bien Jésus tel qu'il est décrit dans les Évangiles... Pourquoi serait-ce plus compliqué, ou sacrilège, pour ces paroles « d'ange » ?

Non, un danger semblait bien rôder, mais masqué et je ne savais pas de quoi il s'agissait.

Il ne s'était pas écoulé plus de quinze jours, qu'un reportage me mena à l'improviste du côté de Lyon, donc de Tartaras. J'en profitai pour faire à Gitta une visite surprise.

Ce fut délicieux. Le soleil d'avril était déjà chaud. Nous dînâmes sur la terrasse, chez les Montaud, qui firent griller de la viande sur un feu de bois et servirent un vin généreux. Ensuite, la vieille dame et son scénariste s'entretinrent plusieurs heures, jusqu'après minuit. L'improvisation donnait à la conversation une légèreté qui nous fit aborder des questions plus graves que d'ordinaire. En fait, on aurait dit que Gitta avait prévu, et même planifié cette visite impromptue. Elle m'offrit un classeur, contenant plusieurs dizaines de pages de documents les plus divers, soulignées au marqueur, soigneusement rangés avec, en tête, une maquette de la couverture du livre devant servir de base au scénario, que Gitta avait peinte, en bleu et noir : « La Source blanche. »

Quand vint le moment de nous séparer, le lendemain matin, elle m'arrêta par le bras : « Mais que je suis bête ! J'allais oublier de te faire écouter la musique des *Dialogues*. Celle qui, pour moi, symbolise le mieux cet échange entre l'Ange et nous, entre notre moitié créatrice et notre moitié créée. »

Elle se dirigea vers un meuble et en tira un disque : « Écoute un peu ce morceau de Mozart ! C'est un quatuor pour instruments à cordes. Koechel 590. Quand tu écriras, écoute-le. Je suis sûre qu'il t'inspirera. »

Elle mit son électrophone en marche. Violons et violoncelle entrèrent dans la pièce, nouant un dialogue entre une ligne grave et une ligne aiguë, qui se répondaient l'une à l'autre dans une danse subtile et enjouée, à la fois recueillie et presque insolente.

Je me dis : « Si notre ange s'adresse à nous avec cette subtilité, alors j'ai intérêt à affûter mes oreilles. Car, honnêtement, jamais ma voix intérieure ne me parle avec autant de finesse. »

L'heure du départ arriva. Nous nous embrassâmes. Elle me grogna : « Bonne chance, mon vieux ! »

Quelques semaines plus tard, j'appris que Gitta était tombée gravement malade, et qu'elle ne souhaitait voir personne en dehors de ses deux amis Bernard et Patricia. Encore quelques jours et arriva un faire-part. On y voyait la vieille dame souriant de toutes ses rides, assise à sa machine à écrire dont dépassait une lettre où l'on pouvait lire, en retournant le papier à l'envers :

« FAIRE PART
Je t'écris
de l'autre côté !

À Dieu ! »

et c'était signé Gitta.

Je n'en revenais pas. Cette femme avait réglé son départ au quart de tour. M'ayant indiqué dans une sorte de post-scriptum le morceau de Mozart qu'il fallait écouter, elle avait tranquillement tiré sa révérence.

Je téléphonai aux Montaud. Les amis de Gitta avaient vécu son agonie heure après heure. Bernard, qui avait noté, quasiment sous la dictée, les paroles, bouleversantes de force, de sa grande « amoureuse » en train de mourir, s'apprêtait — à la demande pressante de son entourage — à publier un ouvrage brûlant, intitulé *Le Testament de l'Ange*.

De mon côté, je me trouvais flottant dans le vide. Qu'allais-je bien pouvoir écrire ?

4

LA VISITE AUX TÉMOINS

Plusieurs mois passèrent sans que l'ombre d'un début d'initiative ne me vienne. Parmi les consignes que Gitta Mallasz m'avait laissées avant de mourir, et qui remplissaient donc un gros classeur, figuraient trois adresses autour desquelles je tournai long-temps. Trois adresses de femmes, toutes témoins, à des titres divers, des événements de 1943-44. Trois femmes d'origine juive.

La première adresse présentait un paradoxe majeur. Gitta me l'avait donnée tout en précisant : « À ta place, je n'irais pas la voir. »

Eva Danos, dite « la boiteuse », avait travaillé dans la fameuse « fabrique à uniformes nazis » que Gitta avait accepté de diriger, et où Hanna et Lili avaient vécu leurs derniers mois de liberté avant de se retrouver dans le camp de concentration de Ravensbrück. Eva faisait partie du même lot de déportées. Elle assista à l'agonie de Hanna et de Lili, au beau milieu de l'apocalyptique écroulement du IIIe Reich.

Eva survécut par miracle.

« Après la libération, m'avait dit Gitta d'un air sombre, elle milita pour que les noms de Hanna, de Joseph et de Lili soient gravés parmi tous ceux du Mémorial de l'Holocauste, à Jérusalem. » Ce que la vieille dame, visiblement, lui reprochait encore, un demi-siècle après.

« Pourquoi ce reproche ? lui demandai-je un jour.

— Mes trois amis, répondit Gitta, n'auraient pas aimé qu'on les enferme ainsi derrière les barreaux d'une confession, quelle qu'elle soit. Ils travaillaient pour l'Homme universel, comprends-tu ? »

C'était dit d'un ton tranchant, sans appel.

La jeune Eva avait ensuite émigré en Australie. Lors d'un voyage en Europe, bien des années après, en 1980, elle avait rendu visite à Gitta et à son mari Laci, alors installés en Dordogne. Eva tenait à faire savoir de quelle façon, exactement, étaient mortes Hanna et Lili (nul n'ayant jamais rien su de la fin de Joseph). Gitta la reçut chaleureusement, mais ne voulut rien entendre de son récit. Eva dut se contenter de l'écoute attentive de Laci — un ancien communiste, exilé de Hongrie après la répression de 1956 et devenu depuis, tolérant et humble. Ayant entendu Gitta lui dire que jamais elle ne prendrait connaissance, ne fût-ce que des notes prises par son mari, Eva « la boiteuse » rentra chez elle, en Australie.

Je me demandais si je la connaîtrais un jour... ignorant que cela ne se ferait qu'à l'extrême fin de ce travail, au moment d'écrire les tout derniers chapitres — de quelle façon poignante !

La seconde adresse était celle d'une certaine Agi Péter. Une autre ouvrière de la « fabrique à uniformes nazis », qui avait, elle, fait partie de la centaine de femmes sauvées des camps de la mort par une conspiration à laquelle Gitta Mallasz participa en première ligne. Plus tard, la Hongrie devenue communiste, cette femme avait rejoint Gitta et était devenue son assistante principale dans l'atelier de graphisme que celle-ci se décida à créer, sous le contrôle du nouveau régime.

Agi (prononcez « Agui ») habitait toujours Budapest au début des années 90, mais elle se rendait fréquemment à Paris, pour aller voir son frère, ingénieur dans une grosse compagnie française. Elle fut donc facile à contacter et accepta volontiers de me recevoir lors de son prochain voyage en France.

L'échange eut lieu en allemand. Agi se montra cordiale, parlant de ses randonnées de retraitée à travers le monde, de la fin heureuse du communisme, de l'art maya et de plusieurs autres sujets. Jusqu'au moment où l'on en vint à la raison de ma visite.

« Écrire un livre sur les *Dialogues* ! s'écria-t-elle, mais vous n'y pensez pas ! D'ailleurs, ce livre existe déjà, ce sont les *Dialogues* eux-mêmes ! C'est une chose que j'avais dite à Gitta. Je ne comprends pas.

— Le livre des *Dialogues* existe assurément, répondis-je, légèrement surpris, mais Gitta désirait que l'on en tire un scénario de cinéma.

— Un scénario ? Mais quel intérêt, grand Dieu ! ?

— Eh bien... on pourrait dire qu'elle désirait ainsi créer une sorte d'appel à lire les *Dialogues*, tout en constituant un pare-flamme contre d'éventuelles initiatives inopportunes... Que sais-je ? Elle était de toute façon persuadée qu'un film sortirait de là.

— Je n'aime pas cette idée, monsieur. Et puis, comment pourriez-vous écrire une histoire que vous n'avez pas vécue et dont — excusez-moi — vous ignorez donc tout ? Cela me paraît absurde !

— Je comprends, m'entendis-je murmurer, mais... est-ce là une chose dont vous pourriez vous occuper vous-même, par exemple, vous qui avez vécu cette aventure, du moins dans sa partie la plus incroyable ? Seriez-vous d'accord pour tenter d'en tirer ce scénario auquel pensait Gitta ?

— Ah non, ça, jamais ! Ce serait... ah, ce serait comme un sacrilège !

— Et pourquoi cela ?

— Vous ne comprenez donc pas ? Mais enfin, monsieur, il s'agit là des moments les plus sacrés de ma vie... Je... Non, c'est impossible.

— Alors, peut-être est-ce là l'explication. Gitta avait besoin de quelqu'un d'extérieur pour espérer mener ce travail à bien.

— Non, non, c'est absurde. »

Une fois les choses ainsi posées, Agi se mit néanmoins à me raconter (mais avec la réticence qu'on imagine) comment elle avait vécu les événements dans l'incroyable « fabrique à uniformes nazis »...

Je quittai l'ancienne assistante de Gitta en proie à un sentiment terriblement ambigu. Le récit qu'elle m'avait fait du fonctionnement de l'« usine à uniformes » apportait une foule de détails extrêmement utiles à notre projet de scénario. Mais le fait que l'existence même de ce dernier la choque à ce point avait brisé net mon enthousiasme. Dans le train de banlieue qui me ramenait chez moi, je fus pris d'un brusque accès de fièvre. Une nausée sans nom faillit me jeter à terre. J'arrivai à la maison dans un état lamentable et constatai avec stupéfaction que j'avais égaré en route... la cassette où j'avais enregistré les paroles d'Agi.

La troisième adresse que Gitta m'avait laissée était celle de Véra Székély, une artiste qui vécut avec les « quatre de Budapest », du milieu des années 30 à la fin de l'aventure commune, fin 1944 : d'abord comme élève de Gitta, à la piscine, puis comme élève de Hanna, dans l'atelier graphique de celle-ci. À la fin de la guerre, cette jeune sportive, juive, qui avait réussi par chance à échapper à la déportation nazie, n'attendit pas de risquer la déportation communiste. Elle s'exila en France, où elle se maria, fit deux enfants et démarra une brillante carrière de sculpteur.

Plusieurs fois, je ratai le rendez-vous avec Véra. Nous en vînmes à nous demander si nous nous rencontrerions un jour et finîmes par entamer la conversation au téléphone, un soir de décembre 1993.

« Dites-moi un peu, demanda la voix de l'artiste avec un timbre et un accent étonnamment semblables à ceux de Gitta, pourquoi vous voulez écrire ce livre ? Avant de mourir, Gitta m'avait dit que vous y teniez absolument, mais sans donner vos raisons. »

Légèrement surpris une fois de plus, je corrigeai le tir, expliquant que si je nourrissais en effet ce désir, c'était surtout qu'il s'agissait d'une mission que Gitta m'avait confiée. La voix hongroise s'exclama, avec un souffle de cétacé remontant à la surface :

« C'était donc ça ! »

Comme si elle se libérait d'une pression pesant sur elle depuis longtemps.

« "Ça" quoi ? demandai-je, troublé.

— Eh bien, vous me confirmez que Gitta n'avait décidément pas changé.

— Pardon ?

— Ne comprenez-vous donc pas que c'était un ultime sursaut de son ego ? Indomptable jusqu'à la mort, Gitta avait décidé que le livre des *Dialogues* ne suffisait pas et qu'il lui fallait, en plus — sous Dieu sait quel prétexte ? — un scénario (juste ciel !) où on la verrait évidemment apparaître comme une héroïne ! »

Une voile de plusieurs tonnes se détacha d'un mât invisible et s'écroula sur les épaules du frêle matelot. Qui était cette femme, vers qui Gitta m'avait clairement expédié avant de mourir ? Dans l'écouteur du téléphone, la voix poursuivit :

« Gitta vous avait-elle parlé des groupes Gurdjieff dans lesquels elle s'était précipitée dès son arrivée en France, vers 1960 ?

— Euh... non, pas vraiment,

— Et de son voyage en Inde, où elle traîna son pauvre mari devant toutes sortes de gourous ?

— Un peu, mais...

— C'est bien ce que je pensais : Gitta vous a séduit, monsieur, mais elle ne vous a rien dit. C'était d'abord une séductrice. Et une impulsive. Elle se lançait toujours tête baissée dans les plus folles aventures. Du temps des *Dialogues*, vous imaginez bien que, sans Hanna, Gitta se serait mille fois perdue. Elle était généreuse, ça oui, très, et je l'aimais énormément (là n'est évidemment pas la question), mais tellement irréfléchie. Et tellement têtue ! Je le sais : jusqu'à la fin, à plus de quatre-vingt-cinq ans, elle était demeurée la même. Vous a-t-elle longuement parlé de Hanna, Joseph et Lili ?

— Euh... (je dus toussoter deux ou trois fois pour me débloquer la glotte), je ne vous connais pas, madame, et vous en savez infiniment plus que moi. Pourtant, je trouve que vous y allez un peu fort : Gitta a tout de même mené à bien la traduction et la publication des *Dialogues* dans une dizaine de langues, et fait connaître ce texte à des millions de gens sur cette planète. On aimerait que toutes les personnes "irré-fléchies et impulsives" en fassent autant. »

Elle me coupa :

« Je vais donc être très claire avec vous, cher monsieur que je ne connais pas non plus : je trouve l'idée de ce livre-scénario très mauvaise. Abandonnez ! C'est le seul conseil que je puisse vous donner.

— Vous aussi alors !

— Qui d'autre ? Ah, je vois, vous parlez de Agi, ou l'appelez-vous Agnès ? Bien sûr, elle m'a téléphoné et nous pensons la même chose. Rassurez-vous, Agi vous a trouvé sympathique, mais elle estime comme moi que vous êtes tombé dans le dernier piège de séduction de notre bonne vieille Gitta, et qu'il est de notre devoir de vous dire ceci : Ne poursuivez pas. N'écrivez pas ce livre ! »

J'avais fermé les yeux, pour ne plus voir les objets autour de moi, dans mon bureau, et me concentrer un maximum sur ce que me disait la voix. Le ton de cette femme était chaleureux et sincère. Mieux : plus elle parlait, plus on aurait dit que c'était Gitta elle-même qui se trouvait à l'autre bout du fil, ce qui augmentait d'autant ma confusion.

Tout d'un coup, je décidai de jouer le jeu : cette voix sentait le vrai. Véra se mit soudain à beaucoup m'intéresser. Que savait-elle au juste et comment était-elle entrée dans cette histoire ? Elle accepta un rendez-vous, en précisant qu'il n'était pas question de la mêler en quoi que ce fût à une entreprise qu'elle désapprouvait.

La rencontre eut lieu quelques semaines plus tard, au fin fond d'une grande banlieue parisienne, dans une maison étonnante qu'on eût pu croire sortie de l'école du Bauhaus, mi-sous-marin, mi-cabane de trappeur, mi-béton, mi-bois. L'artiste hongroise l'avait conçue et construite elle-même. Avec un ate-lier rempli de grandes sculptures aériennes, en toile et en bois, s'élançant comme des corolles.

Après la ressemblance des voix, je fus frappé par la dissemblance des corps : autant Gitta était une lionne, autant Véra ressemblait à un colibri malicieux perché sur de longues jambes. C'est d'ailleurs ainsi que Gitta l'avait vue, la première fois, dans les années 30.

Elles avaient une bonne quinzaine d'années de différence d'âge. Gitta, l'ex-championne de Hongrie de natation, donnait désormais des cours aux élèves des écoles (c'est là-bas un devoir dont s'acquittent tous les champions). La Hongrie est un pays de bains, de thermes, de piscines. On y passe sa vie dans l'eau et tous les enfants y apprenaient déjà obligatoirement à nager au début du siècle. Parmi les élèves de Gitta, Véra était la moins douée. Elle nageait comme un pied et pourtant, l'ex-championne sentait en elle des potentiels remarquables. Elle s'acharna donc à l'entraîner et finit par faire d'elle... la championne olympique de Hongrie, classée quatrième de sa discipline (le dos crawlé) aux fameux Jeux de Berlin, présidés par Hitler, en 1936 — rappelons que Véra, tout comme Hanna, Joseph et Lili, était juive.

La jeune femme et son élève finirent par se lier d'une amitié profonde. Mais entre-temps, un troisième personnage avait fait irruption : Hanna.

Gitta et Hanna étaient de grandes amies. Souvent, Hanna et son mari Joseph venaient à la cafeteria de la piscine, attendre que Gitta ait fini son travail. Ils avaient ainsi appris à connaître les principales élèves que leur amie entraînait, dont bien sûr Véra, la championne olympique.

Un jour, Gitta arrive en riant : « J'ai demandé à mes nageuses quel métier elles comptaient exercer plus tard, savez-vous ce que m'a répondu Véra ? Dessinatrice !

— Et alors ?

— Cette malheureuse ne sait pas mieux dessiner qu'une enfant de quatre ans !

— Comment nageait-elle quand tu l'as connue ? demanda Hanna.

— Comme un fer à repasser !

— Eh bien, envoie-la-moi donc à l'atelier ! »

Et c'est ainsi qu'en quelques mois, Véra allait devenir la meilleure élève de l'atelier de graphisme que
Hanna et Joseph avaient créé sur la colline de Buda.
Véra serait l'enfant spirituelle de la maison Dallos-
Kreutzer, et, par la suite, la première lectrice « à
chaud » des *Dialogues avec l'Ange*, quand, la guerre
ayant éclaté, les quatre amis — Hanna, Joseph, Gitta
et leur compagne Lili — se métamorphosèrent en
réceptacle de cette fulgurante conversation avec l'invisible...

Cinquante ans plus tard, après avoir passionné-
ment discuté pendant sept heures avec la « petite
Véra » (devenue entre-temps une artiste renommée,
aux œuvres achetées par des musées du monde
entier), j'eus une illumination :

Hanna !

Bien sûr ! Voilà pourquoi (inconsciemment ?) Gitta
m'avait dépêché auprès de Véra : pour qu'elle me
parle de Hanna !

Jusque-là en effet, il avait surtout été question de
Gitta Mallasz. Certes, celle-ci avait toujours beaucoup insisté sur son simple rôle de « scribe des *Dialogues avec l'Ange* ». L'auteur, c'était l'Ange, bien sûr,
ou les Anges, parlant par la bouche de Hanna Dallos
(prononcer Dalloch, de même que Mallasz se prononce Malach). Mais plus j'y réfléchissais, plus j'étais
chiffonné par une légère contradiction...

Gitta m'avait maintes fois invité à bien distinguer
le travail accompli par Hanna en 1943-1944 de celui
d'une voyante ordinaire, d'un médium ou autre *chan-
nel*, comme on dit de nos jours, qui pratiquent parfois dans l'inconscience d'une transe dont ils sortent
littéralement groggy et sans souvenir. Alors que
Hanna...

« Quand elle prêtait sa bouche à l'Ange, racontait
Gitta, Hanna se trouvait au contraire au comble de
la lucidité. Au point qu'après chaque entretien, nous
relisions ensemble la transcription des mots qu'elle
avait prononcés, et il lui arrivait assez souvent (du
moins pendant tous les entretiens du début, dans le
village de Budaliget) de corriger tel ou tel terme,

pour préciser plus finement le sens du message qu'elle avait reçu. »

Mais alors, quelle différence y avait-il entre la tâche de Hanna et celle de... mettons Mozart, transcrivant sur ses portées — sans rature ! — les notes de musique qu'il était seul à entendre, jouées par Dieu sait quel orchestre intérieur ou céleste ?

Hanna Dallos avait-elle atteint une sagesse « supérieure » à celle de Mozart, affirmant d'emblée que le message lui était inspiré par une force la dépassant infiniment ? Mais n'est-ce pas là le fait de tout grand artiste ? Autrement dit, les *Dialogues avec l'Ange* n'auraient-ils pas dû être signés Hanna Dallos, avec au moins autant de légitimité que *L'Église d'Auvers* est signée Vincent Van Gogh ou *Le Bateau ivre* Arthur Rimbaud ?

Hanna elle-même aurait peut-être répondu que sa quête n'était pas celle, forcément égotique, d'un artiste... Il n'empêche : la visite à Véra avait éveillé des tas de nouvelles questions.

Rentrant chez moi ce soir-là, je me demandai si, m'envoyant ainsi auprès de son ancienne élève de natation — qu'elle connaissait bien et dont elle avait, selon toute vraisemblance, prévu les réactions et objections —, Gitta Mallasz n'avait pas, au contraire diamétral des craintes de Véra, joué le dernier acte de... l'abandon de son ego.

S'il fallait désigner l'héroïne de cette aventure, la sainte, la prophétesse, la femme accomplie dans toute la splendeur de son humanité, ce n'était peut-être pas tant Gitta Mallasz que Hanna Dallos, et ceci quels qu'aient été les rôles, essentiels, joués par les trois autres partenaires de l'indicible quatuor... Voilà ce que la suite de l'aventure me disait. Et c'était à présent clairement la grande Gitta qui me demandait de tenir bon. Pas simplement la petite, comme semblait le croire, ou faisait semblant de le croire Véra Székély.

Ainsi réconforté dans la conviction que la tâche entreprise en valait malgré tout la peine, je me mis donc à ma table de scénariste.

Mais alors, brusquement au pied du mur, la difficulté me parut insurmontable.

Pour respecter la promesse faite à Gitta, il aurait fallu me lancer dans... dans quoi au juste ? Elle ne l'avait pas dit, finalement, cohérente en cela avec son « Sois libre ! »

Cette liberté me paralysa. Pendant plusieurs autres longs mois, ma feuille resta blanche.

Au début de l'automne 93, je crus avoir trouvé.

« Soyons simple, me dis-je. Racontons les circonstances des *Dialogues* en quelques tableaux, comme s'il s'agissait d'un roman historique. »

Je m'attelai donc derechef à mon bureau et, plongeant dans le décor totalement imprédictible de la Hongrie des années 40, me mis à écrire une « *non-fiction fiction* ».

5

LE CAUCHEMAR

J'en étais au tout début de l'écriture de ce roman quand, un soir, pour une fois au calme, dans la campagne limousine aux nuits si magnifiquement étoilées, je méditai sur toute cette histoire. Étais-je sur le bon chemin ? Pour la première fois depuis le début de l'aventure, je priai mon propre ange — s'il existait — de m'inspirer la suite, ou plutôt de me dire ce qu'il pensait du travail accompli jusque-là. Étais-je réellement en train de remplir la mission que m'avait confiée Gitta Mallasz avant de partir ?

Dans les heures qui suivirent, je fis un cauchemar atroce.

Sous l'empire d'une grande anesthésie, n'éprouvant rien d'autre qu'une sorte d'amusement distrait, je démembre consciencieusement un petit enfant. Un enfant proche. Peut-être l'un des miens ? Je ne saurais dire. Un à un, je défais ses muscles, ses os, les nerfs de ses jambes, de ses bras, qui tombent, déchiquetés, dans un lit de sable, un mètre plus bas. L'enfant, allongé, ne dit rien. Il semble anesthésié, lui aussi. Sa chair se défait facilement, comme si elle était cuite. Pourtant, il ne dort pas. Il me regarde faire.

Tout en le dépeçant, une pensée me tourne dans la tête, tranquille et vaguement vaniteuse : « Et dire que je saurai ensuite recoudre cet enfant ! Et dire que je saurai le réparer de A à Z ! Et dire que je sais faire cela ! »

Les lambeaux de chair pâle tombent de plus belle dans le sable, à mes pieds. Bientôt, il ne reste plus qu'un enfant-tronc, déchiqueté, paralysé dans son lit. Je m'avise alors qu'il serait judicieux d'aller demander de l'aide à mon ami Léon — « le meilleur raccommodeur d'enfants que je connaisse », me dis-je. Chemin faisant, je prends note de la longueur du fil chirurgical dont je dispose pour recoudre le corps défait du petit : un morceau d'un mètre environ, que je tiens tendu entre mes mains. Je trouve cela un peu court, mais poursuis mon chemin comme si de rien n'était.

Je trouve alors l'ami Léon — « l'anagramme inversé de Noël », me dira plus tard une amie — en grande conversation avec un inconnu. Hélas, il est si passionné par le sujet qui l'habite, qu'il ne me voit même pas. Impossible, ne fût-ce que de capter son regard. Une légère inquiétude commence à m'envahir. À l'évidence, il va falloir recoudre cet enfant tout seul. Or...

Comme si la puissante anesthésie mentale cessait peu à peu d'agir, je réalise que j'ai vraisemblablement commis un crime. Je décide d'immédiatement retourner auprès de l'enfant. Je cours comme un dément. À bout de souffle, je parviens, horrifié, auprès de ma victime : le petit gît sous vingt centimètres d'eau ! N'ayant plus ni bras, ni jambes, il ne peut se relever et se noie. Envahi d'une compassion épouvantable, je me rue sur lui, l'extirpe de son mortel aquarium et le renverse, la tête en bas, pour lui faire cracher toute l'eau qu'il a avalée.

L'enfant-tronc crache des litres. Il tousse abominablement. Et voilà qu'à son tour, peu à peu, il sort de l'anesthésie. Il se met à geindre, puis à pleurer, puis à hurler. Je tiens entre mes mains un petit bout d'humain atrocement mutilé. Une panique sans nom me paralyse. C'est effroyable. Je m'éveille, me redresse tout droit dans mon lit. Pétrifié. Glacé. Terrorisé.

Dans la nuit très noire du Limousin, une certitude se fit aussitôt en moi : mon vœu avait été exaucé. L'ange m'avait donné son avis sur mon travail. Il trouvait cela horrible. De l'assassinat.

Telle fut du moins ma conclusion de barbare. L'enfant démembré, c'était peut-être moi ou une partie de moi, mais c'était aussi, du moins en étais-je persuadé, l'histoire des *Dialogues*, que je prétendais savoir reconstruire à ma manière — et mon ami Léon, longtemps mon frère de plume, est en effet réellement, dans la vie, le meilleur *rewriter* que je connaisse : confiez-lui un mauvais texte, il en tirera toujours quelque chose de lisible. Mais moi, je m'étais lancé dans un dangereux casse-gueule. Il fallait, pensai-je, tout arrêter net.

Je demeurai quasiment prostré pendant vingt-quatre heures. Au soir du lendemain, je m'assis silencieusement à ma table et rédigeai, d'une toute petite écriture, un nouveau plan pour l'ouvrage que m'avait commandé Gitta Mallasz. Elle et ses trois amis de Budapest auraient préféré mourir plutôt que de mentir, ou de travestir la réalité. Or, comment voulez-vous romancer un récit sans en inventer les trois quarts ? Les premiers chapitres de mon roman historique m'en avaient fait faire l'abrupte expérience. Il fallait donc, me dis-je, résolument suivre une voie plus claire.

Deux ans plus tard, une amie, spécialiste de l'interprétation des rêves, allait me décrypter ce cauchemar d'une tout autre façon : elle y verrait étrangement un message lumineux, ultra-positif ! Moi, je ne pouvais qu'y voir un coup de semonce. Scénario ou pas, j'avais une seule issue : raconter, le plus humblement possible, tout ce que je savais. Et rien d'autre. Faire un artisanal travail de reporter-journaliste. Ce à quoi je décidai de m'attaquer illico.

Un jour, après les deux années de sommeil qu'avait duré la première partie, ratée, de cette écriture, ouvrant le cahier que Gitta m'avait laissé avant de mourir, je découvris un message, qui m'était jusque-là passé étrangement inaperçu :

CORPS À CORPS AVEC L'ANGE

D'un côté il y a le corps intemporel de l'Ange.

De l'autre côté il y a le corps matériel et temporel de l'homme.

L'inspiration est un moment d'interpénétration de l'intemporel et du temporel.

L'intemporel contient la potentialité du temporel qui, par nos actes, peut ensuite se dérouler successivement dans le temps.

L'expérience des rescapés de la NDE (near death experience) témoigne d'une vue intemporelle de nos actes passés (défilé de la vie passée).

Dans la NLE (Near Life Experience) cela pourrait être l'inverse :

La vue inspirée par l'Ange montre les potentialités du futur et c'est à nous de les exécuter par nos actes sur terre.

Aux actes, donc, m'écriai-je !

Mille pardons, ami lecteur, pour ce beaucoup trop long préambule. Mais il m'était difficile de ne pas te faire partager les divines surprises, les étonnants coups de pied aux fesses et les abominables étouffements du début de l'écriture que voici. Une écriture à deux voix : une voix majeure, qui raconte les événements historiques et humains menant aux *Dialogues* ; une voix mineure, qui confie dans un *Journal de bord* la quête de l'auteur en train d'écrire. Il n'est nullement nécessaire d'écouter la voix mineure pour comprendre la majeure ; autrement dit, on peut sauter la lecture du *Journal de bord* sans perdre une goutte de l'histoire principale.

JOURNAL DE BORD. — I

15 mars 1990. — Ai fait la connaissance de Gitta Mallasz. Enfin. Elle a quatre-vingt-trois ans, et quelle pêche ! Elle redonne du corps à mon âme — au sens propre comme au figuré. Je vais écrire un texte sur elle pour le journal[1]. Comment les copains réagiront-ils ? Je crains leurs grognements. Pourtant, sans rire, je ne vois pas de texte plus approprié à notre temps que les *Dialogues avec l'Ange*. C'est « l'émergence dans l'urgence », comme dit le teilhardien Peter Russell, mais là on travaille sans filet. De nouveau je tombe sur un enseignement issu de la seconde guerre mondiale. Après Elisabeth Kübler-Ross, voici Gitta Mallasz.

La vieille dame hongroise m'a secoué. Elle me conseille de mettre fin à ma dispersion. On peut toujours rêver...

22 mars. — Étrange : selon les milieux où je circule, on me considère comme totalement dispersé, papillonnant au-dessus de trop de sujets, ou bien au contraire comme un obsessionnel, fonctionnant sur de rares idées fixes. Parmi ces dernières, mes histoires de dauphins agacent les copains au moins autant que mes enquêtes sur l'agonie. Je vois pourtant un merveilleux réseau de cohérence entre ces différents domaines. Derrière le mystère de la mort, se cache évidemment celui de la vie. Derrière nos relations avec les animaux, se dresse la grande énigme qu'un Indien m'a résumée dans la « légende du Cinquième Rêve » : l'homme. C'est quoi l'homme ?

27 mars. — Je me suis mis à décrypter l'interview de Gitta Mallasz. Ah, quel ton ! Quelle femme ! Du coup, je me

1. *Actuel.*

remets à lire les *Dialogues* — dont je ne connaissais que des fragments. C'est énorme. Un mélange étrange entre une vision bouddhiste et une vision judéo-chrétienne...

30 mars. — Mon article sur Gitta avance. Curieux : c'est la première fois que je rencontre un enseignement-maître sur la question de la guerre. Et c'est une femme qui me le donne.

13 avril. — Fallait s'y attendre : au journal, les copains font la moue. Je sens que l'article sur Gitta Mallasz ne va pas passer. Pourtant, il va tellement bien dans le nouveau cahier *Je suis,* que nous venons de lancer ! Dans les années 80 nous nous étions bien amusés à créer le cahier *J'ai fait* — vivre des expériences — ; maintenant voilà le cahier *Je suis* — se retrouver, ou se jeter dans des situations... Je vais quand même refaire mon article, mais je sens que la seule allusion à une quelconque dimension « angélique » les hérisse, leur fait perdre le nord. C'est comme si on leur parlait du cul de leur mère !

À la limite, ils me croient derechef en train de dérailler. Comme en 1982-1983, quand je commençais à travailler sur l'accompagnement des mourants. À l'époque, ils voyaient ça comme de la morbidité pure. Ils ont heureusement évolué depuis. Entre autres parce que plusieurs de leurs parents sont morts. À cause du sida aussi...

Pas assez pour admettre un discours sur les anges.

15 avril. — Soyons honnête : l'idée même d'ange m'était parfaitement étrangère, voire horripilante, il n'y a vraiment pas longtemps encore. Enfants, mes maîtres en christianisme — des franciscains par ailleurs remarquables, sortes de Père de Foucauld œuvrant dans l'Atlas marocain — n'insistaient pas sur ce genre de dimension. C'était plutôt le truc des bonnes sœurs, dont je me méfiais. Du coup, le monde angélique tout entier m'apparaissait mièvre — « kitsch », dirait Gitta. Drôle d'inversion : la guimauve cachait du feu, alors que les feux officiels n'étaient que du papier brillant !

Sans rire, c'était quoi l'ange, pour moi ?

16 avril. — Je revois certains contes que me racontait ma grand-mère allemande. Hanz Wundersam, par exemple, qui trouve un ange perdu dans la neige et, le sauvant, s'ouvre la porte du paradis, paradis très terrestre, en l'occurrence ; quant à l'ange, dans une sorte de chemise de nuit, je me l'imaginais comme une attirante jeune fille.

Je revois aussi certains passages de l'Histoire Sainte — l'ange qui chasse Adam et Ève du Paradis terrestre (tiens, justement !). Et puis l'ange exterminateur d'Égypte, ou l'ange annonciateur apparaissant à Marie. L'ange avec lequel Jacob se bat une nuit durant... Des messagers plutôt martiaux.

Et puis le petit « ange gardien » personnel de chaque humain, bien sûr, en particulier de chaque enfant. Je me souviens d'une voisine qui dédiait des rosiers aux « anges gardiens » de ses « enfants à venir », ce qui nous faisait grassement rire, mes frères et moi.

Toutes ces visions angéliques demeuraient coupées du reste de ma vie. La voix de l'ange, en moi, donna donc tous les signes de l'extinction. La pression sociale fit le reste. On nous décrivait, en classe, les invraisemblables joutes oratoires des chrétiens byzantins concernant « le sexe des anges ». On disait que Byzance s'y était perdue. Ça paraissait plus absurde que Kafka.

18 avril. — Affreuse indigence de nos enseignements religieux laïques. Hypocrisie ou ignorance crasse de nos professeurs matérialistes ? Auraient-ils su nous expliquer, par exemple, la bataille qui dura cent ans, à Byzance, entre les élites iconoclastes (qui proclamaient qu'on ne peut pas représenter le divin sous des formes figurées) et les populistes iconophiles (qui avançaient que, Dieu s'étant fait homme en Jésus-Christ, il devenait possible de contourner l'impossible) ? Non : apparemment, nos profs de l'Éducation nationale française n'auraient pas su quoi nous dire de cette question pourtant essentielle. C'est donc qu'ils étaient ignorants...

Nous l'étions tous.

À l'adolescence, je ne voyais plus les anges que sous l'angle des bandes dessinées, synonyme de « bonne conscience » — l'angelot bleu, affreusement sérieux et raisonnable, qui dicte toujours au chien Milou, par exemple, la voie du bien, tandis que de l'autre côté, un diablotin tout rouge, nettement plus excitant, déploie tout l'arsenal de la tentation.

Ça n'était pas totalement faux. Sauf que, si j'en crois les *Dialogues* qui sont en train de devenir mon livre de chevet, c'est juste l'inverse : le nouveau, l'excitant, l'aventure, la folie cosmique serait du côté de l'ange. Alors que le diable propose de recommencer, pour la millionième fois, le même scénario, la routine, l'habitude, la sempiternelle pestilence mensongère, le non-risque, la trouille...

Ça sonne juste à mon oreille.

Quel pire ennemi que l'ennui, la routine, l'habitude ?

20 avril. — De nouveau, je me fais l'impression d'être Alice de l'autre côté du miroir. De l'autre côté de la normalité. De l'autre côté de la « grande inversion tout au bout de la science », comme me le disait David Bohm dans *La Source noire.*

D'un côté du miroir, la mort est... morbide. De l'autre côté, c'est un rideau de plumes, que l'homme *a la capacité* de traverser — non sans en baver pour « trouver le truc ».

Nouveau scénario : d'un côté du miroir, l'ange, survivance mièvre, rose bonbon, dont on ne peut pas comprendre que des générations de théologiens se soient esquintées à la définir ; de l'autre côté, toute la mystérieuse force créatrice de l'humain.

10 mai. — Je demeure muet devant la question essentielle : c'est quoi, au fond, la spécificité humaine ?

L'ego ? Le rire ? La main ?

Bien sûr, on dit : c'est le Verbe. Un ami surnommé Daoïstophane m'a lancé récemment : « Rappelons que, pour les Grecs, l'homme est *zôon logon echôn* — c'est-à-dire "le vivant ayant la parole". » Mais que signifie la parole, au fond ?

La communication ? Les cétacés aussi communiquent, et de manière diablement sophistiquée. Les scientifiques ont pu montrer qu'un dauphin savait communiquer à un autre dauphin le message suivant : « Monte à la surface, voir l'humain de service, et fais-lui un tour que tu n'as jamais fait, il te donnera du poisson. » Mieux : certains savent se lancer dans l'équivalent d'une improvisation de jazz ! Alors, qu'apportons-nous de radicalement nouveau — d'aussi différent de l'animal qu'il l'est de la plante ?

20 mai. — Dire « OUI » à ce qui, en moi, me dépasse infiniment. M'incliner devant la Force créatrice en éternel mouvement. Il y a deux façons de s'incliner, dit l'Ange, une façon qui vous élève, une façon qui vous rabaisse. Einstein parlait de la façon qui élève ; s'inclinant sans arrêt, il pouvait devenir immense — il disait : « Plus j'avance, plus je découvre, plus je suis émerveillé, plus je m'incline, plus j'avance, plus je découvre... » Une spirale ascendante.

La force des religions est d'enseigner la première façon de s'incliner, celle qui élève (le mot « islam » par exemple, désigne cette attitude). La faiblesse de ces mêmes religions est de trop souvent aboutir à la seconde façon de s'incliner, celle qui rabaisse.

22 mai. — Dire « OUI ». En français ce mot est masculin (on dit « un oui franc et massif »), mais sonne d'une féminité presque érotique. Résoudrait-il la question du sexe des anges ?

Curieusement, mes amis matérialistes les plus intéressants — ceux avec qui l'on peut discuter des nuits entières du sens ou du non-sens du monde — détestent le mot « oui ». Ils disent préférer le « non », censé représenter le courage, la bravoure. Avec l'image, toujours, de résistants, osant de leur refus irrémédiable affronter les collabos du Prince des mondes qui, par malheur, se trouve être le mal absolu. « Eh oui, me disent-ils, il y a fort à parier que la réalité se trouve à l'inverse exact des souhaits les plus anciens de notre pauvre humanité. »

Évidemment, pour une grande part de la pensée, la vie physique se bâtit sur le « non ». Nos cinq sens sont cinq fenêtres qui refusent la plus grande partie de leurs spectres respectifs, pour n'accepter que l'infinitésimale fente entre l'ultra (violet par exemple) et l'infra (rouge en ce cas). De la même façon, nos gènes passent leur temps à refuser le déploiement de leurs myriades de potentialités, pour n'accepter de ne mettre en œuvre que l'infinitésimal programme des quelques segments d'ADN les concernant. Pareillement encore, le petit humain commence-t-il par dire « nan ! » bien avant de savoir prononcer le mot oui.

De même, je ne peux qu'approuver les partisans du « non » lorsque leur critique du « oui » vise la grossièreté de ceux qui s'imaginent avoir « positivement » saisi l'absolu, nommé selon les cas « Dieu », ou « YHWH », ou « Ultime Réalité », ou encore « Vide Central Dénué d'Existence ». Les futés s'alignent sur la théologie de la négation — qui avance que « Dieu n'est ni grand, ni petit, ni ici, ni là, ni existant, ni non-existant, ni..., ni..., ni rien que l'on puisse nommer ».

Of course, messeigneurs !

Mais comment parvenez-vous à vivre ainsi en permanence dans le *nouveau* à l'état brut, abrité du piège des mots — tel le jeune enfant, dont tout l'être boit, oui, se désaltère de la jubilation d'être à chaque seconde à la lisière de l'inconnu ?

Je vois le « non » comme la petite hélice arrière de l'hélicoptère. Le petit serviteur sans lequel l'être criant « oui ! » à la face de l'univers serait aspiré dans un tourbillon mortel. Le « oui », c'est la grande hélice.

12 juin. — Finalement, je me disais que les copains prendraient quand même l'article sur Gitta Mallasz. Entre autres parce que c'est une histoire qui se passe pendant la guerre... Eh bien non, article remis *sine die*, en clair : refusé. Dommage, *Actuel* m'a apporté tant de fabuleuses découvertes — celle de l'accompagnement des mourants, entre autres, appâté qu'était le reporter en moi par de possibles explications neurochimiques de l'extase mystique...

20 juin. — L'écriture du *Cinquième Rêve* piétine. J'ai pourtant l'impression d'avoir trouvé une clé en lisant *Malraux, l'agnostique absolu, ou la Métamorphose comme loi du monde* de Claude Tannery, publié à la NRF. On y voit le visionnaire de *La Condition humaine* et de *L'Intemporel* poursuivre, tout au long de son fantastique périple, une quête majeure : montrer que l'Humain ne se construit pas de manière rationnelle et linéaire, mais, comme toute œuvre d'art, selon une logique mystérieuse dont les fils souterrains relient les cultures humaines les unes aux autres dans une dimension hors-temps. La civilisation grecque, dit-il, n'a pas succédé logiquement à la civilisation égyptienne, ni Rome à Athènes, et le gothique ne venait pas automatiquement après le roman. Chaque grande culture apporte une touche totalement libre et gratuite à la création de l'humanité. Si je me permets une grosse métaphore, telle civilisation invente l'œil, telle autre le gros orteil, une troisième le système endocrinien... Et quand une culture apporte une nouvelle touche à l'Humain, c'est *à jamais*. Je le vérifie d'ailleurs illico autour de moi : l'art aborigène australien de gérer toute une société en consultant les rêves (et en mettant au pouvoir les grands rêveurs), ou bien l'art africain de réguler la vie en utilisant des interférences rythmiques (et en accordant grande place aux maîtres-tambour), s'avèrent définitivement valables pour l'humanité entière — cela ne se situe ni « avant », ni « après » on ne sait quoi. Libre à nous d'utiliser ou pas telle ou telle part de la totalité humaine qui émerge lentement...

5 juillet. — Hourra ! À deux heures du matin, notre fille est née. Après trois garçons, je ne pensais plus avoir droit à ça ! La drôlesse a pris sa première bouffée d'air les yeux grands ouverts. Des yeux noirs qu'elle a rivés droit dans les miens. Ouch, elle ne manquera pas de caractère ! Accouchement *at home*. On se disait que ça serait plus cool... Voire ! Ce fut une sacrée partie de catch !

Plus tard dans la matinée, comme je descends acheter les journaux, je manque de tomber à la renverse en ouvrant *Libération* : la rubrique « livres » du jeudi s'ouvre sur un grand article consacré aux *Dialogues avec l'Ange*. Ils ont intitulé ça « *Une voix d'Ange* », et c'est illustré par deux magnifiques dessins à gros traits expressionnistes de Loustal, que l'on prendrait presque pour des gravures sur bois ! De la part de ces vieux sceptiques, plutôt matérialistes, ça m'épate. Prétexte : la sortie d'une nouvelle édition des *Dialogues*, dite « intégrale ». Le papier, signé Michel Cressole, parle de « manifeste esthétique radical ». Dans le langage des intellectuels français, je crois qu'une telle formule constitue un sommet de spiritualité.

« Le lecteur matérialiste, écrit Cressole, sera sensible à la tension de ces énigmes scandées, qui exprime un état de pression limite. Le seul langage à la hauteur de ce que vivent les quatre amis [poussés] à bout. On leur dit qu'ils ont "besoin d'entendre", mais dans un désespoir tel qu'il leur faut plus que la psychanalyse. "L'ange" méprise les psychanalystes. — *"Ils sont plus coupables que tous les autres, car ils trompent ceux qui leur font confiance"* — et dit à Gitta, qui a noué dans le sport de compétition ses problèmes avec son corps et son attachement pour Hanna : *"Tu détestes (*ton corps*) parce que tu en as peur."* Il les rassure : ce qui se passe pendant les entretiens n'est pas du spiritisme, cette *"bave des malades"*, ce *"grelottement des naufragés"*, qui *"ont tant évoqué la mort qu'elle est venue"*. Il répond à leurs préoccupations d'artistes impuissants devant l'écroulement de leur monde, il leur fait jouer une sorte de grand jeu supérieur et propose un manifeste esthétique radical. Danser *"une danse nouvelle qui relie ciel et terre"*, *"peindre avec des couleurs encore invisibles"*, montrer *"quelque chose de nouveau, plus fort que le son le plus fort, et pourtant silencieux"*. »

Même si une légère hargne jalouse me vient, je suis fou de joie. L'ange dans Libé ! Alors, le monde change malgré tout. Le jour de la naissance de ma fille ! C'est trop à la fois.

3 août. — J'ai appris à connaître les *Dialogues*, à l'automne 1986, par ma cousine Nicole, qui m'a offert un commentaire intitulé *Les Dialogues tels que je les ai vécus*, signé

Gitta Mallasz. C'était en novembre 1986. Je n'avais jamais
entendu parler de tout cela.

À l'époque, je sortais tout juste d'une période de fièvre
quelque peu délirante. Fièvre collective, à laquelle j'avais
assez somnambuliquement contribué auprès du public
français, en vantant, par voie d'article, les mérites du
« caisson à isolation sensorielle » — outil de relaxation
étonnant, fort utile aux sophrologues ou à tous ceux qui
travaillent, par exemple, sur la visualisation, mais dont la
fascination majeure (pendant quelques mois, elle jeta des
dizaines de milliers de mes concitoyens dans des centaines
de ces « bulles » remplies d'eau chaude saturée de sel de
magnésium) tenait à ce que l'on pensait pouvoir, par ce
biais, « sortir de son corps ».

La fameuse OOBE (*out of body experience*), où l'on
retrouve en termes modernes tout l'univers dit « astral »,
bien   connu   des   anciens   grimoires   d'ésotérisme,
aujourd'hui remis au goût du jour dans la galaxie New Age.
Expérimenter une « sortie de corps » doit être un voyage
fabuleux. Je n'y ai jamais eu accès. Autrefois, cela me
frustrait, et l'idée que le fameux caisson puisse jouer le rôle
de rampe de lancement vers la suprême légèreté (un cos-
modrome vous ouvrant les portes de l'ubiquité !) m'en-
thousiasmait. Je partis plusieurs fois aux États-Unis tout
spécialement pour tester cela. Et voilà qu'un jour, à New
York, après avoir entendu plusieurs amis, dont Alma
Daniel et Tim Willy, grands allumés devant l'Éternel,
raconter leurs « voyages hors du corps » (pour aller visiter
la maison des voisins aussi bien que des royaumes
inconnus) une évidence s'imposa à moi : nous étions au
bord de la même autoroute, mais nous faisions du stop en
sens inverse. Moi, c'était d'entrer dans mon corps dont je
ressentais l'immense besoin ! Habiter, coloniser, investir
mon corps, m'y ruer jusqu'au bout des doigts, voilà à quoi
devait me servir cette vie. C'était soudain évident. Je ne
savais juste pas comment m'y prendre.

6 septembre. — Les vacances peuvent-elles suffire à nous
« refaire un corps » ? Un corps habituellement à l'abandon,
que l'on tente de réinvestir quelques instants seulement,
dans le dessein, même enthousiasmant, de faire l'amour,
demeure déserté dans sa plus grande part, quoi qu'on en
pense. Quant au sport, si prisé des Occidentaux, peut-il
suffire à nous faire réhabiter un corps abandonné ? Je ne
crois pas, du moins dans la forme que prend le sport chez
nous. Les athlètes de cinéma n'ont pas de ventre, mais

essentiellement des épaules — or toute la sagesse des gymnosophistes de l'Orient (c'est ainsi que les Grecs anciens appelaient les yogis) nous apprend que le secret de l'énergie vitale traversant un corps réside dans le hara, le fond du ventre... Il faudrait que nos athlètes aient des ventres ronds ; alors on pourrait dire : voilà des humains qui montrent la voie de la reconquête du corps perdu. Mais ça n'est pas le cas.

10 octobre. — Je m'aperçois que mon journal n'a plus rien dit du shintaïdo depuis le départ de Bernard vers l'Inde, en novembre 1988. Le temps d'un deuil. Bernard Ducrest : grand bonhomme, mort à Bénarès lors d'un voyage-enquête sur la rivière-déesse Narmada, où la folie des hommes voudrait construire plusieurs barrages géants... Je suivais ses cours de shintaïdo depuis 1986.

Le shintaïdo est un art gestuel dérivé du karaté. Son créateur, Maître Aoki, est le Japonais le plus universel que l'on puisse imaginer. À la fois shintoïste, bouddhiste et chrétien, il connaît Van Gogh, René Char et la Capoeira brésilienne et, bien que créateur d'un art littéralement génial, il ne se prend pas au sérieux. L'exact inverse de l'image qu'on a souvent des grands lutteurs du karaté, kung-fu et autres joyeusetés martiales. Bref, je n'ai plus du tout pratiqué le shintaïdo depuis un an — en dehors des stages. Heureusement qu'il y a les stages ! Léon m'invite fortement à rejoindre le cours que vient d'ouvrir un certain Albert Palma, tout juste rentré d'un séjour de dix ans au Japon.

Il faut que je m'arrache à la léthargie spirituelle qui, une nouvelle fois, me fait m'enliser dans un activisme fébrile et, à la longue, mortel par l'indisponibilité qu'il provoque. Le superflu social prenant toute la place, l'essentiel finit par se retirer complètement, et l'on crève.

28 octobre. — Bien m'en a pris — et merci Léon ! Albert Palma est un instructeur hors pair. Voilà quinze jours que je fais partie de son cours. Qu'est-ce qu'on rigole ! Mais derrière ses farces apparemment gesticulantes, quel axe, quel centrage ! Le plus étonnant, c'est qu'avec le retour de la pratique du shintaïdo, la lecture des *Dialogues* prend aussitôt un tour beaucoup plus vivant. À vrai dire, c'est un véritable miracle qui a fait que j'aie découvert ces deux enseignements quasiment en même temps : le shintaïdo en avril 86, les *Dialogues* en octobre de la même année ! Mais c'est aussi la preuve de mon lamentable somnambulisme : pendant quatre ans, j'avais fréquenté les deux, sans jamais établir le moindre lien entre eux. Me voilà au moins prévenu.

7 novembre. — En quoi ma quête intérieure influe-t-elle sur ma vie concrète, à commencer par mon métier de journaliste ? Contrairement à ma conviction de débutant, à la fin des années soixante, je ne crois plus du tout qu'*informer* (mot longtemps magique) suffise. On sait bien que la grande affirmation « *Ah, si on avait su* (ce qui se passait dans les camps nazis), *on n'aurait pas laissé faire ça* », est totalement fausse. On le sait depuis que le « Village Global » cher à McLuhan et à Buckminster Fuller a atteint une densité telle que n'importe qui est au courant d'à peu près tout *et que ça ne change strictement RIEN*. Nous, journalistes, devons peut-être en conclure qu'une information n'a de valeur que si elle est intégrable dans et par une action.

Autrement dit : il faut mettre en pratique les idées de Henri Laborit. Le système nerveux est fait pour l'action. Un enfant que vous vous contenteriez d'abreuver en informations — même « avec amour » — et que vous empêcheriez d'agir, mourrait vite, complètement désincarné. Face aux grands médias nous sommes trop souvent des enfants en voie de pétrification. C'est vrai aussi face à beaucoup d'enseignements « spirituels », qui restent abstraits. D'où l'intérêt pour moi de marier la prière et l'exultation du corps, la gamberge intellectuelle et les plus fortes émotions. La lecture de mes livres préférés (qu'il s'agisse de mécanique quantique, de voyages de beatniks ou de dialogues avec les anges) n'en devient que plus vivante.

8 novembre. — Le shintaïdo aurait plu à Sören Kierkegaard, lui qui s'écriait : « Un corps, donnez-moi un corps ! »

Moi aussi, mon ange, j'aimerais que l'on m'en donne un !

II

QUATRE JEUNES GENS MODERNES

J'ai beaucoup aimé les portraits des quatre amis, façon gravure sur bois, par Loustal, dans *Libération* — sauf les yeux peut-être, à cause des regards vagues, alors que j'imagine ceux des « quatre de Budapest » très perçants. Dans ces portraits, j'entends aussi des musiques. Lesquelles ? Les klaxons dans Budapest. Les trains. Les avions. Ils sont modernes. Ils travaillent dans la pub. Le film est limpide. Gitta excelle dans l'affiche — ça lui vaut de grands voyages. Joseph dessine ses meubles — hélas, j'ignore tout de son style (les administrations des années 30 aimaient moderniser leur look, en était-il ?).

Et Hanna, à côté de lui, que sais-je d'elle ? Elle rit. Elle vous fait rire tout le temps. Elle est sévère aussi, parfois. Elle n'a pas d'enfant — les apprentis artistes sont ses enfants. Elle sait éduquer des humains, mettre en pratique Khalil Gibran. L'at-elle lu ? Elle lit beaucoup. Elle pratique toujours avec intensité. Elle grave sur bois et imprime. Soixante ans plus tard, je verrai un *Notre Père*, l'une des rares pièces de Hanna qui soient restées — chez son ancienne élève, Véra Székely (les plaques de bois sont chez Eva Danos, en Australie). Eva la boiteuse et Véra l'ex-championne de natation — classée aux JO de 36 à Berlin. 1936 à Berlin ! Alors qu'elle était juive. C'est une histoire juive. Dont les transmetteurs sont des goys.

1

LA JEUNE JUIVE
ET LA FILLE DU GÉNÉRAL HONGROIS

Dans l'entre-deux-guerres, Budapest, qui comptait près d'un million d'habitants, avait la réputation d'une métropole moderne. Les riches voyageurs aimaient s'y retrouver ; le duc de Windsor y faisait scandale, en s'enivrant avec ses amours non conformes. La B.E.A.C. (ancêtre de la British Airways) s'enorgueillissait d'une ligne Londres-Budapest. Et certaines agences de publicité hongroises offraient leurs services, d'Istanbul à Copenhague. Les Magyars sont des marchands futés. Des artistes aussi. Des danseurs. Des gens qui savent s'amuser.

On raconte que deux jeunes Hongroises modernes s'amusaient de tout avec une délectation particulière à la fin des années 20 et au début des années 30. Nées toutes deux en 1907, Hanna Dallos et Gitta Mallasz s'étaient connues au collège, mais sans se voir. Elles se retrouvèrent plus tard, en 1923, à l'École des arts décoratifs, et là se remarquèrent. Ou plutôt l'une remarqua l'autre. Hanna vit Gitta. La sensible vit la fougueuse.

Gitta fit d'abord semblant de ne pas s'apercevoir du regard de Hanna. Mais celle-ci aimait le monde avec trop de finesse et d'humour — usant de la parole avec trop de rapidité et de rigueur — pour qu'à la fin les murailles de Gitta ne s'effondrent pas. « Il lui suffisait de commenter un seul de vos dessins, raconterait un témoin plus tard, pour que vous soyez

saisi de vertige : la moindre de ses observations des-
cendait aussitôt au fond de vous. En quelques mots,
se révélait un regard extraordinairement acéré mais
aussi débordant d'amour. »

Hanna Dallos était la fille d'un directeur d'école
primaire. Ouvert aux idées pédagogiques nouvelles,
ce dernier était un homme d'une grande culture,
dont la bibliothèque frappait par son éclectisme,
offrant à tout un réseau d'amis des ouvrages allant
des classiques antiques aux scientifiques contemporains, en passant par toutes les formes de théâtre,
d'essais et de romans possibles. Dans ce vaste éventail, la littérature proprement « spirituelle » faisait
figure de parent pauvre.

Juifs, les Dallos n'étaient pas pratiquants. Ils
appartenaient à ce qu'on appelait à Budapest la
minorité des « juifs réformés ». La majorité des israélites de Hongrie, arrivés récemment des pays ruthè-
nes et de Roumanie, demeuraient orthodoxes et fidèles aux pratiques de leurs ancêtres. Les juifs
réformés, eux, constituaient la souche juive locale la
plus ancienne. Ils s'étaient complètement intégrés à
la société hongroise — on leur avait accordé le statut
de citoyenneté entière en 1867 —, au point qu'ils
avaient « magyarisé » leurs noms et pouvaient occuper des postes jusqu'au sommet de l'armée. Cette
minorité — dont les descendants aiment rappeler
aujourd'hui qu'elle construisit l'Opéra, les chemins
de fer et les banques de Hongrie — se sentait particulièrement attirée par les « lumières » philosophiques
occidentales et se reconnaissait dans un humanisme
volontiers agnostique. Pour donner une idée du peu
d'importance que les Dallos accordaient à la tradition religieuse, on raconte qu'ils laissaient à leur fille
le *talit* et les habits rituels de prière dont s'étaient
servis leurs ancêtres, pour qu'elle joue avec et en
fasse des vêtements à ses poupées !

La mère de Hanna ne travaillait pas mais lisait
beaucoup. C'était une femme d'une grande douceur,
bonne cuisinière, experte en *matze knödel* — la
mama juive dans toute sa splendeur.

Hanna avait un frère aîné. Un garçon brillant, qui

devait devenir des années plus tard, en Grande-Bretagne, un ophtalmologue célèbre, l'un des inventeurs de la lentille de contact.

Gitta, elle — née le 21 juin 1907 à Ljubljana, sous le double prénom de Margit Eugénie — était fille d'officier hongrois. Son père était devenu général dans l'armée magyare au moment où le traité de Versailles avait détaché la Hongrie de l'Autriche. Les Mallasz demeuraient néanmoins typiquement austro-hongrois. La femme du général était autrichienne et toute la famille vivait encore, quand Gitta était enfant, la moitié du temps dans un riche hôtel particulier de Ljubljana, l'autre moitié au fond d'une vallée de Slovénie — dans la gigantesque maison du grand-père maternel, petit seigneur local, dont dépendait la vie de centaines de personnes — ce grand-père était à la fois éditeur/imprimeur et gentilhomme agriculteur.

Plus tard, quand, ayant appris le hongrois, elle fit connaissance avec Hanna à l'École des arts décoratifs de Budapest, c'est son inflexibilité de fille d'officier qui poussa Gitta à refuser, de prime abord, l'amitié de la fille des doux intellectuels juifs — le fait qu'ils soient juifs ne jouait aucun rôle pour Gitta, même si la Hongrie, comme toute l'Europe centrale, était déjà la proie du démon antisémite. La question était ailleurs : la fille de général, une spartiate qu'on avait fait grandir les jambes nues sous ses jupes même par les hivers les plus froids, en avait tiré une fierté orgueilleuse. Dans la famille, c'était elle l'héritière du père, l'officier hongrois brutal (les Magyars sont les descendants des Huns !) mais foncièrement honnête et humain, doué d'un instinct sûr — alors que le frère de Gitta, Otto Mallasz, ressemblait plutôt à leur mère autrichienne : la mère et le fils, deux hyper-sensibles, muets, bloqués, et si névrosés qu'ils allaient basculer ensemble dans la fascination nazie — ce que Gitta, farouchement antinazie comme son père, m'expliquera par ces mots étranges : « Ma mère et mon frère avaient un manque, donc un idéal, donc une fragilité » (la suite prouva en tout cas à quel point Gitta aimait ce frère, malgré sa pathologie).

Témoignage de Véra Székély : « Gitta était une aventurière de l'esprit. Elle utilisa les armes de la brutalité martiale de son père et les retourna contre la tiédeur, la lâcheté et le conformisme de son milieu. »

Gitta ne déplaisait pas à son père et elle plaisait énormément à son grand-père, le patriarche sévère qui régnait sur toute la tribu et que tout le monde craignait sauf elle, parce qu'il appréciait la fougue de sa petite-fille et son amour démesuré pour les courses en montagne.

La légende familiale des Mallasz raconte qu'un jour, Gitta encore enfant — elle devait avoir une dizaine d'années — disparut vingt-quatre heures, sans permission, avec une équipe d'alpinistes étrangers. De retour, elle fut froidement conduite dans le bureau du grand-père, afin d'y être jugée. Sitôt seul avec la petite, le vieux lui demanda, les yeux brillants :

« Alors on me dit que tu as fait l'ascension des Dents de l'Ours ? ! Ah mais ça, dis-donc, raconte-moi un peu par quel couloir vous êtes passés ! »

Il fit s'asseoir la gamine à ses côtés et la pria de rapporter, dans le détail, toute l'escalade d'une montagne qu'il connaissait fort bien. Ce jour-là, Gitta changea de statut. Elle se mit à considérer le reste de sa famille avec une certaine condescendance et découvrit que son « terrible » grand-père était surtout un homme seul.

Bref, Gitta la rude était entrée dans la vie d'une façon très différente de Hanna la douce, qui avait grandi au milieu des livres, entre un père passionné par l'éveil des jeunes enfants et une mama-confiture. Quand plus tard Gitta, amadouée, débarqua finalement chez les parents de Hanna, elle fut stupéfaite de tant de douceur. Jamais elle n'aurait imaginé que cela puisse exister. La tendresse qu'elle sentait vibrer entre sa nouvelle amie et les parents de celle-ci l'embarrassa d'abord. Il fallut toute l'habileté et l'intelligence de Hanna pour apprivoiser Gitta. Heureusement, celle-ci connaissait à cette époque des succès sportifs rassurants — pas encore sacrée championne de Hongrie de dos crawlé et de plongeon, elle avait néanmoins déjà emporté plusieurs médailles gratifiantes. Sa vigueur et sa rigueur physiques ainsi affirmées, elle pouvait se permettre de déposer son heaume et son bouclier, le temps d'une pause chez son amie, sans craindre d'aussitôt mourir de ridicule.

Sur un point, peut-être le seul, les vies des deux jeunes filles se ressemblaient : leurs parents affichaient une grande liberté vis-à-vis de la religion. Si les Dallos ne faisaient pas grand cas du formalisme judaïque, les Mallasz ne s'embarrassaient pas davantage à l'endroit du catholicisme de leurs ancêtres.

De toute son enfance, Gitta se souviendrait d'un seul cours de catéchisme : celui, d'un quart d'heure environ, qui précéda sa première (et dernière) communion, célébrée par un curé ivrogne. Le bonhomme était persuadé qu'après avoir « donné le Corps du Christ » à la tripotée d'enfants du château du général Mallasz, il n'y avait rien de mieux à faire qu'à les prier de s'asseoir et de boire force vin rouge. Une heure plus tard, les enfants erraient par les chemins, ivres morts. Chez les Mallasz, un tel rituel avait si peu d'importance que les parents n'avaient pas même pris la peine de fêter l'événement avec leurs rejetons.

Dans des genres différents, ces ex-juifs et ces ex-chrétiens étaient donc parfaitement sacrilèges, des bachi-bouzouks, pris entre barbarie et modernité — c'est parfois la même chose. Et cela ne joua pas peu dans l'amitié qui se nouait entre les deux étudiantes des Beaux-Arts de Budapest. Sans recours à l'idéologie religieuse, elles étaient d'emblée poussées à devenir des femmes libres.

Au bout de trois ans, leurs cursus universitaires bifurquèrent. Hanna partit se spécialiser à l'université de Munich, alors que Gitta s'en allait dans la ville de sa mère, Vienne. Pendant quelque temps, elles perdirent contact. Leur destin commun était pourtant scellé. Telles les meilleures amies du monde, à peine rentrées à Budapest, en 1929, Gitta et Hanna se retrouvèrent rapidement.

2

LA CHAMPIONNE ET LA MASSEUSE

Feu dans l'eau, lave incandescente dans la piscine, Gitta, dès quatorze ans, avait pris dans la compétition sportive une revanche sur les blessures narcissiques de son enfance. On la disait laide. Sa mère se lamentait sur ses grandes mains, ses grands pieds. « Tu ne trouveras jamais de mari ! » lui disait-elle pour tenter de calmer son dynamisme de garçon manqué. Rien n'y faisait. Elle haussait ses épaules de plus en plus carrées.

Mais voilà que la prédiction se retourne. Son corps ? Il est magnifique ! C'est à la piscine, quand elle grimpe sur le plongeoir et que tout le monde la regarde, que Gitta le comprend enfin.

Elle devient une experte du saut de l'ange et de plusieurs acrobaties aériennes alors regroupées sous le terme de « fancy diving », qui exigent toutes une grande souplesse. Il faut dire que Gitta est en caoutchouc. Enfant déjà, elle savait non seulement marcher en équilibre sur les mains, mais elle exécutait cet exercice avec les jambes arquées de telle sorte que ses pieds lui touchaient la nuque. Quand sa mère la grondait, Gitta menaçait toujours de s'en aller gagner sa vie « comme femme-serpent dans un cirque » (jusqu'à la fin de sa vie elle s'amusera à épater ses visiteurs en se grattant le nez avec le gros orteil !).

Une fois dans l'eau, le jeu continue, car elle nage aussi fort bien. Elle remporte ses plus belles victoires aux cent mètres dos crawlé, mais aussi au water-polo et aux Douze Kilomètres de Budapest — qu'elle gagne plusieurs fois parce qu'elle est la seule à ne pas avoir peur de se laisser entraîner dans les tourbillons que provoque le Danube autour des piliers de pont, ce qui lui donne un élan impossible à rattraper.

En quelques années, à partir de 1926, la fille du général magyar devient une star. On parle d'elle dans les journaux, et de son club, le FTC. Tout le pays connaît son visage solaire, son torse avantageux, sa bouche large qui rit très fort.

Non seulement Gitta devient belle, mais elle séduit tous ceux qui l'approchent. Ses prétendants se bousculent. Quand elle prend la tête des championnes hongroises de plongeon, la séduction devient frénétique. Gitta s'amuse beaucoup à faire tirer la langue aux jeunes gens. Bientôt les amants se succèdent. À aucun, dirait-on, elle ne laisse accès à son cœur. Amour purement physique. La nageuse sacrifie exclusivement au dieu des corps. Son propre corps lui plaît beaucoup. Elle le bichonne, raffine son dressage, l'entraîne quotidiennement. Dans l'eau, mais aussi contre la roche ou sur la neige. Dès qu'elle le peut, la championne prend le train pour les pistes du Matterhorn — sans jamais omettre d'emporter dans ses bagages un beau moniteur, de ski ou d'aviron.

Si l'eau lui apporte beaucoup, c'est toujours à la montagne qu'elle vit ses expériences les plus fortes. Là, elle retrouve parfois ses éblouissements d'enfant.

Un éblouissement particulier lui revient souvent à l'esprit. Elle avait cinq ans. Son grand-père l'avait entraînée au sommet d'un petit mont du Tyrol, contempler le coucher du soleil. Ils s'étaient assis dans l'herbe, l'un à côté de l'autre. Et tout d'un coup, le temps s'était arrêté...

Cela ne faisait pas de bruit. Juste une sorte de souffle régulier, dont la petite fille ne pouvait dire s'il venait du dedans ou du dehors de ses oreilles. Cela faisait presque peur. Mais agréablement. Une délicieuse immobilisation du temps. Devant eux, toute la vallée s'était illuminée et fondait en elle. Comme si de chaque pierre, de chaque arbuste, et même, beau-

coup plus loin, de chaque maison, émanait une
lumière étincelante. Un état sublime l'avait envahie,
immense et pourtant complètement familier. Dans
cet état, tout se passait comme si le moindre petit
bout de bois lui parlait, comme si l'univers entier lui
était connu. À côté d'elle, son grand-père lui apparaissait comme un très ancien complice, dont toutes
les rides lui souriaient.

Sa vie durant, ce souvenir allait entrer en résonance avec ses expériences les plus intenses, y compris à l'époque des *Dialogues*. Au moment où nous
en sommes, il arrache deux ou trois fois la championne de natation à la griserie de ses escapades en
montagne avec les beaux moniteurs.

Mais Gitta se muscle aussi de plus en plus. Et cela
ne va pas sans un certain épaississement. C'est quand
elle regagne — de moins en mois souvent — la planche à dessin qu'elle s'en aperçoit. Curieusement, plus
les performances sportives s'accumulent, plus la
jeune femme perd son habileté à dessiner, en particulier le corps humain, les nus, son ancienne spécia-
lité. Son crayon s'alourdit. Les traits de ses personnages se figent. Elle s'en aperçoit avec angoisse. Le fait
de s'être totalement identifiée à son corps l'a rendue
incapable d'en saisir le mouvement du bout du
crayon.

En fait, le premier avertissement lui vient de son
corps lui-même. Prise de crampes, Gitta doit faire
appel, comme tous les sportifs de compétition, aux
soins réguliers de masseurs. Attention : la championne ne se laisse pas masser par n'importe qui !
Elle apprécie les masseurs grecs. Mais, même bon
masseur, si le bonhomme a une tête qui ne lui revient
pas, Gitta repart aussitôt. « J'étais très sensible, dira-
t-elle, à l'émotion de la personne qui me massait. »
Un jour, elle entend parler d'un cours d'expression
corporelle qui rencontre un énorme succès car il
régénère, dit-on, les corps les plus abîmés. Le professeur, une certaine Lili Strausz, pratique aussi le mas-

sage. Gitta décide d'aller essayer, et tout de suite, c'est le coup de foudre.

La réputation de cette femme très belle est déjà grande. On vient du fond de l'Europe pour suivre ses cours. Ancienne élève d'un maître kinésithérapeute autrichien, elle propose une sorte de thérapie par le geste, une gymnastique chorégraphique tout en ouverture et en dénouage des tensions, destinée à rééduquer, en théorie le seul corps, dans la pratique l'être entier.

C'est ainsi que la championne de natation Gitta Mallasz entre en contact avec la gymnaste-kinésithérapeute Lili Strausz.

Les deux femmes sympathisent. Tout semble les opposer. Autant Gitta fonce tête baissée vers tout ce qui lui plaît, autant Lili expérimente longuement avant de se prononcer. Elles sont en fait parfaitement complémentaires.

Lili est connue pour opérer avec une immense douceur, même quand elle fait douloureusement rouler ses élèves sur des bouts de bois ronds qui leur meurtrissent le dos. Le contraste entre sa douceur et la fermeté dont elle fait preuve quand elle enseigne la reconquête du corps la rend irrésistible, d'une efficacité telle qu'il arrive qu'on ressorte de chez elle plus grand de plusieurs centimètres, tant la colonne vertébrale s'est dénouée.

Témoignage de Véra Székely : « Elle vous apprenait à découvrir d'inimaginables potentiels cachés dans votre corps, à jouer de vos muscles et de vos os. Elle vous manipulait les jambes, le dos, le cou. Souvent, cela déclenchait des explosions émotionnelles profondes — et Lili se retrouvait donc, de facto, dans la situation d'une psychothérapeute, ce qu'elle assumait avec brio. À ceci près qu'elle absorbait une quantité énorme du malaise des autres, sans forcément savoir s'en débarrasser. »

Témoignage de Eva Danos-Langley : « À cette époque-là, on ignorait tout des disciplines aujourd'hui regroupées sous le terme de *relaxation*. Pour nous, c'était complètement nouveau. Lili fut la première, en Hongrie, à offrir de véritables cours de relaxation.

C'était merveilleux. Moi qui l'ai connue à la fin, dans le contexte terrible de l'"'usine de guerre", je peux vous dire qu'elle parvenait à nous relaxer, alors que nous n'étions plus que des boules de nerfs. Et même ensuite, lorsque nous nous sommes retrouvées ensemble à Ravensbrück, à la moindre occasion, Lili essayait de continuer à aider les gens à se détendre. Même là ! »

Avec Hanna, Gitta avait commencé à se frotter à la subtilité de l'intuition artistique, picturalement et verbalement exprimée. Avec Lili, c'est de l'intuition corporelle silencieuse qu'il allait s'agir. La force de la seule présence de cette beauté discrète et menue subjugua la remuante et sportive fille de général.

Que les deux intuitives qui l'inspiraient aient été juives n'était certainement pas un hasard.

Lili Strausz, elle, n'a plus de père depuis long-temps — il est mort alcoolique, avant cinquante ans —, et sa mère a abandonné toute tentative de pacifier sa nombreuse progéniture (« Cette mère, me dira Véra Székély, ressemblait tragiquement à la momie du film *Psychose* ! ») Une famille épouvanta-ble. Les frères et sœurs de la douce gymnaste se font la guerre en permanence, dans une atmosphère de cris et de fureur. Eux aussi sont des juifs hongrois « réformés » qui ne pratiquent plus du tout la reli-gion hébraïque. L'un des frères de Lili a réussi en affaires et possède deux grands cafés à la mode, l'un au bord du Danube, l'autre en plein centre de Buda-pest, juste en face du Parlement — c'est le dernier salon où les snobs cherchent à être vus. Toute la famille Strausz vit dans l'immeuble qui surplombe ce café.

La première fois qu'elle se rend chez les Strausz, Gitta n'en revient pas. Jamais elle n'a vu pareille pagaille. La patience avec laquelle Lili tente de cal-mer l'atmosphère de sa famille la stupéfie. On dirait que la gymnaste prend les tensions des autres sur elle.

Peu à peu, Gitta s'aperçoit que sa nouvelle amie —

dont les exercices et les massages lui font un bien
extrême — agit de même avec ses élèves : elle se
charge de toute leur négativité. Ce qui, certains jours,
la rend étrangement vulnérable. Elle ne sait pas dire
« non » ! Les élèves de son cours d'expression corporelle ont tendance à déverser sur elle des tombereaux
de confessions très bassement et banalement humaines, et Lili les exorcise, s'empoisonnant de leurs
déchets avec compassion !

Spontanément, Gitta cherche à aider son amie. Il
faut protéger Lili contre une ouverture trop généreuse, qui pourrait devenir dangereuse. Lui apprendre, comme le découvre au même moment, un millier de kilomètres plus à l'ouest, une jeune secouriste
suisse nommée Elisabeth Kübler, que « l'amour
inconditionnel est justement celui qui sait dire non ».

Immanquablement, le jour vient où Gitta présente
Lili à sa grande amie Hanna, dans l'atelier de qui elle
vient d'accepter de travailler.

3

JOSEPH, EX-RÉVOLUTIONNAIRE

Hanna s'est mariée, avec Joseph Kreutzer, un ami d'enfance qu'elle a retrouvé aux Beaux-Arts de Munich, en 1927. Un grand maigre moustachu, calme et pensif, dont elle a aussitôt apprécié l'humour pince-sans-rire et le profond humanisme.

Fils d'un petit tailleur de Pest (le « marais » de la capitale hongroise sur la rive gauche du Danube, surplombé par les hauteurs aristocratiques de Buda, sur la rive droite), Joseph fait lui aussi partie du monde des juifs agnostiques. Il a même été franchement matérialiste dans sa prime jeunesse, quand sa famille salua avec enthousiasme l'avènement de la République des Conseils.

Une république pleine d'espoir et de terreur, qui dura cent trente-trois jours exactement, de mars à août 1919.

En liaison étroite avec l'irruption bolchevique, la révolution hongroise avait été menée par Béla Kun. Ce journaliste protestant, fait prisonnier par les Russes pendant la Grande Guerre, s'était lié en captivité à des sociaux-démocrates hongrois, puis à des bolcheviks, et finalement à Lénine lui-même, en décembre 1917, à Moscou.

La République des Conseils de Hongrie fut une sorte d'énorme Commune de Budapest, qui compta parmi les membres de son gouvernement des gens aussi prestigieux que le musicien Béla Bartók ou que le philosophe György Lukács. Mais, rapidement encerclés par les armées roumaine, tchèque et française (cette dernière commandée par le général Franchet d'Esperey), divisés entre léninistes prêts au compromis et trotskistes jusqu'au-boutistes enragés, les révolutionnaires hongrois avaient été défaits dès juillet 1919, laissant finalement la victoire à l'amiral Miklós Horthy.

Ce protestant puritain, qui allait régner sur la Hongrie quasiment jusqu'à la fin de la seconde guerre mondiale, appartenait à la vieille noblesse magyare. C'est lui que les vainqueurs de 1918, réunis en congrès à Versailles autour du président américain Woodrow Wilson, avaient préféré voir à la tête du pays, avec le titre de « régent », plutôt que d'accepter que ne rentre de son exil suisse le roi de Hongrie Charles IV (après deux tentatives de retour ratées en 1921, le malheureux s'en ira mourir sur l'île de Madère).

Commença alors pour la petite Hongrie moderne, séparée de l'Autriche après des siècles d'alliance et de vassalité, une période des plus ambivalentes.

Donnée significative : trente-deux des quarante-cinq commissaires politiques révolutionnaires qui entouraient Béla Kun lors de la République des Conseils étaient juifs. La révolution une fois vaincue, cela renforça l'antisémitisme ambiant. Même si celui-ci était nettement moindre à Budapest qu'à Vienne, Varsovie ou Munich, l'espoir de faire avancer d'un grand bond l'humaine condition en cette région du monde allait brutalement fléchir devant la barbarie.

Antisémitisme « moindre » ? En tous les cas très différent. La Hongrie est un pays à part : l'essentiel de sa bourgeoisie est juive. À mesure que la modernité s'est imposée, une alliance tacite a donc lié, profondément bien que de manière trouble, l'ancienne aristocratie terrienne magyare catholique et les industriels, commerçants, médecins, avocats... israélites. Le régent Horthy occupe une place spécifique : ce hobereau fait partie de la minorité protestante — cela ne le rapproche cependant pas de l'Allemagne, au contraire.

Mais voilà qu'avec la naissance de la petite Hon-

grie de 1919-20, apparaissent des associations telles
qu'*Etelköz* — du nom de la Hongrie primitive (ce mot
signifie « entre deux fleuves ») —, qui prônent un
mélange de socialisme et de retour aux « frontières
ethniques » très proche de l'idéologie mussolinienne
et surtout, bientôt, nazie.

Le leader de ces fascistes magyars se nomme Gyula
Gömbös. Fils d'instituteur, c'est un descendant de
petits colons allemands. Il est ouvriériste et violem-
ment antijuif. En 1921, il publie son premier journal,
en liaison — déjà — avec les activistes qui entourent
un certain Adolf Schickelgruber, alias Hitler. Dans
l'opposition jusqu'en 1932, c'est lui que le régent
Horthy appellera alors au pouvoir. Gömbös ne par-
viendra cependant jamais à instaurer un régime franchement fasciste en Hongrie. Horthy et les représentants des grands propriétaires féodaux réussiront à s'y
opposer... sans trop déplaire à Hitler pour autant.

Le contexte qui rend l'histoire des *Dialogues avec
l'Ange* humainement possible tient tout entier dans
l'étroite fourchette de cette ambiguïté, que le grand
politologue austro-américain Raul Hilberg a remar-
quablement présentée dans *La Destruction des juifs
d'Europe*. Ainsi ce dernier note-t-il que les premiers
ministres successivement nommés par le régent à la
tête du gouvernement hongrois ont été tour à tour,
avec une remarquable régularité, pro-allemands et
anti-allemands (ou « réticents à l'Allemagne »). Et
ceci jusqu'à la fin du Troisième Reich. Par exemple, à
partir de 1939, se succèdent au pouvoir à Budapest :

Avant l'occupation allemande
   Jusqu'en mars 1939 : Imrédy (pro-allemand)
   de mars 1939 à avril 41 : Teleki (réticent)
   d'avril 1941 à mars 42 : Bárdossy (pro-allemand)
   de mars 1942 à mars 44 : Kállay (réticent)

Après l'occupation allemande
   de mars à août 1944 : Sztójay (pro-allemand)
   d'août à octobre 1944 : Lakatos (réticent)
   d'octobre 1944 à la fin : Szálasi (pro-allemand)[1]

---

1. Source : *La Destruction des juifs d'Europe*, Raul Hilberg, Folio.

Cette ambiguïté s'analyse pour une part en termes tout à fait objectifs. Ainsi, le régent Horthy, qui ne cache jamais son antisémitisme viscéral, écrit à son premier ministre Teleki que la vue de « toute usine », banque ou entreprise aux mains des juifs, lui est « insupportable » ; mais il s'empresse d'ajouter dans la même lettre que s'aligner sur la politique de purification ethnique prônée par les nazis (on dit alors « aryanisation ») serait pure folie : les juifs constituent, écrit-il, la colonne vertébrale de l'économie hongroise et il faudrait « au moins une génération » pour les remplacer.

Horthy précise aussi que, malgré son « aversion pour eux », il a « infiniment plus confiance dans la loyauté des juifs que dans celle des extrémistes pro-allemands, qui sont le plus souvent des hâbleurs ».

Étrange ?

Allons ! Le monde judéo-chrétien (et judéo-musulman) fonctionne ainsi depuis des siècles ! Miklós Horthy n'aime pas les juifs (hongrois) mais il ne veut pas que l'on touche à un seul cheveu d'une seule de leurs têtes. Et cela fait une légère différence. Contre les Allemands, il défendra « ses » juifs jusqu'au bout. Ce qui l'amènera à d'étranges compromis, nous le verrons, tels que ces incroyables « bataillons juifs », militaires et civils, qui s'avéreront pour beaucoup une planche de salut — du moins au début, car à la fin de la guerre, ils deviendront au contraire une voie terrible vers la mort, l'« ambiguïté » hongroise ayant malheureusement cédé sous la pression allemande.

L'attitude de Horthy mériterait une étude à part. De nos jours, on considère généralement que ce dernier a été un tyran en tout point semblable aux nazis. C'est plus complexe, à la fois plus tordu et plus humain. Malgré son antisémitisme, il se refusa jusqu'au bout à passer à la « solution finale », fût-ce au péril de sa propre vie, face aux Allemands de plus en plus fous dans la débâcle — est-ce parce que son éducation protestante lui rappelait que les juifs sont les ancêtres des chrétiens ?

Certes, sous sa régence, d'autres auraient aimé

« passer à l'acte » au même rythme que les nazis eux-mêmes. Quand il est premier ministre, en 1932, Gömbös laisse se créer à Budapest un parti ouvertement favorable aux idées les plus antijuives : les *Nilasz kereszt*, ou Croix fléchées — fondées par Ferenc Szálasi, un officier subalterne d'origine arménienne, inventeur d'une théorie raciale connue sous le nom de *hungarisme* — auront l'insigne et démoniaque honneur de devenir les correspondants officiels du NSDAP allemand en Hongrie.

Parmi leurs premières revendications, Croix fléchées et théoriciens d'*Etelköz* revendiquent que l'on impose une réduction du pourcentage de juifs dans certaines branches d'activité, notamment dans les professions libérales. Ils recommandent évidemment que l'on commence par débusquer les anciens partisans de Béla Kun...

En tant qu'ancien très jeune « bélakuniste » — il n'avait que quinze ans, mais participait comme un homme à toutes sortes de réunions révolutionnaires, notamment sur la culture —, le décorateur Joseph Kreutzer fait donc partie des premiers visés. Et sa femme Hanna a beau n'avoir jamais prêté grande attention à la politique, elle se trouve dans le collimateur des racistes, elle aussi. Heureusement pour lui, Joseph n'a jamais été un leader. On ne l'a pas remarqué au sommet des barricades et l'idée ne viendrait à personne d'aller demander des comptes à ce juif-là plutôt qu'à un autre.

Bref, après une période de frayeur, il s'avère qu'aucune menace directe ne pèse, ni sur Joseph, ni sur son entourage.

On pourrait ne se rendre compte de rien...

Mais Joseph est un hypersensible.

C'est un homme grave, et même parfois triste. Il a beaucoup cru dans l'homme et dans le progrès. Ses espoirs de jeunesse ont été ruinés et sa subtilité d'artiste lui suggère que le pire est peut-être encore à venir.

S'il plaît tant à Hanna, c'est qu'il est aussi furieusement drôle, dans le genre narquois au cœur tendre.

Il ne parle presque pas, mais sous sa moustache se cache un inaltérable petit sourire — surtout quand il observe Hanna et ses amies en train de plaisanter ou de faire des farces. Il observe énormément les autres. Peu de détails lui échappent. Il aime laisser de petits mots à sa femme, pour la faire rire, ou pour tenter de l'amadouer lorsqu'elle en veut à tel ou tel élève de son atelier. Il essaie toujours de résoudre les conflits, si possible par l'humour — comme cette idée de proposer à toute la maisonnée un « bâton de mauvaise humeur » (en l'occurrence une grande cuillère en bois), que chacun a le droit de brandir en début de journée, pour signaler aux autres qu'il n'a pas le moral ce jour-là et qu'il ne faut pas lui tenir rigueur de propos éventuellement furieux.

En lui, se mêlent paradoxalement une inquiétude insondable et un calme si serein et si dense qu'il touche tous ceux qui l'approchent. En ces années de nervosité sociale exacerbée, où les discussions tournent facilement à l'aigre, la seule présence silencieuse de Joseph, par exemple au bistrot, apaise toutes les disputes qui s'y déroulent quotidiennement.

Joseph dessine des meubles. Avec Hanna, une fois leurs études terminées, à la fin des années 20, ils se sont installés dans un grand atelier, sur les hauteurs de Buda, d'où l'on voit le Danube étaler ses méandres.

Professionnellement, voilà un couple qui a réussi et pourrait même faire des étincelles. Mais ils sont juifs et l'antisémitisme rôde déjà suffisamment — avant même que ne soient votés les quotas limitant le nombre d'israélites dans chaque profession — pour que les commandes passées à leur atelier se raréfient de façon dramatique, à partir de 1932.

Heureusement, Hanna a une amie, Gitta, dont la famille fait au contraire partie de l'*establishment* militaro-aristocratique du régime Horthy. Avec elle, il y a moyen de survivre. Tout de suite, les deux anciennes étudiantes sont à nouveau intimes, et la sympathie coule aussi entre Gitta la débordante et Joseph le pince-sans-rire. Une trame se tisse.

4

L'ATELIER GRAPHIQUE

Gitta cherchait du travail. La voilà donc employée de l'atelier de Hanna et Joseph. Mieux : associée. Car, si l'antisémitisme bloque de plus en plus les commandes aux artistes juifs, Gitta, elle, bénéficie au contraire d'une carte de visite en or : championne nationale et fille de général, c'en est assez pour obtenir plus de contrats que l'atelier ne pourrait en honorer en fonctionnant jour et nuit ! Si le fasciste Gömbös a réussi une chose, c'est bien de faire noyauter toute la haute administration par l'armée, et le général Mallasz, bientôt à la retraite mais « pantouflant » quelque peu, fait partie des Hongrois les plus privilégiés. Une association naît donc, avec Gitta Mallasz en devanture et le couple Hanna-Joseph en travailleurs quasi clandestins : les commanditaires ne doivent surtout pas savoir que l'ouvrage est en réalité, pour l'essentiel, conçu et exécuté par des artistes juifs.

À l'intérieur de l'atelier, devant la planche à dessin, la relation s'inverse : Hanna devient le maître et Gitta l'élève. Il faut dire qu'en quelques années le décalage qui existait déjà entre les deux jeunes femmes à l'école s'est nettement élargi. Hanna, qui a réussi à transformer tous ses essais de jeunesse, approche ce qu'on pourrait appeler la densité de l'accomplissement. Alors que Gitta, intellectuellement papillonnante, n'a fait que se disperser davantage en embrassant l'éphémère exaltation de la compétition sportive. Du moins se voit-elle ainsi — et Hanna a le plus grand mal à la détromper. En effet, quand Gitta se remet sérieusement au travail, elle s'aperçoit épouvantée qu'elle ne sait plus dessiner...

À mesure que s'achèveront les années 30, les noms de Hanna et de Joseph disparaîtront purement et simplement des contrats, celui de Gitta apparaissant seul, pour rassurer la galerie. Sur le terrain, ce sont bien sûr Hanna et Joseph qui mènent les opérations.

L'atelier déploie toutes les formes d'art pictural possibles : dessin, peinture, gravure sur bois, sculpture... dans toutes les applications envisageables, de l'affiche de publicité au design de meubles, en passant par les décors de théâtre et la couture. Hanna conçoit. Joseph dirige les chantiers, surtout quand ils utilisent le bois. Et tous les témoignages convergent : ce sont des patrons de rêve.

Si la gestion de Joseph s'effectue le plus souvent dans le silence, ce silence nourrit tacitement les employés de sagesse et d'humour, au gré d'une mystérieuse osmose. Hanna, à l'inverse, parle haut et fort. Ses directives s'inscrivent toujours dans un cadre beaucoup plus large, qui cherche à leur donner un sens philosophique et quasi politique. Ainsi invite-t-elle par exemple ses apprentis graphistes (elle n'a pas le droit d'enseigner aux Beaux-Arts, mais transmet néanmoins son savoir à quelques apprentis[1]) à ne jamais perdre de vue l'aspect économique de leurs travaux. Pour elle, un artiste doit savoir non seulement mener à bien une œuvre jusqu'au bout de ses applications techniques, mais aussi comprendre et tenir son budget. Hanna est très cultivée et douée d'un esprit de synthèse rare. Travailler avec elle constitue donc un privilège. Qu'il faut mériter.

Témoignage de Véra Székély : « Pendant que

---

1. Véra Székély : « Hanna rêvait d'avoir des enfants, mais Joseph sentait l'avenir trop menaçant pour cela. Ainsi, nous, les élèves de leur atelier, étions en fait leurs enfants. »

Hanna corrigeait nos projets, le contact que nous avions avec elle était très différent de celui que nous avions en d'autres moments. Nos dessins prenaient pour elle l'importance d'une radiographie pour un médecin ; intuitivement, elle se mettait sur une autre longueur d'onde et devenait un instrument conscient pour notre développement humain et par conséquent professionnel[1]. »

« Même lorsqu'il s'agissait de la plus banale des publicités, le moindre trait, pour elle, était un miroir où s'exprimait un événement intérieur[2]. »

Hanna exige de ses collaborateurs et élèves qu'ils soient, non pas géniaux, mais toujours au maximum de leurs possibilités personnelles. Il lui arrive ainsi de flanquer à la porte des artistes de talent mais paresseux, alors qu'elle garde auprès d'elle de plus laborieux, mais ouverts à l'effort.

Véra Székély : « Je me souviens d'une fille très douée, qui dessinait les nus comme Rodin, mais se laissait complètement vivre. Hanna, après avoir tenté pendant plusieurs mois de stimuler son ardeur, finit par la remercier. Elle croyait énormément à la parabole des talents. »

Gitta Mallasz représente un cas à part.

Parmi les différents collaborateurs, elle se distingue doublement : par l'amitié très forte qui la lie aux « patrons », et par sa célébrité nationale, qui lui permet de décrocher des marchés dans toute la Hongrie, essentiellement avec les institutions d'État, sous forme d'affiches, de publicités dans les journaux, de décors d'exposition... Le travail ne lui fait pas peur. C'est une bosseuse acharnée. Mais elle est excentrique et il faut sans cesse la recentrer, tant ses coups de tête pourraient l'entraîner vers de mortelles extrémités.

En même temps — est-ce parce que son éveil à la vie s'est effectué sous des auspices si austères ? — Gitta semble s'interdire spontanément d'entières

1. Extrait de l'introduction de la première édition des *Dialogues avec l'Ange*, 1976.
2. Extrait de l'introduction de l'édition intégrale, 1990.

zones d'expérience et de joie. D'où lui vient ce manque de confiance ? Jamais par exemple elle n'ose franchement se lancer dans le dessin artistique, ce à quoi Hanna l'invite pourtant régulièrement. Elle préfère se contenter d'appliquer ce qu'elle a appris à l'école, essentiellement pour dessiner des affiches de pub — comme, des décennies plus tard, en France, elle dessinera des pochettes de disque. Si Hanna lui conserve néanmoins tout son attachement, c'est que Gitta est habitée par une force vitale unique en son genre.

Hanna a senti cela dès leurs premiers contacts, à l'école. Et la vie n'a fait que confirmer cette intuition de départ. Hanna se trompe rarement. Elle ne se contente pas de jouir d'une sensibilité innée, elle cultive celle-ci avec raffinement. En méditant. En écoutant de la musique. En lisant.

Encore très jeune, Hanna a lu tous les livres de ses parents, du Talmud à Spinoza, de Goethe à Bergson. En fait, bien avant vingt ans, c'est elle qui a enrichi la bibliothèque familiale de ses livres les plus audacieux, faisant découvrir aux siens le *Tao Te King* de la Chine taoïste, les *Upanishad* de la fin de l'Inde védique, Maître Eckhart... (Évoquant les lectures de Hanna et de Joseph, Gitta Mallasz n'accordera pas de place particulière aux ouvrages chrétiens. À décrypter la trajectoire de Hanna, il semblerait pourtant qu'à l'instar de la jeune philosophe Simone Weil, qui vit en France à la même époque, Hanna nourrisse une passion particulière vis-à-vis des grands auteurs mystiques évangéliques.)

Travailler avec Hanna signifie que l'on s'intéresse concrètement aux questions métaphysiques. Elle prête ses livres à ses élèves graphistes, attend d'eux des commentaires, qu'elle commentera en retour, sous le regard presque toujours silencieux et parfois amusé de Joseph.

Hanna elle-même ne se soumet, dirait-on, à aucune discipline spirituelle officielle, ne suit l'enseignement d'aucun gourou. Pourtant, tout va se passer comme si elle était parvenue à percer l'intimité du yoga, ou de la méditation zen, ou de toute autre grande technique spirituelle — jusqu'à l'ineffable « Vide » d'où émerge ce que certains appellent la Lumière, ou la Vie, ou l'Amour. Ou encore l'Inspiration créatrice.

LE VOYAGE À LONDRES

À cette époque, Hanna, Gitta et Joseph ne se sont pas encore exclusivement voués à Mozart. Ils écoutent aussi Beethoven, Schubert, les romantiques russes... que Gitta décrira plus tard comme « kitsch ». Un jour, cette dernière fait irruption à l'atelier et annonce fièrement : « J'ai un laissez-passer pour Londres autant de fois que je veux ! »

On l'applaudit.

Tout cela à cause d'une affiche qu'elle a dessinée, pour la compagnie hongroise des chemins de fer. Le dessin représente un gamin de cinq ou six ans, en costume magyar traditionnel, qui tient un bouquet de fleurs dans son dos, d'un air terriblement gêné. Cette affiche a tapé dans l'œil d'une dame anglaise qui se trouve être chargée de l'organisation du dîner annuel de charité d'un cercle genre Rotary, au Claridge, à Londres. Or cette année-là, le cercle a opté pour un décor traditionnel de Hongrie — un pays pour lequel les Britanniques d'alors semblent avoir un faible. Et voilà que cette dame est tombée sur l'affiche de publicité dessinée par Gitta Mallasz, chez l'attaché culturel hongrois à Londres.

En quelques jours l'affaire a été conclue : Gitta dessinera l'ensemble du décor de la soirée de charité, au Claridge. Ce sera un *Old-Budapest-Ball*. Elle a aussitôt mis comme condition à sa collaboration de pouvoir se rendre à Londres aussi souvent qu'elle le désire, en avion, ce que les Anglais lui ont volontiers accordé.

Les affiches portent décidément bonheur à Gitta. Quelque temps auparavant, elle a gagné un procès contre une agence de voyages allemande qui a copié sans son autorisation l'un de ses posters publicitaires. L'affaire s'est finalement réglée à l'amiable, l'agence offrant à Gitta une croisière en paquebot jusqu'au Cercle polaire arctique. Elle a évidemment été la reine à bord, se faisant amplement remarquer, notamment en plongeant dans la piscine du paquebot, où les matelots s'étaient amusés à jeter un petit phoque qu'ils venaient de capturer.

Avec les Anglais, les choses prennent un tour plus sérieux. Du jour au lendemain, Gitta se sent devenir quelqu'un d'important. Derrière elle, dans l'ombre, Hanna et Joseph collaborent activement à l'opération. Ils dessinent des motifs de fresques murales, des réverbères, des bancs, des calèches, des robes, des tables de banquet... tout ce qu'il faut pour monter le décor complet d'un village hongrois traditionnel.

Gitta s'envole enfin. C'est la première fois de sa vie qu'elle prend l'avion. Voir le monde d'en haut lui est un délice. Elle débarque à Londres, hilare. Son côté authentiquement sportif plaît aussitôt aux Anglais. Quand elle séjourne à Londres, ses commanditaires la logent chez un lord, dont le fils célibataire meurt bientôt d'envie de l'épouser. Gitta doit jouer serré pour ne pas offenser ses hôtes. Dans ce genre d'histoire, elle n'est jamais exempte de témérité, ni d'un zeste de cruauté. Elle provoque le jeune homme dans des jeux qu'elle est sûre de gagner. Elle le met au défi de convertir plus vite qu'elle les mesures métriques de son décor magyar en unités anglaises — pouce, pied, yard —, ce que le malheureux s'escrime à calculer arithmétiquement, alors qu'elle se livre aux mêmes opérations dix fois plus vite, grâce à une règle en bois graduée dans le double système, qu'elle consulte à la dérobée. La vitesse d'exécution de la belle Hongroise stupéfie le prétendant, à qui Gitta fait comprendre en riant qu'elle ne saurait épouser plus mauvais mathématicien qu'elle.

Quand elle rentre à Budapest, c'est bien pire. On la courtise de tous côtés.

« Le gratin de la société hongroise, écrit-elle dans "Rencontres d'autrefois", et les jeunes filles de la petite noblesse ruinée qui rêvaient de rencontrer le lord de leur vie espéraient, grâce à moi, se faire inviter à cette soirée très huppée[1]. »

Arrive le jour du gala de charité. Pendant tout l'après-midi, Gitta, surexcitée, court d'un bout à l'autre du Claridge, où l'on s'affaire aux finitions. Les journaux de Londres ont tous vanté son décor pittoresque et elle se sent pousser des ailes. Dans son esprit, nul doute qu'elle sera la star de la soirée. Même si le roi et la reine ne sont finalement pas au programme, une bonne partie de la cour d'Angleterre applaudira ses talents de décoratrice. Les tout premiers invités commencent à arriver. On a allumé les lanternes magyares. L'euphorie de Gitta touche à son comble. La voilà en somptueuse robe folklorique, surveillant les ouvriers qui fignolent quelques détails. Quand soudain, dans la hâte des dernières mises au point, traversant les coulisses au galop, la malheureuse se jette la tête la première contre une poutre qu'un ouvrier déménage.

Un coup violent, en pleine tempe. Gitta, projetée au sol, s'évanouit.

Quand elle revient à elle, elle ne voit plus rien et tout le monde se bouscule autour d'elle, on apporte un sac de glace pilée, de l'arnica, des compresses, mieux : un énorme beefsteak cru, qu'on lui applique sur le visage. La douleur est grande, heureusement l'œil n'est pas atteint. Mais pour la soirée de triomphe, c'est fichu.

La nuit venue, la tête ceinte d'un lourd bandage, camouflée sous un chapeau, la « star » ne peut que traverser furtivement la salle. Les autres s'enivrent sans elle. Une crise de désespoir menace... quand

1. *Les Dialogues ou l'Enfant né sans parents*, Aubier, 1986.

Gitta réalise à quel point son comportement est grotesque.

Elle s'isole aux toilettes, respire profondément, et voilà que tout s'illumine.

Un énorme sentiment de déjà-vu la submerge.

Elle se revoit, petite fille, dans le Tyrol, contemplant le fameux coucher de soleil aux côtés de son grand-père. Le calme somptueux du souffle dont on ne sait d'où il vient ouvre en elle un espace aussi grand que celui des montagnes d'alors.

Toute seule, la tête bandée, dans les toilettes du grand hôtel londonien, Gitta éclate de rire.

« À cet instant précis je me sens inondée par l'Amour divin[1]. »

Inversion... renversante : tout allait mal et voilà qu'une allégresse sans nom la transporte.

L'idée s'impose alors que le coup de poutre sur la tête ne lui est pas venu par hasard.

Elle se tenait là, toute vaniteuse et sotte, prête à s'envoler dans une soirée mondaine quand quelque chose (quelqu'un ?) l'a stoppée net.

Quelque chose ou quelqu'un qui lui voudrait du bien ?

---

1. *Les Dialogues ou le Saut dans l'inconnu*, éd. Aubier, 1989.

6

HANNA, GITTA ET LEUR SAMSARA

Gitta rentre à Budapest le visage bandé mais radieuse. Tout de suite Hanna devine que son amie vient de franchir une étape. Peu de temps après son retour, elle lui offre, pour son anniversaire, un exemplaire relié de la *Bhagavad-Gita*, le grand livre mythique où la spiritualité hindoue se trouve exprimée dans l'enseignement que Krishna offre au roi Arjuna. Gitta (à qui l'homonymie ne déplaît évidemment pas) se jette sur le saint ouvrage comme sur un roman policier. Désormais, elle emporte la *Gitta* partout avec elle. Les passages qu'elle préfère touchent tous l'amour indicible entre le créateur et la créature...

64. — Et maintenant entends la parole suprême, la parole la plus secrète, que Je vais te dire : Tu es Mon bien-aimé, intimement ; c'est pourquoi Je parlerai pour ton bien (...)
66. — Abandonne tous les dharmas et prends refuge en Moi seul, Je te délivrerai de tout péché et de tout mal, ne t'afflige point (...)
69. — Et il n'est nul parmi les hommes qui fasse plus que lui ce qui M'est le plus cher ; et il n'y en aura jamais dans le monde qui Me soit plus cher que lui.

Gitta est frappée aussi par l'épisode de la bataille d'Arjuna, où Krishna, déguisé en cocher du roi, essaye de convaincre celui-ci de se battre :

Des deux côtés, les armées étaient prêtes. Arjuna monta sur son char et saisit la conque avec laquelle il devait lancer le combat que tous étaient déterminés à livrer... Soudain, au moment de souffler dans sa conque, il sentit ses jambes fléchir et sa bouche se dessécher. Il vacilla et dit à Krishna, qui devait conduire son char : « Que pourrait apporter de bon ce combat ? Ma famille sera massacrée. À pareil prix, comment peut-on désirer la victoire, les plaisirs et même la vie ? Oncles, cousins, neveux, ils sont tous là. Je ne peux pas souhaiter la mort des miens. Tout bonheur serait impossible. »

Krishna lui répond : « D'où vient cette folle et honteuse faiblesse ? Relève-toi !

— Je ne peux me relever, dit Arjuna, car j'ai perdu ma fermeté. Je tremble, je ne suis plus maître de mon esprit. Éclaire-moi. »

Krishna lâcha les rênes et s'approcha de son ami. Il se rendait compte que cet abattement n'avait rien d'un caprice, mais qu'il s'agissait d'une profonde détresse de l'esprit. Arjuna ne distinguait à ce moment-là aucune raison d'agir. Aussi Krishna décida-t-il de prendre le temps nécessaire pour venir à son secours, de lui parler, pour lui expliquer le difficile chemin de l'action.

Krishna commença par dire à Arjuna que la victoire et la défaite, le plaisir et la douleur, tous les buts ordinaires de l'action humaine devaient lui être indifférents, et que tout résultat blanc de l'action humaine pouvait devenir noir, et inversement. Il fallait agir, mais sans réfléchir aux fruits de l'acte, ni aux bénéfices de toute nature que l'action pourrait entraîner.

À quoi Arjuna répondit : « Tu me parles de détachement, mais tu me pousses à la bataille et au massacre. Tes instructions sont équivoques. Elles me troublent... Ce que tu me demandes, comment le mettre en pratique ? L'esprit est capricieux et instable. Le subjuguer paraît plus ardu que de maîtriser le vent[1] ! »

Se désintéresser des fruits de l'action ? Ne se préoccuper que la voie elle-même, dans l'instant pré-

---

1. C'est ainsi que la pièce du *Mahabharata* de Peter Brook présente brièvement l'éblouissement d'Arjuna au seuil de la bataille où Krishna commence à lui enseigner la *Bhagavad-Gita* qui nous parle encore, des milliers d'années après.

sent ? Se battre contre soi-même ? Autant d'ambitions abruptes qui n'effrayent pas Gitta. Elle se sent prête à s'engager au galop dans ce que les soufis appellent la « grande Djihad », la grande guerre sainte — contre soi-même alors que la guerre sainte physique, où l'on tue mécréants et faux fidèles, n'est jamais que la « petite Djihad ». Mais combattre l'ennemi intérieur à soi-même n'est pas une mince affaire. Il s'agit d'un adversaire subtil et trompeur, capable de se camoufler derrière les plus nobles intentions. C'est justement ce que Hanna tente d'expliquer à ses élèves.

D'où Hanna tire-t-elle ses connaissances et son immense confiance en soi ?

L'histoire telle qu'il nous sera plus tard possible de la reconstituer ne lui connaît, avons-nous dit, aucun maître, du moins dans l'ordre physique des êtres. Il est certes des filiations initiatiques qui traversent le monde matériel sans qu'on les voie. Telle est du moins la conviction de Hanna elle-même, et de Joseph. Ils sont persuadés d'avoir déjà eu affaire l'un à l'autre à une autre époque. Lorsqu'ils étudiaient encore aux Beaux-Arts de Munich, Hanna et Joseph avaient fait une nuit un double rêve très étrange. Joseph se tenait debout, pieds et poings liés, à bord d'une charrette qui l'emmenait au bûcher. Hanna courait derrière, éplorée, cachée parmi la foule des curieux. La scène se déroulait au Moyen Âge, à Nuremberg. Hanna fit le rêve côté foule, Joseph côté bûcher. Lorsqu'au matin ils s'aperçurent que leurs songes se croisaient, les amants s'avouèrent réciproquement que se trouvait ainsi confirmée une impression vague mais tenace de s'être déjà connus « ailleurs ».

Que reprochait-on au « Joseph médiéval » ? Ils n'en savaient rien. Ne subsistaient que ces images brutes.

Un semblable sentiment de « déjà connu » lie également Hanna et Gitta. Dans des tonalités moins tragiques. Depuis que Gitta s'initie à la mythologie hindoue, Hanna et elle aiment se dire « prises dans le même *samsara* », la même roue des réincarnations...

Leurs mères étaient enceintes à la même époque — celle de Hanna légèrement en avance sur celle de Gitta. Un accouchement prématuré fit de cette dernière l'aînée. Comme si, dès le ventre de sa mère, Gitta était déjà habitée par l'impatiente impétuosité qui allait la caractériser sa vie durant. Les deux amies plaisantaient souvent sur leurs naissances croisées :

« Tu veux toujours être la première en tout ! » se moquait Hanna.

Et Gitta répondait : « C'est juste pour mieux vous ouvrir la porte, maîtresse ! »

Se doutaient-elles du genre de porte dont il serait bientôt question ?

Le seul qui semblait en avoir une petite idée, c'était Joseph.

Était-ce pour cela qu'il se taisait avec tant de gravité ?

7

LES QUATRE AMIS

Dès que l'on aborde des sujets essentiels, Gitta se comporte vis-à-vis de Hanna comme une élève. Gitta se veut même la meilleure élève de Hanna. Elle dévore les livres que lui prête son amie, de plus en plus persuadée, à mesure que les années passent et que s'éloigne le temps juvénile des championnats de natation, qu'elle a gâché sa jeunesse à ne cultiver que son corps et à laisser son esprit en friche — ce dont Hanna cherche à la déculpabiliser. « L'essentiel n'est pas non plus dans les livres », lui dit-elle. Mais en vain. Gitta ne veut rien entendre. Désormais, quand elle s'en va faire du ski sur les pentes du Matterhorn, elle emporte dans ses bagages toutes sortes d'ouvrages de haute volée, qu'elle lit le soir jusqu'à en tomber de fatigue, oubliant même le beau moniteur qui dort dans la chambre d'à côté.

Cette frénésie de Gitta à vouloir « rattraper le temps perdu » la conduit parfois au bord du délire.

Un jour, par exemple, ses amis la trouvent terrassée par la fièvre, mais refusant catégoriquement d'appeler un médecin à son chevet. Quand ils apprennent qu'elle gît ainsi depuis des jours dans son lit et que son état ne fait qu'empirer, Hanna et Joseph, passant outre ses protestations, la font examiner de force par un docteur ami, qui exige son hospitalisation d'urgence : elle est en train de mourir d'une broncho-pneumonie du dernier degré. Les antibiotiques n'existent pas encore. Gitta en réchappe de justesse. Quand, finalement rétablie, ses amis la somment de s'expliquer, Gitta avoue avoir cru pouvoir se soigner elle-même, en appliquant toute seule des techniques yogiques d'autoguérison dont elle avait lu la description dans un livre emprunté à Hanna !

Gitta conservera longtemps cette attitude de fonceuse immature.

C'est la part enfant d'un tandem fou — Hanna/Gitta — qui se met lentement en place. La part adolescente. L'énergie-matière à l'état sauvagement humain.

Lancée dans tous ses désirs, menacée par toutes les dispersions, Gitta cherche avec rage à se rassembler. Mais autour de quoi ?

Le corps seul ? Elle en sent désormais la part endormissante — elle dont la main, jadis habile, ne sait plus dessiner avec légèreté. L'esprit seul ? Certainement pas, sa sottise de yogi du dimanche le lui a fait durement comprendre, la giflant comme jamais personne n'avait osé. Au fait, se demande-t-elle, quoi ou qui l'a giflée de la sorte ?

La fille spartiate devenue femme s'interroge des heures durant. Elle n'a jamais baissé les yeux devant personne, sauf une fois ou deux devant son grand-père, et voilà que... Mais avec le grand-père c'était différent : le vieil homme l'aimait tant que le fait de s'incliner devant lui avait curieusement toujours donné à Gitta l'impression de grandir.

Y aurait-il donc, se demande la fille du général magyar, des gifles qui vous font grandir ? Ou plutôt qui vous inviteraient à grandir ?

À vraiment grandir, à vous éveiller ?

Un autre exemple. Gitta raffole du cinéma. Elle déboule un jour en trombe chez Hanna et Joseph : « Je viens de voir un film fabuleux ! Il faut absolument que vous alliez le voir vous aussi ! Tout ce que raconte Hanna, la beauté, la joie, la force lumineuse de la terre et du ciel, tout cela s'y retrouve magnifiquement exprimé ! »

À l'entendre, il s'agit du plus beau film de l'histoire du cinéma. Un chef-d'œuvre de spiritualité. Devant tant d'insistance, Hanna et Joseph finissent par se laisser convaincre. Non sans une légère appréhension. Ils en reviennent partagés entre le fou rire et la consternation.

Le film s'appelle *Tarzan fils de la jungle* et l'enthousiasme de Gitta ne peut avoir qu'une seule explication : l'acteur principal, un certain Johnny Weissmuller, lui plaît énormément.

Du coup, Hanna, et parfois le grave Joseph lui-même, ne manquent pas une occasion de se moquer de Gitta à grands éclats de rire. Celle-ci a la peau dure, mais au-dedans, sa sensibilité en alerte est parfois prise de vertige : si Hanna et Joseph pensent que ce film est un navet, cela ne signifie-t-il pas qu'elle-même n'est, tout compte fait, qu'une sotte ?

Heureusement, elle aime tant rire avec Hanna !

Un de leurs plus grands plaisirs, à toutes les deux, consiste à monter des farces, parfois simplement clownesques. Lorsque, par exemple, une association sportive locale invite « la championne Gitta Mallasz » à venir donner une démonstration de plongeon, les deux complices débarquent en grands costumes de bain du siècle passé, avec des ballons en baudruche pour gonfler leurs derrières et leurs poitrines. Elles organisent aussi de véritables impostures, parfois diablement préméditées, et en pleine ville, feignant par exemple de se disputer comme des mégères, devant les badauds médusés. Un jour, Hanna se déguise en servante campagnarde endimanchée, avec six jupons l'un par-dessus l'autre, et fait semblant d'être de sortie avec sa patronne, Gitta, habillée d'un tailleur du dernier cri. Toutes deux s'installent à la terrasse du grand café chic du frère de Lili. Sous le regard médusé de cette dernière, censée jouer la dame qui reçoit, Hanna-la-servante se met à poser à haute et intelligible voix des questions incongrues et embarrassantes sur les clients, souvent snobs, du bel établissement à la mode. « Pourquoi ces dames ont-elles le visage peint comme ça ? Seraient-elles malades ? » « Et les petits messieurs tout pâles, là-bas, ne faudrait-il pas leur donner un peu de lait de nourrice à téter ? » Gitta, sous son petit

chapeau à voilette, fait semblant de pester en sour-
dine contre cette niaise des Carpates à qui elle a eu
l'idée absurde de vouloir faire visiter les endroits les
plus en vue de la capitale.

De sa place, la jolie et discrète Lili étouffe à grand
mal son rire, tant le numéro de ses jeunes amies
touche juste.

Jeunes ? Lili a six ans de plus que Hanna et Gitta.
Pourtant, on dirait leur petite sœur. Comment garde-
t-elle ce teint de fleur ? Pourquoi ne se flétrit-elle pas,
alors qu'elle s'imbibe quotidiennement de la conster-
nante amertume humaine charriée par les complain-
tes de ses élèves ?

Ce sont des questions dont les trois amies discu-
tent parfois.

Plus le temps passe, plus Hanna, Gitta et Lili se
parlent. De tout.

Au début, de manière informelle, au hasard des
rencontres. Puis, comme il apparaît que leurs
conversations répondent à un besoin réel et profond,
des rendez-vous réguliers s'organisent. Peu à peu,
tous leurs week-ends y passent.

Elles lisent les poèmes du jeune Miklós Radnóti...

Et je fus Caïn, le soleil se levait sur ma poitrine bombée
et la fatigue de mes genoux apportait le crépuscule quand
je tuais et que sur mes pas tu répandais tes douleurs aux
    paroles traqueuses
et que tu renversais sur ma route, gardiens de ma fuite
    nocturne, les arbres tristes et gelés.

Ou bien :

Ma mère à minuit me mit au monde, à l'aube
elle était morte, emportée par la fièvre et moi
je pense avec des mots baroques
aux mères fortes qui enfantent dans les champs.

Ou encore :

J'ai vingt ans. Le Christ en automne
au même âge pouvait avoir
la même allure : il était blond,

imberbe encore, et chaque nuit
faisait rêver des jeunes filles.

Un cercle se forme.

Auquel Joseph finit par se joindre. Généralement
sans dire un mot.

Mais le silence de Joseph a cette qualité ancienne
que l'homme moderne a perdue. C'est un silence
d'une personne habitée. Un silence comme celui que
vénèrent les Japonais, eux qui peuvent recevoir des
amis sans prononcer un traître mot de toute la soirée
et s'en trouver satisfaits. Le silence de Joseph est le
contraire du silence qui terrorise les animateurs de
radio ou de télévision — ces malheureux pour qui un
arrêt du flot sonore pendant plus de quelques
secondes constituerait un drame à éviter à *n'importe
quel prix*.

Les farces de Hanna et de Gitta choquent parfois
Joseph. Ou bien il fait juste semblant de s'en offus-
quer, avec des airs d'Anglais. Quand sa femme
pousse l'amusement trop loin à son goût, il se retire
dans son atelier de menuiserie. Les femmes se
moquent gentiment de lui : « Ça y est, Joseph s'en est
allé bouder dans sa cabane de silence ! »

Ses origines très simples n'expliquent pas seules
cette gravité immense...

En revanche, Joseph découvre qu'il aime écouter
Hanna et ses deux amies débattre de grandes questions philosophiques.

Des questions à l'urgence grandissante.

En quelques années l'atmosphère en Europe centrale est devenue démente. Tous les jours, à la radio
autrichienne, on peut entendre Hitler hurler. Comme
beaucoup de Hongrois, les quatre amis comprennent l'allemand.

Et même s'ils ne comprenaient pas, une chose
devient claire : on marche à grands pas vers la
guerre.

Il faut dire que Hanna Dallos et Joseph Kreutzer
percent la nuit d'un regard d'une rare intensité.

On est à la fin des années 30. Le nazisme est
monté, marée putride sous un masque d'abord hygié-

niste. Beaucoup d'Européens n'y ont rien compris. Hanna et Joseph ont compris trop vite, trop bien. Leur finesse dépasse la norme. Franchissant très tôt les premières prises de conscience qui manquent encore à bien des juifs d'Allemagne et d'Europe centrale, ils ont intégré les sombres données à leurs univers intérieurs où, par extraordinaire, elles semblent vouloir prendre un sens.

Sans doute la situation très particulière de la Hongrie — épargnée par les Allemands jusqu'au printemps 44, et donc véritable « balcon » surplombant le spectacle du monde — va-t-elle les aider à prendre un recul... vertigineux.

JOURNAL DE BORD. — II

9 novembre 1991. — On me demande si je veux bien animer une soirée avec Gitta Mallasz à la Fnac, à Paris, où elle doit venir présenter l'édition intégrale des *Dialogues.* Tu parles ! Je ne raterais cela pour rien au monde.

10 novembre. — J'ai écrit le petit texte suivant pour annoncer la venue de Gitta Mallasz dans le journal de la Fnac :

Comment ont-ils fait, ceux qui surent échapper aux passions jusque dans les pires tourments de la seconde guerre mondiale ? Qui demeurèrent joyeux — lumineux même ! — jusque dans l'enfer des camps ? Cela paraissait inconcevable. Pourtant, je connaissais les *Dialogues avec l'Ange*...

On vous parle d'ange, vous pensez angélisme ? Douceur, mièvrerie peut-être, irréalisme rose ou bleu ? Malheureux ! l'Ange est un lutteur d'une réalité terrible. Et son discours d'une rudesse physique exceptionnelle. Tranchant comme un sabre. Et pourtant débordant d'amour.

Dialogues avec l'Ange, dont Gitta Mallasz fut la messagère, est impossible à lire d'un trait. Même un seul chapitre, un seul « dialogue », vous provoquerait une indigestion d'âme. Ce genre de livre ne s'assimile que paragraphe par paragraphe, au fil des ans. Je n'en connais pas de plus approprié à notre fin de millénaire. Et la façon surnaturelle dont les *Dialogues* ont émergé au grand jour, de juin 1943 à novembre 1944, dans une Hongrie livrée aux nazis, cette histoire folle, hallucinante, peut-être fut-elle en réalité juste de notre temps ?

La guerre ? Comment ne pas se faire dévorer l'âme

par son feu ? Je suis allé poser la question à Gitta Mallasz. À plus de 80 ans, l'ancienne nageuse austro-hongroise vit aujourd'hui dans le Sud de la France, dans
les vignobles de la Côte-Rôtie. Elle me répond d'une
voix rocailleuse, pleine de gouaille, avec un fort accent
d'Europe centrale : « Un vendredi de l'hiver 43, Lili a
demandé : *Pouvons-nous faire quelque chose contre les
horreurs de la guerre ?*

L'Ange a répondu, d'un ton vaguement exaspéré : *La
guerre, c'est l'habituel. Tourne-toi vers le jamais vu ! Le
jamais encore entendu !* »

11 décembre. — J'hallucine : Gitta Mallasz — à qui mon
petit texte semble avoir plu — m'a invité d'urgence à son
hôtel, place de la Sorbonne, pour me demander d'écrire
pour elle... le « scénario cinématographique », ou plutôt le
pré-scénario, le bouquin qui pourrait inspirer un film sur
les *Dialogues* !

Waow !

12 décembre. — Il faut que je dise à Gitta que toute une
partie du livre m'est totalement hermétique. En particulier
les chiffres. Le *un*, le *deux*... jusqu'au *sept*. Et toutes les
combinaisons entre eux. J'adhère mal aux symboliques
chiffrées. Une faiblesse sans doute, car on m'a déjà plusieurs fois fait la démonstration (impressionnante) des tré-
sors de sens contenus dans les nombres. La *nombrologue*
Claude de Milleville, qui est une grande amie, m'a montré
que des nombres, surtout très grands, prononcés au hasard
disent tout de notre histoire, de nos problèmes, de nos
atouts...

Une autre amie, que toute cette histoire chiffonne, m'a
demandé : « Et si c'était une imposture, un faux, ces
fameux *Dialogues* ? »

Ce doute-là ne m'effleure guère.

18 décembre. — Noël arrive et je ne suis pas encore
retourné sur la Côte-Rôtie. Gitta s'impatiente. Pour elle, je
suis beaucoup trop lent. À la limite, elle voudrait que le
livre soit déjà écrit, alors que j'en suis à me gratter le crâne
pour savoir où trouver le temps pour commencer à y
réfléchir.

24 décembre. — Dans notre maison de campagne limousine, je tombe sur un livre de René Daumal, *Tu t'es toujours
trompé*. Parlant de lucidité, on évoque souvent les existen-

tialistes, Camus. On ferait bonne mesure en rappelant l'existence de la bande, moins célèbre mais certainement plus lucide, du *Grand Jeu* de Daumal et de Leconte, grand jeu que la plupart des humains modernes ont voulu oublier, ou nier.

Tel homme s'éveille, le matin, dans son lit. À peine levé, il est déjà de nouveau endormi ; en se livrant à tous les automatismes qui font son corps s'habiller, sortir, marcher, aller à son travail, s'agiter selon la règle quotidienne, manger, bavarder, lire un journal — car c'est en général le corps seul qui se charge de tout cela —, ce faisant il dort. Pour s'éveiller il faudrait qu'il pensât : toute cette agitation est hors de moi. Il lui faudrait un acte de *réflexion*. Mais si cet acte déclenche en lui de nouveaux automatismes, ceux de la mémoire, du raisonnement, sa voix pourra continuer à prétendre qu'il réfléchit toujours : mais il s'est encore endormi. Il peut ainsi passer des journées entières sans s'éveiller un seul instant. Songe seulement à cela au milieu d'une foule, et tu te verras environné d'un peuple de somnambules. L'homme passe, non pas, comme on dit, un tiers de sa vie, mais presque toute sa vie à dormir de ce vrai sommeil de l'esprit. Et le sommeil, qui est l'*inertie* de la conscience, a beau jeu de prendre l'homme dans ses pièges : car celui-ci, naturellement et *presque* irrémédiablement paresseux, voudrait bien s'éveiller, certes ; mais comme l'effort lui répugne, il voudrait, et, naïvement, il croit la chose possible, que cet effort une fois accompli le plaçât dans un état de veille définitif, ou au moins de quelque durée ; voulant *se reposer* dans son éveil, il s'endort. De même qu'on ne peut pas *vouloir* dormir, car vouloir, quoi que ce soit, c'est toujours s'éveiller, de même on ne peut rester éveillé si on ne le veut à tout instant.

Et le seul acte immédiat que tu puisses accomplir, c'est t'éveiller, c'est prendre conscience de toi-même. Jette alors un regard sur ce que tu crois avoir fait depuis le commencement de cette journée : c'est peut-être la première fois que tu t'éveilles vraiment ; et c'est seulement en cet instant que tu as conscience de tout ce que tu as fait, comme un automate sans pensée. Pour la plupart, les hommes ne s'éveillent même jamais à ce point qu'ils se rendent compte d'avoir dormi. Maintenant, accepte si tu veux cette existence de somnambule. Tu pourras te comporter dans la vie en oisif, en ouvrier, en paysan, en marchand, en diplomate, en artiste, en philosophe, sans t'éveiller jamais que, de temps en temps, juste ce qu'il faut pour jouir ou souffrir de la façon dont tu dors ; ce serait même peut-être plus commode, sans rien changer à ton apparence, de ne pas t'éveiller du tout.

Et comme la réalité de l'esprit est *acte*, l'idée même de « substance pensante » n'étant rien si elle n'est actuellement pensée, en ce sommeil, absence d'acte, privation de pensée, il n'y a rien, il est véritablement la *mort spirituelle*.

Mais si tu as choisi d'être, tu t'es engagé sur un rude chemin, montant sans cesse et réclamant un effort de tout instant. Tu t'éveilles ; et immédiatement tu dois t'éveiller à nouveau. Tu t'éveilles de ton éveil. Ton éveil premier apparaît comme un sommeil à ton éveil second. Par cette marche réflexive la conscience passe perpétuellement à l'acte. Au lieu que les autres hommes, pour le plus grand nombre, ne font que s'éveiller, s'endormir, s'éveiller, s'endormir, monter un échelon de conscience pour le redescendre aussitôt, ne s'élevant jamais au-dessus de cette ligne zigzagante, tu *te trouves* et te retrouves lancé selon une trajectoire indéfinie d'éveils toujours nouveaux. Et comme rien ne vaut que pour la conscience percevante, ta réflexion sur cet éveil perpétuel vers la plus haute conscience possible constituera la science des sciences. Je l'appelle MÉTAPHYSIQUE. Mais, toute science des sciences qu'elle est, n'oublie pas qu'elle ne sera jamais que l'itinéraire tracé d'avance, et à grands traits, d'une progression réelle. Si tu l'oublies, si tu crois avoir achevé de t'éveiller parce que tu as établi d'avance les conditions de ton éveil perpétuel, à ce moment de nouveau tu t'endors, tu t'endors dans la Mort spirituelle.

Tu t'es toujours trompé,
René Daumal, Mercure de France

27 décembre. — Au téléphone, j'ai dit à Gitta : « Quand même, cette rupture brutale entre le contexte abominable de la guerre nazie et l'euphorie prodigieuse où vous ont mis les dialogues dès la première fois pourrait s'interpréter en termes de réaction psychologique simple : la réalité est trop dure, je craque et hop ! je bascule au paradis. »

Sans se fâcher, elle m'a répondu : « D'abord, ce n'était pas de l'euphorie. Le dialogue avec nos Anges ne nous a

pas fait nous "envoyer en l'air" ! Il ne nous arrachait pas
au monde, ni à nous-mêmes. Nous demeurions graves,
comprends-tu, gravement concernés par l'avenir de
l'homme ! Mais tout d'un coup, notre gravité, et même, je
pourrais dire, notre immense inquiétude se trouvaient
transfigurées. De grises, elles devenaient lumineuses. C'est
pour ça qu'un film sur les *Dialogues* devrait d'abord jouer
sur la lumière, tu comprends ?

— Si ça n'était pas de l'euphorie, alors c'était quoi ? De
la joie ?

— Oh une joie très simple. La joie de celui qui retrouve
sa maison, sa famille, les siens, après une longue absence.
Mais une joie... incommensurable. Une joie si grande que
la sévérité des paroles de mon guide ne pouvait en aucun
cas me blesser. Elles étaient justes. Je ne pouvais que m'incliner devant elles. »

2 janvier 1992. — Retour à Tartaras. L'accueil de Gitta est
aussi chaleureux que la première fois et son enthousiasme
aussi contagieux. Bénie soit-elle !

Mes questions sur l'âme demeurent intactes. Ame,
anima, ce qui anime. D'accord. « Les animaux ont-ils une
âme ? » demandent les gens, l'air ahuri. Évidemment :
même une plante a une âme ! Comme tout ce qui est
vivant. Un arbre a une âme. Sinon, il crève. Mais de cela
que reste-t-il une fois qu'il est mangé par les asticots ?
C'est-à-dire : qu'est-ce qui, de cela, échappe au temps ?
Quoi de nous meurt, quoi de nous survit ?

J'ai quelque mal à accepter le « dialogue avec les morts »
qui refleurit ces temps-ci tout autour de nous, en Occident.
Est-ce de la coquetterie intellectuelle de ma part ? Peut-
être. Comme ces rationalistes « athées purs et durs », qui
commencent à parler d'esprits et de fantômes après
deux heures du matin, une fois bien imbibés. Le lendemain, dessaoulés, ils ont tout oublié. N'empêche : je n'ai
pas été étonné que l'Ange dise du spiritisme : « Bave des
malades, grelottement des naufragés ! »

5 janvier. — Je ne peux m'empêcher de penser que Hanna
filtrait toute son « inspiration angélique » à travers sa grille
de lecture personnelle. Comment en serait-il allé autrement ? En étudiant la Bible, ou le Coran, on se rend
compte à quel point la « Révélation » passe chaque fois
(depuis quel Inconscient ?) à travers le presse-purée
extrême des circonstances. Une démonstration manifeste
en est donnée dans la dérive de Mahomet qui, d'extrême-

ment ouvert à l'émancipation des femmes au début (relativement à son milieu, s'entend — voir les études de Fatima Mernissi), finit par accepter d'« entendre » les sourates qui relèguent les femmes au second rang.

Dans ce que Hanna dit, quelle est la part de ses convictions (ou des ressorts secrets de son inconscient), et quelle est la part de l'« Intemporel » ? À chacun d'en avoir l'intuition...

La science historico-critique peut-elle en dire quelque chose ?

Point commun entre la prophétie mahométane et celle qui jaillit entre les quatre messagers de Budaliget : ils sont encerclés.

12 janvier. — Gitta s'énerve contre ceux qui voudraient se servir des *Dialogues* pour lancer un culte. À l'inverse, des artistes peintres me parlaient, hier soir, avec enthousiasme de l'usage qu'un « philosophe-guérisseur » haïtien fait du texte angélique dans sa pratique et ses rituels. Quand j'évoque les protestations de Gitta, ils haussent les épaules : « Ta bonne amie n'a joué qu'un rôle mineur dans cette histoire, celui de facteur. Ce texte la dépasse visiblement de cent pieds. » Ouille, les brutes ! Que faire ? Que dire ? Qui est innocent ? De quoi ? Je m'écrase lamentablement.

20 janvier. — Deux personnages me regardent interviewer Gitta Mallasz avec un mélange de chaleur et de léger scepticisme narquois : Bernard et Patricia Montaud, qui, après l'avoir conduite à travers l'Europe pendant des années, organisent toutes ses conférences, vivent depuis cinq ans carrément avec elle tous les jours que Dieu fait, préparant ses repas, veillant à son confort et entretenant avec elle une sorte de conversation philosophique quotidienne, à la fois spirituelle et pratique. J'ai compris, un peu tard, qu'ils sont, en réalité, les biographes de Gitta Mallasz et que mon irruption sur leur route les a vaguement... étonnés. « C'est bien un coup à la Gitta », ont-ils pensé. Ils se demandent comment je vais diable me sortir de ce qu'ils m'ont clairement décrit comme un « guêpier ». Moi aussi. Ils me plaisent bien. Ce sont des concrets.

25 janvier. — Comment évoquer la beauté du texte des *Dialogues* ? Malheureusement, je ne parle pas le hongrois.

Rien qu'à lire certains passages, signalés par Gitta en ouverture de son magnifique petit livre intitulé *Les Dialogues tels que je les ai vécus*, on subodore le type d'envoûtement (le mot n'est pas trop fort) auquel la parole de Hanna devait soumettre son auditoire...

> *Tüz csak bennetek lehet —*
> *csak bennetek !*
> *De tennetek kell — tennetek !*
> (Le Feu ne peut brûler qu'en vous —
> en vous !
> Mais vous devez agir — agir !)

Ou encore :

Egjetek ! Éljetek ! Fénnyel teljetek !
Ébredjetek, keljetek fel !
Fényetek kell ! Lényetek ég...
(Brûlez ! Vivez ! Remplissez-vous de lumière !
Éveillez-vous ! Levez-vous ! Votre lumière est nécessaire !
Votre être brûle...)

Les Arabes disent que le Coran perd son essence même quand il est traduit. En va-t-il de même des *Dialogues* ? On pense aussi bien sûr à l'hébreu biblique. Bernard Montaud, qui pratique l'hébreu mais pas le hongrois, m'a dit qu'il demandait parfois à Gitta de lire les entretiens dans leur langue originale, « rien que pour la musique ».

Quant à dire « Vivre c'est brûler », je suis frappé : c'est une phrase de maître Aoki, le fondateur du shintaïdo. Décidément, le parallèle se renforce.

29 janvier. — J'en reviens toujours à l'énigme de l'inspiration. L'inspiration, la création, l'émergence du nouveau. Le mur de Berlin est tombé de manière totalement imprévisible. Le monde a besoin d'idées s'élevant, en actes de solidarité ou en ruses pratiques, de façon aussi imprévisible. Cinq, six, sept milliards d'hommes censés être libres... quelle nouveauté ! Évidemment ça ne marche pas. Ça prendra des siècles. Mais c'est beau. Et incontournable.

6 février. — Ma mère trouve les *Dialogues* trop durs, presque brutaux. Elle n'est pas la seule. Pour une fois, je ne suis pas du même avis qu'elle. Évidemment, elle préfère me voir travailler sur les dauphins. Pour moi, les deux se tiennent. L'ange et la bête. Vieille histoire.

Si je reprends le mythe du Cinquième Rêve — nous serions le « rêve » du monde animal, représenté par le dauphin — peut-être me faut-il légèrement corriger, ou compléter : nous sommes « rêvés » non par l'animal seul, mais par l'alliance entre l'animal et l'ange. On peut aussi dire que nous sommes « rêvés par le Vide central », à travers l'animal.

Naturellement il y a aussi la menace : « Qui fait l'ange fait la bête. »

Dans le monde post-gauchiste, nous traduisions cela par : « Qui veut obliger l'humanité au bonheur fait le Khmer rouge. » Je découvre qu'il y a d'autres sens. Plus anciens et sans doute plus englobants.

Il ne s'agit sans doute pas de « faire l'ange », mais de le laisser, à travers nous, donner la main à l'animal. Et réciproquement. Les pieds s'enracinant profondément dans la terre, les mains tendues vers le ciel jusqu'à le toucher.

10 février. — Les différents enseignants inattendus que j'ai rencontrés sur ma route : les mourants, les dauphins, les nouveau-nés, les pratiquants de chorégraphie martiale, et maintenant les anges !

17 février. — Je me rends compte que, pour Gitta, le travail qu'elle m'a confié est une chose urgentissime. Comment lui faire comprendre que, pour moi, l'écriture va à une vitesse indépendante de ma volonté ? J'ai démarré mon livre sur les dauphins en 1987, et cinq ans plus tard, je n'ai toujours pas fini. On peut aussi écrire comme un journaliste de quotidien, transmettre tel quel sans laisser mûrir. Ce genre de fruit manque de soleil et risque de pourrir vite. À moins d'être un grand inspiré, apte à créer à la vitesse du cheval au galop. Je n'ai jamais connu que le train lent des bourricots.

3 mars. — Anne décrypte les interviews de Gitta avec enthousiasme. J'ai rarement vu ça. Elle s'amuse aussi beaucoup des échanges entre Gitta et moi. Avec toutes sortes d'interférences, parfois complètement incongrues, vu que, pour chaque entretien, j'habite un ou deux jours chez elle. L'autre soir, Anne m'a fait entendre un passage où Gitta me demande : « Et toi, mon vieux, que penses-tu de la mort ? » et moi de répondre, en imbécile heureux parfaitement inconscient : « Bon, je refais du café ? »

7 mars. — Ma grand-mère maternelle allemande est née un 7 mars, il y a une centaine d'années. D'elle, j'en viens à penser à mon grand-père, le si doux, le si brave et si drôle Adolf Loew. Soudain, je frémis en songeant qu'à l'époque des *Dialogues* il servait dans la Wehrmacht en Europe de l'Est. En Roumanie et en Bulgarie. Il est donc, presque à coup sûr, passé par Budapest.

J'en parle chez des amis. Une médium présente parmi les invités me propose de me « faire entrer en contact » avec mon grand-père Adolf, pour l'interroger ! Je refuse ce jeu. La médium dit que j'ai un blocage. Évidemment.

La question revient souvent ces temps-ci : qui sont les entités censées communiquer avec nous via les médiums qu'on appelle de plus en plus souvent, à l'anglaise, *channels* ? Et d'où nous parleraient ces fameux « guides spirituels » ? Certainement pas depuis l'« absolu ». On peut même imaginer que pas mal de fantômes sont plus éloignés de l'« absolu » que nous.

8 mars. — Jugeons l'arbre à ses fruits : ceux qui prétendent que l'existence est absurde conduisent ceux qu'ils influencent à un malaise mortel, ou (plus souvent) à une contradiction sidérante : ils survivent dans un souci petit-bourgeois de confort, en ignorant finalement leur propre thèse nihiliste. Les humains les plus bénéfiques à leur entourage (et à la biosphère) se retrouvent beaucoup plus souvent parmi ceux qui entendent un sens profond s'exprimer par tous les pores du monde. C'est donc à ceux-là que je ferai confiance. Quant à dire quel est ce sens, je me réserverai la liberté de choisir selon ma propre expérience.

Il semblerait, d'après certaines rumeurs, que le fait de vivre dans un habit de matière nous comble d'une liberté d'expérimenter le sens, que bien d'autres entités plus évanescentes nous envient jalousement. Nous sommes lourds, nous n'entendons pas tout un éventail de fréquences subtiles, mais le fait même de pouvoir alourdir nos pensées — de les faire s'incarner jusque dans les métaux lourds, et même dans ceux, ultra-lourds, du bord de la fission nucléaire (puisque le plutonium ou l'uranium enrichis n'existent sur terre qu'en vertu d'un rêve humain ; naturellement, ils se désintègrent) — leur donnerait une importance décisive, littéralement incommensurable.

J'en reviens à ma question : qui ou que sont les « êtres » ou « dimensions » avec qui communiquent les prophètes ? Peut-être la question reste-t-elle marginale, anecdotique, voire obscure, vulgaire même, tant qu'elle sépare ladite communication du restant de la vie. La question centrale serait plutôt : d'où nous vient l'*inspiration* ? D'où tirons-nous nos *intuitions* ? Comment expliquer le moindre processus de *création* ?

12 mars. — Ai relu mes notes récentes. Élucubrations d'autodidacte.

Leur seul intérêt est de m'aider à me recentrer dans le monde, afin de mieux m'éveiller de mes rêves ex-centriques.

Éveil indispensable.

S'arracher à l'excentrique.

S'arracher au paranormal.

S'arracher au bizarre.

Ne conserver que l'émerveillement qu'il ressuscita un temps chez l'ex-enfant fané par la routine, tristement désabusé.

Merci, Bizarre bigarré, de m'avoir réveillé de tes châtaignes électriques. Mais tu admettras avec moi que l'émerveillement ne saurait se cantonner à tes zones para-réelles. Centrons-nous.

Embrassons le réel entier.

22 mars. — Gitta me bombarde de fax. C'est fou ce qu'elle aime ce nouveau moyen de communication. Elle m'envoie aussi bien des textes manuscrits que tapés à la machine — parfois j'y retrouve des fragments de ses différents livres de commentaire sur les *Dialogues*. Leitmotiv général : allez ! du nerf ! plus vite ! écris-nous ce bouquin en quatrième vitesse ! Parfois, ses textes sont accompagnés d'un dessin, par exemple pour me montrer à quoi ressemblait la maison de Budaliget, ou pour me préciser le schéma du fameux candélabre métaphysique à sept branches.

25 mars. — Je rêve ! Après mon dernier séjour chez elle, Gitta vient de me dire : « Voilà, mon vieux, je t'ai raconté l'essentiel, maintenant à toi de jouer ! » Alors que nous n'en sommes qu'au début du commencement ! Comment veut-elle... ?

Dans le TGV qui fait joliment chuinter les rails, je me demande comment lui annoncer qu'il y a maldonne : je ne suis absolument pas prêt à écrire ce livre ! Je suis un Marocain-Belge, moi, un artisan traditionnel, lent, qui ne sait travailler qu'en mettant tranquillement les briques les unes sur les autres.

30 mars. — Au téléphone, Gitta a voulu me rassurer : je peux écrire à la vitesse que je veux, cela n'a aucune importance du moment que j'y mets tout ce que j'ai de meilleur dans le ventre. Quand même, je la sens déçue. Elle croyait sans doute avoir affaire à un bolide autrement puissant...

4 avril. — Une question très simple continue de me hanter : c'est quoi, l'âme ? Par exemple, à supposer que nous nous réincarnions, ce serait quoi qui se réincarnerait ? Je viens de poser la question à un conférencier bouddhiste, à qui j'ai fait remarquer qu'il venait de se contredire en affirmant : *uno,* que la personne humaine n'était qu'une illusion mais, *secundo,* que nous nous réincarnions (en vertu de lois karmiques qui semblent bel et bien s'appliquer à une personne — ou alors à quoi ?). Le bouddhiste a bien ri : « Le Bouddha lui-même ne répondait pas à cette question. Il disait que c'était à chacun de trouver la sortie de cette apparente, mais énorme, contradiction. »

OK, merci mon pote ! (Ces bouddhistes, quels roublards !)

Ne dit-on pas qu'un génie comme Mozart n'a pu se préparer qu'en *plusieurs vies* de training ! ? Mais quoi de nous migre de vie en vie ? « C'est quoi, la transmigration des âmes ? » se demande le philosophe Elias Canetti quand, juif ashkénaze tout juste sorti de l'Europe nazie, il se retrouve, en 1952, dans le *mellah* séfarade de Marrakech, où rien ne semble avoir changé depuis des millénaires, et où tout le monde a tellement l'air de croire qu'« il est vraiment ce qu'il semble être, depuis cinq mille ans » qu'il en reste ébahi (dans *Les Voix de Marrakech,* Livre de Poche).

Lorsque je lui ai posé la question, Gitta, elle, m'a répondu :

« L'idée de réincarnation est une illusion d'optique. Vues depuis le hors-temps, nous n'avons évidemment qu'UNE Vie ! » — même si celle-ci fait plusieurs bosses, plusieurs vagues, à travers le tissu temporel. Mais cela, apparemment, la logique purement mentale ne pourrait pas le comprendre, car le mental serait inexorablement lié au temporel.

Gitta : « L'Ange nous a dit à peu près ceci : "Au moment de votre naissance, un écran vient fausser votre vue. C'est l'écran du temps. Si vous élevez votre vue au-dessus de cet écran, vous verrez que votre Vie est une et indivisible. Ce n'est que votre petite vue à courte distance qui dit : une vie, plusieurs vies. Mais c'est une illusion." Tu comprends, on a un outil ; cet outil est abîmé, on en prend un autre, consciemment. Mais une fois incarnés, la plupart des gens n'y voient plus clair là-dedans. Et ils s'empêtrent dans des histoires vaniteuses. Ils se prennent évidemment tous pour

Cléopâtre ou, au pire, pour l'une de ses dames de compagnie ! »

15 avril. — Le premier à m'avoir prévenu que la réincarnation n'était « absolument pas ce qu'on croit » est cet Américain rencontré en 84, Tom Sawyer (son vrai nom !), qui avait connu une énorme *near death experience*. Il disait que nous avions un mal fou à nous détacher d'une vision purement psychologique et que, du coup, toute notre vision de la réincarnation était faussée. Ce que nous croyons concevoir sous les termes d'« esprit », d'« âme » ou même d'« ange » n'est en général rien d'autre que notre sac de nœuds psychique. La vraie réincarnation passe d'abord par l'incarnation vraie — celle-ci nous échappant le plus souvent, tout le reste risque de ressembler à un air de pipeau.

20 avril. — Le tout est toujours supérieur à la somme des parties. Une création ne s'explique jamais entièrement par ce qui la précède. Quelque chose du nouveau vient forcément du dehors. L'évolution du monde et de la vie prouve qu'il y a comme une permanente rafale de création. Venue d'où ? La science ne peut le dire, par définition. La création échappe au regard scientifique dans la mesure où celui-ci se définit comme exclusivement attaché aux phénomènes répétables. Il ne peut y avoir répétition d'une même création. La création est, par essence, un acte unique.

Ici, les chercheurs d'avant-garde se divisent, semble-t-il, en deux camps.

D'un côté ceux qui pensent que la théorie du chaos et la toute nouvelle branche de la théorie des systèmes, appelée « auto-organisation », suffisent à expliquer la création — « Poussé loin de l'équilibre, disent-ils avec Ilya Prigogine, tout système clos traversé d'énergie s'auto-organise sous des formes essentiellement imprévisibles. » L'imprévisibilité est, en effet, l'une des marques de la création.

De l'autre côté, les partisans du théorème d'incomplétude de Gödel (« Tout ensemble fini d'axiomes contient forcément au moins une proposition indémontrable ») estiment, avec David Bohm et Bernard d'Espagnat, qu'en réalité il n'existe pas d'auto-organisation absolue et que l'émergence du *nouveau* ne peut s'expliquer sans faire référence à un « trou noir », une sorte d'ombilic indécidable et indéterminé, qui nous relierait automatiquement à « autre chose », à un « ailleurs » qui échapperait au système d'où l'on parle.

Les deux camps comptent de grands esprits, Nobel ou

nobélisables, et l'on sent poindre, comme dit le jeune anthropologue et épistémologue Jean Staune, le grand débat métaphysique du prochain siècle, quelque chose qui rappellerait l'ancienne joute opposant les immanentistes et les transcendantalistes.

Qu'est-ce que cela donnerait si on appliquait ces idées aux « voix » qui nous « inspirent » ?

21 avril. — Suite du raisonnement d'hier. La joute oppose ceux qui voient les anges comme de pures émanations de nos structures mentales, en permanente réorganisation, et ceux qui leur accordent un statut de réelle autonomie, puisque nous liant au « Tout Autre » dont nous ne serions qu'une expression.

Le vrai se trouve-t-il quelque part dans une combinaison des deux points de vue ? La transcendance — l'Ailleurs, le Tout Autre, que Gödel désigne clairement, derrière son « indéterminisme », aidé avec maestria par le dessinateur Escher, surtout pour les non-philosophes comme moi — se trouve cachée, d'après les plus grands sages, non pas ailleurs, mais à l'intérieur même du monde, à l'intérieur même de nous. Elle serait donc notre contenant-contenu. Et puisque nous nous situons, semble-t-il, à l'extrémité la plus lourde du réel — jouant même, encore une fois, avec les métaux ultra-lourds du bord de la fission nucléaire — eh bien, il y a fort à parier que les formes invisibles qui nous inspirent se situent, elles, quelque part entre l'ineffable « vide médian » et nous.

22 avril. — Le corps absent et la parole perdue sont-ils différents visages du même mal ? La guérison vient-elle de l'ouverture et de l'acceptation, du oui à la lumière ? Robert Laffont vient de me donner à lire le manuscrit de la correspondance de Satprem. À un moment (vers 1960), Satprem proclame, comme Malraux, que seuls les lâches disent oui. Lui-même se sent d'abord « résistant », partie prenante du camp du Non. Bien sûr. Ça dépend. *Oui* à qui ? *Non* à quoi ?

23 avril. — Cela semble évident : l'homme moderne devrait se rebrancher sur ses rêves — et donc moins travailler et moins se droguer.

Cela dit, j'entends bien aussi l'invitation des sages à nous « arracher enfin au mythe », à nous extirper des « rêves cauchemardesques où l'humanité se perd ».

Comment concilier le rêve et l'éveil ?

L'enseignement de l'Ange m'est ici d'un secours très précieux.

24 avril. — Comment m'ouvrir, *that's the question* ! M'ouvrir le cœur, m'ouvrir la tête, m'ouvrir le regard... peut-être d'abord m'ouvrir le corps, clé de tout le reste — et mission essentielle de nos séances de shintaïdo. C'est terriblement laborieux. Je suis ouvert comme une équerre : tous mes angles sont étroits, aigus, alors qu'une relation harmonieuse au monde les voudrait larges, ronds, généreusement élastiques. J'ai les muscles, les tendons, les nerfs tendus comme des câbles. Sans compter toutes sortes de misères corporelles qui rendent ardue la simple *présence*. Demeurer centré, conserver une verticale, déployer ses gestes avec naturel, se révèle souvent impossible. Comment dans ces conditions prétendre capter la voix infiniment subtile de l'Ange en moi ? Je garde pourtant espoir, envers et contre tout. Nos séances de mouvements me font un bien fou.

III

LA FOUDRE

Le film est devenu plus flou. Je ne distingue plus guère que le contour des visages. Mais je suis assuré, au moins, qu'ils ne s'écartent pas trop de la réalité, qui est toujours plus forte que la fiction. J'ai en mémoire quelques photos. Sur l'une d'elles, qui hélas s'efface déjà de mon souvenir, Gitta et Hanna se tiennent, la première assise, extrêmement belle, avec les cheveux courts, la seconde debout, avec une tresse enroulée, en train de peindre une affiche pour un festival d'art (me semble-t-il), sur la terrasse ensoleillée de leur atelier, sur la colline de Buda. Toutes les deux portent des talons hauts. Elles sont graves, profondément absorbées dans leurs pensées. Et en même temps, elles m'irradient. Il y a aussi la photo, plusieurs fois publiée, de Gitta en maillot et bonnet de bain, assise sur un bord de tremplin, avec son sourire quasi hollywoodien. Et la photo de Hanna qui sourit, toujours si inattendue, en Bécassine magyare, à gauche de Joseph, à la moustache et au regard si terriblement sévères. Ils se tiennent dans un jardin (celui de Budaliget ?). Ils s'aiment et semblent si différents. Il y a aussi la photo de Lili aux yeux baissés, dont le critique Michel Cressole a écrit qu'elle lui faisait penser à Katharine Hepburn. Évidemment, je suis moi aussi amoureux de Lili ! Hanna et Joseph m'échappent encore en grande partie. Gitta est la plus redoutable. Je sens qu'elle a un côté ogresse — dans mon cerveau droit. Belle ogresse qui tourne bien.

Je ne les vois que par à-coups. Quand ils sont pleins. Quand ils sont « au sommet de leurs questions ». Est-ce ainsi que nous voient les Anges, quand ils nous voient ?

1

UN BALCON SUR L'ENFER

La communauté juive hongroise est importante — plus de sept cent mille personnes. Cela compte d'autant plus que la population de la Hongrie, démembrée après la défaite de 1918, est brusquement passée de vingt à sept millions d'habitants (en vertu du traité de Trianon, signé le 4 juin 1920). Les juifs hongrois constituent l'essentiel de l'élite économique, intellectuelle et artistique du pays — un tiers des commerçants et industriels, la moitié des avocats et des médecins. Longtemps, Buda-Pest a d'ailleurs été un comptoir ashkénaze (à l'origine : *juif allemand*) — la magyarisation de la capitale n'est venue que tard, essentiellement au XIXe siècle.

À mesure que les années 30 s'achèvent, les premiers ministres successifs que le régent Horthy appelle à gouverner s'alignent de plus en plus sur l'idéologie antijuive des nouveaux maîtres de l'Allemagne. Dès les années 20, on parle de quotas pour limiter le nombre d'israélites dans plusieurs professions. En 1938, le comte fascinant von Imrédy ira jusqu'à obtenir que l'on réduise ce quota à six pour cent dans la plupart des professions libérales !

Mais chaque fois, les mesures antisémites proposées se trouvent bloquées par une étrange « alliance objective » entre les esprits éclairés, les nobles féodaux anti-allemands et les représentants de l'Église catholique.

Le paradoxe prend parfois des figures atrocement ubuesques. En 1937, Ferenc Szálasi, le chef des très racistes Croix fléchées, est condamné à trois ans de travaux forcés pour avoir accusé la femme du régent d'être juive ! Pour cette raison, son parti antijuif est même dissous. Certes, il se reconstituera un an plus tard, avec d'importants subsides hitlériens, et prendra alors le nom de Parti national-socialiste hongrois, avec toujours la croix fléchée et la chemise verte comme signes de reconnaissance.

Et pourtant, malgré cet entêtement boueux, malgré la puissance écrasante du IIIe Reich en pleine expansion, la Hongrie du régent Horthy va réussir à garder, jusqu'au printemps 1944, une étrange autonomie, unique en son genre dans cette partie de l'Europe.

Avec une non moins singulière attitude de l'Église catholique, dont les deux représentants à Budapest, le nonce apostolique Angelo Rotta et le cardinal Serédi, prince primat de Hongrie, s'avéreront un peu moins veules que beaucoup de leurs homologues à la même époque et tenteront certaines actions contre l'extermination des juifs, en particulier des juifs convertis, qu'ils feront baptiser par milliers — mélange d'opportunisme prosélyte évident et de ruse sincèrement compassionnelle — nous verrons de quelle façon cette politique catholique interférera avec l'aventure des *Dialogues* pendant l'été 1944...

De son côté, Hitler apprécie une alliance dans les Carpates avec les antibolcheviques magyars, auxquels il concède donc une réelle marge de manœuvre. Celle-ci sera payée en trois fois (avant d'être brutalement supprimée sous la pression de la terreur, en pleine débâcle) :

1) Après avoir clamé leur neutralité lors du déclenchement de la guerre, en septembre 39 (et accueilli beaucoup de réfugiés polonais), les Hongrois sont contraints de changer d'avis en juin 1940 et laissent momentanément la Wehrmacht fouler leur sol en direction de Bucarest. Ils font grassement payer cette « bavure » en annexant eux-mêmes des territoires roumains.

2) Même *deal* dix mois plus tard, en avril 41, quand les Allemands attaquent la Yougoslavie.

3) Après juin 41 (date de la virevolte d'Hitler contre Staline), les Hongrois seront en outre obligés d'expédier trois divisions se battre contre les Russes aux côtés des troupes allemandes.

Sur un point essentiel cependant, les Hongrois ne cèdent pas : ils refusent de livrer les juifs. Attitude qu'ils limitent clairement à « leurs » juifs — les réfugiés fuyant le front oriental, en provenance, par exemple, de Bessarabie ou de Roumanie, seront, eux, livrés sans hésitation aux bourreaux. Cela dit, « leurs » juifs, cela représente tout de même sept cent cinquante mille personnes. Chiffre considérable.

Hitler tonne. Il exige trois cent mille déportations immédiates. Le régent résiste. Raul Hilberg raconte les interminables négociations entre Allemands et Hongrois à ce sujet. Monstruosité innommable, quand on songe qu'à la clé de toutes ces tables rondes, estimations statistiques, rencontres interministérielles, lourds et sérieux rapports d'experts économiques, etc., se négocient crûment la vie et la mort de centaines de milliers d'humains.

Les Hongrois jouent serré. Si les plus nazis d'entre eux vont régulièrement se plaindre, auprès des chefs du Reich, de ce que l'élimination des juifs de Hongrie n'en finisse pas de se trouver ajournée, la majorité des négociateurs hongrois tient aux Allemands, grosso modo, le discours du fameux industriel Schindler : « Nous avons besoin de ces gens pour faire tourner notre économie, qui supporte votre propre effort de guerre. »

En 1942, le fils du régent, Stephen Horthy, tout juste nommé vice-président du Parlement (grâce au soutien du clan antigermanique) meurt dans un accident d'avion bizarre, vraisemblablement manigancé par l'*Abwehr*, les services secrets allemands. Mais le régent ne cède toujours pas. À sa fierté magyare se mêle une froide lucidité calculatrice devant la folie de plus en plus suicidaire des chefs nazis.

L'ambiguïté hongroise est telle que le gouvernement de Budapest intègre des « bataillons juifs » aux

corps d'armée magyars qui s'en vont périr pour le
IIIe Reich dans les glaces de Stalingrad. Oui : des soldats juifs au coude à coude avec des SS ! Quand les
Allemands se rendent compte que les divisions hongroises comprennent des juifs, ils s'étouffent de rage.
Selon certaines rumeurs, ils retournent parfois purement et simplement leurs armes contre ces alliés
indésirés. Mais plusieurs fois aussi, les militaires
juifs hongrois leur tiennent tête, faisant ainsi valoir
l'authenticité de l'étrange indépendance magyare.

L'affaire tournera beaucoup plus mal quand Albert
Speer, patron de l'Armement allemand et de la célèbre organisation Todt, réussit à convaincre Budapest
de lui « louer » une partie de la main-d'œuvre juive
hongroise rendue disponible par les mesures d'ex-
propriation que, lentement mais sûrement, l'aryanisation nazie impose, même en Hongrie. Il ne s'agit au
début « que » de trois mille personnes. Mais, à partir
d'avril 1944, ce sont des dizaines de milliers d'esclaves que les chantiers de l'organisation Todt enverra
à la mort. Il est vrai qu'alors les Hongrois auront
perdu le contrôle de la situation.

Évidemment, plus le temps passe, plus les juifs
hongrois comprennent que leur situation privilégiée
est fragile, et que derrière les rumeurs plus ou moins
officielles d'un « déplacement des populations israélites vers des territoires autonomes, plus loin vers
l'Est », se cache autre chose. Plus le temps passe et
plus les informations qui transpirent à travers les
frontières donnent le vertige et la nausée.

Pour ceux qui saisissent ce qui se passe réellement
dans le reste de l'Europe, la Hongrie devient alors un
balcon sur l'enfer.

Une hallucinante cocotte-minute psychologique.

C'est que, sur place, malgré les invectives hystéri-
ques des *Nilasz* en chemises vertes, aucun juif hongrois ne se trouve pour le moment ni officiellement,
ni officieusement en danger de mort. Mais la pression psychologique qui s'exerce sur eux s'intensifie
de mois en mois. Ils étouffent. Il faudrait pouvoir
donner un sens à ce qui se passe...

Mais comment donner du « sens » au déploiement infernal des bourreaux ?

Intégrer tel mouvement social, telle poussée culturelle, telle réaction politique à notre univers intérieur, constitue en quelque sorte le pain quotidien d'une citoyenneté lucide. Mais intégrer l'abomination nazie, lui accorder une résonance spirituelle, et savoir lui trouver ensuite une contre-résonance, un contre-poison du même ordre, cela semble très difficile. Jouer ce jeu de façon telle que le baromètre explose du côté « Très beau temps » du cadran, serait non seulement inconcevable, mais fou, délirant, quasiment obscène.

Et pourtant, un processus de cet ordre est à l'œuvre.

Dans le secret du cœur de Hanna Dallos en tout cas.

Et Gitta Mallasz va lui offrir son carburant. Son feu.

À deux, elles vont constituer un tabernacle. Une arche d'alliance. Un récepteur prophétique — auquel Lili Strausz et Joseph Kreutzer vont apporter leur amoureux concours.

2

DU MENSONGE

Dans les grandes villes, on craint les bombarde-ments.

Beaucoup d'habitants de Budapest qui disposent d'un point de chute à la campagne s'arrangent pour y passer le plus de temps possible. Hanna et Joseph dénichent ainsi de quoi se loger, dans le village de Budaliget, à quelques kilomètres à l'ouest de Buda-pest.

Gitta : « C'était une toute petite maison de retraités des chemins de fer, avec de toutes petites fenêtres. Il n'y avait même pas de salle de bains, juste un robinet dans le jardin. On se lavait dans un grand bac. Vrai-ment pas de confort. Mais nous étions heureux, parce que c'était calme. »

C'est donc là que les artistes décident d'installer leurs planches à dessin, et, ayant décidé de réduire leur train de vie au strict nécessaire, de ne rejoindre qu'épisodiquement l'atelier des hauteurs de Buda, où leurs apprentis suivent à tour de rôle les commandes en cours (il faudra aussi parfois jeter un œil à l'ap-partement des parents de Hanna, miraculeusement partis à Londres, chez leur fils ophtalmologue, juste avant la déclaration de guerre).

Lili, qui continue à donner ses cours de relaxation et d'expression corporelle à Budapest, retrouve les trois autres, en fin de semaine, en bus et parfois à bicyclette — elle dort alors dans la cabane à outils,

transformée en couchette. Gitta, elle, se sent tellement impliquée dans sa relation avec Hanna et
Joseph qu'elle habite désormais carrément avec eux.

Seule non-juive du groupe, Gitta est évidemment
celle qui a le moins de problème pour circuler en
ville. Elle continue à faire régulièrement la tournée
des administrations, qui lui commandent encore,
malgré la guerre, quelques chantiers, publicités,
expositions, etc. À leur façon, les trois graphistes
contribuent donc eux aussi à soutenir le régime du
régent Horthy.

Gitta continue également à se rendre presque tous
les jours auprès de sa famille. Elle assiste ainsi avec
effroi au départ de son ami d'enfance Gabor[1] :
engagé volontaire dans les Waffen-SS, qui partent en
chantant vers l'Est.

Dans les Waffen-Schutzstaffel !

Jusqu'au bout de sa vie — malgré la beauté du
message de *Morgen*, le « guide intérieur » de Gabor,
le seul Ange clandestin de cette histoire, comme nous
le verrons plus loin —, la chute de son ami Gabor
pèsera très lourd sur les épaules de Gitta. À tel point
que, devant la plupart des gens, elle refusera d'avouer
à quel point elle lui avait été attachée. Douleur inci-
catrisable.

Gitta visite aussi les quelques amis avec qui elle a
encore le cœur de s'entretenir. Mais la plupart des
conversations lui semblent creuses. L'essentiel de sa
vie se déroule désormais dans la petite maison de
Budaliget où, plus que jamais, Gitta s'avère l'élève et
Hanna l'instructeur.

Commence alors une drôle de période, dans la
« drôle de guerre » hongroise.

La petite maison de Budaliget est flanquée d'un
potager. Joseph y passe des heures. Et la forêt est
toute proche, où l'on peut marcher si longtemps
qu'on en oublierait presque la guerre.

Ce qui émerge en premier à la conscience de Gitta
quand elle se retrouve dans le cadre bucolique de

---

1. Gabor n'est pas son vrai nom. Gitta n'a jamais voulu que l'on
puisse le reconnaître.

Budaliget, partageant le gîte et le couvert quotidiens de Joseph et Hanna, c'est le vide.

Un vide qui éveille en elle un malaise terrible.

« Souvent, avouera-t-elle plus tard, je me surprenais à guetter le petit portail du jardin, comme si j'attendais quelque chose ou quelqu'un. »

Un ennemi inconnu d'elle jusque-là s'immisce dans sa vie, contre qui elle n'a pas de prise. L'ennui ? L'angoisse ? La peur ? Un mélange de tout cela sans doute... La guerre est là, mais on ne la voit pas. Cela pourrait presque passer pour un mauvais rêve. Par résonance, l'univers intérieur se trouve en « drôle de guerre » lui aussi. « Moi ? Mais ça va très bien, pourquoi ? »

Souvent, Gitta part marcher dans la forêt, toute seule. Parfois l'après-midi entière. Mais sans parvenir à s'apaiser. Elle voudrait que revienne l'éblouissement calme qui, enfant, ou plus tard, jeune championne, lui montra le monde illuminé de l'intérieur. Mais la joie semble éteinte à jamais. Et quand elle rejoint Hanna et Joseph, le soir, Gitta se trouve sale, inutile, moche.

Heureusement, en un sens, que Hanna lui paraît si fragile. C'est, semble-t-il, un miracle qu'avec la pression psychologique énorme de la guerre, Hanna ne soit pas tombée malade. Gitta, elle, continue, malgré son marasme, à bouillir de vie. Son animalité tonitruante lui permet de procéder à une sorte de transfert d'énergie vers Hanna. Quand celle-ci se plaint de douleurs au cœur, ou de vertiges, Gitta lui masse le cou, les épaules, les jambes. Et Hanna, très vite, retrouve au moins le goût de la plaisanterie et son rire se mêle bientôt à celui de Gitta sous l'œil toujours légèrement narquois de Joseph, en train de raboter une planche dans un coin.

Ces « transferts d'énergie » deviennent pour Gitta sa principale raison de vivre. Hanna le lui rend bien. Cette formidable énergie vitale, que Gitta lui offre de ses grandes mains, Hanna en fait de fines sculptures intérieures. Ses petits coups de burin sont faits de regards, de gestes et de mots d'une tendresse immense — même s'ils vous touchent souvent là où ça fait le plus mal. Hanna déborde de compassion, mais il n'y a rien en elle de sentimental. Elle vous voit tordu, elle vous le dit : « Tu es tordu ! » — même si c'est avec le plus de douceur et d'humour possible. Il arrive donc que Gitta souffre, ne trouvant que répondre. Elle sent bien que l'amour de Hanna à son égard est devenu total, inconditionnel. La rigueur de Hanna a cette qualité. Et Gitta l'accepte donc. Non sans mal.

Certaines nuits, leur conversation dure jusqu'à l'aube, dans le noir parfois total qu'impose le couvre-feu. Mais plus Gitta parle, plus il lui semble se perdre, rivière s'enfonçant dans le sable. Malgré son impressionnante énergie vitale, elle nage depuis des années dans un océan de malaise. N'ayant ni voulu ni pu organiser sa vie autour du modèle mariage-enfants-famille, elle se retrouve, la trentaine bien entamée, dans le brouillard. Qu'est-ce qui a de l'importance, finalement ?

Son amitié avec Hanna passe un cap. Les deux jeunes femmes se lancent dans un jeu vertigineux dont, vers la même époque, à Paris, Jean-Paul Sartre dit qu'il mène en enfer : le jeu de la vérité.

Mettre son âme à nu face aux autres.

Ils sont quatre à jouer.

Imaginez que vous fassiez partie d'un petit cercle philosophique, dont la majorité des membres serait juive et dont les débats se rapprocheraient de plus en plus du cœur de vos préoccupations existentielles, et que brusquement la seconde guerre mondiale éclate tout autour. De deux choses l'une : ou votre cercle philosophique est mal centré et il y a fort à parier qu'il parte en morceaux ; ou bien il tourne rond, et la plongée en vrille qu'il vous oblige alors à tenter, dans votre âme même, là au milieu de la furie, donne la chair de poule.

Le cercle des quatre amis de Budaliget devait être bien centré. Il n'explosa point. Et la conversation prit la tournure impitoyable d'un « Grand Jeu », au sens où l'entendaient René Daumal, Gilbert Leconte, Lanza del Vasto et leurs amis, ou encore Shri Aurobindo et ceux qu'on appellera plus tard Mère et Satprem, tous grosso modo de la même génération que les « quatre de Budapest ».

Comment savoir et dire la vérité sur soi ? Ne nous mentons-nous pas à nous-mêmes sans arrêt ?

> Lorsque tu voudras parler de l'Absolu, de l'Être, du Bien, de Dieu, du Réel, du Vrai, fais donc cette expérience : supprime tous ces mots dans les phrases que tu prononces, en supposant, mais de toute la force de ton imagination, que tu n'en as plus l'usage, qu'ils n'existent plus, et qu'il est désormais impossible d'en trouver d'autres capables de les remplacer. Il est probable que bien souvent tu frémiras devant les gouffres d'inconscience ouverts dans ton discours, les couvercles verbaux enlevés. Et l'effort que tu feras pour combler ces vides, en pensant et recréant les notions endormies, c'est celui que chacun doit exiger incessamment de soi-même, s'il veut jamais savoir et être en réalité.

> Extrait de *Tu t'es toujours trompé* de René Daumal

Savoir se garder du mensonge, dont une voix surgie on ne sait d'où dira bientôt aux quatre amis qu'il est le mal véritable — et non, comme on se l'imagine souvent, la violence.

Le mensonge, qui sait étendre son empire aussi par lent mouvement de dérive abusive — c'est souvent ainsi qu'il se présente à nous, Occidentaux de cette fin du siècle rongée par l'obnubilation médiatique (qui nous impose dès l'aube, par radio-réveil interposé, son arbitraire hiérarchie de valeurs) ou par la publicité (qui tord les mots, les fait dégénérer). En 1943, cette finesse insidieuse n'est certes pas de mise : le mensonge dévore littéralement les foules, de ses mâchoires péremptoires. Tous les jours, à la radio, dans les journaux, dans les écoles, dans les meetings, des voix mentent très explicitement et aspirent les humains dans des vortex de confusion.

Mensonge de l'idéologie nazie, bien sûr, dont les quatre amis ont depuis longtemps fait le tour... Tantôt elle prétend vouloir la paix — mais en réduisant l'homme à un animal. Tantôt elle avoue son désir de « guerre indispensable contre les faibles » — guerre destinée à « rétablir la continuité des lois naturelles », alors qu'elle réduit ces dernières à une grotesque caricature de « lutte à mort pour la survie des plus forts » : appliquée à la nature, qui est en réalité profondément symbiotique et coopérante, l'idée nazie de « loi naturelle » aurait transformé la planète en caillou stérile.

Les « quatre de Budapest » parlent bien sûr aussi du mensonge stalinien. Mensonge en poupée russe, cachant derrière son appel récent à « la Sainte Nation Slave contre l'envahisseur germanique » (juin 1941) une jubilation totalement perverse devant la torture de millions d'hommes, de femmes et d'enfants composant ladite nation et, derrière cette torture et la soutenant de l'intérieur, un édifice intellectuel comportant les plus belles torsions et tricheries mentales que l'esprit moderne ait inventées. Croyance ultraprométhéenne (d'un athéisme absolu, triomphant) dans la capacité de la volonté humaine à transformer la terre en machine, et ce, en vertu d'une grille de lecture exclusivement occidentale, imaginée par la lignée qui va de Descartes à Marx (et se prolongera chez beaucoup de scientifiques du XXe siècle — heureusement pas les plus grands), excluant d'un revers de manche des centaines d'autres grilles de lecture inventées par les .cultures humaines à travers les millénaires — paléolithiques, néolithiques, aborigènes, égyptiennes, indiennes, amérindiennes, africaines, chinoises, indiennes, arabes... !

Mais Hanna entretient ses « compagnons de Grand Jeu » d'un mensonge beaucoup plus général : celui de toute la pensée, de tout le comportement, de toute la manière d'être des modernes — y compris des plus « humanistes » d'entre eux qui, derrière certaines hypertrophies mentales (non moins hypnotisantes que l'hystérie hitlérienne), derrière une sorte de pseudo-lucidité navrée, proclament que l'humain se trouve définitivement coupé du monde et que la grandeur de sa liberté consiste justement à se résigner à cette solitude absurde et éternelle face au néant, jusqu'à l'extinction de sa dernière goutte de conscience.

Comme si, suggère Hanna à ses amis, les modernes oubliaient la leçon naturaliste de l'aigle, dont la fabuleuse liberté, lorsqu'il traverse d'un seul coup d'aile la vallée que l'humain rampant mettra deux jours à franchir, ne tiendrait pas trente secondes s'il ne se laissait porter par les courants atmosphériques ascendants.

« Nous ne sommes JAMAIS seuls, poursuit la jeune juive hongroise, nous pouvons simplement nous le faire croire, lorsqu'à la manière des enfants malheureux, nous nous bouchons les oreilles et les yeux pour crier que nous sommes seuls au monde et que nous aimerions mourir. »

Absurde, rappelle-t-elle, vient du latin *surdus* : sourd. Dire « le monde est absurde » revient à dire : « Je suis sourd au monde. » Rien de plus, rien de moins. Or, combien de grands intellectuels supposés champions ès lucidité ont confondu leur surdité avec un non-sens cosmique général ? Comme quoi les esprits les plus futés peuvent, leur vie durant, se mentir à eux-mêmes. C'est évidemment à ce mensonge-là que les quatre amis reviennent sans cesse : à celui qui les frappe le plus douloureusement dès qu'ils commencent à se parler franchement. L'ennemi n'est pas seulement tapi tout autour d'eux, il campe à l'intérieur de la place ! Le mensonge imbibe le tissu même de nos pensées. Nos noms sont des masques. Et derrière ces masques se cachent d'autres masques, à l'infini.

Dans le petit cercle maintenant installé à Budaliget, Gitta est celle qui se sent le plus visée par les flèches de Hanna. Derrière des apparences nettes et carrées — a-t-on jamais vu une fille de Sparte louvoyer entre les faits ? — l'ex-championne de natation s'encombre de trop de culpabilités pour que le Grand Jeu ne finisse par la coincer. Dans les yeux de Hanna, les bonnes intentions de Gitta papillonnent au-dessus de son corps. Elle veut tellement bien faire, et plaire à ses amis plus mûrs, qu'elle en rajoute, et finit par devenir superficielle.

Enfantillage ?

Il y aurait plusieurs façons d'entendre le mot. Chez Lili, par exemple, c'est bien une sorte de grâce enfantine préservée — celle de la joie permanente et sans raison — qui semble dominer (bien que Lili ait aussi mille raisons explicites de se réjouir, et de pleurer). Gitta, elle, représente à la perfection l'adolescent moderne que nous sommes tous plus ou moins, aujourd'hui, condamnés à rester notre vie durant. Elle en a l'impétuosité, la force, l'enthousiasme, l'appétit, la lourdeur, l'orgueil, la dispersion, l'empressement, la complaisance... Gitta veut apprendre les *Upanishad* par cœur. Gitta veut se soigner par la seule pensée. Gitta veut faire pénitence pour avoir si platement négligé son âme pendant tant d'années. Gitta veut jeûner. Gitta jure qu'elle va devenir une femme modèle. Un monument de sagesse. De spiritualité. D'une transparence absolue... Alors que dehors, la pression indirecte exercée par les démons nazis augmente, augmente, augmente.

Et tout d'un coup, la foudre frappe.

3

SOUDAIN... QUI ? COMMENT ? POURQUOI ?

Pour mieux souligner la gravité de leur « jeu de la
vérité », les quatre amis ont décidé de noter noir sur
blanc leurs idées, leurs visions, leurs résolutions res-
pectives. Ils s'obligent à rédiger des sortes de devoirs,
entre la dissertation et la confession.

« En quoi n'ai-je fait aucun progrès depuis que je
cherche à changer ? »

« De quoi ai-je peur ? »

« À quoi, selon moi, pourrait·ressembler l'homme
nouveau ? »

À cette époque — comme à tant d'autres ! — l'idée
d'un « nouvel âge » et d'un « homme nouveau »
résonne dans beaucoup de têtes. Sur toutes sortes
de tempo, que les quatre compagnons de Budaliget
connaissent bien, chacun à sa façon.

Il y a l'*Homo materialicus* des communistes, dont
Joseph fut — personnage au poitrail bombé, incar-
nant l'humain devenu dieu — un dieu à cent pour
cent terrestre, à jamais coupé du ciel et prétendant
protéger ses enfants et ses vieux d'un bouclier
industriel.

Il y a l'*Übermensch* des nazis — de plus en plus
présent dans l'atmosphère des années 30 —, faux
félin de jungle fantasmagorique, si tragiquement
impuissant, d'une violence si suicidaire.

Mais il y a aussi le *citoyen nouveau* des chrétiens-
démocrates, nouvellement entré en lice, tout imbibé

de personnalisme social (ce mouvement des « catholiques de gauche », de Mounier aux prêtres-ouvriers), à la recherche d'un compromis éthique entre le ciel et la terre — rêve dont l'histoire ne dit pas ce que Hanna en sut.

Il y a le *paysan-soldat* idéal dont rêvent les sionistes — dont Hanna ne parle pas.

Il y a *l'homme pacifié* de Gandhi — dont elle dit grand bien.

Il y a le *paysan révolutionnaire* de Mao — dont les quatre compagnons ne savent strictement rien.

Il y a l'homme *onirique-objectif* des surréalistes — qui ne les touche guère.

Il y a...

Toutes ces visions s'accompagnent tour à tour d'héroïsme, de folie, d'idéalisme, de lâcheté, et témoignent pour le moins d'une soif gigantesque, que le monde moderne n'étanche pas.

Une soif de quoi ?

Les quatre amis de Budaliget ne le savent pas, eux non plus, mais ils font partie des assoiffés à la bouche très sèche. Et ils cherchent, fiévreusement, à quoi pourrait ressembler cet « homme nouveau » qui saurait survivre à la guerre et s'en débarrasser à jamais...

Hanna aussi parle d'un nouvel homme à ses élèves : pour elle, c'est « l'individu créateur délivré de la peur ».

Hanna a l'habitude de se prendre pour étalon de l'imperfection de base et elle interroge ses amis : « Dans quel sens nous faudrait-il nous métamorphoser, personnellement, pour cesser de mentir, pour nous pacifier vraiment ? » Comment mener la « grande guerre sainte » à l'intérieur de soi ?

Il s'agit de répondre le plus concrètement possible, sans complaisance, en proposant des détails quotidiens.

Gitta s'acquitte de ses « devoirs » avec zèle. Elle remplit des pages et des pages de bonnes résolutions. Mais contrairement à ce qu'elle s'imagine, ce travail ne la rend pas plus transparente. Au contraire : il l'encombre d'un fatras volontariste qui enfonce sa névrose et ses petitesses plus profondément dans la nuit. Elle qui n'avait jamais suivi de cours de catéchisme, la voilà qui se retrouve dans le rôle de la forte en thème.

Il est trois heures de l'après-midi, le 25 juin 1943. Joseph bêche le potager. Hanna et Gitta boivent le café (les alliés de l'Axe en ont encore à leur disposition !) dans le minuscule salon de leur chaumière de Budaliget. Lili est en ville. Hanna écoute Gitta lui lire à haute voix sa longue réponse à la question du « changement intérieur nécessaire ». Gitta s'enlise dans des considérations filandreuses. Hanna se tait, mais bout d'impatience. Son amie l'agace au-delà du supportable. Intellectuellement, Hanna est tellement plus rapide que Gitta ! Un jour, Hanna a dit à Gitta : « Si j'étais un malfaiteur, aucun détective ne pourrait m'attraper. » Et voilà que Gitta, une fois de plus, demande à son amie de trancher à sa place :

« Qu'en penses-tu, Hanna ? Que faut-il que je fasse ? »

Hanna, une fois de plus, s'apprête donc à secouer son amie, si balourde dans sa passivité bien-pensante et sa paresse d'esprit, quand soudain...

Une vision aveuglante s'impose à Hanna : elle voit, de ses yeux, deux mains jaillies de nulle part s'emparer des feuillets de Gitta, les déchirer en morceaux et les jeter par terre avec rage.

Dans le même instant, lui monte du fond du ventre un flot de paroles si claires et si abruptes qu'elle se sent obligée de dire :

Attention ! Ce n'est plus moi qui parle !

Avant de laisser des mots de feu se déverser par sa bouche...

Hanna n'entre nullement en transe.
C'est juste le contraire : sa tête fonctionne plus

clairement que jamais. Elle voit l'immaturité de son amie Gitta, non comme on voit un objet extérieur à soi, mais comme un état que l'on *reconnaît*. Elle voit aussi la force de cette amie. Sa force gaspillée. Par tant de mouvements faux. Et elle sait ce qu'il faudrait que son amie fasse pour canaliser sa force, pour devenir davantage elle-même, pour s'éveiller.

C'est bien elle, Hanna, qui entend, voit, sent, comprend, exprime, reconnaît ; mais ce qu'elle entend, voit, sent, comprend, exprime, reconnaît s'avère brusquement beaucoup trop fort, trop limpide, trop clair, pour qu'elle puisse s'imaginer une seule seconde que cela résonne de son seul fait, depuis ses seuls neurones.

Ses neurones ? Ils ne peuvent que lui servir d'antenne. D'antenne à capter... Quoi ?

Mille fois déjà, Hanna a éprouvé cette impression. Mais jamais avec cette clarté, cette évidence. Si toutes nos inspirations, se dit-elle, si toutes nos poussées créatrices — du simple pressentiment viscéral à la haute intuition intellectuelle — sont de même nature, alors cette nature doit être d'essence transcendante. Jamais elle ne l'a éprouvé à ce point. Tout d'un coup, elle connaît un état de conscience qui l'arrache au flux temporel. Un état qui, de l'intérieur d'elle-même, la dépasse infiniment et devant lequel elle ne peut que s'incliner.

De cet état « intemporel », elle ne peut laisser le verbe lumineux s'exprimer par sa bouche qu'à condition de crier d'abord :

Attention ! Ce n'est plus moi qui parle !

Ce cri la libère, la lave, efface d'avance du jeu tout malaise. La confiance de Gitta lui est acquise. L'aventure qui commence à cet instant ne peut en rien s'assimiler à un jeu un tant soit peu sado-masochiste entre un petit maître et un petit élève. C'est LE Grand Jeu. Au-delà des bonnes intentions. Au-delà du bien et du mal. Au-delà de l'ego. À l'endroit où l'axe intemporel qui relie la Terre au Ciel transperce le plan des hommes — dans une fulgurance qui, de prime abord, ressemble à une paire de gifles.

Les premiers mots adressés à Gitta sont en effet les suivants :

On va te faire perdre l'habitude
de poser des questions inutiles !
Attention ! Bientôt des comptes te seront demandés !

Gitta, d'abord stupéfaite, ne réagit pas — elle écoute, saisie jusqu'au fond des os, à la fois terriblement impressionnée et étrangement rassurée, car aussitôt, il lui a semblé reconnaître une... présence.

Une présence que la voix de Hanna vient, contre toute attente, de révéler. Oui, cette voix, Gitta a l'impression de la connaître depuis toujours. Voilà pourquoi, malgré la dureté des mots lancés vers elle, l'ancienne championne ne se sent nullement agressée. Cette voix vient autant du fond d'elle que du fond de son amie. Sans sa propre présence — Gitta le sent bien — Hanna ne pourrait rien dire. Les « entretiens avec l'Ange », dès la première seconde, émanent du tandem inséparable Hanna-Gitta.

Ce n'est qu'à partir du second entretien que Gitta prendra un papier et un crayon et se mettra à noter les paroles qui fusent de la bouche de Hanna. Trente ans plus tard, l'ensemble de ces notes constitueront le livre des *Dialogues*.

Voici les trois premiers dialogues de ce livre sans pareil, jalonnés des commentaires que Gitta Mallasz y ajoutera à la fin des années 80, dans la version intégrale parue chez Aubier.

4

LES TROIS PREMIERS DIALOGUES[1]

(extraits de l'édition intégrale, 1990,
avec l'aimable autorisation des éditions Aubier)

25 juin 1943
Premier entretien avec Gitta

Face à mon attitude superficielle [les mots en italique
sont de Gitta qui commente, trente ans plus tard]*,
Hanna sent naître en elle une tension qui, grandissante,
devient une indignation qui n'est plus la sienne. Et puis,
pleinement consciente, les yeux grands ouverts, elle a tout
à coup une vision : une force inconnue arrache le papier
de mes mains, le déchire en morceaux et le jette par terre,
en signe de désapprobation devant ce travail resté tellement en dessous de mes capacités. Hanna est sur le point
de dire quelque chose, mais s'arrête net, avec le sentiment
que ce n'est plus elle qui va parler. Elle a juste le temps de
m'avertir : « Attention ! Ce n'est plus moi qui parle. » Et
puis j'entends ces mots :*

---

1. Nous avons respecté très scrupuleusement la présentation
typographique du texte paru aux éditions Aubier sous la haute
direction de Gitta Mallasz, qui, aidée par Dominique Raoul-Duval,
cherche par différents procédés (passages à la ligne, alinéas en
retrait) à traduire la respiration, le « phrasé » de l'Ange, et non
à « faire poétique ». De la même façon, les capitales soulignent
l'importance accordée par l'Ange lui-même à certaines phrases.

— On va te faire perdre l'habitude
de poser des questions inutiles !
Attention ! Bientôt des comptes te seront demandés !

*C'est bien la voix de Hanna, mais je suis absolument sûre
que ce n'est pas elle qui parle : celui qui parle se sert de sa
voix comme d'une espèce d'instrument conscient. J'ai le
sentiment de connaître celui qui m'adresse ces mots sévères, et je ne suis donc pas vraiment surprise : j'ai plutôt
l'impression que quelque chose de tout à fait naturel, qui
devait avoir lieu, arrive enfin. Une lumière éclatante me
remplit ; mais il n'y a là rien de joyeux. Au contraire, elle
me montre avec une clarté impitoyable la différence entre
ce que je m'imagine être et ce que je suis.*
*En même temps, je vois ce que j'aurais pu écrire sur moi-
même si j'avais été vraiment honnête et exigeante ; j'en
suis profondément bouleversée — et j'ai honte. Devant la
sincérité de cette honte, Hanna sent l'indignation refluer
chez celui qui parle à travers elle.*

— Maintenant, c'est bien.
Le repentir est en même temps le pardon.
    Silence.
Il faut que tu changes radicalement.
Sois indépendante !
Tu es trop et trop peu.
G. Je ne comprends pas.
— Peu d'indépendance, trop de matière.
    *Je sens que c'est une allusion à ma façon de penser, si
    peu indépendante.*
Dans un sol dur on ne sème pas la graine.
Tu seras labourée par une recherche sans répit.
Ce qui était bon jusqu'à présent sera mauvais.
Ce qui était mauvais sera bon.

    Suit un long silence, finalement rompu par une question :
Me connais-tu ?

*Ces mots me touchent profondément. Je sais, avec une cer-
titude inexplicable, que je le connais, qu'il est mon Maître
intérieur, mais je n'en ai aucune image, aucun souvenir
précis. Je ne perçois que des brumes épaisses, qui m'em-
pêchent de le reconnaître. En dépit de tous mes efforts, je
suis incapable de les percer.*

Me connais-tu ?

*Cette répétition me pénètre encore davantage : je sais que
je suis au bord du souvenir, et j'essaie de toutes mes forces
de me rappeler. En vain : j'en suis à nouveau incapable.
Hanna sent que celui qui parle à travers elle regarde mes
efforts désespérés avec tendresse :*

Tu es païenne, mais c'est bien ainsi.
*Je comprends que ce mot de « païenne » désigne mes
racines.*
Tu seras baptisée avec l'Eau de la Vie.
Tu recevras un nom nouveau.
Ce nom existe, mais je ne peux pas le révéler.
Prépare-toi à cela.

Tu peux poser une question.

*J'en serais bien incapable ! Je suis beaucoup trop occupée
à prendre progressivement conscience de ce qui est en train
de m'arriver.*
« Celle qui parle » est fatiguée,
donne-lui de la force !
Nous allons nous rencontrer à nouveau.

*Immédiatement après cette rencontre, Hanna et moi
notons les paroles entendues. C'est facile, car chaque mot
s'est profondément gravé en nous. Hanna me décrit ainsi
son expérience : « Pendant tout l'entretien, ma conscience
était comme élargie. Je voyais la pièce, toi, et ce qui se
passait en toi avec une précision étonnante. Et en même
temps, j'étais pleinement consciente de notre visiteur, dont
les "émotions" étaient d'une nature toute différente des
nôtres, même si je ne peux les nommer maintenant qu'a-
vec des termes très approximatifs d'"'indignation",
"amour", "tendresse". C'était difficile de trouver les mots
justes pour traduire ce qui m'était dit. Pourtant, c'était
bien moi qui étais là aussi. Je voyais les paroles se former
en moi avec surprise et émerveillement. »
Une seule question me brûle les lèvres : « Cette promesse
d'une nouvelle rencontre, si elle a lieu — c'est pour
quand ? »
Hanna répond : « Peut-être dans sept jours. »
Le soir même, nous racontons à Joseph et Lili ce qui s'est
passé. Joseph — qui dans sa jeunesse était matérialiste —*

n'y voit qu'une affaire de bonnes femmes, et décide de rester en dehors de tout cela. Lili, par contre, désire profondément être présente lors du prochain entretien, et se charge de prendre des notes.

Vendredi 2 juillet 1943
Entretien 2 avec Gitta

La semaine a été dure. Le fait de ne pas savoir si notre visiteur va revenir me met très mal à l'aise. De plus, la vision impitoyable de moi-même qui m'a été montrée est très difficile à supporter.
Ce vendredi donc, j'attends avec Hanna, à trois heures, comme la dernière fois, que la promesse d'une nouvelle rencontre se réalise, et j'ai douloureusement conscience de n'avoir fait aucun progrès pendant la semaine. Tout à coup le silence est rompu par ces mots :
— Qu'as-tu accompli cette semaine ?
As-tu progressé ?

Je pense à ce qu'a été ma semaine, et j'ai envie de rentrer sous terre. Pourtant, j'ai le sentiment d'avoir quand même un tout petit peu changé, et je réponds avec hésitation :
G. Oui.
— Provisoirement ou définitivement ?
Je me sens tellement indigne que je me mets à pleurer.
Pas d'apitoiement sur toi-même.
As-tu peur de moi ?
G. Non.
— Moi aussi, je sers.
Ces mots me rassurent, et m'emplissent d'une confiance joyeuse : il sert comme moi ! D'une certaine manière, il est semblable à moi.

Demande !

Pour mon anniversaire, Hanna a fait un portrait de moi assise au sommet d'une montagne, tenant entre les mains une boule de cristal dont les facettes étincellent en un arc-en-ciel de couleurs. Ce symbole me préoccupe, et je voudrais bien que mon Maître m'en parle :
G. Comment pourrais-je, non seulement connaître, mais *vivre* la sphère de Lumière ?
— La sphère de Lumière se trouve chez moi.
JE DESCENDS CHEZ TOI. — TU MONTES CHEZ MOI.

G. Comment est-ce possible ?

— Si tu le crois, cette foi te fait croître.

Je sens derrière le mot « foi » une force de vie qui n'a rien à voir avec une adhésion intellectuelle à un credo religieux.

Dans l'accomplissement des temps cela arrivera.

Pourras-tu supporter la sphère ?

Je réponds avec légèreté, sans vraiment comprendre la question :

G. Oui.

— En es-tu digne ? Es-tu assez *pure* pour cela ?

Je commence à perdre mon assurance.

G. C'est toi qui le sais.

Hanna sent que celui qui parle à travers elle me regarde comme une enfant étourdie qui ne sait pas ce qu'elle dit.

— La sphère est plus lourde que le globe terrestre...

mais l'ENFANT joue avec elle

parce qu'il est fait de la même matière : de LUMIÈRE.

Le mot « ENFANT » est employé dans une acception qui m'échappe complètement. Je ne comprends rien à ces paroles, et je demande bêtement :

G. On peut jouer avec cette sphère ?

— Le petit ENFANT joue. Devenu adulte, il crée.

Complètement perdue, je demande :

G. Alors je suis trop petite pour la sphère ?

La réponse me frappe comme la foudre :

— Trop *grande* !

Hanna voit que mon « petit moi » est trop grand et dominateur. Mais je ne comprends toujours pas, et demande :

G. De quoi faut-il que je me débarrasse ?

Hanna perçoit l'indignation que déclenche chez mon Maître mon manque de compréhension. Il aurait fallu un geste puissant de purification, mais elle ne trouve pas les forces nécessaires, et ne peut que dire ces mots :

— Il faut que tu renaisses.

Ce qui est grand — s'effondre.

Ce qui est dur — s'effrite.

Le geste de force brûlante que Hanna avait été incapable d'accomplir aurait fait commencer en moi cet « effondrement » et cet « effritement » ; elle me le dira plus tard. Après un long silence, j'entends ces paroles réconfortantes :

— TU N'ES JAMAIS SEULE.

*Cette semaine a été moins difficile que la précédente mais,
le vendredi, mes brumes intérieures réapparaissent. Je
commence à me rendre compte que, depuis trente-six ans,
j'ai vécu allègrement dans cet état « brumeux » sans même
m'en apercevoir. Maintenant j'en ai enfin conscience, et
j'en souffre. Pendant que nous bavardons après le café,
Hanna entend tout à coup un seul mot dit avec sévérité :*

— Assez !

*Il est trois heures, et je ne me suis pas préparée intérieure-
ment à recevoir mon Maître.*
As-tu mis tes habits de fête ?
Je me sens tellement indigne que je me mets à pleurer.
Ne pleure pas devant moi !
Ce n'est pas le moment.
*Hanna sent l'indignation de mon visiteur. De toute évi-
dence, je devrais être pleine de joie.*
Demande !
G. Comment pourrais-je entendre toujours ta voix ?
La réponse m'est donnée avec mépris :
— ALORS TU NE SERAIS QU'UNE MARIONNETTE !
G. Je ne comprends pas.
— ALORS TU NE SERAIS PAS INDÉPENDANTE.
Silence.
C'est *toi* qui dois t'approcher de *moi*.
G. Puis-je poser une question ?
— C'est pour cette raison que je suis ici.
G. Dois-je jeûner le vendredi ?
— Non.
*Je m'imaginais que le jeûne pouvait être un moyen de puri-
fication spirituelle.*
NON ! QUE LA MESURE, CHAQUE JOUR, SOIT TON JEÛNE !
Donne de l'eau à celle qui parle !

Très étonnée, j'apporte un verre d'eau à Hanna.
G. Pourquoi m'est-il si difficile d'aimer vraiment ma
famille ?
— La famille, c'est la chair.
*Hanna voit que la famille renforce ce que j'ai en trop :
la matière.*
Quand tu seras débarrassée du superflu,
alors tu pourras aimer.

G. En suis-je encore loin ?
— LE LOIN EST PROCHE — LE PROCHE EST LOIN.
G. Pourrais-je connaître ton nom ?
   Cette question vient du désir de pouvoir l'appeler n'importe quand pour me sentir en sécurité.
— Le nom est matière.
Cherche ce qu'il y a *derrière* !

   L'épaisse obscurité de mes brumes intérieures revient à nouveau. Ma question est, en réalité, un appel au secours désespéré.
G. Je suis dans l'obscurité ; que dois-je faire ?
— MARCHE SUR TON PROPRE CHEMIN !
TOUT LE RESTE EST ÉGAREMENT.
   Long silence.

Chantonne pour moi dans la forêt.
   Je n'en crois pas mes oreilles. Depuis mon enfance, j'ai toujours caché mes sentiments derrière une épaisse carapace, et chanter me paraît complètement absurde.
G. Je n'ai pas bien compris.
   La phrase est alors répétée, très distinctement, en insistant sur chaque mot.
— CHANTONNE-POUR-MOI-DANS-LA-FORÊT !
   Maintenant, chaque mot me touche au plus profond de mon être ; quelque chose se détend, et s'apaise en moi. Sans y prendre garde, je me penche en avant, et suis immédiatement arrêtée par un geste très ferme, mais gentil :
Tu es trop près !
   Je me demande si ma densité lui est insupportable ?... Ou est-ce son rayonnement qui est si fort que je ne pourrais pas le supporter ?
G. J'ai fait un rêve, mais je n'en comprends pas la signification.
— Tu es une étape,
je suis une étape,
et Lui est le chemin.
   Nous sentons dans sa voix une profonde vénération lorsqu'est prononcé le mot « Lui ». Hanna est trop fatiguée pour continuer. Elle me dira plus tard les mots qu'elle n'avait pas pu transmettre :
« Le *vouloir* est un mur et non une marche. »
   C'est une allusion, je le sens, à la façon dont je crispe ma volonté lorsque je veux atteindre un but.

Vendredi 9 juillet 1943
Entretien 3 avec Lili

*Lili aimerait aussi poser des questions. Elle s'assied face
à Hanna, qui se repose, tandis que je m'installe à sa place
pour prendre des notes.
Après un court silence, nous sentons toutes une présence
très douce et pleine de chaleur.*

— Me voici.
Tu m'as appelé,
Je t'ai appelée.
*L'intonation de la voix a complètement changé. Je ne
reconnais plus les accents sévères et parfois effrayants de
mon Maître. Maintenant, elle est tendre.*
— Tu peux demander.
L. Quand vais-je m'ouvrir vers le haut ?
— Tu te mens encore.
Le mensonge est peur.
Mais tu n'as pas de raison d'avoir peur.
L. Qu'est-ce que je dois faire en premier ?
— Connais-tu ce signe ?
Le voici.
*Geste formant un triangle
dont la pointe est dirigée vers le bas.*

L. Pourrais-tu m'expliquer ma tâche d'une autre manière ?
— Tu es appelée « celle qui aide ».
« Celle qui aide » ne peut pas avoir peur.
Je t'annonce une bonne nouvelle :
Tu es ma bien-aimée.
Silence.
Veux-tu me revoir de nouveau ?
L. Oui.
— Alors tu ne me verras pas !
Désires-tu me voir de nouveau ?
L. Oui.
— Alors tu ne me verras pas !
*À la lumière de l'entretien précédent, je comprends claire-
ment, cette fois-ci, que ni le désir ni le vouloir ne nous
rapprochent de nos Maîtres. Au contraire... Mais Lili, elle,
ne comprend pas et balbutie :*
L. Je voudrais seulement mieux te voir...
— SI LA TÂCHE L'EXIGE,
ALORS TU ME VERRAS.
J'obéis.
L. Moi aussi, j'aimerais obéir.

Lui touchant le front :
— Ici, il y a trop...
Dans ton corps, tu es la dernière-née.
Lili était la dernière d'une famille nombreuse.
Dans ton âme, tu es le premier des NOUVEAU-NÉS.
Silence.
Je prends congé de vous.

Je suis tellement heureuse que Lili ait aussi rencontré son Maître ! Sa tendre et radieuse présence m'a moi-même complètement détendue.
Pendant toute la semaine, je ne cesse de penser à ce « non-désir », à ce « non-vouloir » qui me semblent être si importants.

JOURNAL DE BORD. — III

29 avril 1992. — Reçu un fax de Gitta :

Cher Patrice,

Tu sais comme je « chauffe un sujet » ?
Je dis à haute voix chaque idée — aussi insensée qu'elle soit —
et je la mets au milieu de la table...
elle peut susciter d'autres idées qui seront mises, elles aussi, au milieu de la table...
et à un moment donné l'étincelle éclate.
Toi, oublie complètement le mot « biographie » !
mais penche-toi sur les grandes perspectives !
Par ta *Source noire* tu as contribué (à ta mesure et avec tes moyens)
à changer le visage de la mort dans la conscience des hommes...
Je sens que tu pourrais continuer et, dans le même style, faire connaître la *Source blanche* et changer par ce fait le visage de la VIE à la fin de ce siècle.
LA S.N. : tout le monde est obligé d'y boire à la fin de sa vie.
La S.B. : Seul celui qui choisit en toute liberté d'y boire peut le faire pendant sa vie.
La S.N. : est une condition de l'espèce humaine.
La S.B. : est une condition de l'individu humain.
La S.N. : J'en bois lorsque j'ai dépassé mon passé.
La S.B. : J'en bois lorsque je suis dans l'éternel présent.

La S.B. devient possible à la fin de ce siècle, c'est une accélération — (comme tu le dis) de notre « humanisation », une accélération naturelle et très actuelle !

Eh bien, j'ai mis quelques idées au milieu de la table...

Bises...

Gitta

Note en marge datée du 24 février 1995 : My God ! Pardon, Gitta, de t'avoir si peu écoutée. Et en même temps, tu le sais, ces mots m'imbibent ! Hélas trop souvent, je sais, comme le rhum imbibe le manteau mité du clochard, qui laisse échapper l'esprit subtil de la canne à sucre transmutée.

7 mai. — Voyage à Genève auprès du *Business Council for a Sustainable Development*. Ce sont des entrepreneurs, généralement très riches, qui ont répondu à l'appel d'un patron suisse, Schmidtheiny, pour réfléchir à ce que pourrait être un business plus responsable, en particulier quant aux conséquences de toute décision sur la génération suivante. On dit que certains Anciens prévoyaient les effets de leurs actes sur « sept générations ». Cela paraît énorme, impossible. Calculer sur une seule génération, c'est-à-dire sur vingt ans, nous paraît déjà fabuleux. Je vais profiter de mon passage dans la vallée du Rhône pour faire une visite surprise à Gitta.

8 mai. — Bien m'en a pris. Nous avons veillé fort tard. Gitta m'a donné toutes sortes de papiers, des adresses, des notes qui portent des numéros compliqués, qui semblent retirées de gros classeurs. Elle m'a montré la couverture du livre que je vais écrire pour elle. Elle est certaine que cela devrait s'appeler *La Source blanche*. Elle a même dessiné la couverture, en s'inspirant de celle de *La Source noire* dans sa version poche. Je n'ai pas encore franchement osé lui dire ma réticence à user d'un titre qui pourrait paraître pur stratagème commercial (après *La Source noire*, la blanche, et ensuite, pourquoi pas la bleue, la rouge, la verte... ?). Pour moi, c'est clair, le titre de notre travail est *Corps à corps avec l'Ange*. Gitta trouve que c'est un bon sous-titre et m'écrit un petit texte sur ce thème, à mettre en exergue.

10 mai. — Une amie psychologue à qui je confie mon trouble de ne pas voir les *Dialogues avec l'Ange* signés « Hanna Dallos » (j'y tiens, moi, aux noms de famille !), et mon interrogation sur la différence de nature entre l'inspiration de Hanna et celle d'un grand artiste, me dit : « Chez l'artiste, même génial, l'ego demeure solidement campé dans la place. Chez Hanna, il n'y a plus rien de tel. La parole passe librement. À mon avis, la parole de Hanna est plutôt celle d'un prophète. »

Reste que, sans Gitta, il est vraisemblable que la « prophétie » en question n'aurait pas pu s'exprimer. Et peut-être sans Joseph et Lili non plus. Il s'agirait alors de quoi ? D'un « cercle prophétique »... ?

19 mai. — Coup de fil de Patricia Montaud : Gitta est malade.

21 mai. — Gitta serait sérieusement atteinte. Un pressentiment désagréable. Merde ! Pourquoi m'a-t-elle donné si précautionneusement ses dernières recommandations ? La constatant (ou la croyant) en parfaite santé, je me disais qu'elle me mettait juste le pied à l'étrier...

22 mai. — Les choses s'accélèrent dramatiquement. Gitta serait mourante. Elle ne quitte plus son lit et ne veut voir personne, en dehors de ses deux jeunes amis, Patricia et Bernard. Je repense sans arrêt aux paroles qu'elle m'a dites l'automne dernier : « Mon vieux, je règle cette question de scénario, et hop ! je fiche le camp ! »

Mais Gitta, crois-tu vraiment que c'est « réglé » ?

23 mai. — Gitta semble vraiment en train de partir. Plus moyen de l'atteindre. Seuls Bernard ou Patricia pourraient à la rigueur lui poser une question pour moi. Mais... à quoi bon ? J'ai mille questions brûlantes encore. Trop tard ?

25 mai. —
Gitta vient de mourir...
Gitta est partie.
Au moment même où j'apprends la nouvelle,
un orage dément dégringole sur Paris
avec une violence qui me sidère.
Craquements extraordinaires sur les immeubles du quartier Saint-Antoine.
Depuis le septième étage du journal, j'en suis ébahi.
Belle coïncidence.

Jamais je n'avais vu d'éclairs de si près.
Oh Gitta, mon amie,
où es-tu maintenant ?
Puisses-tu voir la grande
LUMIÈRE
et y retrouver tes amis
Hanna, Joseph et Lili ! ! !

27 mai. — Je reçois le faire-part. Un coup bien à elle,
monté avec Bernard et Patricia. Avec sa photo de grand-
mère joviale, à joues de pomme d'api, derrière ses lunettes,
en train de taper à la machine, de ses grandes mains que,
pour la première fois (étrange), je découvre longues et
belles.

Je retourne la feuille et lis :

FAIRE-PART

J'ai quitté mon corps,
cet outil précieux qui m'a été donné
pour accomplir ma tâche sur terre.
Il a été trop usé par le temps.
Je sais qu'un autre outil me sera donné,
plus approprié pour une nouvelle tâche.

Toi aussi, tu as une tâche, une tâche unique.
Il est bénéfique de bien l'accomplir
aussi longtemps que ce rare don du Ciel
— ton corps terrestre —
est utilisable.
Sinon tu as vécu en vain.

Gitta
le 25 mai 1992

28 mai. — Anniversaire de mon père. Il aurait eu soixante-
huit ans. Pensant à ceux que j'aime et qui ont disparu,
j'écris une lettre à la dernière d'entre eux.
« Gitta,
Tu m'as donné la réponse à la question que me posait la
légende du Cinquième Rêve : qu'est-ce que l'Homme ?
Tu m'as apporté un message qui m'a touché et convaincu.
Je t'aime.
Merci du fond de mon vingtième de mètre cube.
Tu m'aides à me construire

et, par contagion, je peux aussi aider.

Donner, peser, rayonner, rire, m'incliner, m'anéantir, régner, aimer.

Tous les verbes jetés par l'arc tendu entre Hanna et toi sont si clairs.

Ils se plantent dans mes sentiments avec la précision de la poésie.

Vos parts immortelles, si mystérieuses dans leur double nature, immuable et en perpétuel renouvellement, m'ont réveillé un peu plus. M'ont dit un peu plus comment échapper à la double contrainte de la misère humaniste athée

L'homme doit être humble, mais pas modeste.

Il y a, disais-tu, deux façons de s'incliner.

La première élève.

La seconde rabaisse.

Le roi David, ou Einstein, chantèrent la première.

Les religions ont trop souvent conduit à la seconde.

Si je m'incline et que cela m'élève,

je réalise que la « modestie » n'est que paresse et pleutrerie.

Car le projet qui s'éveille en moi est gigantesque.

Si fort, si beau et si fou que c'est à peine si j'ose dire OUI.

Le non m'a aidé à me construire un beau petit moi aérodynamique, au prix de m'être coupé les ailes.

Je suis mutilé, plaqué au sol, seul.

Lui mon ange, il est mes ailes.

Si nous refaisons alliance,

la joie du petit moi résonnera avec celle des autres, et nous volerons, tous ensemble, sans qu'aucun de nous ne soit annihilé — ô inconcevable miracle ! — nous serons l'HUMAIN ACCOMPLI.

Le Simurgh !

Le Messie.

La Conscience parvenue au bout de ses pièges, jouant avec elle-même, comme deux petits chiens.

Alors, comme tu dis : À Dieu ! »

3 juin. — Coup de blues total. Je ne possède absolument pas les éléments pour remplir la mission que m'a confiée Gitta. Et puis, pourquoi écrire ce livre ?

4 juin. — Une réponse arrive, très calme : « Écris pour montrer que même au comble de la nuit peut jaillir la lumière. »

La réponse contient elle-même une question : comment parler du Christ à partir de destins juifs illuminés aux portes des camps ?

Réponse : « Idem. »

18 juin. — C'est un élément des *Dialogues* qui frappe en premier l'attention : parlant de la Divinité Suprême, de l'Absolu Infini, de l'Inconnaissable, de Ce-qui-n'a-pas-de-nom-mais-dont-le-Visage-est-partout, de l'Ultime Mystère, la traduction française des *Dialogues* utilise le pronom « IL » ou « LUI ». Mais le mot exact prononcé par la Hongroise Hanna Dallos était en réalité « Ö ».

Ö est un pronom de la très archaïque langue magyare. À la fois masculin et féminin, on le situe au-delà des sexes, sans qu'il soit pour autant neutre, ou châtré, ou impersonnel. En français, il faudrait traduire ce mot non par « ça », mais par IL/ELLE. (Jeu de mots : Ö se prononce « eux », ce qui, parlant de IL/ELLE, définirait assez la bonne attitude envers la divinité : celle de l'enfant par rapport à ses parents !) Il se trouve que nous ne disposons pas, dans notre langue, de pronom aussi approprié pour désigner l'Imprononçable. Que n'adoptons-nous ce terme magyar, nous que choque désormais jusqu'à l'insupportable la masculinité, non pas du Ciel — car le Ciel paternel de la parole peut s'accoupler à la Matière maternelle de la Terre —, mais de l'Un absolu, infini inqualifiable, au-delà de tout, même du Ciel, et dont l'attachement à l'un ou l'autre des deux sexes ne saurait que nous rester en travers de la gorge, chaque fois qu'il y est fait allusion ?

Vieille question. Pourquoi imaginer au centre et à l'origine de tout le mot *Dieu* — pourquoi pas, alors, le mot *Déesse* ?

Quand Nietzsche et les autres ont annoncé « la mort de Dieu », ils parlaient surtout, en fait, de la mort de ce mot. Cela peut mourir, un mot. Surtout un mot archi-usé comme celui-là. Un mot sexiste, cent mille fois et si gravement perverti. « Dieu » invoqué devant les canons. « Dieu » des fusils. « Dieu » des bûchers. « Dieu » des mines anti-personnel. « Dieu » des camps de concentration. « Dieu » de la purification ethnique. « *Gott* » *mit uns !* « Dieu » mêlé à tant de jurons, tant d'abjectes malédictions.

Dieu : *nom masculin* tiré du grec *Zeus*...

C'est essentiel, les mots. Le mot *Dieu* a-t-il commencé à fondre comme phosphore dans les tranchées de 14-18 bénies par les aumôniers ?

Par quel mot remplacer Zeus ?

Les Hongrois disent « Ö ». La traduction anglaise des *Dialogues* a conservé ce mot. Les Français auraient dû, me semble-t-il, faire de même.

21 juin. — Je crie : « Assez du Barbu ! » et je pense en même temps : « Pardon Baba — car je te dois grand respect. Mais ce n'est pas autour de toi que doit tourner ma danse, tu me l'as dit toi-même, mais autour de la Liane de FEU ! »

22 juin. — Le doute rôde, laissant partout son odeur ammoniaquée. Et si, malgré tout, les quatre amis de Budaliget avaient eu tellement peur qu'ils s'étaient mis à délirer ?

« Évidemment, me murmure une voix apparemment raisonnable, ils étaient morts de trouille, ils s'inventaient des issues... »

Si je me concentre trente secondes, la réponse fuse, très claire :

« Parlons-en, du délire ! »

C'est comme les toubibs vis-à-vis des NDE : ils se refusent à en voir le sens. À voir les fruits. Jugeons l'arbre à ses fruits. Les FRUITS d'une NDE ne sont pas ceux d'une crise maniaco-dépressive. Les fruits des *Dialogues* ne sont pas ceux d'un délire provoqué par la peur.

Certes, la cloison est étroite entre folie et mysticisme, ou plutôt : les fous captent, mais mal.

5 juillet. — J'ai relu le passage de la Bible où Jacob lutte contre son ange. Une furieuse bagarre. C'est de ce combat que m'est venue la première vision du « corps à corps avec l'ange ». Une autre fois, Jacob voit les anges monter et descendre de l'échelle céleste. Dans une *Histoire sainte* illustrée que l'on m'avait offerte, enfant, les deux scènes se mêlaient en un seul dessin. Jacob y ressemblait à un berger berbère et l'ange à un athlète grec, en tunique. Leur lutte farouche me fascinait. J'aurais pu la regarder des heures. Derrière eux, sur une échelle infiniment haute, des anges plus diaphanes semblaient attendre l'issue du combat.

C'est un corps à corps avec l'Autre, mais aussi avec soi-même. Que l'on retrouve dans bien des mythes. Le mythologiste Joseph Campbell avait convaincu le cinéaste Lucas de le reprendre dans *La Guerre des étoiles* — où l'on voit à un moment le héros se battre contre un inconnu masqué. Quand finalement il parvient à le terrasser et à relever son heaume, il s'aperçoit que celui-ci est vide : il a lutté contre

personne, contre lui-même, ou contre quoi ? Contre Dieu ?
Contre la part divine en lui ?

7 juillet. — Faut-il forcément de la lutte, de la fièvre, de
l'urgence, pour que les choses bougent ? Apparemment
oui, c'est l'« émergence dans l'urgence », dont parle Peter
Russell. Mais alors, faut-il aussi de la souffrance, de la
guerre ? Dans les deux cas, l'Ange répond : non. Il y a là
un ressort secret subtil.

Albert Palma nous parle parfois, au cours de nos stages
de shintaïdo, du samouraï Sékyun, qui « métamorphosa
les forces de mort en forces de vie ». Vers le milieu du
XVIIIe siècle, ce héros du sabre qui avait, au cours de sa
longue carrière de mercenaire impérial, occis en combat
singulier plus de cinquante adversaires, s'aperçut soudain
qu'il n'était en fait qu'un robot aux mains des forces du
mensonge. Il se rebella et prit la tête d'un mouvement
ultra-radical, qui allait progressivement détourner des
techniques de mort en art vital — art certes « martial »,
mais où le dieu Mars se trouverait transfiguré en serviteur
de la Vie : Sékyun consacra désormais toute sa technique
à désarmer l'autre, puis à l'épargner. Magnifique métamorphose, pas évidente à faire résonner aujourd'hui...

11 juillet — Trois des quatre amis de Budaliget étaient
juifs. Des juifs non pratiquants, presque non croyants,
mais qui entrèrent d'emblée en résonance avec Jésus ! On
dirait que, pour ces juifs à la fois agnostiques et mystiques,
Jésus était bel et bien le Messie. Ils le voyaient, dansant
très loin au-devant des hommes — « au sommet de la douzième porte », comme disent les soufis, parlant du moment
apocalyptique où l'Homme sera accompli, après la longue
nuit clandestine. Et cet Homme accompli, qui se confond
avec le douzième Prophète (celui-là même qu'à mon sens,
les juifs orthodoxes, prudents et matérialistes comme saint
Thomas, appellent le « Messie ») — qu'Allah l'ait en sa
sainte garde ! — Ibn Arabi le décrit comme le Christ éternellement vivant que les humains laborieux conduits par
Mahomet (= celui qui s'incline) auront enfin atteint.

Jésus-Christ.

Modèle à l'ombre duquel j'ai grandi.

Toi que ni les ans, ni les hontes, ni les joies, ni les basses-
ses, ni les extases n'ont vu remplacer dans ma très
modeste existence.

Yeshoua.

Par quel miracle l'imposture paulinienne — on sait

aujourd'hui à quel point le « mythe chrétien » fut inventé par saint Paul — ne t'a-t-elle pas annihilé, ô très mystérieuse figure de « Fils de Dieu », finalement conduit jusqu'à nous, malgré tout ?

Jésus.

Toi qui m'embarrasses tant,

... moi qui gémis de douleur à la moindre écorchure, alors que je devrais hurler de joie.

Certains jours, je me rends compte que je ne cesse de rêver, sous des draps fétides.

15 juillet. — « De nous deux, le léger, c'est moi ! Toi, au contraire, réalise que tu as le privilège d'habiter un corps. Alors habite-le. Ta voie c'est le poids. Pèse ! Mais joyeusement. Ainsi, entre toi et moi, se tendront les cordes d'un instrument très subtil, et nous pourrons commencer à résonner ensemble à la Musique Divine, d'une façon radicalement nouvelle à chaque instant, en toute liberté, et cela fera naître, puis danser, l'Homme... »

Quand je résumais l'œuvre immense des *Dialogues* de cette façon lapidaire et cavalière, Gitta ne me désapprouvait pas, mais me versait plutôt une rasade de bourbon supplémentaire. L'essentiel, pour elle, tenait dans la double notion de totale liberté et de radicale nouveauté.

En termes bien plus savants, le rabbin Marc-Alain Ouaknin explique qu'en hébreu, le mot « ange » (malakh) signifie « envoyé pour une mission particulière », et qu'il s'agit de cette force qui, ouvrant une faille en l'homme, le pousse à s'autotranscender, à combler cet écart entre soi et Soi, souvent par la parole. « Les anges sont en nous, a dit Ouaknin à la radio, mais on a toujours besoin de faire le détour par la parole de l'autre pour être renvoyé à notre propre richesse. »

Le même détour que celui du héros qui doit aller jusqu'au bout du monde pour comprendre que son trésor était chez lui.

7 août. — J'achève la lecture d'une série de livres sur le darwinisme, le néodarwinisme, l'antidarwinisme... Le vieux Charles fut un sacré bonhomme. J'imagine sans peine les rudes bagarres qu'il dut mener contre les cafards d'Église qui prétendaient bloquer la pensée à un âge mental de cinq ans et refusaient l'idée d'évolution du vivant. Cela dit, deux remarques : *primo*, l'idée d'évolution circulait déjà depuis un siècle au moins, y compris chez des « spiritualistes » comme Goethe ; *secundo*, pré-

tendre que la théorie darwinienne explique concrètement de quelle façon les espèces se sont engendrées les
unes les autres, depuis l'apparition de la première bacté-
rie, est une plaisanterie. Au départ de chaque grande
nouvelle catégorie vivante, on dirait qu'il y a eu comme
un « coup de pouce » venu d'en dehors du monde. Et si
le « coup de pouce » qui aurait permis l'apparition de
l'homme s'appelait ange ?

Où les créationnistes trouveraient une sorte de revanche. À une condition : admettre, comme disait Françoise
Dolto, qu'un texte comme la Bible est à relire depuis le
point de vue d'un enfant de cinq ans.

20 août. — Mais comment concevoir les anges ? Comment concevoir ceux pour qui nos sentiments, du moins
quand nous les vivons au maximum de leurs arcatures,
sont vus comme des « organes » ? Les anges sont de
nature lumineuse, ou plutôt, comme dit le professeur de
physique théorique Régis Dutheil, superlumineuse. Au-
delà du mur « infranchissable » de la lumière, la création
continuerait d'exister, mais elle changerait de nature. Le
temps, dit la physique théorique, n'y existe plus : il se
trouve entièrement métamorphosé en espace. Mais un
espace vécu très différemment de celui d'en deçà du mur
de la lumière, puisqu'un observateur s'y trouverait
« étalé partout à la fois ». C'est étonnant, car cela fait
justement penser aux anges. Si donc nous parvenons à
communiquer avec les anges, c'est forcément que quelque chose d'eux, ou de nous, ou des deux, sait franchir
le mur « infranchissable » de la lumière...

L'ange ? Il est de même nature que notre pensée, que
notre esprit.

De même nature que le Grand Moi.

Sauf qu'à la différence de ce que je croyais jusque-là, ce
« moi profond » n'est pas une sorte de rocher de lumière
impersonnel, à force d'être transpersonnel. Non, le Grand
Moi vit, palpite, et se marre. D'une joie permanente.
Même quand il voit son fol essai d'incarnation — moi, toi,
nous — toussoter, hésiter, se prendre dans tous les pièges : le petit moi a peur, il s'y croit, il joue les tragiques,
il se prétend « ontologiquement seul » alors qu'il lui faut
juste encore apprendre à faire caca dans son pot.

25 août. — L'ange selon Didier Dumas. *L'Ange et le Fantôme* (Minuit). L'idée que l'ange, au fond, c'est la parole,
revient sans cesse chez Dumas (psychanalyste que l'on

pourrait dire « doltoïen »). Il explique : « Dans la Bible, chaque fois qu'il y a faute, chaque fois que le malheur s'abat sur le peuple élu, c'est qu'il y a eu défaut de langage », c'est-à-dire que quelque chose, dans le vécu des hommes et donc dans leur incarnation, n'a pas su accéder jusqu'à la sphère de la parole — où le père joue le rôle initiateur spirituel, comme la mère l'a joué dans l'incarnation de l'humain en tant qu'être matériel.

Quant à la langue que parle l'ange lui-même, ce n'est pas, selon Didier, celle des sons, puisque c'est le propre de l'homme (lui seul a un corps et une bouche — « Tu es le seul de toute la création à posséder ce privilège », dit l'Ange de Gitta). Pour Dumas, la langue des anges est celle des images — notamment des images du rêve. C'est par les images que l'ange ferait la liaison entre nous et le mystère insondable de Dieu — qui est aussi le mystère de notre appareil psychique.

À ces mots-anges, Didier Dumas oppose les fantômes ancestraux, impensé généalogique, ou nœuds anciens non résolus, causes de bien des maux, oubliées des Occidentaux (et notoirement des psychanalystes), alors que la plupart des cultures traditionnelles savent gérer ce qu'elles appellent la « maladie des ancêtres ». Ces fantômes, seuls les mots appropriés pourraient les dissoudre. Ce qui fait dire à ce psychanalyste anticonformiste et artiste :

« Quand un fantôme se pointe, il suffit de lui envoyer un ange dessus, et il se dissout ! »

IV

LA SOURCE BLANCHE

Maintenant, se dessinent quatre ponts de lumière :

« Celui qui mesure » parle à Hanna, qui représente la parole qui éclaire.

« Celui qui bâtit » parle à Joseph, qui représente le silence qui remplit.

« Celui qui aide » parle à Lili, qui représente l'amour qui relie.

« Celui qui rayonne » parle à Gitta, qui représente la force qui réchauffe.

Quant au scénario, il hésite désormais entre une limpidité extrême — ces quatre personnages, réunis tous les vendredis autour d'une « conversation » chauffée à blanc, quel idéal théâtral ! — et un éblouissement si fort qu'il risquerait de faire s'évanouir et le metteur en scène et les spectateurs.

Du coup, on serait obligé de faire appel à la séculaire expérience des hommes, par exemple dans la peau d'un musicien arrivant à la rescousse et disant, comme Johannes Brahms :

« Tout d'un coup, les idées coulent en moi, venant directement de Dieu, et l'œil de mon esprit perçoit des thèmes qui sont non seulement précis, mais encore revêtus de *formes, d'harmonies et d'orchestrations justes*. Lorsque je suis dans cet état d'esprit rare et inspiré, c'est mesure par mesure que le produit fini m'est révélé. »

1

DE L'INSPIRATION

La folle aventure est partie. Rien ne l'arrêtera plus.

À partir du 25 juin 1943, régulièrement une fois par semaine, s'adressant tour à tour à Gitta puis à Lili et, des mois plus tard, à Joseph et à elle-même, Hanna va parler, sous la ferme impulsion de... de quoi ? Que se passe-t-il ? Qu'est-ce qui s'est emparé d'elle ?

Nous savons tous ce qu'est l'inspiration, la « voix intérieure » que nous entendons plus ou moins clairement parler au fond de nous. Le mot subconscient est un fourre-tout commode, ou plutôt un hublot, au travers duquel je peux voir aussi bien un morceau du bastingage de mon propre bateau psychique que les étoiles intérieures, à des années-lumière de mes haubans. Une évidence s'impose : l'humain, s'il sait distinguer les voix majeures de son univers émotionnel — la voix de la peur, celle de l'envie, de la gourmandise ou de la pitié... —, ne sait pas toujours reconnaître les instances les plus subtiles qui parlent en lui.

D'après ce que nous disent, par exemple, certains maîtres orientaux du geste, l'Occidental a d'autant plus de mal à entendre la véritable voix de son cœur, qu'il a fait taire la voix de son corps, dont la bouche silencieuse se meurt de ne plus sourire au centre de son ventre. La voix du *hara*, disent ces instructeurs de techniques d'éveil, serait indispensable pour harmonieusement équilibrer la jacassante voix de la tête. Alors seulement, la voix du cœur pourrait parler...

Imaginez donc qu'ayant appris la valeur du silence (d'un conjoint exceptionnellement peu bavard, genre Joseph) puis la valeur du langage du corps (d'amies sportives exceptionnellement expressives, genre Gitta et Lili), bref, qu'ayant atteint une sorte d'équilibre de base, la voix subtile de l'inspiration qui rayonne du fond de votre cœur SE METTE À VOUS PARLER TRÈS FORT. Et de manière continue. Imaginez qu'à la manière d'un jeune enfant découvrant le monde avec ravissement, vous vous soyez, comme disait Krishnamurti, « libéré du connu » et que l'*inconnu* se mette à parler en vous, offrant soudain un sens éblouissant...

Quand, un demi-siècle plus tard, je demanderai à Gitta Mallasz (après cent autres venus l'interroger pareillement avant moi) comment diantre elle avait réagi lorsque, tout à coup, ce 25 juin 1943, Hanna lui avait lancé : « *On va te faire perdre l'habitude de poser des questions inutiles !* », la vieille dame me répondra : « Comment aurais-tu voulu que je réagisse ? Le plus naturellement du monde, bien sûr. Ce qui nous arrivait était naturel, comprends-tu ? NA-TU-REL ! »

Naturel ?

Je me gratte la tête.

De ce même « naturel », alors, peut-être, que celui qui illuminait Socrate en train de boire la coupe qui allait le tuer.

Du même « naturel » que celui d'Elisabeth Kübler-Ross tendant, un jour, à une femme mourante, l'urne funéraire qu'elle avait souhaitée — pour que ses enfants y déposent bientôt ses cendres.

Ou du même « naturel » que celui du funambule traversant sur un câble les cataractes du Niagara — comment y parviendrait-il, sinon ? Sans lâcher prise, ce serait impossible.

Les Chinois appellent cela *Wu weï* : laisser la vie nous traverser.

C'est, paraît-il, le mode d'emploi basique de toute existence véridique.

Mais comment lâcher prise en pleine horreur ? Comment garder confiance en l'homme, alors que l'abomination absolue se déverse de son cœur dans le vôtre ?

Pendant trente-six ans, Hanna avait cherché l'inspiration « naturelle ». De temps en temps, il lui était déjà arrivé d'avouer aux élèves de son atelier : « Tiens, ce que je viens de vous dire, je l'ignorais totalement. »

Cela se passait surtout après un échange chaleureux.

« Nous avions pris l'habitude de chauffer nos sujets de discussion », expliquera Gitta.

Oui, mais « chauffer un sujet », s'emporter, parfois avec inspiration, échanger de grandes idées entre amis, quand la confiance règne, entrer en résonance avec le thème et s'entendre soi-même avec surprise proférer des choses pas si bêtes, inédites même... tout cela, un certain nombre d'entre nous (beaucoup, j'espère) ont pu le connaître et, en effet, d'une manière parfaitement naturelle, même s'il s'agissait des frontières de notre naturel quotidien, tard dans la nuit, à la limite de rupture du consensus social — ce qui rend d'ailleurs souvent la transmission problématique et l'intégration difficile.

Mais le « naturel » dont parle Gitta Mallasz, quand elle évoque l'irruption dans la bouche de Hanna d'une parole que celle-ci sentait venir de bien au-delà d'elle-même, ce « naturel »-là, il me semble que peu de gens ont eu la chance de le goûter. Pour moi, quidam de base, il sonne extraordinaire, et pour tout dire totalement surnaturel.

Admettons que ces distinctions soient abusives, que *tout est naturel*, y compris l'inconcevable — qui sommes-nous pour oser décréter ce qui serait naturel et ce qui ne le serait pas ?

Une certitude s'impose cependant : brusquement, Hanna venait d'entrer dans un état de conscience *autre* que celui qui éclaire le commun de nos vies terrestres. Plus clair, plus lucide, plus « habité » que l'état où elle-même vivait habituellement. « Naturel » ne signifie pas « endormi », même si l'endormissement constitue, de loin, notre sort le plus commun.

« Surtout, insistera Gitta à plusieurs reprises, ne va pas croire, ni faire croire que nous étions des humains exceptionnels. Ce serait une erreur grave. Nous étions, au fond, des personnes tout à fait ordinaires. C'est d'ailleurs pour cette raison que les Anges nous avaient choisis pour tenter leur expérience. »

Quelle expérience ? Pour montrer ou prouver quoi ?

L'expérience, dirait-on, de l'exigence de création.

L'humain n'est pas seulement créature. Il est aussi créateur.

Créateur de quoi ?

Prenons la question par petits bouts.

Hanna elle-même, pour commencer, lorsque l'Ange parle par sa bouche, ne se trouve-t-elle pas exactement dans la situation d'une artiste en train de créer ? Certes, comme dans une transe, Hanna prête son corps à autre chose qu'elle. Dans un lâcher-prise remarquable — vu les circonstances — elle abandonne son libre arbitre pour se faire la servante d'une parole qui la dépasse. Mais elle met aussi en jeu la part la plus lucide de son attention. Au service de cette parole venue « d'ailleurs », elle prête son corps, ses cordes vocales, son souffle, mais aussi son cerveau, son esprit, sa conscience... tout son être.

Paradoxe de l'inspiration « prophétique » : Hanna lâche complètement prise, or tout son être se trouve — comme jamais encore dans sa vie — consciemment engagé dans la transmission du message.

Voilà peut-être pourquoi elle n'est pas seulement artiste, mais tout bonnement prophétesse.

Immense est la variété des inspirations. Toutes, pourrait-on dire, sont dérivées de la même Source, mais avec tant de filtres, de siphons, de retournements...

Les inspirations les plus viscérales, c'est-à-dire les plus inconscientes, les plus brutes, sont par exemple celles qui meuvent les lèvres et les corps des médiums en transe — et de tous ceux qui affichent des « dons » qu'ils ne comprennent pas. Ces inspirations-là semblent faire appel à la partie la plus animale de l'homme, la plus instinctive. Y a-t-il un lien à établir avec les cultures archaïques, que l'on pourrait qualifier de « chamaniques », et qui font surgir dans l'imagerie symbolique de leurs destinataires des représentations animales, des « animaux de pouvoir » ? Je n'en sais rien. Il est certain que beaucoup de techniques de transe semblent jouer avec des processus totalement inconscients, avec lesquels l'*Homo industrialis* actuel, parvenu au fond de son impasse antibiotique, se sent parfois en devoir de renouer pour pouvoir reprendre la course de son éveil. Par ailleurs, certains « voyages chamaniques » se font en toute lucidité, et semblent donc relever d'inspirations plus éveillées...

À l'autre bout du spectre, les inspirations les plus spirituelles, les plus fines, les plus subtiles, usent elles aussi du corps d'un messager, mais ce dernier est alors pleinement présent, y compris avec la gamme complète de ses émotions et de son intellect, offrant ce dont il dispose de plus sophistiqué, de plus sublime, au mouvement qui le traverse. Son abandon lucide constitue le summum du raffinement humain. C'est l'inspiration des grands artistes, des grands savants, des grands mystiques, des prophètes.

> Depuis les temps les plus reculés, des hommes et des femmes disent recevoir des signes ou des messages de puissances transcendantes.
>
> En Inde, on les appelle des *rishis*, des voyants. Dans les traditions sémitiques, on les appelle des *nabis*, des inspirés ou des prophètes.
>
> Les uns et les autres disent que ce qu'ils savent, ils ne l'ont pas acquis ; il ne s'agit pas d'une connaissance, fruit de leurs études et de leurs investigations ; cette connaissance leur est venue d'en haut ou de la profondeur, ils l'ont reçue d'une plus haute conscience : elle leur a été donnée gratuitement, révélée. On parlera alors de « Révélation ».

JEAN-YVES LELOUP
(*Musiques*)

Deux extrêmes, dirait-on. À un bout, l'intuition animale instinctive, qui peut être sidérante de perspicacité. À l'autre bout, l'inspiration angélique, que l'on suppose « réservée aux génies » ou aux « êtres d'exception ». Entre les deux, tout un éventail d'états intermédiaires, sans lesquels, en réalité, aucun de nous ne pourrait survivre, car il s'agit de la gamme complète des états de la créativité humaine. Or, il n'est pas d'humain qui ne connaisse au moins un fragment de cette gamme. Et pas forcément pour « créer une œuvre » au sens mondain du terme : autant qu'un tableau, une musique, un parfum ou une chorégraphie, on peut *créer* une émotion, une relation, un geste, une famille, un système politique, une atmosphère, une déclaration amoureuse, un plat, une stratégie, une interprétation musicale, une farce, ou simplement une façon de contempler le monde.

L'homme accompli, ou éveillé (à supposer qu'on ait le droit d'évoquer cette utopie), joue forcément de la palette complète de ces états créateurs.

Il vit à fond.

Il fait émerger du radicalement neuf, du jamais vu, jamais senti, jamais connu, jamais entendu. De l'inouï.

Il crée.

Les *Dialogues* sont d'abord une invitation à lâcher la bride à notre gigantesque capacité à improviser nos vies avec génie. Cette improvisation n'est viable qu'à condition de se brancher sur la *Source* de toute création, qui jaillit de l'Inconnu en une gerbe continue.

Curieusement, la culture moderne ne nous dit pas grand-chose de cette Source. L'école ne nous apprend quasi rien de nos états de créativité — pas davantage dans leur version subtile que dans leur version somnambulique. Quelle misère ! D'un côté, on nie d'un trait la gamme entière des « voyances » instinctives, qualifiées de fariboles. De l'autre on nous parle du *Discours de la méthode* de René Descartes, mais pas des songes magnifiques par lesquels ce même René y parvint. On nous vante la théorie de la Relativité, mais pas un mot de la vision fulgurante grâce à laquelle Albert Einstein encore tout jeune en eut la première (et décisive) intuition. On pourrait trouver des exemples à foison. Tout au plus nos académies mentionneront-elles le « cri d'Archimède » dans sa baignoire, à l'entracte, pour faire rire la galerie.

Voilà l'un des drames auxquels les *Dialogues avec*

l'*Ange* cherchent à arracher les hommes modernes : nous traitons le moteur même de notre hominisation avec une désinvolture de margoulin. Nous sommes à gifler. Total est notre aveuglement vis-à-vis de ce qui fait de nous, humains, des créateurs. Nous sommes en état de sacrilège permanent.

Comme si, de ce point de vue, l'esprit moderne s'acharnait à demeurer primitif et obscurément magique : on nous vante à longueur de vie les milliers de découvertes et d'inventions (notamment en science) qu'ont apportées des « génies[1] », mais on n'explicite rien de la source originelle de leurs inspirations. Ces dernières sont, avec grande gêne, décrites comme « difficilement compréhensibles », « miraculeuses », « aléatoires », au mieux « poétiques ». Elles sont réservées à des « surdoués », à des « talents innés », à des « êtres d'exception ». Elles surviennent n'importe où, n'importe quand, n'importe comment, nul ne sait au gré de quels processus, en rêve, en promenade, à l'occasion d'un travail qui peut être totalement étranger à la découverte elle-même. Et l'on se justifie faiblement : eh oui, la création exige aussi beaucoup de disponibilité ! eh oui, certains artistes ont de drôles de manies. Mais en réalité, tout se passe comme si l'on ne désirait pas vraiment savoir de quelle façon procède la création. Comme si, derrière elle, ne pouvait que se profiler le bout de l'oreille d'une...

... transcendance ?

Et que celle-ci deviendrait alors bigrement incontournable, bigrement exigeante, bigrement embarrassante.

Qu'il s'agisse de la création naturelle, baptisée « évolution », ou de la création humaine, défigurée en cette fin de millénaire sous les oripeaux de la « créativité » commerciale, dans tous les cas, le processus échappe in fine à tous les systèmes d'observation et d'analyse. Le processus même de la création, parce qu'il ignore par essence la répétition, échappe

---

1. Génies : mot qui signifie littéralement « *petits esprits présidant à la destinée des êtres* » !

à toute science, à tout contrôle. C'est notre part rebelle. Notre part intemporelle. Notre part immortelle, qui glisse entre les doigts de qui voudrait se l'approprier, emportant sous son aile le mystère de l'unique ; qui ramène sans cesse au délicat ajustage entre l'inspiration et l'inspiré. Comment mettre le rêve de notre vie au service de l'éveil, si notre « appareil récepteur » a des antennes tordues ?

Chaque fois que Gitta tentera d'éclairer ses congénères dans ce domaine, s'imposera à elle l'image des deux triangles...

Imaginez deux triangles rectangles isocèles :
le triangle du créateur, ou de l'inspiration, angle droit vers le haut ;
le triangle de la créature, ou de l'inspiré, angle droit vers le bas ;
  irrésistiblement attirés l'un vers l'autre.

SI VOUS POUVIEZ SAISIR L'ATTIRANCE D'AMOUR
DU POIDS VERS LA LUMIÈRE —
SI VOUS POUVIEZ PRESSENTIR L'ATTIRANCE D'AMOUR
DE LA LUMIÈRE VERS LES POIDS
LORS VOUS GOÛTERIEZ L'IVRESSE (1/10/43).

Quand les deux triangles s'ajustent parfaitement l'un à l'autre, pour former un carré, alors l'inspiration est à son summum.

Souvent, hélas, l'un des deux triangles — celui du dessous, le triangle récepteur, matériel, incarné, de la créature — n'est pas ajusté. Tordue, mal centrée, dissymétrique, l'incarnation ne peut alors assurer la réception harmonieuse du flux créateur. Parfois, ce triangle n'est pas même formé ! Et l'on peut alors tomber sur de terribles malentendus. Sur des intuitions mal comprises. Sur des inspirations qui déraillent. Sur des « révélations » qui sombrent dans le délire. Combien de fois captons-nous une inspiration mais, handicapés, ne sachant comment l'accueillir, nous la trahissons aussitôt, la rendons méconnaissable, grotesque !

Ainsi voit-on des personnes ayant vécu une « illumination », un « satori » ou un « samadhi », ou revenues, en principe, « métamorphosées » après une expérience de mort imminente (NDE), bref des personnes ayant connu une inspiration très forte (si forte qu'elles jurent avoir embrassé l'*Ultime Réalité*), finir par devenir de petits gourous pleins de rigides certitudes.

Gitta dira : « La rencontre avec les symboles ou avec les Anges peut être très dangereuse pour des personnes faibles. C'est pourquoi mon Ange insistait tant pour que j'affirme mon indépendance face à lui, et que je ne me laisse pas fasciner par sa force. »

Ainsi les hôpitaux psychiatriques sont-ils remplis :

— soit de pauvres créatures qui ne savent comment intégrer les inspirations trop fortes que leur communiquent leurs antennes mal fichues ;

— soit de « fous » supposés qui comprennent mieux que tout le monde, des êtres aux antennes bien plus grandes que la moyenne, mais que la société ne supporte pas et craint ; plus d'un grand mystique a été pris pour un cinglé.

Le métier de psychiatre devrait savoir embrasser l'ensemble de cette problématique : redresseur d'antennes tordues et explorateur de fréquences plus hautes que la moyenne, quel job magnifique !

Revenons à Hanna. Pourquoi telle ou telle créature humaine se présente-t-elle effectivement comme un « triangle récepteur » parfait, capable de « capter » une inspiration très forte et très subtile ? Mystère de la destinée individuelle. Enfant déjà, Mozart entendait ses musiques comme jouées par les anges.

Lorsque je suis pour ainsi dire tout à fait moi-même, complètement seul et de bonne humeur, comme lorsque je voyage en voiture, que je fais une promenade après un bon repas ou que, la nuit, je ne peux dormir, c'est dans ces moments que mes idées coulent le mieux et en plus grande quantité. D'où elles viennent et comment elles viennent, je l'ignore ; je ne peux pas non plus en forcer la venue (...) Toute cette invention, toute cette création se produit dans un rêve agréable et plein d'entrain. Mais le meilleur, c'est encore d'entendre le tout ensemble. Ce qui a été créé ainsi, je peux difficilement l'oublier, et c'est là le plus beau don pour lequel je doive remercier mon divin Créateur.

Lettre de WOLFGANG AMADEUS MOZART à un ami[1]

Ou bien Brahms :

Lorsque je ressens ce pressant besoin, je fais d'abord appel à mon Créateur, directement. (...) Je ressens immédiatement des vibrations qui transportent mon être entier. (...) Lorsque je suis dans cet état d'exaltation, je distingue très clairement ce qui, dans mes états habituels, est obscur ; je me sens alors capable de tirer mon inspiration vers le haut, comme le faisait Beethoven.

JOHANNES BRAHMS[1]

Hanna, tels Mozart, Beethoven ou Brahms, était prête. Son « triangle récepteur » était parfait.

Quelle différence entre Hanna et Mozart ?

Hanna est-elle d'une souche humaine plus basique ? Est-elle vraiment la personne « ordinaire » que nous décrira Gitta ?

Qu'est-ce qui donne alors à un humain « ordinaire » le don de prophétie ?

Très concrètement, Hanna se doute assez de ce qui risque de leur arriver si les Alliés ne parviennent pas à vite prendre le dessus sur le IIIe Reich. Elle sait tout cela et en souffre. Mais tout d'un coup, l'inspiration dépasse ces contingences. Hanna s'extirpe du temps et s'offre à l'estocade du monde.

Comment, sinon, pourrait-elle en appeler à la Joie totale, alors même qu'elle se trouve si près d'une mort abjecte ? Comment pourrait-elle s'offrir ainsi en sacrifice au météore humain qui va l'écraser... ?

---

1. Deux auteurs américains, Willis Harman et Howard Rheingold, ont écrit sur le sujet un essai rempli de citations et d'informations très intéressantes : *Créativité transcendante* (traduction française aux éditions de Mortagne, Québec).

Retournons dans l'imprévisible clairière de Buda-liget.

Nous sommes à la mi-43. Après l'avancée triomphale des forces de l'Axe, le destin mondial hésite. L'horreur peut durer des années encore. Et la « drôle de paix » hongroise brusquement s'arrêter...

2

MISE EN PLACE D'UN PAYSAGE

L'entretien avec ces voix que Hanna appelle d'abord les « Maîtres intérieurs » respectifs de chacun (le mot *ange* ne viendra qu'au bout de plusieurs mois) tombe chaque fois le vendredi, à quinze heures. La juive Hanna se retrouve ainsi explicitement alignée sur l'*axe* du rabbi Yeshua, alias Jésus-Christ, crucifié pour les hommes, selon la Tradition, un vendredi après-midi à quinze heures.

À vrai dire, de tout cela, les premiers dialogues n'expliqueront rien.

Difficile de ne pas penser à une autre juive, Simone Weil qui, à la même époque, entre dans ses dernières années d'existence terrestre — quelque part à Londres où elle s'escrime à convaincre les gaullistes de la parachuter sur la France dans une zone de résistance, et qui vit une passion mystique grandissante avec Jésus, une passion d'une exigence folle, digne de celle de sainte Thérèse d'Avila.

La métamorphose intérieure qui s'opère à Budaliget, l'après-midi du 25 juin 1943, fait basculer les quatre amis dans un défi d'une ampleur comparable à celui que se lance à elle-même Simone Weil.

Pour Gitta, pas l'ombre d'un doute : la voix qui s'adresse à elle par la bouche, l'intelligence et le cœur de Hanna est celle d'un être d'essence divine, qu'elle a l'impression de reconnaître. En la présence de cet être invisible, elle se retrouve immédiatement dans une atmosphère qui fait résonner dans sa mémoire plusieurs souvenirs lumineux. Notamment le fameux soir de sa petite enfance, où elle avait contemplé le coucher du soleil depuis le sommet d'une colline du Tyrol, assise dans l'herbe à côté de son grand-père. Ou bien le jour du fameux coup de poutre dans l'œil, au bal du Claridge, à Londres. Lumière à nulle autre pareille, à la fois fabuleusement intense et totalement familière, dans laquelle, une fois plongée, elle ressent la sensation de s'éveiller, de retrouver toute une mémoire perdue.

Après la guerre, Gitta connaîtra deux ou trois fois encore, par à-coups, cette lumière dans toute sa clarté — ce qui éveillera chaque fois en elle une intelligence fulgurante, lui permettant par exemple d'entrevoir en une fraction de seconde toute la démarche à suivre, pour sauver sa famille envoyée en résidence hautement surveillée par les Russes, général Mallasz en tête, mission a priori impossible... Puis son dialogue intérieur deviendra plus régulier, plus quotidien, plus doux.

À partir du 9 juillet 1943, la plupart des « dialogues avec l'Ange » se décomposeront en trois temps : un entretien avec Gitta ; une pause (le processus s'avérant très fatigant pour Hanna) ; un entretien avec Lili ; puis relecture des notes et mise au propre du texte.

Chaque entretien dure entre un quart d'heure et deux heures. L'« inspiration » de Hanna s'adapte attentivement à la main qui recopie ses paroles — quand l'entretien concerne Gitta, c'est Lili qui note, et réciproquement. « Cela pouvait prendre deux heures, m'expliquera Gitta, parce que l'Ange attendait patiemment que toutes ses paroles aient été recopiées noir sur blanc. »

Il arrive aussi que l'impétuosité de l'Ange vienne troubler le rythme des humains — notamment quand, 15 heures approchant, Gitta, dont la présence semble aussi indispensable au dialogue que celle de Hanna (il n'y aura jamais de dialogue sans Gitta), oublie de se rappeler à elle-même et boit son café comme un jour ordinaire. L'entretien peut alors commencer par une mise en garde sévère. Pourquoi ne s'est-elle pas préparée ? Pourquoi n'a-t-elle pas, sinon décoré et fleuri la maison, du moins apprêté son esprit ?

Il faut dire tout de suite, et cela semble logique, que le ton du « Maître intérieur » de Lili diffère singulièrement de celui de Gitta. Autant celui de la championne de natation semble toujours brandir une épée de feu, autant celui de la gymnaste fait preuve d'une douceur inconditionnelle. Plus tard, pendant l'hiver 1943-44, quand se manifesteront aussi les « Maîtres intérieurs » de Joseph et de Hanna elle-même, deux autres tempéraments feront leur apparition, celui de Joseph s'avérant incontestablement le plus sobre.

Au début pourtant, Joseph se tient ostensiblement à l'écart. Pour cet écorché vif, ce sont là des « histoires de bonnes femmes », pour ne pas dire du délire pur et simple, que seule explique la pression psychologique de la guerre. Plusieurs semaines s'écouleront avant qu'il n'accepte de participer aux entretiens du vendredi — en silence, bien sûr.

Cela dit, dès le départ, la lecture des premiers textes que Hanna et Gitta lui ont montrés l'a obligé à reconnaître, à son grand étonnement, qu'il y avait là, ce sont ses mots, « une nourriture très forte ».

Quand les entretiens s'achèvent, le vendredi, généralement entre 16 et 17 heures, Hanna part s'allonger un moment.

« Celle qui parle est fatiguée », dit souvent la voix de l'Ange.

« Sans l'énergie brute que je lui insufflais, me dira Gitta, je sais que Hanna n'aurait pas pu tenir le coup. »

Cette dernière avait parfois l'impression qu'on lui « enfonçait des couteaux dans le cœur ». Comme si, à leur base même, les *Dialogues avec l'Ange* reposaient sur un triple don : l'Ange offrant son inspiration, Hanna sa sensibilité et Gitta son énergie vitale.

D'ordinaire facilement alarmée par les coups de fatigue de Hanna, Gitta ne se faisait guère de souci lorsque ceux-ci se produisaient durant un entretien, tant elle se trouvait alors transportée dans un état d'euphorie.

Gitta : « La maison aurait pu s'écrouler sur nos têtes, ma joie serait demeurée ! »

C'était d'autant plus étrange que les paroles prononcées par la bouche de Hanna allaient souvent frapper Gitta avec une sévérité qu'elle n'aurait jamais acceptée d'ordinaire.

« On va te faire perdre l'habitude de parler pour ne rien dire »...

Prononcées par quelqu'un d'autre, dans un contexte différent, ces paroles auraient été tout bonnement écrasantes. Gitta les aurait repoussées avec rage. Mais c'est l'inverse qui se produisait ! Gitta se sentait exultante, dilatée, grandie. Tremblant seulement à une idée : que l'état où l'incroyable clarté émanant de Hanna l'avait hissée ne revienne pas.

> Ne me rends pas
> à moi-même,
> ô Toi qui m'as
> ravi à moi-même !

Ces vers du mystique persan Hallaj, lus un jour dans la bibliothèque de Hanna, lui revenaient alors à l'esprit. Tout d'un coup, il n'y avait plus de drôle de guerre, ni de drôle de paix, mâchoires de mort sous un masque de carton, mais une incroyable irruption de la vie à l'état brut.

Pendant que Hanna se repose, Gitta et Lili corrigent une première fois les notes prises sous la dictée. Puis elles relisent le texte en présence de Hanna, qui, éventuellement, apporte un correctif, modifie une tournure, trouve un synonyme plus correct. Parfois, Hanna admet : « Je ne trouve pas le terme juste. Ce qui m'était suggéré avait un sens légèrement diffé-

rent de l'expression que j'ai utilisée, il s'agissait plutôt... » Le soir, enfin, l'une ou l'autre des trois femmes
recopie le texte dans un gros cahier d'écolier à couverture de moleskine noire.

Souvent, pendant l'entretien, le « Maître intérieur » fixe une tâche à Gitta ou à Lili — ou à l'ensemble des trois femmes, et bientôt des quatre compagnons, Joseph ayant rejoint le cercle. Il peut s'agir,
littéralement, d'un devoir — à rendre par écrit ! Mais
le plus souvent, le travail à effectuer, dans la semaine
qui suit, concerne une disposition d'âme, un état
d'esprit, un effort particulier à fournir, par exemple
sur une faiblesse de caractère précise, et ce travail
concerne alors telle personne et pas telle autre,
même si tous entrent en résonance avec le moindre
mot prononcé.

Du jour au lendemain l'incroyable phénomène
métamorphose la vie des trois, puis des quatre amis.
Une euphorie totalement inattendue se met à
souffler. On est à la fin du printemps 1943, la guerre
fait rage de toutes parts, et voilà que jaillit un message de joie infinie ! La grande attente commence.
L'attente du vendredi. Les entretiens qui en occupent
l'après-midi deviennent l'axe de leurs vies.

« Dès le vendredi matin, racontera Gitta, l'atmosphère devenait différente. Nous finissions de déjeuner, rangions la vaisselle, prenions place dans le petit
salon... Et voilà que l'Ange arrivait. Brusquement, on
sentait sa présence. La densité ambiante devenait
différente. Comme si l'énergie et la densité de l'air
que nous respirions avaient soudain triplé. »

Pendant neuf mois, ces entretiens se dérouleront
suivant le principe d'un enseignement individuel
« personnalisé », chacun recevant celui de son Ange,
à une seule exception près — l'*Ange de feu* de Gitta
s'adressant à Lili, et l'*Ange de douceur* de Lili à Gitta.
De cette période, Gitta dira plus tard qu'elle ressemblait, d'une certaine façon, à une psychanalyse angé-

lique — chacun des quatre amis se préoccupant surtout de son propre destin.

Plusieurs fois, l'Ange avertit sa « moitié matérielle » : ce narcissisme correspond à l'enfance.
L'adulte, lui, doit passer au stade suivant : faire naître
un autre être à partir de lui, ce qui est très différent.

Commentaire de Gitta en 1986 :

> Toutes sortes d'écoles de « self-realisation » foison-
> nent aujourd'hui. Elles peuvent être utiles à condition
> que la *réalisation de soi* ne dégénère pas en *nombri-*
> *lisme.* L'âme encore adolescente a besoin de se nourrir
> des énergies nécessaires à son développement inté-
> rieur. Mais ces énergies, absorbées *trop longtemps* par
> l'âme devenue adulte, se transforment en graisse ou en
> tumeur psychiques dont les répercussions sont inévita-
> blement physiques.

> *Les Dialogues ou l'Enfant né sans parents*

À partir de mars 1944, tout change. La voix des
Anges s'adresse désormais aux humains en général — dans une langue de plus en plus poétique, de
plus en plus rythmée, de plus en plus enflammée à
mesure que se referme sur Hanna, Gitta et Lili le
cercle aveugle de la haine. Alors, les troupes allemandes auront pris possession du territoire hongrois
et les Anges eux-mêmes se mettront à glisser vers
l'enfer...

Pour le moment, dans le cadre miraculeusement
bucolique du village de Budaliget, un enseignement
spirituel se met en place. Où la créature humaine
semble observée par l'Ange comme un filleul par son
parrain. Comme un jeune prince par son régent. Avec
force et patience.

3

FRAGMENTS D'UN ENSEIGNEMENT DE VIE

Chaque fois que je rouvre les *Dialogues*, c'est un nouveau texte que je lis. Je sais qu'on le dit de beaucoup de grandes œuvres. Quant à moi, je ne l'avais jamais expérimenté avec cette force. Cela me réjouit d'autant plus que, dans la définition qu'il nous donne de lui-même, l'Ange, messager de l'Indicible, se reconnaît à ce que « jamais il ne se répète ». Sa nature est création pure, émergence du « radicalement neuf à chaque instant ». Son signe est « l'éternellement nouveau ». Si, à la énième lecture, je commençais à m'ennuyer, ce serait un signe inquiétant. Peut-être y aurait-il une ruse derrière. Une présence mensongère. Le Menteur ? — qui, sous des déguisements faussement nouveaux, nous sert la routine et l'ennui ? Mais non : chaque fois que je rouvre les *Dialogues*, c'est réellement nouveau. Et chaque fois, je tombe de haut, tel le voyageur émerveillé par un nouveau paysage.

D'un pareil jaillissement, chacun peut tirer les leçons qui répondent à ses besoins, apaisent ses manques, irriguent ses dessèchements. Il est hors de question (et hors de ma portée) de proposer une exégèse des *Dialogues*[1]. Voici simplement quelques aperçus de ce qui m'a fait immédiatement tressaillir

1. La plus belle exégèse est sans doute, pour l'instant, celle que Gitta propose elle-même dans ses ouvrages de commentaire, notamment *Les Dialogues tels que je les ai vécus*.

quand j'ai plongé dans cette claire fontaine — et bien
après que j'en fus sorti. Les fragments qui suivent
relèvent forcément d'un choix personnel, partial,
limité. À chacun de faire le sien — puisse le vôtre
vous nourrir et vous illuminer !

1. — Rallumer le sentiment de nouveauté

J'ouvre le livre pour la première fois de ma vie et
tout de suite, je tombe sur ces mots :

Le Poids — est la Voie. (1/10/43)

Cette phrase m'a happé.

Tant de gens, à notre époque, aimeraient « sortir
de leurs corps », ne plus peser, décoller tout droit
dans je ne sais quel éther, grouillant de fantômes et
d'esprits. C'est fascinant, évidemment. J'ai, pour ma
part, mis un certain temps à découvrir que mon problème consistait plutôt à y entrer, dans ce pauvre
corps, abandonné avant même que d'avoir été entièrement construit.

Beaucoup de sages ont comparé notre corps physique à un temple. Ce serait même notre temple principal. Admirable sanctuaire de vie, qui résume l'aventure entière de l'univers, fruit de milliards d'années
de transmutation, et que nous maltraitons si grossiè-
rement, avec une telle inconscience ! — cela ne signifie pas qu'il faille exclusivement le dorloter : c'est souvent au-delà de l'effort et de la fatigue que le corps
rencontre l'Ange, messager de la force créatrice.

Idées fort anciennes, mais que je n'avais jamais
entendues aussi clairement exprimées. L'« invitation
à peser » fut une illumination décisive. Sans elle, je
ne me serais vraisemblablement pas lancé dans cette
aventure. Contrairement à ce que j'aurais pu croire,
l'Ange me demandait d'abord d'avoir les pieds bien
appuyés sur terre. Mieux : de faire corps avec elle !

Cette voix, dont je viens tout juste d'apprendre

qu'on la dit « inspirée par un Ange », me dit en substance :

« Tu mesures mal la chance que tu as d'habiter un corps physique. De grâce, ne sois pas éthéré. Pèse ! »

C'est d'autant plus frappant que la gymnaste Lili Strausz, à qui s'adresse cette phrase, connaît fort bien le corps humain. Pas assez pourtant, semble-t-il : Lili — même elle — voudrait probablement se sentir plus légère, flotter en apesanteur, comme les adeptes du *floating tank* quarante ans plus tard ou les amateurs de voyage astral. Lili aussi regrette toutes ses lourdeurs et tente avec acharnement de les alléger.

Grave erreur ! réplique l'Ange : sur terre, le léger c'est le bois creux, c'est-à-dire le pourri, le mort, le faux, le mensonger. Pour l'homme, même chose : être sans poids serait cesser d'exister.

CELUI QUI SUR LA TERRE EST SANS POIDS,
EST SANS VOIE.
La matière que vous avez assumée, c'est le poids. (1/10/43)

Dans son commentaire, Gitta rapporte qu'à cet instant, Hanna put à peine supporter l'intensité de ses propres paroles. Elle manqua défaillir, et il fallut lui apporter un verre d'eau pour qu'elle puisse poursuivre.

Il me semble comprendre. Ces mots résonnent jusqu'au fond de mes os. Ne pas vouloir peser, voilà l'erreur que nous sommes nombreux à commettre. Sitôt celle-ci reconnue, mes pauvres épaules crispées retombent de dix centimètres, dans un soupir d'apaisement. Je me rappelle ce conseil fraternel d'un ami zaïrois au citadin moderne stressé que je suis : « Mon ami, laisse couler l'eau de tes cellules ! » Chacune de nos milliards de cellules est une goutte d'eau qu'il faut laisser peser lourdement et harmonieusement vers le centre de la Terre.

L'Ange ne dit pas autre chose : selon lui, chaque cellule qui « refuse de peser » est une faute, une manière de se « couper du Divin ». Son conseil à Lili précise : à chaque point de ton corps où tu te sens douloureusement lourde, imagine qu'une corde te tire vers le bas. Ne lui résiste pas. Laisse couler l'eau. Laisse peser le poids. Jusqu'à l'infini.

Certaines techniques de *gymnosophie* (on peut appeler ainsi le très vaste ensemble de « prières par le corps » qui comprend le yoga, les chants religieux, les arts martiaux, les danses sacrées...) peuvent nous apprendre à mettre en pratique ce conseil de l'Ange.

Il y a des moments de grande présence, d'intense jubilation, où le phénomène devient évident. Je laisse tomber mon bras, l'abandonne, avec l'impression très légitime qu'une corde tendue m'entraîne depuis les antipodes. Et voilà que mon bras se lève, mais l'abandon demeure le même, comme si la corde me tirait maintenant depuis l'horizon, de plus en plus haut dans le Ciel, comme si c'était le Ciel qui provoquait ce geste. Puis je refais l'exercice avec les deux bras. Puis avec le ventre, avec tout le corps... En acceptant de me soumettre et de m'ouvrir à ce qui me dépasse, mon corps, apparemment en pleine action, est en réalité passif, délicieusement abandonné. Il devient le complice de la pesanteur, s'en fait une puissante alliée.

Ce jeu de lâcher prise accentue la présence du corps et du geste. M'offrant à la pesanteur, je m'habite plus que d'ordinaire. Je suis entièrement là, présent. Et la vie peut s'écouler au maximum — à l'exacte mesure de ma capacité à m'ouvrir à elle. Une intelligence profonde, qui n'est pas d'ordre mental mais cellulaire, se déploie lentement en moi.

Alors, mon inspiration — si légère, que je la perçois à peine, ou pas du tout, d'habitude — se clarifie peu à peu, se révèle, s'affirme, se met à chanter en moi à pleins poumons.

Alors, mon ange — qui, lui, ne pèse rien — peut commencer à me parler. À jouer sa musique. Et je peux le laisser « me danser ».

Trop souvent hélas, la pesanteur est perçue comme synonyme de souffrance, d'asservissement — de malédiction, même ! — et nous gémissons. Tragique erreur, proteste l'Ange de nouveau. Vivez à fond votre nature pesante, mais attention : il faut le faire dans la joie ! Et il précise aussitôt : la vraie joie est sans cause, sans raison ; elle n'a d'autre explication qu'elle-même.

Une joie sans raison ?

> *Pour tout il y a une explication.*
> *Pour la joie il n'y en a pas.*
> *Nous ne savons pas dire*
> *pourquoi nous nous réjouissons,*
> *mais c'est là notre service.* (31/12/43)

La réponse à cette énigme nous devient malheureusement inaccessible très tôt dans l'existence. Ce n'est qu'en redevenant comme un petit enfant qu'elle peut se résoudre.

L'enfant innocent saute de joie sans raison. Tel un animal, il est simplement heureux d'*être*. Il ne connaît ni l'espoir ni la peur du lendemain. Il peut rire des heures entières « pour rien » — et l'homme des origines lui ressemble sans doute ; je me souviens d'un film de Paul-Émile Victor, où l'on voyait rire ainsi un village entier d'Esquimaux ; la civilisation s'est chargée de défaire pareille absurdité, les Esquimaux ne rient plus. Tel est le gué que nous devons passer. De plus en plus noué par ses névroses, l'enfant mûrissant s'attache bientôt à faire dépendre sa joie d'un acte à venir, d'une « raison valable ». Il attend. Il espère. Et la magie se brise. Parfois, il se surprend encore à bondir tel un chiot euphorique, mais immanquablement une question jaillit en lui (ô, souvenirs cuisants de mes sept, huit ans !) :

« Pourquoi es-tu si joyeux, petit crétin ?

— Eh bien parce que...

— Parce que quoi ?

— Euh, voyons... »

Et le malheureux, au lieu de hausser les épaules et de s'en aller rire de plus belle, se pique au jeu. Tel est son sort. Il se met à réfléchir, fouille l'avenir avec fébrilité, renverse les tiroirs des heures, des jours, des mois à venir, pour y découvrir une raison valable, rationnelle, d'être si joyeux. Au début, cela peut être très simple : sa mère ou son père viennent de rentrer du travail, on attend la visite d'un oncle, on a parlé d'un repas qu'il aime... qu'importe, pourvu qu'il ait un alibi à sa joie de vivre. Mais l'exigence s'amplifie, inexorablement. Pour une telle euphorie, il faut une explication très forte. S'il ne trouve rien, ou si sa joie s'avère soudain exagérée, vu l'extrême petitesse de l'alibi, un flottement s'empare de ses ailes et les tord. Pris dans ce genre de turbulence, il m'est arrivé, enfant, de tomber en torche : « Malheur à moi, je jubilais alors que je n'avais aucune raison de le faire ! »

Ainsi allons-nous nous couper de notre ange, car celui-ci dit :

JE NE SUIS PRÉSENT QUE DANS LA JOIE. (20/8/43)

Or, à l'en croire, la vraie joie prend sa source très loin au-dessus des nuages, des alibis et des illusions de notre monde. Fondamentalement, rien de terrestre ne peut l'expliquer. L'expérience des quatre amis des *Dialogues* en offre une démonstration stupéfiante : ils dansaient dans l'œil du plus hideux des cyclones !

Habiter pleinement son corps dans la pure joie d'exister, cela peut se résumer en un seul petit verbe, qui tinte clair et magique aux mémoires que la vie n'a pas trop saccagées : jouer.

Alors que Noël 1943 approche, dans l'effroi grandissant de la guerre, le « Maître intérieur » de Lili démarre ainsi son vingt-sixième entretien avec elle :

Qu'est-ce que le jeu ? — Préparation.
Exercice de maîtrise sur la matière et sur la force.
La maîtrise est préparation pour la création. (17/12/43)

Déjà, quelques mois auparavant, il avait dit à Gitta :

Le petit ENFANT joue. Devenu adulte, il crée. (2/7/43)

Notre véritable fonction d'humain se situerait dans le prolongement du jeu, s'enracinerait dans l'état d'esprit du gamin en train de jouer. Comme si, se révélant par contraste, l'une des plus graves maladies de l'homme moderne venait de ce qu'il ne sait plus jouer — lui dont l'esprit est à ce point perverti qu'il continue à user de ce mot, quand il s'agit de désigner son exact inverse : « jouer » pour des médailles, « jouer » pour de l'argent...

« Pour » quoi jouent les petits chats ? « Pour » quoi jouent les dauphins ? « Pour » quoi jouent les enfants ?

Plus tard, quand la voix expliquera le lien étroit entre l'Ange et l'animal, une évidence jaillira : l'animal en liberté ne sait pas ce que signifie travailler. Il joue par contre beaucoup. Comme l'enfant. Tous deux préparent l'avènement de l'homme accompli.

Est-ce parce que tous deux, l'animal comme le jeune enfant, savent se donner corps et âme ?

Nouveau jeu, nouvelle danse, nouveau monde.
Si l'enfant joue, il s'oublie lui-même, il oublie son moi.
(17/12/43)

Mais, ce jour-là, l'Ange dit aussi d'un ton grave :

L'enfant qui ne sait pas jouer seul est mort.

Et l'adulte qui ne crée pas, disparaît-il dans le néant ?

Imaginons-nous en train de danser, emportés par une musique si entraînante que nous avons littéralement l'impression d'« être dansés », symbole parfait de ce que nous sommes réellement : un mouvement traversant une chair, et non pas une chair arrêtée, une entité, un objet.

Vous n'êtes pas fleur, vous êtes Printemps ! (5/11/43)

Approuvons Leiris, qui proposait que l'on dise « la course chienne » plutôt que « le chien court », et comprenons qu'en réalité, c'est bien cela : « la danse s'humaine », beaucoup plus que l'humain ne danse.

À chaque instant, le mouvement musical où nous nous retrouvons ainsi fondus nous surprend. Nous emporte. Nous ravit. Ah, l'aimable ravisseur ! Cette ivresse, nous dit l'Ange, qui utilise souvent ce mot — ivresse — pour désigner l'état le plus proche du divin que nous puissions connaître, à la limite extrême de l'indescriptible, tire son essence du permanent renouvellement de la Force créatrice. Une fois en résonance avec elle, par l'intermédiaire de notre moitié angélique, notre moitié animale se retrouve consciemment plongée dans le *radicalement nouveau*.

Qu'est-ce à dire ?

Encore une fois, il nous faut faire appel à la petite enfance, pour trouver des références communes et nous entendre sans ambiguïtés. Nous rappeler l'âge où tout nous semblait neuf, étonnant, étincelant — effrayant aussi parfois —, l'âge où tout avait du relief et de l'odeur, où les couleurs vibraient de vie, où toute nouvelle personne entrant dans notre existence présentait des particularités fantastiques et un visage « radicalement nouveau », l'âge où tout nouveau paysage, toute nouvelle rue, toute nouvelle maison dont nous franchissions le seuil dégageait un parfum à nul autre pareil, l'âge où la vie était tout simplement magique et éternelle.

Cet état de *nouveau à chaque instant*, nous avons tendance à le perdre peu à peu, à mesure que nos sens se ratatinent et que les habitudes nous usent et nous désabusent. Cela nous semble à la fois inéluctable et normal. Nous ne retrouvons le sentiment de nouveauté que dans les sensations fortes et dans les « grands moments ». Par exemple quand nous tombons amoureux, et que le monde entier s'embellit comme par enchantement ; quand la chance nous sourit et que le jeu des synchronicités nous porte aux nues. Ou bien — aux antipodes — lorsque nous perdons soudain un être cher et que tout s'écroule ; quand la catastrophe s'abat et que l'inconcevable nouveauté se présente sous le masque terrible de la mort. En fait, nous devenons des drogués des sensations fortes et de ces « grands moments », poussés par la nécessité bien connue de devoir augmenter les doses. Le reste du temps, le monde nous devient un ensemble de routines connues, plus ou moins agréables, et nous soupirons : « Bah, rien de neuf sous le soleil. »

« C'est le diable qui vous endort ! s'écrie derechef la voix de l'Ange. Celui qui *vit* vraiment ressent le *nouveau* à chaque instant. En lui, la magie de l'enfance ne s'est pas éteinte ; ou bien (il nous rassure), elle s'est rallumée. »

Comme si vivre signifiait brûler.

EXTRAIT DES NOTES DE GITTA MALLASZ

Le feu !
Cela s'est passé le 16 juillet 1943.
Tu m'as lancé pendant le quatrième entretien un mot puissant, un mot incendiaire :
« *BRÛLE !* »
Depuis, je vis dans un rythme autre.
Je ne m'en suis pas aperçue au début.
Petit à petit, il a bien fallu que je le voie :
Tout le monde autour de moi devient sensible au feu.
Quelques-uns s'éveillent à une créativité insoupçonnée et en sont vivifiés.
D'autres en sont agacés et s'en défendent.
C'est vrai, ce feu n'est pas de tout confort... il brûle ce qui ne sert plus, il purifie les résidus du passé.
À celui qui préfère rester attaché à son passé, à celui-là ma présence est pénible, provocante même.
Quelquefois je reçois des décharges de haine.
Elles rebondissent cependant, sans me pénétrer, si le feu sacré brûle en moi.

Feu étrange, paradoxal. Il brûle, comme l'épée de l'Archange biblique, exécutant la colère divine. Pourtant il est aussi infinie douceur, comme la Vie. Et quand, parfois, tel ou telle mystique, revenu d'une expérience d'éveil exceptionnel, bien que « très ordinaire » dirait Gitta, raconte qu'il a « pénétré ce feu plus puissant que mille soleils », ses mots sont souvent ceux-là : « J'ai eu l'impression de me retrouver enfin chez moi, dans ma vraie maison, envahi d'un calme inimaginable. »

Comme si, paradoxalement, le « radicalement nouveau » dont il est sans cesse question tout au long des *Dialogues* rejoignait, au centre de toute chose, le

sentiment de reconnaissance et de « déjà vu ».
Métaphore simple et évidente : la personne dont je
tombe éperdument amoureux me frappe à la fois par
la nouveauté extrême de tout ce qu'elle m'inspire, et
par le mystérieux sentiment que je la « connais
depuis toujours ».

Seul, dit l'Ange, l'adulte au cœur de qui brûle en
permanence ce sentiment d'extrême nouveauté dou-
blée de reconnaissance profonde, seul celui qui parvient à laisser vibrer en lui cette double et formidable
subtilité — malgré la pression hypnotisante du
consensus social et des routines humaines —, seul
celui-là peut véritablement passer du verbe jouer au
verbe créer.

Et il poursuit, laconique : d'un verbe à l'autre, c'est
de toute façon par le *Verbe* que l'homme est capable
de créer.

Les grandes traditions l'affirment toutes, sans
exception : le moindre mot prononcé par le moindre
humain crée une forme, bonne ou mauvaise, avec
laquelle il faut ensuite compter. Beaucoup de cultures traditionnelles — africaines par exemple —
s'étonnent et s'effraient de l'inconscience des hommes modernes, qui s'imaginent que n'importe qui
peut dire n'importe quoi sans que cela ait la moindre
conséquence. Les sciences humaines contemporaines confirment — à leur manière et partiellement —
cette ancienne certitude : c'est par le langage que nos
esprits se forment. « Si nous venons physiquement
au monde grâce à une matrice matérielle, dit Didier
Dumas, nous y venons spirituellement grâce à une
matrice immatérielle : la parole[1]. »

À une époque où les « mondes virtuels » et « immaté-
riels » occupent une place croissante dans nos vies,
nous n'avons guère de difficulté à saisir qu'en effet, c'est
parce qu'il est porteur du verbe, que l'humain crée.

Mais que crée-t-il, finalement, sinon d'intermina-

1. Interview parue dans *Nouvelles Clés*, février-mars 1994.

bles labyrinthes où il pourrait errer jusqu'à la fin
des temps ?

Que créons-nous, au fond ?

L'Ange répond : « Tu te crées toi-même. Tu crées
l'Humain. »

2. — Retrouver nos racines bibliques

On assiste aujourd'hui à une incroyable avalanche
de publications sur les anges. Bravo ! — à condition
que l'on s'entende sur l'essentiel : si l'ange est cette
partie de nous-mêmes qui nous rend créateurs, alors
il est, par essence, singulier, unique, personnel, inattendu, imprévisible, insaisissable, incontrôlable,
incodifiable, en constant renouvellement... et qui-
conque voudrait m'expliquer « qui est mon ange »,
ou prétendrait s'immiscer « entre mon ange et moi »,
risque fort de se (et de me) tromper — les ruses du
Menteur sont sans doute innombrables ! Ce qui ne
signifie pas que l'on ne puisse *rien* dire des anges
d'autrui, ni que toute intercession soit impossible. La
meilleure preuve en est les *Dialogues* eux-mêmes !
(Rires de quelques anges au-dessus de ma tête.)

Une constante me frappe : à travers la vague angélique actuelle, il semble se dessiner des retrouvailles
avec le judéo-christianisme, avec la Bible. Une Bible
dont la lecture aurait, certes, été retrempée au feu de
l'animisme, du taoïsme, du bouddhisme, etc. — ce
qui, personnellement, me fait boucler une boucle
existentielle d'une bonne trentaine d'années.

Ouvrons ici une parenthèse avant de revenir à l'enseignement des *Dialogues avec l'Ange*.

Depuis la Renaissance, tout le mouvement moderne
(d'invention et de découverte) nous a imperturbable-
ment enseigné que l'homme n'était qu'un maillon
infinitésimal à l'intérieur d'une chaîne qui le dépassait
à l'infini. Cela a démarré avec la révolution coperni-
cienne, la fin du géocentrisme médiéval — qui s'imaginait naïvement que la Terre se trouvait au centre de

l'univers ; alors que c'est une planète de rien du tout, dans une galaxie de banlieue. Cela s'est achevé par la révolution darwinienne et la fin du créationnisme biblique — qui s'imaginait naïvement que Dieu avait « réellement » créé l'homme au sixième jour de la Genèse, et qu'Il avait offert la planète à Adam et Ève, comme un jardin où exercer leurs talents ; alors que nous ne sommes que des descendants de singes, moins ingénieux, au fond, que les bactéries, et promis à être bientôt dépassés par autre chose, vraisemblablement — à en croire certains grands savants de l'intelligence artificielle, comme Marvin Minsky — par nos propres programmes-machines.

La cause semble entendue. Plus personne n'y prête même attention. Les derniers à se battre, à continuer de revendiquer que l'on fasse descendre l'humain du trône orgueilleux où la Bible l'avait placé, ne sont plus tant les scientifiques que certains écologistes radicaux, qui protestent : selon eux, la vision biblique continue, quoi qu'on en dise, à gouverner hypocritement nos modes de fonctionnement. Nous saccageons en effet la biosphère en parfaits meurtriers irresponsables, persuadés que nous constituons le pinacle de l'univers et que le monde nous appartient. Et ces révoltés de la Terre de nous remettre en mémoire le fameux passage de la Genèse, où Dieu dit grosso modo à Adam et Ève : « Toutes les plantes et tous les animaux de la Terre vous appartiennent, à vous de les mettre à votre service », ce qui est souvent compris comme : « À vous de les mater, d'en faire vos esclaves ! » Texte abondamment cité dans les milieux verts. Ce serait à cause d'idées dérivées de celle-ci que notre Mère la Terre se porterait si mal aujourd'hui (disparition catastrophique de milliers d'espèces, empoisonnement des sols, des eaux, des airs, tragédie sans nom, abjection de la logique industrielle, etc.).

Ces purs et durs — qui constituent une bonne part de ce qu'on appelle l'« écologie profonde » (*deep ecology*) — avertissent : Mère Nature pourrait bien se fâcher, et purement et simplement faire disparaître l'humain prétentieux de la surface du globe, pour tout reprendre de zéro à partir des poissons, ou des algues bleues, sans que l'ordre du cosmos s'en trouve le moins du monde dérangé.

Je ne partageais pas tout à fait cette vision — l'humain me semblait trop mystérieux et spécifique, pour pouvoir simplement être rangé dans la catégorie des « singes fous ». Mais j'étais d'accord pour dénoncer la suicidaire arrogance des modernes, devenus incapables de comprendre que nous appartenons à un jeu infiniment plus vaste que nous-mêmes, devant lequel nous aurions tout intérêt à nous incliner. Ainsi me suis-je retrouvé à l'aise dans la légende chamanique du *Cinquième Rêve*, selon laquelle nous, humains, serions « rêvés » par les animaux, eux-mêmes « rêvés » par les plantes, elles-mêmes « rêvées » par les pierres... dans une chaîne sans fin, à la fois onirique, amoureuse et alimentaire. Une alliance sacrée.

Vivre, physiquement, cette légende m'a redonné goût à la vie — en me faisant « renaître » du creux même de la formidable et délicieuse matrice animale (perdre mon nom — perdre le pouvoir du verbe, justement — et redevenir un morceau de sensualité pure, me roulant dans les herbes, sous la sagesse millénaire des arbres... !). Les pathologies du modernisme nous ont ainsi obligés à remonter aux sources de l'humain, et nous sommes nombreux à nous être retrouvés nous-mêmes grâce à une expérience préhistorique, où tout l'univers devient un fleuve de grâce, une continuité de ricochets, dont l'homme ne constitue qu'un petit bond parmi une infinité d'autres, dans le foisonnement luxuriant de « Mère Nature »...

Eh bien, les *Dialogues* se sont emparés de cette cascade animiste et en ont fait un temple rond.

Avec la Nature pour sol, le Ciel pour plafond et l'Humain entre les deux.

« Certes, dit l'Ange, le monde est un emboîtement de rêves où vous vous trouvez tous profondément endormis. Mais l'Homme y occupe une place cruciale. Il est l'éveilleur »...

Un jour, la voix dit à Gitta :

Tant que tu fais attention au rêve,
tu t'y enfonces de plus en plus,
car tu le prends pour l'état de veille,
... tu t'y enfonces de plus en plus...
Tous ceux qui commencent à s'éveiller se disent :
« Ce n'est pas vrai » — et alors ils s'éveillent.
Le rêve est presque comme la veille. C'est trompeur.
Vous rêvez tous. (24/9/43)

Et plus loin :

CHAQUE PAS VERS LUI/ELLE (Ö) EST UN ÉVEIL.
CHAQUE EXISTENCE —
PAS SEULEMENT LA VÔTRE — N'EST QUE RÊVE.
UN RÊVE SUBTIL... DE PLUS EN PLUS SUBTIL...
MAIS UN RÊVE.
UN SEUL ÉVEIL : LUI/ELLE (Ö).

Quelques instants plus tard, la voix ajoute :

Les images du rêve sont une enveloppe.
Au-dedans est caché leur sens,
au-dedans tu trouves l'éveil, non pas au-dehors.
C'est pour cela que tu ne t'éveilles pas.

Une autre fois, à Gitta venant d'avouer : « *Depuis quinze jours, j'ai l'impression que tous mes actes sont vides et dépourvus de sens* », la voix répond :

Tu rêves encore.
Le rêve devient vide de sens
si tu commences à t'éveiller. (4/2/44)

Et plus tard encore, après le retour à Budapest et la déportation de Joseph, alors que le *dialogue* est déjà entré dans sa phase brûlante et transpersonnelle, la voix dira enfin :

Ne fuyez pas, même chez nous !
Celui qui fuit reste dans les ténèbres.
Le rêve devient de plus en plus épais,
si vous y croyez.

VOUS ÊTES DES ÉVEILLEURS, PAS DES RÊVEURS,
ET C'EST POUR CELA QU'IL VOUS FAUT RÊVER. (5/5/44)

Ce qu'un demi-siècle plus tard, Gitta Mallasz commentera ainsi :

> *Ces mots font naître en moi quantité de questions. Avons-nous librement accepté de « rêver » cette vie terrestre afin de devenir capables d'éveiller d'autres rêveurs ? Même si notre rêve est tragique ? En l'acceptant, pouvons-nous nous éveiller nous-mêmes et devenir ensuite capables d'en éveiller d'autres ?* (5/5/44)

À la fois privilège royal et incommensurable responsabilité, l'état d'humain ne serait donc pas un chaînon de plus dans une perspective infinie, mais une clé au milieu de la voûte qui relie la Terre au Ciel. En l'homme palpiterait — attention ! — ... le projet central de l'univers.

J'ai eu quelque peine, d'abord, à maîtriser un concert de voix scandalisées, qui s'égosillaient soudain au fond de moi :

« C'est d'un orgueil moyenâgeux ! » ricanaient les unes, cosmologiquement correctes, du moins dans les apparences — toute l'actuelle *théorie anthropique* de la nouvelle astrophysique dit le contraire, mais passons[1].

« Quelle vanité anthropocentrique ! s'époumonaient les autres, zoophilement orientées. Qui vous dit qu'un cheval, un loup ou un dauphin ne valent pas autant, voire mieux que nous ? »

Tandis que d'autres encore, païennement offusquées, s'exclamaient : « Ce discours est épouvantablement judéo-chrétien ! » — ce qui constitue à notre époque une injure grave.

---

1. Dans l'évolution globale de l'univers, l'état d'*humain* pourrait bien être aussi incontournable que celui d'atome ou de molécule, un état de la matière comme le sont les états solide, liquide, gazeux. Cet état, automatiquement atteint, à condition que certaines conditions soient réunies, serait en quelque sorte potentiellement présent dès le départ de l'univers.

Eh bien c'est exact : la Bible judéo-chrétienne (on devrait d'ailleurs dire judéo-christo-islamique, puisque les « trois religions du Livre » sont censées partager cette même base) ne contredit nullement les *Dialogues avec l'Ange*. Ces derniers constituent même, à mon sens, de nouvelles pages de la Bible vivante qui ne cesse de s'écrire, et qui s'appelle aussi « l'Humanité en marche ».

L'incroyable aventure des « quatre de Budapest » m'a fait ainsi retrouver mes racines judéo-chrétiennes — revivifiées par d'indispensables retrouvailles avec les autres grandes cultures mystiques, plus anciennes : le chamanisme, l'hindouisme, la tradition taoïste... cette dernière ne décrit-elle pas, elle aussi, l'Homme comme le pont entre la Terre et le Ciel, au centre du monde ?

3. — Replacer l'Humain au centre du monde

« *Qu'est-ce qui a corrompu la vie sexuelle de l'homme ?* » demande un jour Gitta au cours d'un entretien. Après un silence particulièrement long, qui donne aux quatre amis l'impression que « l'Ange descend plus bas qu'il n'est jamais descendu », la voix lui répond :

> *Sois attentive ! La Force sacrée dont tu parles*
> *a été donnée par le NOUVEAU.*
> *L'homme a reçu ce « plus »*
> *qui comble le manque sur terre,*
> *non pour faire beaucoup de corps —*
> *mais pour faire l'HOMME.*
> *Il n'est pas besoin de beaucoup d'hommes —*
> *mais de l'HOMME.* (22/10/43)

L'Ange proclame que la sexualité humaine n'a pas pour fonction sacrée la seule reproduction, mais autre chose... que nous ignorerions — car il ne s'agit pas non plus du simple plaisir. L'« enfant sacré » qui

doit naître de nos amours n'est pas un petit animal-
humain de plus, pareil à nous ; ni un orgasme, fût-il
fabuleux... Alors quoi ?

Une entité...

Un être...

À la fois très proche de nous et très mystérieux, qui
revient sans cesse au fil des *Dialogues*, et que les quatre messagers, après l'avoir appelé « homme nouveau » au début, vont prendre soin de désigner
ensuite, jusqu'à la fin, par un seul mot en lettres capitales : l'HOMME.

— l'HUMAIN.

Qu'est-ce que l'« HUMAIN » ?

En fait, c'est la question centrale à laquelle l'aventure entière des *Dialogues avec l'Ange* ramène sans
cesse — comme toute grande quête mystique. Les voix
« créatrices » usent de trente-six formules, modes,
attributs pour aborder le sujet. L'HUMAIN (ainsi typo-
graphié, en lettres capitales) est, par exemple :

> La plus grande merveille (10/9/1943),
> L'essence du monde créé (1/10/43),
> Le point de la délivrance (3/12/43),
> SON outil (10/12/43),
> SA gloire (15/1/44),
> Le corps du Ciel (11/2/44),
> L'Esprit (11/2/44),
> Le maître du fleuve (10/3/44),
> SA main (17/3/44),
> etc.

Tous ces mots semblent converger vers un seul et
même point de fuite vertigineux, à la fois au-dessus
de nos têtes, en dessous de nos pieds et au fond de
notre ventre : nous serions porteurs (à notre insu ou
presque, tant nous dormons encore, mais cela n'y
change rien) d'un projet incommensurable : nous
serions appelés à devenir « le pont universel entre la
Force créatrice et Sa création. »

Qu'est-ce que cela peut vouloir dire ?

Si nous parvenons à neutraliser le flot impétueux de la protestation qui monte aussitôt en nous à l'écoute du fol énoncé ci-dessus, et que nous acceptons, un instant, de jouer à croire ce que l'Ange suggère, force nous est de constater que nous sommes bien à la fois :

• Créatures : faits de matière, suivant des plans qui nous dépassent, nous pesons, mangeons, consommons et produisons de l'énergie, sommes soumis à la loi implacable du temps et de la mortalité...

• Créateurs : usant du verbe, chacun de nous peut créer des mondes, des formes et des (in) formations nouvelles ; chacun de nous dispose, pour le meilleur et pour le pire, de la liberté d'engendrer des entités inédites et inouïes, internes, externes, individuelles, collectives. Chacun de nous a, de ce fait, la possibilité incroyable de participer à sa propre édification.

• En cela, nous serions radicalement uniques.

« Essaye donc, propose l'Ange, de trouver un seul autre détenteur de ce double état de créature/créatrice. »

• L'animal ? Même s'il vit, aime, jouit, communique, le plus évolué des animaux ne peut prendre l'initiative de *créer*. Quelque chose se crée bien à travers lui, mais il le subit.

Les dauphins, si sensibles, si intelligents, ne créent-ils pas ?

« Non, répond l'Ange, les dauphins jouent ; ils *préparent* la création ! »

• L'Ange ? Même le plus puissant des Archanges-Maîtres, poursuit la voix, s'il reçoit, donne, adore, inspire, aime, jubile, communique... ne pèse pas, n'est pas incarné, ne parle pas, donc ne crée pas.

« Voilà pourquoi, conclut la voix intérieure qui inspire Hanna, l'humain est porteur d'une si gigantesque responsabilité : c'est à lui de poursuivre la création, en se créant lui-même, en choisissant de s'accomplir...

... ou de ne pas s'accomplir. »

Voilà le défi qui nous serait lancé. Voilà ce qui serait *exigé* de nous : poursuivre la création du monde en nous créant nous-mêmes !

Tel est aussi le message biblique où, dès la Genèse,

l'Indicible invite Adam à nommer une à une toutes les créatures, pour ainsi prendre la relève créatrice, en devenant co-créateur du monde.

Vision théologique à mi-chemin, sans doute, entre la Bible et les Védas de l'Inde.

La créature est d'essence temporelle — à ce titre, chacun de nous est un être répétitif, connaissable par la science, et mortel, avec en son centre l'ego. Mais l'Élan créateur qui inspire tout geste inédit, toute parole nouvelle, toute pensée consciente, échappe, Lui, au temps. Amoureux de la matière qu'il a créée endormie, il s'introduit en elle et, par vagues d'amour, la réveille, et elle le reconnaît alors comme son Créateur. Mais c'est comme si elle se regardait dans un miroir. Car il n'y a qu'*une* Conscience, éparpillée en des milliards de consciences individuelles. Dans la créature, ce serait la Force créatrice elle-même qui se réveillerait et se reconnaîtrait...

Si cela est vrai, alors, comme l'ont chanté maints mystiques — souvent jusqu'au supplice, car les pouvoirs terrestres détestent ce genre d'affirmation —, chacun de nous « est Dieu » !

La question fait l'objet de débats entre théologiens depuis des millénaires. Elle devient particulièrement aiguë quand s'impose l'idée de liberté individuelle. Chacun de nous est potentiellement créateur d'une aventure, d'une légende, d'un théâtre de vie radicalement uniques. Actualiser cette potentialité devient une question de vie ou de mort, car l'Ange nous dit : « De deux choses l'une : ou tu deviens artiste créateur de Vie — et sache alors que celle-ci n'a besoin d'aucune grandiloquence, car l'essentiel s'y joue dans les minuscules détails de chaque instant —, ou tu disparaîtras comme du bois mort ! »

Il est en effet possible (gaspillage honteux, commis chaque jour par chacun de nous) de laisser pourrir sur place notre capacité à accueillir le nouveau, le jamais vu, le jamais senti, le jamais entendu...

... et ne jamais atteindre cette « lumière » dont Gitta Mallasz disait : « D'y être plongée m'a chaque fois donné l'impression de me retrouver enfin à la maison. »

Comment faire ?

*

Le vendredi 29 octobre 1943, la voix dit à Gitta :

> *Tu reçois cinq pains,*
> *et cinq mille hommes en sont rassasiés.*
> *RETENIR LA FORCE,*
> *C'EST LA CAUSE DE TOUTES LES MALADIES..*
> *Le péché est maladie aussi.*

Gitta demande alors :

> *Comment se fait-il que je retienne encore la force,*
> *alors que tout mon désir est de la rayonner ?*

L'Ange répond :

> *Ta question est en même temps la réponse.*
> *Écoute ! Qu'est-ce que le désir ?*
> *— Sentiment.*
> *— Pas seulement. C'est la marque de la distance.*
> *Tu ne désires pas ce que tu possèdes.*
> *Sois attentive !*
> *IL/ELLE (Ö) t'a créée pour que tu rayonnes,*
> *mais il y a une distance entre TOI — et toi.*

Hanna fait alors un geste tranchant de haut en bas, comme pour couper le corps de Gitta en deux.

> *Je l'explique : Cette brèche, cet abîme sombre*
> *qui a été, qui est, mais qui ne sera plus,*
> *est en toi aussi :*
> *LE MONDE CRÉÉ ET LE MONDE CRÉATEUR.*
> *ENTRE LES DEUX : L'ABÎME.*
> *Comprends bien !*
> *Toi-même, tu es le pont.*
> *Tu ne peux pas désirer le rayonnement créateur,*
> *lorsque tu es le pont en toi-même. Cela t'est donné.*

Ce fameux « pont », les voix qui inspirent Hanna vont le bâtir, virtuellement, en plusieurs mois, dévoilant sa structure chaque fois un peu plus.

La pédagogie « angélique » s'avère à ce sujet particulièrement patiente, tenace et progressive, reprenant notamment un schéma géométrique qui, au fil des mois, ira en se complexifiant — « Si vous comprenez cela, semble suggérer l'Ange, alors tous nos efforts n'auront pas été vains. »

Tentons de résumer ce schéma :

• De l'Acte créateur, dit l'Ange, nous pouvons connaître trois niveaux, qui sont aussi trois filtres tamisant le même élan fulgurant. Hanna distingue, crescendo : l'Ange, le Séraphin, le Divin.

Ce que transmettent, en aval, le Séraphin et l'Ange, est bien la même et unique « Lumière divine », mais celle-ci se trouve chaque fois filtrée, atténuée, raréfiée de plusieurs degrés, à mesure qu'elle nous devient connaissable.

• Pour mieux se faire comprendre, l'Ange prend le schéma par l'autre bout. Le Monde créé, suggère-t-il à Hanna, se présente à nous sous trois aspects : le Minéral, le Végétal et l'Animal.

— La première forme de créature est le Minéral — plusieurs fois assimilé à l'eau. Tout se passe comme si seule cette créature ultra-docile (l'atome, la molécule, la pierre, l'eau...) pouvait supporter de connaître la Force créatrice directement, sous sa lumière la plus intense, la plus divine.

— La seconde sorte de créature, que la voix de l'Ange appelle le Végétal, semble en quelque sorte trop sensible, trop éveillée déjà pour pouvoir opérer de la même façon que le minéral. Le végétal ne peut recevoir la Force créatrice que filtrée, à travers un médiateur désigné par le mot « Séraphin » (en hébreu « celui qui brûle ») — que Gitta Mallasz, peu soucieuse des subtiles nuances de la science angélologique, appellera parfois « Archange » dans la conversation.

— La troisième sorte de créature s'appelle l'Animal. Son éveil, sa sensibilité, sa fragilité sont tels, que l'animal ne peut recevoir la Force créatrice que doublement filtrée (il lui faut de très fortes lunettes de soleil !). Le Séraphin ne lui suffit pas, il a besoin d'un second médiateur, désigné par le mot « Ange » (en hébreu *Malakh,* « le messager »)...

Voilà donc où l'Ange et la bête auraient parties liées : ils seraient symétriques l'un de l'autre, le premier du côté créateur, le second du côté créature...

Symétriques par rapport à quoi ?

• C'est alors que l'on parvient au centre de toutes les symétries, au centre des jonctions « Lumière-Matière », « Séraphin-Végétal », « Ange-Animal », à la quatrième sorte de créature : l'Homme, qui présente aussitôt une caractéristique unique :

— En tant que créature, l'Homme est tel un Animal : il entre donc en relation avec la Force créatrice, qu'il reçoit à travers l'Ange.

— Mais en tant que créateur, l'Homme est lui-même tel un Ange, qui entre en résonance avec le monde créé au travers de sa partie animale.

— Et voilà pourquoi l'homme, à la fois animal et ange, constitue une passerelle, une jonction, un arc tendu entre la Force créatrice et ses manifestations ou, si l'on préfère, entre le Ciel et la Terre.

Hanna, à plusieurs reprises, utilise un dessin pour faire comprendre à ses compagnons ce que sa voix intérieure lui inspire. Une sorte de schéma simple, dont voici la mouture la plus complète, dessinée par Hanna le 14 avril 1944, dans l'appartement de ses parents, rue Garay, à Budapest, et reproduite par Gitta un demi-siècle plus tard.

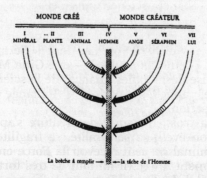

À travers les mots de Hanna Dallos, la pédagogie angélique va peu à peu dévoiler aux quatre amis de quelle façon ces sept niveaux — l'Indicible (désigné par le pronom Ö), le Séraphin, l'Ange d'un côté ; le Minéral, le Végétal, l'Animal de l'autre ; l'Humain au centre — s'intègrent en une seule figure circulaire dont, comme disent les soufis, « le centre est partout et la circonférence nulle part », et dont le dernier maillon, inachevé et décisif, sera donc l'Humanité.

Saisissant ma difficulté à bien assimiler le savant processus, Gitta me fit un jour un autre dessin — à la main levée :

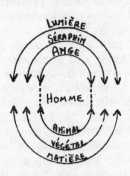

Au centre, en pointillé, l'HUMAIN encore inaccompli. L'accomplissement de l'Homme, transformant ce pointillé en ligne continue, métamorphose soudain l'ensemble cosmique en une seule gigantesque et inconcevable conscience universelle !

COMMENTAIRE DE GITTA MALLASZ :

La Création entière n'est faite que de LUMIÈRE. *Il m'apparaît qu'en réalité il n'y a ni matière, ni esprit : seulement différents degrés de vibration d'une seule et unique* LUMIÈRE. *Hanna illustre cette vibration en montrant [voir schéma C] que la* LUMIÈRE *vient d'un seul point : la Source divine. Elle jaillit avec une intensité inimaginable, passant des vibrations les plus ténues à des fréquences de plus en plus denses. La plus dense de toutes, nous l'appelons « pierre ».*

Au milieu du schéma, il y a une interruption d'une importance extrême : cela veut dire que le courant de lumière n'est pas encore continu. La vibration la plus basse de l'Ange est la seule qui puisse rejoindre la vibration la plus haute de l'homme : ainsi, le haut et le bas sont unis dans l'Homme nouveau. Pour l'instant, la brèche, l'interruption existe encore : on l'appelle aussi la mort. La naissance de l'Homme nouveau est la mort de la mort. (14/7/44)

Vision prométhéenne. Il s'agit de joindre le Ciel et la Terre, et l'agent de cette liaison extrêmement audacieuse serait cet état de la matière et de la lumière qu'on appelle l'« humain » ; plus précisément l'humain accompli, l'humain aux potentialités à 100 % épanouies (potentialités dont l'Ange dit que nous n'en avons strictement aucune idée). Dans cette mission cosmique vertigineuse, nous disposerions (répétons-le) d'un outil décisif : nous seuls parlons, nous seuls pouvons faire se manifester le Verbe...

« Même la Divinité suprême, insiste l'Ange, ne profère de parole que par la bouche de l'homme. Par le Verbe tu es porteur de la force divine. »
Le Verbe *est*-il ce pointillé ?

Mi-animal, mi-ange, ou plutôt pont entre les deux, l'Humain accompli serait en réalité bien davantage qu'« *un animal + un ange* » ou qu'une chimère des deux. Si nous parvenions à vivre pleinement ce double état, à devenir en quelque sorte matière-parole-

acte-conscience, nous mettrions en continuité « tout
le Ciel » et « toute la Terre », et ce serait... quoi ?

L'Apocalypse !

Le déchirement du voile universel !

L' avènement de l'HUMAIN, dont l'Ange dit :

> (IL) EST TELLEMENT GRAND
> QUE MOI NON PLUS,
> JE NE LE VOIS PAS ENCORE. (15/10/43)

*

À nos yeux de modernes, la réaction habituelle à ce
genre de discours est évidemment qu'on atteint là le
sommet de la folie mégalomaniaque qui précède tout
juste l'anéantissement par surchauffe du cerveau.

Le concert de mes « protestations agnostiques intérieures » reprend de plus belle, bien plus fort que la
première fois : « Aux fous ! » ; « Plutôt disparaître,
plutôt qu'un retour de ce délire paranoïaque ! » ;
« L'homme, ce bouffon, se prendra-t-il donc toujours
pour le nombril du monde ? »

Tel serait justement notre (très exigeant) destin :
dépasser la mégalomanie pubertaire du petit mais
indispensable et donc ô combien aimable véhicule
matériel — parfois nommé « ego » ou « moi » —, afin
de laisser agir à travers lui, grâce à lui, malgré lui et
bien au-delà de lui...

la Force des Forces,

parfois appelée Amour,

ou Inspiration créatrice,

pour qu'IL/ELLE nous communique son infinie et
euphorique ivresse d'être.

Comment l'Ange nous suggère-t-il de nous comporter dans cette affaire ? Comment dépasser les
peurs égotiques et anti-égotiques de notre schi-
zophrénie originelle ? Comment user de notre double
état pour laisser entrer en résonance, à travers nous,
les deux dimensions traditionnellement appelées
Créateur et Création, ou Dieu et le Monde ? Com-

ment faire pour éviter à la fois la mégalomanie, le totalitarisme, le fanatisme, ET la lâcheté, la stérilité, l'irresponsabilité ? Car l'homme moderne, ballotté dans des turbulences planétaires qui le dépassent visiblement, se trouve en même temps placé devant des défis qui exigent de lui une grandeur, une lucidité, une imagination, un amour d'ampleur véritablement cosmique !

Comment faire ?

Certainement pas prendre nos théories au sérieux, suggère l'Ange, mais plutôt danser de joie ! En nous replaçant dans le prolongement de l'enfance...

Le petit ENFANT joue, Devenu adulte, il crée. (2/7/43)

« Si vous ne redevenez pas comme les petits enfants, prévient le rabbi Yeshoua, alias Jésus de Nazareth, vous n'entrerez pas au Paradis ! »

Il faut dire que Jésus tient une place déterminante dans la vision de Hanna.

4. — Au sommet, découvrir le Christ

La jeune juive agnostique en quête de vérité a fini par trouver Jésus au sommet de sa vision.

Qu'on ne se méprenne point : les *Dialogues* ne s'inscrivent aucunement dans le cadre d'une religion établie.

Évoquant en un vaste ensemble sciences et religions, la voix affirme :

À la nouvelle Lumière, on reconnaîtra
qu'elles sont UN,
Toujours elles ont été UN.
UN, comme la mélodie et le rythme, inséparables.
Chaque membre du grand orchestre joue séparément.
Mais la symphonie est UNE. (24/12/43)

Pas de retour, pourrait-on en conclure, au religieux tel que nous le connaissons depuis trois ou quatre millénaires. Pourtant c'est ainsi : les voix qui s'expriment par la bouche de Hanna parlent de la présence, en leur centre même, du Christ.

Le niveau christique n'est pas immédiatement exprimé. Au début des *Dialogues*, la Force créatrice sous sa dénomination la plus « en amont » est simplement désignée par le pronom *Ö* (traduit en français par *LUI* mais signifiant en réalité, répétons-le, *LUI/ELLE*). Cependant, plus les *Dialogues* approfondissent leur enseignement, et plus on comprend que ce niveau supérieur de l'Acte créateur prend, dans l'esprit de Hanna, la figure du Christ.

Précisons que les contingences cléricales du moment, les « baptêmes opportunistes » grâce auxquels l'Église catholique promet de sauver les juifs hongrois menacés par les nazis — et que nous découvrirons pendant l'été 1944 (chapitre 4 de la cinquième partie) —, tout cela ne semble pas peser dans la passion grandissante qu'éprouve Hanna pour la figure de Jésus.

Jésus et ses insondables paradoxes :

Se proclamer « Fils de Dieu », et affirmer que c'est au bout de la plus extrême faiblesse que la divinité peut se vivre !

Toiser les grands de ce monde avec la fierté d'un prince céleste, et conseiller : « Quand on vous gifle, tendez l'autre joue ! »

Exiger de ceux qui veulent cheminer vers la Lumière un renoncement ultra-rigoureux, mais déborder d'amour par ailleurs envers les prostituées, les bandits et les plus vils pécheurs.

Proclamer la force toute-puissante de la Vie, et se laisser crucifier...

Hanna entendait son Ange lui murmurer que tel était le chemin à suivre. Qu'au bout de la longue route se tenait Jésus-Christ, figure de l'accomplissement HUMAIN. Figure à la fois totalement créée — Jésus de Nazareth — et totalement créatrice — Christ-Dieu. Figure colossale, taillée, semble-t-il, pour n'être assimilée qu'au cours des millénaires à venir.

Autant la figure de Muhammad, fondateur de

l'islam, s'inscrit dans la glèbe du temps présent — avec d'ailleurs des exigences de simple éthique que peu de musulmans, et peu d'hommes en général sont capables de respecter —, autant celle de Jésus brille à l'horizon d'un accomplissement pour ainsi dire inaccessible — dont, par essence, quasiment aucun humain n'est à même de suivre l'exemple.

Sans doute n'est-ce pas un hasard si Muhammad, qui disait « clore le sceau de la Prophétie », avait prévenu : cinq siècles avant lui, Jésus avait, lui, « clos le sceau de la Sainteté » — c'est-à-dire dessiné l'épure de l'accomplissement humain.

À mesure que l'aventure des *Dialogues* s'approfondit, la voix de l'Ange s'exprime de plus en plus clairement sur ce sujet.

Au centre de la vision, cette conviction : à partir du moment où l'homme découvre sa liberté et sa responsabilité individuelles, la mesure temporelle de l'accomplissement humain se métamorphose : cet accomplissement qui, « normalement », devrait nécessiter des milliards d'années à travers les galaxies, peut maintenant s'effectuer là, tout de suite, au cours d'une simple vie individuelle.

De toute façon, prévient l'Ange, « ne vous cassez pas la tête » avec des schémas théoriques, l'essentiel se joue dans la joie de chaque instant.

Certes, lorsque le paysage où se déroule l'existence devient gris, inhumain, voire monstrueux et terrifiant, l'exigence de « créer dans la joie » devient un défi bigrement audacieux — que bien des esprits de raison jugeront même délirant et irresponsable : « Voilà où mène l'angélisme, diront-ils : à danser de joie devant des camps de concentration ! Alors qu'il conviendrait de prendre les armes et de se battre.

— Très très vieille rengaine, rétorque l'Ange ; le courage est certes essentiel, mais vous battre, même bravement, ne servirait à rien si vous ne croyez pas que l'essentiel de vous-mêmes se joue hors-temps. »

Il faut y croire : même quand la vision vient s'enraciner dans l'expérience vécue, la question de la foi finit immanquablement par se poser. Mais l'Ange précise :

IL N'Y A PAS DE FOI SANS ACTE.
IL N'Y A PAS D'ACTE SANS FOI.
La foi ne peut pas être plus que l'acte.
L'acte ne peut pas être plus que la foi,
car ils sont UN.
Ce n'est pas que vous ayez peu de foi —
mais vous agissez peu.

Et encore :

Du matin au soir —, du soir au matin —,
de la naissance à la mort —,
c'est un seul acte — et c'est le Service.
Il n'y a pas d'acte petit, il n'y a qu'un acte : la tâche.
Il n'y a pas beaucoup d'actes, il n'y a pas peu d'actes.
Il n'y a qu'acte insuffisant ou acte incomplet. (15/1/44)

5. — Éléments d'une morale angélique

Le mensonge est pire que la violence, redit l'Ange,
tout au long de son enseignement.

Si le Verbe est réellement créateur et s'il constitue
le privilège de l'homme à travers le cosmos, alors la
pire des fautes consiste à en faire mauvais usage.
Contrairement à ce que nous croyons souvent, le problème essentiel de notre monde ne serait pas la violence, mais l'abus de langage, la tromperie, le mensonge. Dans les *Dialogues*, le Tentateur — Ange noir
chargé de mettre l'humain à l'épreuve — s'appelle
systématiquement le Menteur. C'est l'une des leçons
essentielles.

Notre humanisme de démocrates hantés par
des siècles de guerres et de terrorisme nous fait
craindre d'abord et avant tout le souffle brûlant de la
violence. « Comment freiner la montée des hai-
nes ? », « Que faire pour que l'on ne se tue plus ? »,
« Pourquoi tant d'innocents massacrés ? » nous
demandons-nous tous les jours, depuis bien avant
Voltaire.

Mais la violence, dit l'Ange, n'est pas à l'origine du mal qui nous ronge. Elle n'en est qu'une conséquence. Le vrai mal, c'est le bois creux, la mort déguisée en vie, la parole et le corps trahis. En un mot : le mensonge.

> *Aie horreur de l'ombre même du mensonge (...)*
> *LA PAROLE EST PORTEUSE DE LUMIÈRE.*
> *LA PAROLE VRAIE A SON POIDS.*
> *LA PAROLE MENSONGÈRE EST SANS POIDS.*
> *Le Destructeur se réjouit de la faille,*
> *lui, le père de tous les mensonges.*
> *Il effrite, démolit.*
> *Ce n'est pas la violence qui détruit les murs,*
> *mais le mensonge.* (1/10/43)

À la une des journaux, à la télévision, la violence prédomine souvent. C'est elle que les commentateurs débusquent et dénoncent. Pourtant, les habitants des régions soumises à tel ou tel régime totalitaire savent que c'est le mensonge qui est le plus à craindre — les dissidents se battent davantage pour que la vérité triomphe que pour apaiser la violence des tyrans.

En nous-mêmes, combien le mensonge a facilement prise ! Petits mensonges de rien du tout, mensonges par bavardage, mensonges par « compassion », mensonges par somnambulisme, mensonges par défaut, mensonges de politesse, mensonges diplomatiques, mensonges stratégiques, mensonges qui sabotent pourtant tous l'essence du verbe créateur.

Les quatre amis de Budaliget ne pouvaient plus du tout mentir. Quand Gitta proposa à ses trois amis de leur fournir de faux papiers, ils refusèrent.

La souffrance et la peur sont inutiles

Un autre message des *Dialogues* me frappe :

> *Le commencement de la Voie*
> *est la fin de la souffrance.* (12/11/43)

Le commencement ! ? Comme il y va, l'Ange ! Les plus anciennes traditions, la sagesse bouddhiste notamment, ne disent-elles pas qu'il s'agit plutôt du but ultime de l'existence ? Je tente de comprendre le raisonnement de l'instructeur invisible. Il me fait penser à celui d'un philosophe platonicien.

> *Pour vous,*
> *c'est dans l'imparfait qu'il y a mystère,*
> *PARCE QUE D'OÙ SAVEZ-VOUS QUE C'EST L'IMPARFAIT ?*
> *D'OÙ ? SI CE N'EST PARCE QU'IL VOUS EST DONNÉ*
> *DE RECONNAÎTRE LE PARFAIT.*

La souffrance n'aurait de sens que pour l'animal, à qui elle servirait de guide. Pour l'homme, elle serait inutile et nous pourrions donc y échapper. Comment ? En découvrant notre manque, ce qui ne nous a pas été donné dans notre enfance et après quoi nous pourrions courir éternellement. Puis en prenant conscience que le Ciel — l'infini — est à l'intérieur de nous.

> *La montagne la plus haute,*
> *l'arbre le plus haut ne s'élèvent pas jusqu'au Ciel.*
> *L'aigle le plus fort ne peut y voler,*
> *mais le plus petit des hommes peut l'atteindre.*
> *Car le Ciel est en vous-même.*

Inutilité de la souffrance ?

Une question embrase mon esprit : pourquoi m'at-il si souvent semblé, notamment en explorant l'accompagnement des mourants, que la « vallée des larmes » constituait le plus grand paradoxe que l'on puisse rencontrer ? Rechercher la souffrance serait pure folie, mais celui qui ne l'aurait jamais traversée ne connaîtrait rien du monde, et serait radicalement inaccessible à la compassion (= souffrir avec).

Inutilité de la souffrance ? Le « guide intérieur » de Gitta dit :

> *ACCUEILLE LA SOUFFRANCE*
> *COMME LE MESSAGER DU CIEL.* (6/8/43)

À ces mots, Gitta se demande, incrédule, comment il serait possible d'accueillir la souffrance et d'être joyeuse en même temps. La voix répond :

> LAISSE-LE *[le messager du Ciel]* PARTIR S'IL LE VEUT !

Autrement dit : prends garde de ne pas t'attacher à la souffrance (nous sommes si « accros » à ce qui nous a construits), laisse-la couler à travers toi (où l'on retrouve le bouddhisme).

La voix de l'Ange dit la même chose de la peur que de la souffrance : « Seul l'animal a besoin d'elle ». Mais à l'homme, Pan, l'« ancien dieu de la terreur », est en revanche inutile.

Et le même appel revient encore pour la douleur :

> *La douleur, qu'est-ce que c'est ?* demande Lili
> Réponse : *L'ange gardien de l'animal.* (17/12/43)

« Vouloir le bien » est un leurre

Dans la vision populaire actuelle, la figure de l'ange nous apparaît le plus souvent sous forme d'une petite voix intérieure, qui fait penser à la conscience morale, joliment figurée par le criquet Jiminy, qui apprend au pantin Pinocchio à distinguer le bien du mal. Mais l'Ange des *Dialogues* n'est pas Jiminy-Criquet. C'est au contraire un provocateur, qui clame :

> *Vertu, bonté, bonnes intentions*
> *ne sont que pots ébréchés, pots vides, sans la Boisson.*

À Lili qui demande :

> *Qu'est-ce que la bonté ?*

la voix répond :

> *Tout le monde donne aujourd'hui de la « bonté ».*
> *Ordure !*
> *LUI/ELLE (Ö) SEUL peut donner et tout est donné.*

Des vers, ivres de prétention, « donnent ».
Nous, nous ne faisons qu'apporter SON cadeau.
Ne soyez pas entachés par la « bonté » !
Qu'il n'y ait pas de « bonté » en vous !
Ce n'est pas le mal qui a obscurci le monde,
mais le « bon ».
L'homme « bon » qui a fait la charité, qui aide,
que donne-t-il ?
La mort. Vous, les « bons » qui dites :
« Nous sommes bons » — vous allez expier !
Car la nouvelle Lumière qui vient
réduira en poussière tout ce qui est faux.

Et plus loin :

Engeance pervertie, corrompue ! Malheur à vous !
Vous construisez de « bons » hôpitaux
pour vos victimes !
Mais toi... tu n'es pas « bonne »,
et le BON sera par toi. (24/12/43)

Le mental est prisonnier du temps

Un jour, la voix murmure :

Je vous dis un grand secret :
NE FAITES PAS DE PROJETS AVEC LA TÊTE,
AVEC LA TÊTE, EXÉCUTEZ ! (...)
Si tu fais le plan de ce que tu vas faire —
avec ta tête,
voilà que tu lâches la bride au temps —
avant son temps —
sur l'exécution.
Car la tête et le temps sont un. (3/3/44)

Incapable de saisir le sens de ces mots, Gitta se prend la tête à deux mains. La voix reprend alors :

Ne te casse pas la tête !
Le Plan plane au-dessus du temps.
Si vous devenez un avec le Plan,
vous n'êtes jamais en avance,
et vous n'êtes jamais en retard.

Une semaine plus tard, le « Maître intérieur » de Gitta remet la question temporelle sur le plateau :

Qu'est-ce qui te trompe ?
Le grand trompeur : le temps.
DANS LE TEMPS, IL N'Y A PAS DE PLACE POUR L'HOMME.
IL Y EST DÉPLACÉ.
Un pas — le courant le happe —,
le courant du temps,
le courant dont le signe est l'eau.
Vous n'êtes pas des grenouilles,
encore moins des poissons ! (10/3/44)

Les modernes ont l'embarras du choix : penser avec Albert Einstein que le temps est une illusion, avec David Bohm (et Régis Dutheil) qu'au-delà de la vitesse de la lumière, le temps devient littéralement : conscience. Ou bien, avec Paul Valéry et Ilya Prigogine, que le temps est peut-être au contraire la force maîtresse de l'être et que rien ne peut le dépasser. La voix de l'Ange, elle, me rappelle celle d'André Malraux, pour qui l'Homme est une œuvre d'art qui se construit, touche après touche, civilisation après civilisation, dans le mystérieux espace de l'*Intemporel*...

Quant à avancer que le mental ne peut exister et se mouvoir que dans le temps, incapable ne fût-ce que de concevoir le hors-temps, voilà qui éclairerait d'une lumineuse façon cette incapacité de beaucoup d'intellectuels à accepter de vivre l'expérience mystique. Ayant volontairement confié les rênes de leur existence à leurs seules capacités intellectuelles, ils se retrouveraient condamnés à se mouvoir dans un plan temporel très sophistiqué mais clos, d'où, par définition, la transcendance se trouverait exclue. Si l'Essentiel échappe réellement au mental, on comprend pourquoi les temps modernes sont à la fois si géniaux et si fragiles : c'est le mental — hors-corps et hors-cœur — qui leur sert de boussole !

Ailleurs, la voix de l'Ange dira pareillement de la tête qu'elle est « un serviteur qui s'est pris pour le maître ». Notre tête comme nos sciences devraient nous servir de serviteurs, non pas en amont de nos décisions, mais en aval, cherchant non pas à diriger nos vies, mais à mieux mettre en application ce que le vrai maître — interférence subtile au cœur de nous-mêmes — a décidé.

Tout est bon

Le vingt-neuvième entretien avec Gitta commence par ces mots étranges :

Haine, feu, poison, c'est cela le berceau de la joie. (7/1/44)

Question cruciale : le mal existe-t-il de manière autonome ?

L'Ange affirme que non : le mal n'existe pas, il n'est que du « non-accomplissement », de la « tâche non encore reconnue ».

LE MAL EST LE BIEN EN FORMATION.

Même le fiel, dit-il, sert au PLAN divin.
Même l'égoïsme.

D'où vient l'égoïsme ? demande Lili ce même jour.
De LUI/ELLE (Ö), répond l'Ange.

Lili est stupéfaite. Le mystère du mal pourrait s'élucider par les seules notions de « mauvais timing », de « plus » et de « trop » ?

La bile est un poison, si elle déborde.

Le trop, que ce soit le *trop grand* ou le *trop petit*, marque un déséquilibre, mais annonce une étape ultérieure, dans laquelle le plus et le trop jouent le rôle de matière première et de carburant.

Comment pourrais-je élever le mal par mes actes ? demande Gitta.

L'ange répond :

Transformation. Tu es transformateur.
Le « plus » de l'arbre est le fruit.
Tu manges la chair du fruit, tu tues le fruit,

et tu le transformes en homme.
Le « plus » de la terre meurt en toi et renaît.

Mais oui ! Voilà l'explication de l'étrange notion du « *too much* ». « Cette fille est *trop* », dit familièrement le garçon intimidé par une beauté *fatale*. Il s'imagine indigne d'elle. Il risque d'y renoncer avant même d'avoir tenté sa chance. À l'heure de ma mort, fassent les saints et les Anges que je ne me dise pas : « Cette Lumière est *too much* ! Elle me fait peur. Tant de beauté, cela ne peut pas être pour moi ! »

Comment échapper à tous ces pièges de la dualité ? La réponse tombe, cristalline :

Tu as deux yeux, mais tu n'as qu'une vision,
tu as deux oreilles, mais tu n'entends qu'un son.
En toi sont le un et le deux. (22/10/43)

Demander et donner

Deux verbes enfin reviennent sans arrêt au long des entretiens. Deux verbes autour desquels s'organise toute l'éthique des *Dialogues* :

• Demander...

LA DEMANDE EST NÉCESSAIRE (...)
SANS DEMANDE, NOUS NE POUVONS PAS DONNER. (4/2/44)

• Donner...

Ce qui est pour la plante croissance
est pour l'animal mouvement
et pour l'homme : « DONNER » (...)
Si vous ne donnez pas constamment,
vous dépérissez. (21/1/44)

Ainsi, selon le messager angélique, il nous faudrait devenir, littéralement, le canal d'une permanente offrande intemporelle inondant le temps...

Qu'est-ce qui t'appartient ?
Lili : *Rien.*

> *— Que peux-tu donc donner ?*
> Lili : *Par moi-même, rien.* (24/12/43)

Ne soyons plus ce bel animal humain qui cherche uniquement à s'épanouir. Soyons le prolongement de la Force créatrice. Ne faisons plus qu'un avec l'épanouissement du monde. Soyons créateurs. Donnons !

Question plus que vitale : à entendre l'Ange, le don est si important que son absence constitue l'une des rares portes, sinon la seule, vers l'anéantissement. Car, si la mort n'existe pas (elle n'est, dit-il, que l'ultime « truc » du Menteur, le labyrinthe auquel il faut échapper par la verticale)...

Au-delà et en deçà de la mort, ce n'est que rêve.
Au-dessus seulement de la mort, vous trouvez la Vie. (5/5/44)

... attention en revanche à la « seconde mort », que certains appellent aussi néantisation, et qui fait disparaître à jamais du Grand Jeu la personne qui refuse de donner, et donc de recevoir l'Amour :

Le sang de celui qui ne transmet pas se coagule, s'arrête.
C'EST LA DEUXIÈME MORT.
Prenez garde ! Soyez entiers ! Donnez !
DONNEZ toujours !
Librement, avec joie, toujours ! (23/6/44)

4

LES DERNIERS DIALOGUES PERSONNELS

Malgré son premier mouvement d'agacement devant ces « histoires de bonnes femmes », Joseph a vite cru comprendre, en lisant les textes que lui montraient Hanna et Gitta, qu'il se jouait quelque chose de peu ordinaire dans sa maison. Et que sa femme se retrouvait au centre d'une aventure qui le dépassait complètement.

Voilà des années que Joseph n'est plus le militant matérialiste sûr de lui qu'il fut aux jours de Béla Kun. S'il se refuse à « croire » en quoi que ce soit, dès le milieu de l'été 1943, il accepte d'assister aux entretiens du vendredi après-midi, qu'il observe, assis dans son coin, plus silencieux et grave que jamais. Nulle ironie, nulle taquinerie même — Joseph n'ouvre pas une seule fois la bouche.

Mais voilà que, pendant l'hiver 1943-44, son vieux père, le petit tailleur des quartiers pauvres de Pest, tombe subitement très malade. Joseph en est terriblement affecté.

Quelque part dans un hôpital de Budapest, son père est en train de mourir. Alors, hissant tout son courage par-dessus sa gêne immense, l'homme silencieux ose s'arracher à sa réserve. L'échange avec sa « part créatrice » a enfin lieu. Et Joseph va pouvoir non pas « croire » au fulgurant contact, mais l'expérimenter, le vivre.

Cette semaine-là, le vendredi, à quinze heures,

Hanna et Joseph sont allés rendre visite au vieux père en agonie. L'entretien a donc lieu le lendemain, samedi 15 janvier 1944. Un premier dialogue vient d'avoir lieu avec Gitta, à qui son Ange a expliqué qu'il n'y avait pas de foi sans acte, ni d'acte sans foi, car « acte et foi sont UN ».

Suit un profond silence.

Plus tard, Gitta écrira :

Le regard de Hanna se pose sur Joseph et ne le quitte plus. Tout à coup, il voit très clairement l'image de son Ange, baignée d'une intense lumière verte. Toute hésitation, toute timidité, toute fausse honte à parler sont balayées.

La moustache de Joseph tremble. Il lance :

Parle-moi !

La réponse fuse :

La fausse pudeur est signe de faiblesse.
Adam s'est caché,
parce qu'il n'était pas encore Homme.
LE PÈRE et ton père sont un. Entre les deux : le Fils.
Le Fils est le lien.

Puis la voix qui parle par la bouche de Hanna demande à Joseph :

As-tu des questions ?

Joseph se rue, tête baissée :

Parle-moi de la mort.

Alors la voix :

Tu interroges sur ce qui n'existe pas,
mais je te réponds quand même.
CE QUI EST VU D'EN BAS : « MORT » —
EST EN HAUT : « VIE ».
TOI AUSSI TU ES MORT
ET TU VIS ÉTERNELLEMENT.

Le reste est temps et apparence.
Déferlement de vagues, milliards de petites morts (...)

La voix dit encore :

> CE N'EST PAS LA MORT QUI EST MAUVAISE,
> MAIS LA TÂCHE NON ACCOMPLIE.
> *Le fruit, lorsqu'il est mûr, tombe tout seul.*
> *Le fruit qui tombe est mûr. Donc il est bon.*
> *Ton père n'est pas encore mûr,*
> *quelque chose lui manque :*
> *Toi aussi tu dois devenir père.*
> *C'est cela ce qui manque à ton père.*

Cela sort de la bouche de Hanna, la femme de Joseph ! Dans son cahier, Gitta note : « *Joseph et Hanna n'ont pas d'enfant.* »

Quel drame se joue là ?

L'entretien a duré une dizaine de minutes à peine. Voilà Joseph déjà replongé dans le silence. Quelques mots encore lui seront adressés dans l'entretien qui suit, destiné à Lili (avec cette fois la voix très chaude et très douce qui caractérise l'Ange de cette dernière) :

> *Voici la clef : le cercle.*
> *Peut-il y avoir préséance dans un cercle ?*
> *Le cercle est achevé.*
> *Le dernier mur s'est écroulé. Joie indicible !*
> *Car par les murs entre le Tentateur.*
> *S'il n'y a pas de murs, il ne peut pas venir.*
> *Il nous porte aide, lui aussi, le Tentateur (...)*
> *Joie indicible !*

Gitta notera plus tard qu'elle a alors vu « *l'image d'épais murs fortifiés formés par nos idées toutes faites* ».

Et s'adressant toujours à Joseph, l'Ange ajoute enfin :

> *Mon fils, ton corps résiste encore.*
> *Tu es entré dans un nouveau cercle.*
> *Vous tous ! Il faut vous habituer au cercle plus petit !*
> *Le Tentateur fait la ronde.*

Il ne va plus attaquer là où est la brèche ;
mais là où est le mur.
N'ayez pas peur ! Vous êtes déjà très forts !

L'Ange de Joseph interviendra une seconde et une troisième fois, les 11 et 25 février 1944, pour exhorter sa « moitié matérielle » à créer les plans d'une « Nouvelle Maison », d'un « Nouveau Monde » qui, forcément, appellera à lui un « Nouvel Habitant ».

*

Et Hanna ?

Son propre Ange, sa propre part de *Feu créateur* n'apparaît explicitement la première fois que le 21 janvier 1944, soit sept mois après le début des dialogues. Ce vendredi-là, Gitta vient une fois de plus de vivre un corps à corps robuste avec la voix exigeante de son Maître intérieur — à qui elle a demandé de lui enseigner « l'adoration constante du Divin ». La voix lui a répondu du tac au tac :

Crois-tu qu'IL / ELLE (Ö) est loin ?
G. Non.
— Qu'IL / ELLE est près ?
G. Ö est partout.
— Ne peux-tu vraiment L'adorer que quelquefois ?
Je ne peux pas t'apprendre à L'adorer.
Mais je peux t'apprendre qu'IL / ELLE est en tout,
partout, en tout lieu, toujours.
En bas, dans la profondeur, IL / ELLE est aussi.
TA TÂCHE DÉFINIT TA PLACE —
TA PLACE EN LUI/ELLE. (21/1/44)

Et peu après :

Si tu L'adores, cela te remplit.
Il n'y aura plus de place pour rien d'autre.

La fin jette une lumière éblouissante :

Il n'y a pas d'esclavage, mais il y a la loi.
La loi pour vous, c'est d'être unis,
et c'est la liberté pour vous.

Séparément, vous êtes des esclaves. Unis, vous êtes libres.
La voie est libre, et IL / ELLE vous sourit.

Suit un nouveau moment de silence. Comme après chaque dialogue ou presque, Hanna doit reprendre des forces, boire un verre d'eau, fermer les yeux, s'allonger — Lili la masse-t-elle ? C'est arrivé parfois, mais le plus souvent, il règne une densité telle que tous les mouvements sont ralentis, comme freinés par ce vent de lumière qui porte calmement les consciences à leur arcature maximale.

Arrive alors, pour la première fois, en ce 21 janvier 1944, l'Ange de « celle qui parle », comme disent les différentes voix pour désigner Hanna.

Gitta commente :

Nous attendons comme d'habitude le Maître de Lili, mais dès les premiers mots je sens une présence d'une puissance contenue, d'une sévérité mesurée presque effrayante. En même temps, dans un grand élan de joie, je « reconnais » le Maître de Hanna. Bien que je n'en aie pas de souvenir précis, je suis absolument sûre que je *connais* cet Ange de la Divine Justice.

La part créatrice de « celle qui parle » s'exprime avec une concision au moins égale à celle de Joseph. L'Ange de Hanna dit ainsi :

Ne croyez pas qu'il y ait rien d'impossible !
LE POSSIBLE EST LA LOI DU POIDS,
L'IMPOSSIBLE EST LA LOI DU NOUVEAU.
Oiseaux engourdis, la prison est ouverte,
et vous n'osez pas voler.
Je vous effraie, afin que vous voliez.
J'ai parlé.
Je pars.

La seconde apparition du Maître intérieur de Hanna ressemblera un peu à la visite surprise d'un inspecteur d'école venant constater — et surtout faire constater par les intéressés — l'état d'éveil (ou de sommeil) des consciences. Cette semaine-là, les quatre amis de Budaliget, pris d'une intense soif d'utopie, s'étaient donné pour tâche de répondre par écrit à la question : « Que ferais-je dans le Monde Nouveau pour le Monde Nouveau ? »

COMMENTAIRE DE GITTA

Le sujet était si vaste et si affolant que je n'arrivais même pas à concevoir ce Nouveau Monde. Pourtant, je n'étais pas surprise. Il n'était pas inhabituel que nos Maîtres nous demandent l'impossible, simplement pour nous montrer plus tard que c'était possible après tout.

Résultat de l'« examen » : seul Joseph est « reçu » ! Lui seul s'est jeté, sans précaution, dans une courte création inédite, un bouquet d'inspiration fraîche et spontanée. Alors que Gitta a cru bien faire en synthétisant lourdement tout ce qu'elle avait reçu depuis sept mois, et surtout en s'auto-accusant à longueur de pages.

« Cela déplaisait particulièrement à l'Ange, me dira Gitta. L'Ange déteste s'adresser à des "serpillières mouillées" : que ferait-il de sa nature céleste, si l'homme, en face de lui, ne se montrait pas digne de sa nature matérielle ? »

Lili, elle, n'a pas participé à l'« examen ». Ces derniers temps, elle ne vient pratiquement plus à Budaliget : jusque bien après minuit, on peut la trouver au fond du café de son frère, entourée d'une foule de jeunes...

L'Ange de Hanna ne s'adresse pas tant à une personne précise, qu'au groupe entier, voire aux humains en général. Bien que sa voix soit particulièrement calme, il annonce un bouleversement dans le cours des *Dialogues*, un temps apocalyptique, une parole à la mesure de l'horreur et de la terreur dans laquelle les quatre amis — et tout le pays — vont bientôt basculer, quand la Joie indispensable à tout contact entre l'humain et la Force créatrice sera soumise à très rude épreuve.

À mesure que les événements vont se précipiter, les quatre Anges vont de plus en plus se fondre en une seule figure, pour finalement ressembler à celle d'un Archange, entité éblouissante, d'une octave plus proche de la Force créatrice, brandissant un verbe incandescent qui, par moments, échappera à ce point à l'intellect de Hanna, que celle-ci s'exprimera spontanément en vers. Vers hongrois bien sûr, parfois aussi allemands — ce qui nous permettra, à nous qui ignorons la langue magyare, de découvrir avec stupeur la beauté mystérieuse d'une parole si *inspirée* qu'on la dirait littéralement *révélée* (voir en annexe « Le message de Morgen à Gabor »).

Les derniers entretiens personnels auront lieu le 17 mars 1944.

Rien d'explicite : les voix ne disent pas qu'elles parlent ce jour-là pour la dernière fois personnellement aux quatre compagnons.

Mais Gitta dira qu'en entendant son « guide intérieur » lui « offrir la *pomme de royauté* », symbole de la couronne hongroise, elle eut « le vague pressentiment » que les entretiens de ce jour seraient « les derniers à être personnels ».

Pourquoi ce signe royal ?

L'Ange lui dit :

> C'EST AU SOMMET DE TES QUESTIONS
> QUE TU TROUVERAS LA RÉPONSE.
> JE SUIS LÀ.
> JE NE PEUX TE PARLER QUE DE LÀ.

Le pressentiment de Gitta se précise, dans une tonalité dramatique, quand c'est au tour de l'Ange de Hanna de parler :

> OÙ SONT DONC VOS ACTES ? demande la voix avec sévérité.
> (...) *Le plateau de la balance est vide.*
> *Vos actes sont insuffisants.*
> *Mesurer le vide m'ennuie.*

L'Ange de Lili est évidemment plus gai.

Ton acte, dit-il, *est la danse qui relie Ciel et terre.*
Ainsi, chacun de tes gestes devient danse céleste.

Quant à l'Ange de Joseph, il conclut sur ces mots :

L'acte n'est possible qu'ici.
Vide est la terre — pourtant SA main la remplit.
SA main qui a nom : HOMME.

*

Deux jours après les derniers entretiens personnels, les Allemands prennent le contrôle du territoire
hongrois. Et l'enfer ouvre ses portes.

9 septembre 1993. — Je suis hanté par toutes sortes de questions qui me dépassent, à commencer par celle de la liberté.

L'invention numéro un de la modernité a consisté, me semble-t-il, à répandre sous toutes les latitudes cette idée : chaque humain est un individu absolument unique, une personne à nulle autre pareille, qui se doit de devenir le plus libre possible de son destin.

Le problème numéro un de cette même modernité consiste maintenant à inventer des solutions aux gigantesques cataclysmes que cette idée révolutionnaire a provoqués, en sapant à la base toutes les anciennes sociétés où les questions vitales étaient tranquillement réglées par des systèmes niant l'individu en toute légitimité. Aujourd'hui, du fin fond des favelas sud-américaines aux mégapoles des grands deltas asiatiques en passant par les moindres recoins des cercles polaires, chacun des milliards d'êtres humains est, théoriquement, censé disposer de son libre arbitre.

On sait que les obstacles et les résistances à l'individualisation humaine sont considérables. Toutes les formes d'intégrismes et de fascismes sont des réactions contre ce gigantesque projet. L'Occident lui-même, zone privilégiée entre toutes, est-il d'ailleurs réellement habité par des hommes libres ?

Mais le projet individualiste est enclenché et rien ne semble pouvoir l'arrêter. On en trouve des preuves à tous les coins de rue.

Trois exemples hétérogènes, parmi des milliers :

— Prenez les acteurs de la dernière grande révolte chinoise, l'insurrection étudiante de 1989 : ils brandissaient comme symbole, au milieu de Tien An Men, la statue de la Liberté.

— Les musiciens africains, émissaires les plus crédibles de l'humanité noire, nous assurent qu'ils aimeraient beaucoup voir leur continent gagné par le virus de la lucidité individuelle — tout en conservant le plus possible du sens de la « relation au tout » que l'Occident a perdu lorsqu'il a mis au monde ladite lucidité.

— Quant aux chercheurs de pointe de cette jeune et ambitieuse discipline qu'on appelle neuro-psycho-endo-crino-immunologie, dont l'objectif est de percer le mystère de la santé et de la guérison — question désormais cruciale en Occident —, ils l'affirment tout net : il n'y a pas deux êtres humains semblables ; chacun devrait donc inventer sa propre unité psycho-somatique et spirituelle et apprendre à la nourrir et à la soigner.

11 septembre. — Où vient s'ancrer le credo individualiste moderne ? C'est quoi, au fond, une personne humaine ? Notre nature profonde rend-elle réellement chacun de nous unique — et donc sublimement insaisissable par quelque science que ce soit, puisque la science ne peut parler que du répétable ?

La tradition de nos ancêtres répond : « Au centre de chaque homme, il y a une âme. » Mais cela ne fait que redoubler le feu des questions. Qu'est-ce qu'une âme ? Y a-t-il véritablement une part de nous qui regarde le temps « du dehors », depuis une dimension intemporelle ?

12 septembre. — Quelles que soient mes interrogations, toutes me ramènent irrésistiblement à l'énigme de la création, ou plus précisément du pouvoir de création des humains. Nous disposons du pouvoir de créer des mondes. Or notre monde actuel est en pleine ébullition chaotique. Comment l'orienter vers plus d'harmonie ? Où trouver l'inspiration ? Comment la matérialiser ? Enfin, crucial : comment rester calme en temps de tourmente, de maladie ?

« Commence par consulter tes rêves », m'a suggéré le chaman cherokee dont parle *Le Cinquième Rêve*. Je suis convaincu qu'il tenait un bout de la vérité. Alors que la civilisation industrielle a abouti à des impasses majeures en à peine deux siècles, nous pensons savoir que, pendant des dizaines de milliers d'années, les humains ont explicitement utilisé leurs rêves pour survivre, de manière très concrète, dans des conditions d'existence parfois très dif-

ficiles. Les Aborigènes d'Australie constituent l'un des derniers maillons de ce savoir fabuleux. Voilà quelques dizaines d'années que l'opinion publique occidentale sait cela.
Mais comment le mettre en pratique ? Dans un monde plus
éveillé, plus ouvert à la véritable déesse Raison, on enten-
drait à la radio : « Le président de la République française
s'est rendu à Berlin pour discuter avec le chancelier allemand d'un rêve qu'il a fait récemment, concernant l'Europe... » Et un conseil des sages réfléchirait longuement
sur les rêves des grands dirigeants.

Chez nos ancêtres chasseurs-artistes, comme chez les
Amérindiens, un chaman, un chef, un responsable, étaient
forcément de grands rêveurs. Pour parler d'un grand
rêveur, les Aborigènes d'Australie disent « grand busi-
nessman ». Pour eux, il n'y a pas de coupure. Et pour
nous ? À titre très individuel et très expérimental, il est
facile de constater que nous pouvons assez facilement
nous rebrancher sur cette source d'inspiration onirique.
Mon ami Thomas Johnson m'a raconté que de vivre quelques jours avec des « militants rêveurs » aborigènes austra-
liens — même en plein Paris ! — l'avait fait basculer dans
une vision radicalement différente du monde. Ses journées
entières étaient comme imbibées des rêves de la nuit, dont
elles prolongeaient les élans dans la réalité matérielle.

De là à imaginer la révolution politique qui serait nécessaire pour que nos dirigeants redeviennent des rêveurs...
on en frémit de désespérance !

Et du coup, toute la belle utopie retombe. Et j'entends
les voix de ceux qui disent qu'au contraire, c'est de s'arracher au rêve qui est nécessaire. De s'arracher au sommeil, à la somnolence, à l'hypnose, à la manipulation, au
mythe...

Je sens bien qu'on parle là d'autre chose, d'un autre
niveau, d'une autre résonance. Comment l'exprimer clairement ?

L'enseignement des *Dialogues* tombe à point. Vive la
révolution onirique !

Albert Palma le dit à sa façon, en prêtant à Dieu le mot
suivant : « J'ai fait le monde, rêve-le ! » Dans *La Voie du
shintaïdo* (Albin Michel), il écrivait :

> L'univers serait la coagulation
> du Rêve de Dieu.
> L'homme en perpétue le songe.
> D'aucuns le légitiment.
> D'autres laissent à la Métaphysique

le soin d'en mesurer la portée
ou l'illusion.
Mais rares sont ceux qui se contentent
d'amuser les étoiles.

Olé !

14 septembre. — Hier je pensais à sa poésie ; ce soir, j'ai
suivi son cours plein de fantaisie : ma parole, ce diable
d'Albert envahit ma vie ! Ensuite, au Bar du Rakutenkaï,
où nous nous retrouvons toujours le mardi soir après le
keïko, j'ai abordé devant lui la question de l'Ange — par
provocation. Les « grandes questions spirituelles » ont tendance à lui donner des boutons. J'ai lancé aux copains :
« Vous vous demandez ce qu'est l'Ange ? C'est l'inspiration
créatrice ! » Après l'inévitable bordée d'injures et de plaisanteries, Albert a accepté de parler sérieusement. Il voit
une correspondance directe entre la révélation de l'Ange et
la fonction du mouvement. Mais quand je demande des
précisions concrètes, il me répond : « L'Ange Gabriel a
ouvert le torse de Mahomet de la gorge à la taille, pour lui
sortir le cœur, le purifier et le lui rendre. »
    Nous ouvrons des yeux ronds. Content de son effet,
Albert reprend : « Il s'agissait de préparer la révélation.
Étudiez la genèse de l'art que nous pratiquons : c'est la
même chose. À l'époque du Club des optimistes, dans les
années 60, Aoki a redéfini ce qu'était le but ultime de
l'étude du *budo* (la voie des arts martiaux) : c'est la jouissance du Ciel, la jouissance de la Vie, la jouissance du destin, la jouissance de tous les sentiments et de toutes les
passions, la jouissance d'être naturel, mais aussi de ne pas
être naturel, la jouissance de lutter pour atteindre l'état de
sainteté, mais aussi d'en être éloigné. Aoki a dit : "Vivre,
c'est brûler !" Oui, vivre c'est brûler le *ki*. On en a une certaine dose à cramer, il faut aller jusqu'au bout ! » Au-dessus de nos têtes, il m'a semblé entendre les Anges rigoler.

15 septembre. — Ange = création ? Il est une pratique
« angélique » qui m'intéresse énormément : la formation
du paysage. Les paysages sont nos visages collectifs. La
preuve que l'homme est responsable du monde. Montre-
moi les paysages de ton pays, je te dirai où vous en êtes,
toi et les tiens, du point de vue économique, scientifique,
juridique, politique, artistique et donc forcément spirituel.
En roulant l'autre jour, ivre de nature admirable, à travers
la France, je me suis rappelé la leçon des paysagistes : ce

que nous prenons pour une « très belle nature » est en réalité un jardin, cultivé par les hommes depuis des siècles, sinon des millénaires. Qu'on le veuille ou non, la plus grande partie des terres où les hommes vivent est un jardin. Une co-création entre l'homme et le cosmos. On ne peut que très difficilement vivre dans la jungle ou le désert. Le drame du Néolithique (invention de l'agriculture) — âge auquel nous appartenons toujours, de ce point de vue — c'est que le jardin humain se transforme, tôt ou tard mais inéluctablement, en désert. Prenez l'Afrique du Nord, jadis couverte de forêts, prenez le Croissant fertile (Mésopotamie-Irak) : c'était un paradis, les agriculteurs ont mis quelques millénaires à le ficher en l'air. La modernité a accéléré le processus.

1er octobre. — Le nouveau, l'imprévisible, l'inconnu à chaque instant ; comment redevenir l'enfant découvrant le monde ? Cela passe d'abord par nos cinq sens, si malmenés. Il faut récupérer nos cinq sens, les recentrer, les réaxer, les réveiller, les secouer, les vivifier, les ouvrir, les pousser à fond, les faire exulter, les aimer, les offrir, les... Vraiment, il y a du pain sur la planche. Pas besoin d'extrasensorialité, grands dieux ! L'ange, c'est la même chose : ça se passe à chaque instant. Rien de paranormal.

12 novembre. — On raconte qu'Albert Einstein était encore enfant quand, ayant appris que la lumière se déplaçait à une vitesse faramineuse (la distance Terre-Lune, trois cent mille kilomètres, en une seconde), il joua à imaginer cette vitesse. À la visualiser, en se disant : « Je suis un photon, qu'est-ce que j'observe ? » Un jeu.

> *Le petit ENFANT joue. Devenu adulte, il crée.* (2/7/43)

Et moi, misérable morpion, je me suis dit : Essaye, pour voir. Ferme les yeux et visualise la vitesse d'un coureur des bois, frôlant les arbres. Puis visualise un vélo. Puis une mobylette, une moto, une voiture de sport, va de plus en plus vite, attention, reste bien centré, tu fonces à présent à la vitesse époustouflante d'une formule 1...

Maintenant ça va trop vite, il faut décoller. Peux-tu visualiser la vitesse d'un avion ? Tu pèses des tonnes, mais l'air est devenu si dense, qu'il te porte, en ses nappes que tu transperces... Visualiser la vitesse d'une fusée exige, pour durer plus de quelques secondes, qu'il n'y ait plus de frottement d'air sur ta « peau » ; ça devient difficile. Que faire ? Se laisser aller ? Lâcher prise ? Ah, se dit-on, dériver dans le vide cosmique... Mais as-tu idée, ou image, ou simplement sensation de la vitesse à laquelle te croiserait, en cet état, une météorite ? On touche l'invisualisable.

Eh bien, le jeune Einstein visualisa carrément : la vitesse de la lumière.

300 000 km/s !

Il eut un moment de bonheur incommensurable.

Il vit en quelque sorte le continuum espace-temps...

... qu'il mit ensuite de longues années de calcul à mathématiser dans sa théorie générale de la Relativité. Bientôt, toutes les cosmogonies scientifiques de la Terre allaient être obligées d'intégrer cette théorie, trop forte pour être réfutée.

Et que fit-on du jeu fabuleux ? De la faramineuse visualisation ? De la sublime inspiration du jeune Albert chevauchant la lumière ?

Pffft ! Effacée. Oubliée. Ignorée même.

Au mieux verrons-nous cet épisode mentionné en note de bas de page, comme une anecdote amusante, à ranger dans les coulisses biographiques, dans le genre : « Eh oui, c'était aussi un humain, il jouait du piano, il tirait la langue, etc. » Voilà où nous en sommes : nous célébrons la Source de Feu où nos visionnaires vont boire... en note de bas de page !

13 novembre. — Il est de bon ton, à notre époque, de vilipender René Descartes, ce « vil mécanicien » qui fit de l'animal une machine et de l'homme une dualité corps/esprit si rigide, si anti-écologique, si peu viable que le cartésianisme, son enfant, nous aurait finalement tué l'âme, après avoir progressivement chosifié la création entière en la réduisant à ses seules explicitations. Alors qu'en réalité...

Jouons à être René Descartes.

À dix-huit ans, en 1614, ayant fini d'étudier tout ce que notre époque peut nous offrir en matière de logique, d'éthique, de métaphysique, de littérature, d'histoire, de science et de mathématiques — eh oui, nous sommes extrêmement doué ! —, et constatant qu'il y a rien là que vieilleries surannées, depuis longtemps coupées de toute expérimentation vivante, nous, René Descartes, jeune homme mondain et jouisseur, déclarons que le système d'éducation contemporaine n'est qu'une farce. Nos études de droit jusqu'à la licence nous ayant pareillement consterné, nous

La famille Mallasz.
En haut, le général et sa femme,
à Budapest, en 1926.
Ci-contre, leurs enfants, Otto, 7 ans,
et Margit (surnommée Gitta), 6 ans,
à Ljubljana, en 1913. *Ci-dessous,* Gitta
à 18 ans, en 1925 ; elle est alors
championne de natation de Hongrie
(dos crawlé et plongeon).

Gitta Mallasz
caricaturée par son amie Hanna Dallos.

Gitta en Autriche
au début des années trente.

Hanna Dallos et son mari Joseph Kreutzer
dans leur atelier graphique de Budapest.

Dessin, par Gitta Mallasz, de la maison de Budaliget, où s'est déroulée une grande partie des *Dialogues avec l'Ange*, de juin 1943 à mars 1944. *Ci-dessous,* Lili Strausz.

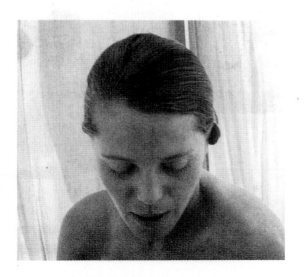

Les trois amies.
En haut, Hanna.
Au centre, Gitta, déguisée par Hanna
en nageuse de la Belle Époque.
En bas, Lili, montrant un exercice
de relaxation.

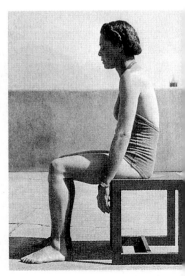

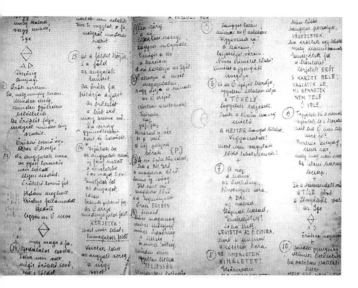

Un fragment des fameux cahiers à couverture de moleskine, où les *Entretiens
avec l'Ange* ont été minutieusement copiés, de juin 1943 à novembre 1944.
Ci-dessous, rafle de juifs hongrois dans une rue de Budapest, début avril 1944,
quelques jours après l'invasion allemande.

Gitta Mallasz peu après son arrivée en France, au début des années soixante.
Avec son mari, le réfugié politique hongrois Laci Walder,
dans leur appartement de Fontenay-aux-Roses.

L'ange répond à leurs préoccupations d'artistes impuissants devant l'écroulement de leur monde, il leur fait jouer une sorte de grand jeu supérieur et leur propose un manifeste esthétique radical

LIVRES

Intégrale d'un livre culte

Une voix d'Ange

DERNIER CAHIER AVANT L'AUTOROUTE

LA COMPIL' N.R.F.

LE VOL DU BOUVIER

LA FERVEUR FERREIRA

PREMIÈRE SÉANCE

LA NUIT DE WESTERBROK

RUBRIQUES

À l'occasion
de la parution des
*Dialogues avec
l'Ange* en version
française intégrale,
le quotidien
Libération publie
un article
enthousiaste,
le 5 juillet 1990.

Juin 1943-novembre 1944, à Budapest, quatre amis communient, pendant la montée du drame, dans un même état de grâce. Joseph, Lili et Hanna, déportées dans les camps, ne reviendront jamais. À 83 ans, Gitta Mallasz, seule survivante, conte leurs « Dialogues avec l'ange ».

Gitta Mallasz à 84 ans, un an avant
sa mort, dans la vallée du Rhône.
Jusqu'au bout, elle travailla
à transmettre le message des *Dialogues*.
En bas à gauche, un projet
de couverture qu'elle avait dessiné
pour le présent ouvrage.
Ci-dessous, le faire-part que Gitta
avait elle-même rédigé quelque temps
avant sa mort.

FAIRE-PART

•

J'ai quitté mon corps,
cet outil précieux qui m'a été donné
pour accomplir ma tâche sur terre.
Il a été trop usé par le temps.
Je sais qu'un autre outil me sera donné,
plus approprié pour une nouvelle tâche.

Toi aussi, tu as une tâche, une tâche unique.
Il est bénéfique de bien l'accomplir
aussi longtemps que ce rare don du Ciel
– ton corps terrestre –
est utilisable.
Sinon tu as vécu en vain.

le 28 mai 1992

décidons, à vingt ans, de TOUT reprendre là où Aristote avait laissé les choses, deux mille ans plus tôt.

Après deux années de retraite quasi monacale, nous nous retrouvons, en franc gentilhomme, volontaire dans l'armée du prince de Nassau. Et nous voilà en armes, baroudant au fond des Allemagnes, en pleine guerre de Trente Ans (sans savoir, nous l'avouerons à un ami, contre qui au juste nous sommes censé nous battre). C'est là, qu'une nuit, notre jeu intérieur va brusquement décoller.

Malgré notre nouvelle vie de mercenaire, nous n'avons cessé un seul jour de pousser plus loin notre exploration intérieure de l'inconnu. À vingt-trois ans, nous avons déjà abattu un gigantesque travail mathématique ; mais, écrivons-nous dans notre journal, il nous manque encore l'essentiel : la méthode ! On est en 1619. Nous sommes cantonné avec nos hommes à Ulm, pour tout l'hiver, les batailles reprendront au printemps...

La suite est racontée par deux chercheurs américains, Willis Harman, président de l'Institut des sciences noétiques, et Howard Rheingold, journaliste scientifique, qui ont écrit *Créativité transcendante*, dont je tire ces quelques passages :

> Le soir du 10 novembre 1619, Descartes se trouvait dans une pièce surchauffée, brûlant d'une fièvre « d'enthousiasme » pour l'aventure intellectuelle dans laquelle il s'était engagé. Il écrivit une grande partie de son journal en latin (il est intéressant de noter que le sens de *enthousiasmos* est « transport divin »). Cette nuit-là, il fit trois rêves remplis d'images d'une signification tellement renversante qu'il prit la peine d'en faire une description écrite des plus détaillées. Pour le lecteur d'aujourd'hui, le contenu des trois rêves peut sembler banal, mais pour Descartes, ces images énigmatiques constituaient la clé de sa quête d'un savoir nouveau.
>
> Dans un premier rêve, des vents violents l'emportaient loin d'une église, vers un groupe de gens que la tempête ne semblait pas incommoder. Descartes s'éveilla alors et il pria, afin d'être protégé des mauvais effets du songe. Se rendormant, un bruit ressemblant à un immense coup de tonnerre le remplit de terreur et, rêvant qu'il était éveillé, il vit une pluie d'étincelles envahir sa chambre. Dans le troisième et dernier rêve, Descartes se vit tenant à la

main un dictionnaire et quelques feuilles de papier, dont l'une contenait un poème qui commençait par ces mots : « Quelle voie suivrai-je dans la vie ? » Un inconnu — un ange, dira-t-il plus tard — lui tendit alors une partie de poème dont seuls les mots « *Est et non* » apparurent au rêveur.

À la fin de ce troisième rêve se produisit un état de conscience encore plus extraordinaire : un rêve à l'intérieur du rêve. Descartes rêva qu'il s'éveillait, pour se rendre compte qu'il avait rêvé la pluie d'étincelles, et il rêva qu'il interprétait ce rêve ! Il s'expliqua à lui-même que le dictionnaire représentait l'unité future de la science, « toutes les sciences différentes regroupées », et que la liasse de poèmes symbolisait « le vrai et le faux dans les réalisations humaines et dans les sciences profanes » (...).

Il n'y eut jamais de controverse, même parmi les historiens les plus conservateurs, autour du fait que les trois rêves de Descartes se soient produits à la date inscrite dans son célèbre journal. Selon ses propres dires, il attribue l'inspiration de sa « science admirable » à ces rêves. Il alla jusqu'à avancer que ce rêve avait été l'événement le plus décisif de sa vie et fit le vœu d'aller en pèlerinage à Notre-Dame-de-Lorette en guise d'action de grâce pour ces conseils surnaturels.

À la réflexion, il est assez étrange que ces origines oniriques de la pensée moderne ne soient qu'un post-scriptum dans les livres d'histoire de la philosophie. Alors qu'on acceptait facilement les idées les plus utiles de Descartes, les réactions quant à leur source furent toujours d'une négativité sauvage.

On ravala cette « source » au rang d'anomalie fiévreuse dans le cerveau d'un homme « par ailleurs sain ».

14 novembre. — Beaucoup de grands artistes, notamment des musiciens, Mozart, Beethoven, Wagner, Tartini, Brahms, Tchaïkovski, Puccini, Strauss, beaucoup de grands savants, le mathématicien Henri Poincaré, le physicien Niels Bohr, le chimiste Kekule, les écrivains Goethe, Keats, Shelley... racontèrent en détail de quelle façon l'inspiration leur était soudain venue, soit en dormant, soit au cours d'une promenade, ou en faisant l'amour, ou à la cuisine ! La source originelle de toute création, de toute découverte, semble participer d'un ordre irrationnel, ou plutôt impossible à rationaliser.

Même les sciences les plus exactes démarrent en résonance avec une Force créatrice qui nous échappe. Connaître et reconnaître cet ordre créateur et ses lois admirables, s'y laisser emporter comme un baigneur hilare dans un torrent de vie, tel est le sort délicieusement enviable et terriblement exigeant d'une entité en plein éveil : l'homme.

17 janvier 1994. — Une véritable vague angélique déferle en ce moment sur les médias occidentaux. C'est affolant. Car il y a un effet « mode » indéniable. Que je le veuille ou non, j'en fais partie. Je me console en me disant que ça peut aussi arriver à des gens bien !

À un journaliste qui lui faisait remarquer qu'en publiant sa *Légende des anges*, il sacrifiait peut-être à la mode, Michel Serres a répondu : « Je ne pense pas que ce soit une mode. L'ange a longtemps été un personnage très présent ; le fait qu'on n'en ait plus parlé a probablement provoqué un manque. En tout cas, lorsque j'ai dit autour de moi : "Je fais un livre sur les anges", personne ne s'est moqué de moi, ce qui est étrange. Je m'attendais à des sarcasmes. Non, chacun avait plus ou moins son idée sur les anges. Les anges intéressent » (*Lire*, octobre 1993).

Les anges passionnent !

Wim Wenders leur a consacré deux films. Et France Culture multiplie les émissions sur le sujet.

Passons sur les bâcleurs, parmi lesquels des journaux à scandale, mais aussi beaucoup de médias plus prestigieux qui mélangent tout dans un amalgame mi-sceptique miracoleur, où anges, psychopathes, satanistes, herboristes et escrocs lamentables se trouvent systématiquement mêlés — révélant surtout une ignorance honteuse et une grande confusion dans l'esprit des auteurs (de fins limiers à qui, évidemment, « on ne la fait pas »). De ce point de vue, la presse anglo-saxonne a quand même plus de tenue. Or il en faut. Contrairement à ce que l'éducation moderne nous a mis dans la tête, l'ange est une question grave.

L'angélologie rose et bleue de notre enfance est le signe d'une dégénérescence mortelle de la société industrielle, et le retour des anges de feu est peut-être celui d'un début de guérison.

Paradoxe : l'ange ne pèse pas, sa voix est si subtile que notre part grossière et paresseuse ne l'entend pas ; mais ce qu'il dit peut pourtant nous fendre en deux !

18 février. — J'ai attentivement relu l'entretien avec Michel Serres, mené par Guy Rossi-Landi, dans le magazine *Lire*, il y a quelques mois (octobre 1993). Sous des dehors légers, c'est fort. Serres dit d'abord que les anges l'ont obligé à découvrir un ordre dans le chaos. Et à mettre de l'ordre dans son œuvre. Comment ? En plaçant les différentes parties du monde ou de son œuvre en relation les unes avec les autres. Car Serres définit l'ange ainsi : ce n'est pas une personne, c'est un mouvement, une fonction, c'est la fonction de messager.

Tout ce qui touche à la communication, il le touche de son aile.

Du coup, on comprend que nous soyons de plus en plus entourés d'anges : « Nous sommes entrés, dit Serres, dans l'ère des messageries. » Dans l'ère de l'information.

De la communication ?

Ici, l'épistémologue remarque une contradiction grave : une part de plus en plus grande de notre monde repose sur une information quasi pure, requérant très peu de matière/énergie, alors que la plupart de nos mentalités et comportements économiques datent encore du temps des transformations énergétiques lourdes (Serres dit « prométhéennes » : beaucoup de matière, peu d'information) du monde industriel d'il y a cent ans. Ce qui explique, selon lui, qu'à une époque de fol envol de l'ingéniosité humaine, on en soit pourtant encore à s'enliser dans la lourde angoisse du chômage et de l'exclusion.

Serres remarque que cette fonction angélique de communication a été longuement décrite au Moyen Âge, par exemple par saint Thomas d'Aquin, et que ces angélologistes, considérés il y a peu par les matérialistes comme de parfaits délirants, avaient vu étonnamment juste. Sauf qu'aujourd'hui l'importance de la fonction se trouve « multipliée par cent, par mille ». Comme si la statue d'Hermès, autre représentation symbolique du messager à laquelle Serres s'est intéressé jadis, s'était brisée en morceaux. « Chaque morceau, dit-il, est un ange. » Nous avons gagné au change : la statue était en pierre, les anges sont vivants.

Mais vivants de quelle manière, puisqu'on a dit qu'il ne s'agissait pas de personnes ?

Ici, le savant devient artiste et se dévoile : Serres n'est pas d'accord avec Wim Wenders qui reprend dans ses films l'idée d'Anatole France dans *La Révolte des anges* selon laquelle les anges tombent par amour des femmes. « Faut-il que nous soyons décadents jusqu'à la moelle, s'écrie-t-il, pour croire que l'amour nous fait chuter ? Dans mon livre, c'est exactement l'inverse, les anges chutent à cause du pouvoir. Ceux qui deviennent des séraphins (au sommet de la hiérarchie des anges), c'est par amour. Les gens amoureux sont pacifiques, intelligents, gentils, pleins d'esprit, au contraire de ceux qui cherchent le pouvoir. » Et de conclure : « Quand on écrit sur la communication, il faut bien avoir le courage d'aller jusqu'au bout : la vraie communication entre les hommes, c'est l'amour. »

20 mai. — Invité au Québec, à un colloque sur les anges ! Il y en a partout ! Des anges en dessins, des anges en poèmes, des anges en bois, des anges en bougies, des anges en tissu, des anges en chanson — on ne voit et entend que ça dans la salle de théâtre où l'inénarrable et inépuisable Yolande Gagnon organise comme chaque année le symposium de Shawinigan. Cette ancienne infirmière, douzième d'une famille de vingt et un enfants, a roulé sa bosse à la dure, avant de devenir leader. Le principe de son colloque : inviter des cousins de France, pour lancer un « pont entre les mondes ».

L'accueil des Québécois est grandiose. Grâce à Yolande, je fais la connaissance, entre autres, de Pierre Jovanovic, auteur de l'*Enquête sur l'existence des anges gardiens*, qui bat tous les records de vente en France.

Ce garçon qui a des airs felliniens par moments, correspondant du *Quotidien de Paris* à Los Angeles, ne se préoccupait, dit-il, que de fric et de soutiens-gorge, et n'aurait pas consacré une demi-seconde à se poser la moindre question sur les anges, s'il ne s'était produit un jour un événement qui allait bouleverser sa vie. Il était, comme de coutume, assis à côté d'une jolie femme conduisant un cabriolet, quand soudain, mû par une incompréhensible poussée, Pierre Jovanovic se jeta de côté. À cette même fraction de seconde, une balle de fusil, tirée par un fou depuis un pont au-dessus de l'autoroute, traversait le pare-brise du cabriolet, pile à l'endroit où il aurait dû se trouver. Après avoir en vain tenté d'oublier l'événement miraculeux, l'honorable et très matérialiste correspondant de presse décida de se mettre au travail. Quelque chose l'avait aidé à échapper à la mort. Quoi ? C'est alors qu'il se souvint d'une lecture qui l'avait beaucoup troublé : les *Dialogues avec l'Ange*, dont le « scribe » était une vieille dame extrêmement coriace... Du coup, il fouilla toutes les annales angéliques américaines et en rassembla la crème dans un bouquin qui se lit comme un roman. *Enquête sur l'existence des anges gardiens*, que l'éditeur Filipacchi a eu l'excellente idée de publier, a tout de suite connu un succès fou. « Chacun de nous, s'écrie Jovanovic dans l'auditorium du collège de Shawinigan, riche ou pauvre, beau ou vilain, a son ange, et celui-ci peut nous aider de façon fantastique. Il suffit de croire en lui et de l'appeler. Alors, de grâce : appelez le vôtre ! »

Quoi de plus naturel
que de parler ensemble ?

15 juin. — Et pourquoi parler d'« ange gardien » ? Notre part créative est notre meilleure protection ! Quand je laisse la vie couler en moi, la simple combinaison des synchronicités gestuelles me fait « miraculeusement » passer indemne entre tous les dangers, à la manière du soldat qui a soudain la grâce et court entre les balles de mitrailleuse, alors que ses copains qui ont eu peur et ont « bloqué » le flux tombent, mortellement touchés. Mais, comme dirait Gitta, cela n'est pas miraculeux, c'est juste la vraie vie.

23 octobre. — Longue conversation au téléphone avec Francis, tout juste rentré de Sarajevo, où il est parti, neuf longues semaines, installer une librairie et un centre culturel français. Francis Bueb aimerait que les intellectuels de chez nous y assurent par roulement une présence continue. Quand on ne les massacre pas, dit-il, les assiégés ne meurent pas que de manque de pain et d'eau. Ils ont la conscience à vif et sont écrasés de tristesse à l'idée que nous les oublions, tout simplement, enlisés dans nos faux problèmes économiques de fausse paix.

Tout se passe comme si la guerre réveillait l'homme. De cela il est difficile de parler, et pourtant. Une grande part de notre littérature, de notre cinéma, de nos mythologies repose sur cette arrière-pensée. Ni la télévision, ni les journaux ne nous en parlent pourtant. On n'évoque jamais dans les médias la jubilation des guerriers partant massacrer et foutre en l'air des populations entières. On ne dit pas non plus à quel point l'humain en guerre comprend, enfin — trop tard —, ce que signifie la vie. Quand explose la routine idiote du temps de paix — temps de fausse paix, dira l'Ange, la véritable Paix, celle qui n'est pas seulement une pause entre deux guerres, vous ne l'avez encore jamais connue —, quand la croûte puante de nos capricieuses habitudes de confort se trouve pulvérisée par l'omniprésence soudain effrayante de la mort.

Aller à Sarajevo ? Et en profiter pour faire un saut à

Mezugordje, la ville bosniaque où l'on dit que la Vierge est apparue à des gamins, il y a une quinzaine d'années. La chapelle où un culte lui est rendu attire malgré la guerre des milliers de pèlerins venus du monde entier, même des Américains, et serait miraculeusement épargnée par les bombes.

30 octobre. — Tout se passe aussi comme s'il y avait des degrés dans l'éveil — marches d'un escalier infini — et que l'éveil provoqué par la guerre ne constituait que l'un des tout premiers degrés, l'une des toutes premières marches, qu'hélas beaucoup d'humains, nous devons l'admettre, n'ont pas encore franchie. Pour celui qui a su s'éveiller au moins jusque-là, la mort n'est plus effrayante. Il adopte à son égard une sorte de calme respect moqueur — « je te respecte, ô mort, bien que te sachant un leurre ». Pour celui qui est resté en deçà, attaché à l'ancienne vision effrayée de la mort, l'attitude des plus éveillés ne peut que paraître monstrueuse : quoi, la mort est là, et ils rient ? ! ?

« Mais oui, répond l'éveillé — le "né deux fois" dont parle l'Advaïta védique —, il n'y a que le rire et la joie de vivre qui soient de mise face à la Faucheuse. Soyons naturels, que diable ! »

Naturels ? L'endormi sursaute dans son sommeil. Quoi de naturel dans l'agonie et la disparition, forcément affreuses, d'un être cher ?

10 novembre. — Reçu un très beau livre de Jean-Yves Leloup, intitulé *Musiques*. Une sorte d'album de photos (du genre de celles qu'on offrait pour la communion solennelle, champ de blé, étang dans le soleil couchant, nuages, tournesol). La première partie rapporte un dialogue entre une jeune femme et un ange qu'elle appelle Emanuel (avec un seul m !). La seconde partie s'interroge sur la nature de ce type de phénomène. Avec une chaleur et une intelligence propres à faire le tri. Dieu sait s'il y a toutes sortes de « dialogues avec l'invisible » qui se nouent en ce moment, des plus sublimes aux plus douteux ! Je me suis précipité sur le bouquin. Leloup, dominicain qui a rejoint le christianisme orthodoxe, s'est marié, a fait des enfants, et écrit et dit des choses superbes, très limpides, est un homme vivant. Que dit-il des différents dialogues avec les anges ?

Le souci de Leloup consiste à distinguer entre les différents types de messages que nous pouvons recevoir. Dans sa vision, ils correspondent en fait aux différentes instances de l'inconscient. Une voyante qui saurait entrer en résonance avec mon inconscient personnel pourrait me dire des tas de choses sur ce que j'ai vécu, puis oublié. Si elle sait se brancher sur mon inconscient familial, elle risque de tomber sur les « fantômes » dont parle Didier Dumas. Dans les deux cas, c'est son propre inconscient de voyante qui entre en jeu ; elle peut ne pas être extrêmement lucide dans la vie, et être une bonne voyante tout de même.

Un médium qui parvient à entrer en résonance avec l'instance suivante de la grille proposée par Jean-Yves Leloup, à savoir l'inconscient collectif, peut acquérir de grands pouvoirs. Hitler, pense-t-il, exprimait des messages ultra-simplistes émanant de l'inconscient collectif allemand. Mais l'inconscient collectif, dans sa grandeur, serait également l'instance psychique qui s'exprime chez le Prophète Muhammad. L'inconscient collectif des tribus arabes trouvant soudain le support résonnant idéal pour une mise en parole.

Cela ne retire rien de la nature « divine » de la source ultime de l'inspiration... sauf que celle-ci se trouve de nombreuses fois « filtrée » (et donc soumise à interprétation/traduction).

Dans cette échelle, l'étape d'après, dans la résonance vertigineuse avec l'ineffable « Déité au-delà de l'Existence elle-même », s'exprime très difficilement avec des mots. C'est le niveau purement physique, avec lequel jouent les maîtres zen, ou taoïstes, le niveau essentiel des arts martiaux, qui, presque par définition, ne se prête qu'avec beaucoup de réticence à une verbalisation.

Enfin, arrive le niveau de l'« inconscient angélique » dont on se demande alors, bien sûr, comment on peut oser en parler !

Ici, Leloup cite Rumi : « L'homme est moitié ange, moitié bête. L'ange est sauvé par sa connaissance et l'animal par son ignorance : entre les deux, l'homme reste en litige. » Et le prêtre orthodoxe de commenter :

> L'homme est à la fois terrestre et céleste, de chair et d'esprit, mais il n'a pas, pour s'unir à la divinité, à devenir pur esprit. Il a à intégrer en lui la voix de l'ange tout comme il a à intégrer la voix du ça, façon contemporaine de nommer la « bête » des anciens. L'accès à l'inconscient angélique est des plus importants pour l'homme contemporain. Il inaugure en lui le passage au monde spirituel. Il ouvre la voie à l'ontologique.

Et plus loin :

> L'ange est la proximité de Dieu dans l'homme, il
> est l'organe de son Esprit qui se manifeste à notre
> esprit. Les paroles qu'il nous inspire sont échos de
> celles du logos incarné. Mais il y a aussi les mau-
> vais anges, les « puissances des ténèbres » qui se
> déguisent en « anges de lumière ». Comment les
> reconnaître ? Par l'excitation et l'inflation qu'ils
> entraînent ; le moi se prend pour l'Être au lieu de
> sentir sa participation à l'Être. L'ange de lumière
> différencie en unifiant, l'ange des ténèbres
> mélange en séparant. Il y a par exemple une
> grande différence entre dire : « Le Christ, c'est
> moi », et : « Ce n'est plus moi qui vis, c'est le Christ
> qui vit en moi. »

Avant cette précision, Leloup a posé certaines prémisses :
sans la foi, dit-il, ça ne marche pas. On ne peut rien entendre de l'ange, si l'on ne s'ouvre pas à lui.

> Il faut aimer ce qu'on cherche à comprendre.
> (...) Selon la pensée biblique, l'histoire humaine,
> c'est la création qui se continue dans l'homme et
> avec l'homme. La création de l'homme est une
> étape dans l'histoire de la création. Et cette créa-
> tion de l'homme n'est pas achevée dès le commen-
> cement. L'histoire humaine est celle d'une genèse
> orientée vers un terme. Les anges sont alors les
> messagers de la résonance créatrice.

12 novembre. — Ils sont tous d'accord : chaque fois que
nous créons, c'est notre part angélique qui intervient.

23 novembre. — Suis passé sur les *Nuits magnétiques* de
France Culture, dans une émission consacrée aux anges —
décidément ! Avant moi, dans l'émission, parlait Christian
Charrière, le spécialiste des rêves. « L'ombre, disait-il, a
joué pour moi un plus grand rôle que la lumière. » Il faisait
de l'ange une dimension limite, avec laquelle nous pourrions *éventuellement* entrer en contact, par les rêves notamment.
   Du coup, j'ai ressenti le besoin de centrer mon propos
autour du caractère naturel du contact. Si l'ange est notre
part créante, alors il peut nous inspirer à tout moment et

se trouve au centre de nos vies, bien que notre conscience terrestre rationnelle ne puisse quasiment rien percevoir de lui — pas plus qu'un plan ne peut percevoir une droite qui le traverse perpendiculairement : d'elle, il voit un point, c'est-à-dire quasiment rien. L'ange, vu par nos intelligences « scientifiques » communes, ressemble à un point. Sans dimension visible. Et pourtant sans lui pour nous souffler dans les voiles à tout instant, nous n'existerions tout simplement pas.

Certes, beaucoup de voiles pendent, flasques, le long de tristes mâtures. Mais d'autres sont gonflées à craquer.

V

L'ENFER

La prière est l'aile des sans-ailes.

L'ANGE

Un cinéaste qui en serait arrivé à ce stade des *Dialogues* risquerait de rencontrer un nouveau type de problème. Paradoxalement, c'est de la facilité qu'il devrait désormais se méfier. L'enfer se prête si facilement au spectacle ! Seuls de grands artistes pourraient mettre en scène et jouer ce qui suit sans tomber dans le kitsch.

1

L'INVASION

Après l'écrasante défaite des Allemands à Stalingrad (janvier-février 1943), où les Hongrois ont perdu toute leur IIe Armée (plus de dix mille hommes), une immense émotion a soulevé le pays contre la guerre. Le régent Miklós Horthy entame en grand secret des démarches pour entrer en contact avec les Alliés — notamment par l'intermédiaire du gouvernement portugais (évidente affinité entre Horthy et Salazar). Mais les mois passent et, malgré la débâcle de plus en plus inéluctable de l'Allemagne, la Hongrie ne parvient pas à se défaire de son alliance avec les puissances de l'Axe. À l'intérieur du pays, les extrémistes de droite prennent de plus en plus de poids. Ils tiennent la rue et se livrent çà et là à des lynchages de juifs.

Le régime de Horthy est loin d'être progressiste. Mais malgré son antisémitisme, le régent continue à résister vaille que vaille aux nazis. Début 44, les juifs hongrois ne sont toujours pas soumis à la loi allemande — et dans l'esprit des hobereaux magyars, ils ne le seront jamais. Outre les raisons d'opportunisme économique déjà évoquées, en épargnant les juifs jusqu'au bout, les dirigeants hongrois espèrent maintenant la clémence des Alliés, le jour où ils débarqueront et mettront les assassins racistes sur le banc des accusés. Des messages interceptés par les services de contre-espionnage hongrois prouvent que les Anglo-Saxons, informés, via Berne, par le « comité d'entraide juif de Budapest », savent très exactement tout ce qui se passe en Hongrie, en particulier concernant les juifs. Les dirigeants hongrois sont particulièrement impressionnés par cette nouvelle[1].

Mais Hitler veille. Le 15 mars 1944, il convoque le régent à Salzbourg. C'est la dernière fois que les deux hommes se rencontrent. Horthy est en fâcheuse posture. Hitler le place devant l'alternative : occupation pure et simple de la Hongrie ou nomination d'un gouvernement « approuvé par Berlin ». Le régent est obligé d'accepter la seconde solution. Quand il rentre chez lui, dans la nuit du 18 au 19 mars, les « conseillers » allemands occupent déjà tous les postes clés du pays. C'en est fini de la « drôle de paix » hongroise. Désormais les choses vont évoluer très vite.

Deux jours plus tard, Himmler débarque, assisté par une demi-douzaine d'hommes dont Adolf Eichmann et Theodor Dannecker, chargés de l'exécution de sa politique sur le terrain. Sans tarder, ils divisent le pays en cinq « zones de concentration » et la terreur se met en marche.

On arrête massivement sociaux-démocrates, syndicalistes, artistes, intellectuels marxistes ou chrétiens... et évidemment les juifs.

Choc monstrueux : une communauté de sept cent cinquante mille juifs à peu près en « bonne santé », sur laquelle se ruent les chefs nazis au comble de la démence.

Au printemps 44, il n'est plus question de prendre de gants. On frémit en lisant la déclaration d'Edmund Veesenmayer, ministre plénipotentiaire nazi auprès du gouvernement hongrois :

« L'opinion publique mondiale n'est pas attentive au sort des juifs de Hongrie. En conséquence, il n'est pas utile de prendre des précautions particulières vis-à-vis d'elle[2]. »

---

1. La plupart des informations historiques de ce chapitre sont tirées de *La Destruction des juifs d'Europe*, de Raul Hilberg, *op. cit.*, et de *L'Histoire des peuples d'Europe centrale*, de Georges Castellan, Fayard, 1994.
2. *Idem.*

On imagine ce que cela signifie. On passe abrupte-
ment, du jour au lendemain, d'une vie « normale »
(dans la mesure où les brimades, la politique du
numerus clausus, voire les pogroms faisaient partie
de la « normalité » de la vie des juifs d'Europe centrale), à la *Solution finale scientifique* des Allemands.

Films et récits commémoratifs diffusés de nos
jours (en 1994-1995) à l'occasion du cinquantième
anniversaire de la libération d'Auschwitz, nous ont
montré ces scènes hallucinantes, ces cohortes de
familles juives hongroises, plutôt saines et bien
vêtues, projetées, ahuries, au milieu du temple de la
mort d'Auschwitz, où les fours chauffés à blanc ne
s'éteignent plus. Et de l'autre côté des barbelés, avez-
vous vu ces squelettes en pyjamas rayés, n'en croyant
pas leurs oreilles d'entendre une jeune et jolie mère
de famille, arrivée tout droit des bords du lac Bala-
ton, demander à une femme SS au garde-à-vous :
« S'il vous plaît, madame, où pourrais-je réchauffer
le biberon de mon bébé ? » !

Ils connaîtront le martyre le plus atroce — jusqu'à
être entassés par paquets de plusieurs dizaines, poussés dans des fossés, puis arrosés d'essence et brûlés vifs.

La grande déportation se met en branle le 19 avril ;
massive, totale ; largement aidée, sur place, par la
gendarmerie hongroise ; approuvée et même finan-
cée (c'est fou !), étape après étape, par un « Conseil
juif de Hongrie », que les nazis, à la fois bureaucrates
et sadiques, s'ingénient à manipuler et à gruger, pied
à pied, jusqu'au bout.

Bien que sachant à quoi s'en tenir, l'humain a cette
incroyable capacité de s'accrocher à un espoir (en
l'occurrence celui d'être déporté vers un mythique
« Judenland », quelque part à l'Est...).

« Les premiers regroupements de juifs commencent le 16 avril dans les Carpates (décrétée "zone 1",
parce que risquant d'être à tout moment conquise
par l'Armée rouge) et se terminent le 6 juin dans
l'ouest de la vallée du Danube ("zone 5"). Dès qu'une
zone a été vidée, ses Israélites rassemblés puis déportés vers le camp d'Auschwitz, les hommes d'Eichmann passent à la zone suivante. Les juifs des villa-

ges sont regroupés dans les petites villes, transférés dans les moyennes, rassemblés en lisière des grandes et jetés dans les trains. Au bout du voyage, la chambre à gaz. Les crématoires de Birkenau (...)

« Le 5 mai 1944, à Vienne, une conférence des chemins de fer étudie et accepte le principe de quatre convois quotidiens vers le supplice, composés chacun de quarante-cinq wagons pouvant contenir près de trois mille personnes (...) Plus la défaite allemande paraît inéluctable, plus l'œuvre de mort nazie s'accélère. Cette humanité est martyrisée, alors que ses bourreaux entrent en crépuscule[1]. »

On sait — mais il faut le répéter — que les Alliés, désormais parfaitement informés de la nature des convois ferroviaires en question, ne tentèrent pas UN SEUL raid aérien pour essayer de les stopper (ce que les Allemands ne mentionneront évidemment pas, car cela aurait prouvé que le « pouvoir juif international » n'était pas si puissant !).

L'historien Emil Horn, l'organisateur de la première grande exposition sur les persécutions des juifs de Hongrie (après la chute du mur de Berlin, en 1989), constatera de son côté : c'est en Hongrie que la machine d'extermination nazie a atteint son record : « En seulement cinquante-cinq jours, du 15 mai au 9 juillet 1944, les Allemands ont déporté 437 000 juifs[2]. »

Ces malheureux étaient quasiment tous originaires de la province. La rumeur a vite couru que ceux de la capitale seraient déportés en dernier — après que les nazis, allemands et hongrois, les eurent concentrés dans un ghetto hâtivement aménagé dans un quartier de Pest.

Que deviennent, pendant ce temps, les *Dialogues* ? Malgré la menace du projet de construction d'un

---

1. Extrait d'un article de Sorj Chalandon intitulé « L'agonie silencieuse des juifs de Hongrie », paru dans un numéro spécial de *Libération*, le 6 juin 1994.
2. Cité par Yves-Michel Riols dans un article intitulé « Le réveil des juifs de Hongrie », paru dans *Le Monde*, le 31 janvier 1995.

ghetto, les quatre amis de Budaliget décident, dès le lendemain de la prise de contrôle par les Allemands, de rentrer à Budapest. Dans leur petit village, ils sont devenus trop repérables.

Le 24 mars, en passant avec mille précautions par la forêt, pour échapper aux patrouilles allemandes et aux sinistres Croix fléchées *Nilasz kereszt*, qui verrouillent toutes les voies d'accès à la ville (les juifs n'ont plus le droit de bouger — depuis l'arrivée des Allemands, Lili a grand mal à rejoindre ses amis), Hanna, Joseph et Gitta parviennent à gagner la grande place Hüvösvölgy, d'où partent des tramways dans toutes les directions. La mort dans l'âme, le couple Kreutzer s'installe dans l'appartement vide des parents de Hanna — on se souvient que ceux-ci ont eu la bonne idée de rester bloqués chez leur fils, en Angleterre, en 1939.

Si la déportation des juifs de la capitale n'a pas commencé, ces derniers ne sont pas à la fête pour autant. Outre le projet de ghetto, le nouveau gouvernement, dirigé par le général Sztójay, met rapidement en place une législation antijuive strictement copiée sur celle de Nuremberg. On institue des « bataillons de travail » et des camps de concentration spécifiquement hongrois. Le port de l'étoile jaune devient obligatoire à partir du 12 mai 1944 — date des premiers véritables bombardements de Budapest par l'aviation alliée. Il devient dangereux de sortir dans la rue. Les *Nilasz*, de plus en plus excités dans cette atmosphère de fin du monde où ils vont enfin pouvoir régner, s'attaquent ouvertement aux commerçants juifs, dont ils commencent à casser les vitrines...

Repensant à ces journées, Gitta écrira :

La rumeur commence à se répandre que tous les juifs qui ont dépassé l'âge du service militaire et qui se trouvent à Budapest seront déportés vers des camps de travail. Une atmosphère de panique règne dans la ville. Joseph a le pressentiment de son avenir, et devient de plus en plus silencieux. Hanna souffre profondément. Elle fait de son mieux pour ne pas le montrer, mais je sais combien elle doit lutter pour garder son équilibre intérieur. Lili ne connaît plus un moment de paix. Elle donne trop de temps et de force à ses élèves, qui depuis le matin jusque tard dans la nuit déversent sur elle toute leur angoisse.

Quant à moi, je cours d'un bureau à l'autre, en essayant désespérément de sauver mes amis. Mais je ne trouve partout que désorganisation, incompétence et apathie. Une peur contagieuse envahit la ville, et cette panique est presque impossible à supporter. Tout le monde souffre de dépression.

Dans ce contexte, les entretiens avec les Anges sont véritablement menacés d'anéantissement.

Et pourtant...

2

LE NOUVEAU BAPTÊME

Le vendredi 21 avril 1944, la réquisition des appartements juifs commence à Budapest. Sous la haute supervision de l'occupant allemand, les fascistes hongrois se mettent à entasser le maximum de juifs dans un quartier de Pest transformé en ghetto-prison : comme toujours dans ces cas-là, police et armée surveillent les entrées et les sorties — à l'arrière-plan, les SS sont aux aguets.

L'étau se resserre. Bruit d'acier de plus en plus strident. Cris de haine dans les rues. Hurlements de sirène. Hanna et Joseph peuvent être arrêtés d'un instant à l'autre...

Et pourtant, le dialogue qui suit, ce jour-là, est un hymne à la joie.

> *LUI/ELLE (Ö) parle, et le Quatre se met à chanter :*
> *Créez toujours !*
> *Agissez toujours !*
> *Sans lever le bras, sans même le vouloir,*
> *vous agissez.*
> *Vous deviendrez : Homme.*

Il faut les imaginer, dans cet appartement de la très bruyante rue Garay. Hanna et Joseph ne sortent quasiment plus. Lili campe dans le café de son frère — Gitta doit aller la chercher en taxi tous les vendredis après-midi, puis la raccompagner.

Les rumeurs qui arrivent du dehors sont chaque jour plus effrayantes. Gitta qui, elle, circule toujours librement, n'en rapporte pourtant que le centième. Plusieurs fois, un sujet brûlant revient sur le tapis : on raconte qu'il est possible de trouver de faux papiers à l'ambassade de Suède, ou à l'orée du nouveau ghetto, autour de la synagogue. Gitta piaffe d'impatience. Mais Hanna continue de refuser tout net. Au début, Gitta s'imagine que c'est par Joseph qu'elle va pouvoir faire céder ses amis — Lili, se dit-elle, suivra. Mais le silence de Joseph s'avère, une fois pour toutes, si vaste et si dense, que Gitta n'en peut sonder le fond. Dix fois, elle relance son argumentation. Joseph ne répond toujours rien. Et Gitta finit par se taire à son tour.

Hanna reste allongée des heures.

L'atmosphère se fait de plus en plus insupportable.

On s'attendrait à ce que les nerfs de l'un ou l'autre craquent. Qu'il y ait des cris. Des pleurs.

Il y a des pleurs.

Mais silencieux.

Scandés par l'inconcevable rythme angélique qui, tous les vendredis, fait soudain se redresser Hanna, et se mouvoir ses lèvres avec une densité telle, que toute la semaine en est illuminée. Malgré le désespoir.

Illumination et désespoir.

Comment ces deux dimensions peuvent-elles si intimement cohabiter ?

Au lendemain de l'invasion allemande, Hanna a dit aux trois autres :

« Si nous lâchons maintenant, nous sommes perdus. Ni la terre ni le Ciel ne nous accueilleront plus, mais tous les deux nous vomiront. »

Entêtement halluciné ?

Au point où ils en sont, parler de bluff inconscient, d'automanipulation, de délire, serait dérisoire. Mozart s'avérant capable d'écrire le *Requiem* au seuil d'Auschwitz, vous appelleriez ça comment ?

Plus tard, Hanna se mettra à parler en vers (bien que toujours de manière naturelle) à des moments imprévisibles, n'importe quand dans la semaine. Pour l'instant, elle continue de ne parler que le vendredi. Mais un nouveau rythme s'annonce.

Le 5 mai 1944, le « cantique » se transforme en prière presque classique. Après avoir expliqué que le monde n'était qu'un rêve — mais que, paradoxalement, l'éveil passait par le rêve —, la voix qui parle par la bouche de Hanna aboutit au signe de la croix, dont elle explique la symbolique, avant de clamer :

> *SEIGNEUR DE TOUT CE QUI EST,*
> *TU ES UN AVEC NOUS !*
> *CECI EST NOTRE CHANT,*
> *CECI EST NOTRE VIE :*
> *TU ES UN AVEC NOUS.*
> *NOUS NE CHERCHONS PLUS RIEN.*
> *REGARDE AVEC NOS YEUX !*
> *ŒUVRE AVEC NOS MAINS !*
> *SOIS DANS NOTRE CŒUR !*
> *QUATRE SERVITEURS T'ADORENT.*
>
> *TON ŒIL NOUS VOIT.*
> *OUBLIE NOS PÉCHÉS !*
> *ÉCOUTE NOTRE CHANT !*
> *NOUS NE PRIONS PLUS,*
> *NOUS NE SUPPLIONS PLUS :*
> *NOUS SOMMES TOI.*
>
> *NOTRE SEIGNEUR, NAIS PAR NOUS !*

L'unique. Le multiple.

Dès le début des *Dialogues*, la voix a prévenu : nos noms, nos prénoms sont des mensonges. Notre vrai nom ? « Une expression rythmique et acoustique de tout notre être. »

Très tôt, les voix ont nommé les quatre compagnons par des actes :

Hanna est « celle qui parle », Joseph « celui qui bâtit », Gitta « celle qui rayonne » et Lili « celle qui aide ».

Au fil des mois, chacun de ces « noms-actes » a été ouvert à la lumière, commenté, expliqué.

Ainsi, quand Gitta a demandé :

Comment sentir toujours la force, pour la rayonner
                                              [toujours ?

la voix a répondu :

> *C'est le contraire :*
> *Tu ne la sens que si tu la rayonnes.*
> *Le soleil ne peut jamais voir ses propres rayons,*
> *mais ses lunes les reflètent.*
> *Sache que le soleil aussi n'est qu'une lune.*
> *Et tout reflète SA Lumière...*
> *IL / ELLE (Ö)* SE CONTEMPLE EN NOUS. (22/10/43)

Et quand, parlant de l'aide qu'elle apporte à ses élèves, Lili a dit :

> *Je trouve que les relations entre les hommes et les femmes ne sont pas faciles,*

la voix a répondu :

> *Ici aussi il n'y a qu'une voie pour toi :*
> DONNER. *Et non recevoir.*
> *C'est de LUI/ELLE (Ö) seul que tu peux recevoir.*
> *Aux autres tu as à donner de l'aide, tu as à donner.*
> *Tout te sera donné, dont tu auras besoin.*
> *Aussi longtemps que tu ressens un manque,*
> *c'est que tu veux recevoir.* (24/9/43)

Quant à Joseph, il n'a pas posé de question. Mais les pierres ont parlé pour lui : un jour, un mur de son atelier s'est écroulé, quasiment sur son dos, ce qui l'a beaucoup impressionné. Le lendemain, la voix lui a dit :

> *Tu es « celui qui bâtit ».*
> *Prépare les fondations,*
> *remplis-les avec les pierres,*
> *et tu peux bâtir dessus.*
> *La maison ne peut être bâtie sur des planches.*
> *Le mot clef de ton chemin n'est pas : « c'était ».*
> *Ni : « ce serait bon »,*
> *en aucune façon : « c'est bon ».*

Le mot qui bâtit est : « QUE CE SOIT ! »
« C'était » — est omission,
« ce serait bon » — incapacité,
« c'est bon » — suffisance.
Que ta parole soit : « QUE CE SOIT ! »(25/2/44)

*

Mais voilà que « celui qui bâtit » reçoit une convocation.

Le samedi 3 juin 1944, il devra se rendre à la gare Keleti.

Le papier précise une heure, le numéro d'un quai, d'un wagon...

Affaire bien organisée.

La convocation porte une croix gammée.

Grand silence.

Personne n'est dupe.

La discussion ne dure pas longtemps.

Joseph est décidé à affronter son sort. Il n'essaiera pas de fuir, ni de se cacher. Il ira à la gare Keleti.

À partir de ce jour, Hanna pleure la plus grande partie de la journée.

Et pourtant, le vendredi 2 juin — la veille de la déportation de Joseph ! —, à la stupeur de Gitta et de Lili, la voix soulève « celle qui parle » de son lit, l'arrache à ses larmes, et lui fait prononcer un hymne sublime, où les quatre compagnons se trouvent en quelque sorte mariés par l'alliance de leurs actes constituants. Chacun son tour, les différents « Guides intérieurs » viennent définir cette alliance.

Les Anges avaient déjà clairement expliqué qu'ils étaient tous, séparément ou ensemble, à la disposition de chacun des compagnons... À une condition expresse : que l'on fasse appel à eux, que l'on demande explicitement leur aide. Maintenant, c'est leur chœur commun qui résume l'entrelacs des actes en une seule phrase :

Le Silence est la demeure de la Parole rayonnante dans laquelle brûle l'Amour.

Ce que Gitta décomposera plus tard de la façon suivante :

« *Le Silence est la demeure* », c'est Joseph,
« *de la Parole* », c'est Hanna,
« *rayonnante* », c'est Gitta,
« *dans laquelle brûle l'Amour* », c'est Lili.

Le chœur invisible achève le baptême collectif par ces mots :

> *Celui qui porte le Nouveau Nom s'approche.*
> *Préparez Ses voies !*
> *Étendez votre vêtement devant LUI,*
> *votre unique vêtement, le « moi » !*
> *Seul celui qui est nu peut recevoir de LUI*
> *le vêtement de Lumière.*
> *Ce n'est plus sur un âne que s'avance la Lumière,*
> *la Lumière qui resplendit !*
> *Que Son nouveau Nom soit béni !*
> *La Nouvelle Lumière ne projettera plus d'ombre,*
> CAR LA NOUVELLE MATIÈRE SERA TRANSPARENTE,
> D'ÉTERNITÉ EN ÉTERNITÉ.

Le dernier mot des *Dialogues* que Joseph aura entendu est : *Éternité.*

3

LA DÉPORTATION DE JOSEPH

Joseph Kreutzer endosse son pardessus, étreint une dernière fois Hanna. Il la laisse derrière lui, poignardée de chagrin, dans l'appartement des douleurs.

Puis il embrasse Lili, qui s'efforce de ne pas pleurer, prend sa valise et suit Gitta dans l'escalier. C'est elle qui l'accompagne jusqu'à la gare Keleti, où on l'a convoqué. Hanna ne peut évidemment pas.

Ils se sont donc quittés là. Dans l'appartement de la rue Garay.

Gitta n'a même pas eu besoin de héler un taxi (c'eût été un dérisoire dernier luxe avant la déportation) : la rue Garay se trouve à deux pas de la gare Keleti. Gitta et Joseph marchent côte à côte sur les quelques centaines de mètres qui les séparent de leur destination. Ils ne se disent rien. Savent-ils qu'ils ne se reverront plus ?

Joseph sait grosso modo ce qui l'attend. Les juifs hongrois payent incroyablement cher le privilège de n'avoir pas été déportés dès le début de la guerre : ils savent qu'en face, la machine de mort tourne à plein régime.

Et voilà qu'ils arrivent à la gare, déjà, où une foule immense se rassemble en semblant se dissoudre. Des gens crient, mais on dirait du silence. Les bourreaux allemands, eux, s'offrent le luxe d'afficher des visages

sereins — très vigilants tout de même à chaque coin
de l'immense cour des départs.

Et voilà que Joseph embrasse Gitta. Puis il s'éloigne à grands pas rapides, se faufile dans la mêlée,
sans se retourner, et prend sa place dans l'une des
interminables files d'attente encadrées par les agents
du Conseil juif de Hongrie. Sur les convocations sont
indiqués les numéros des quais, des trains et des
wagons. Tout est très bien organisé.

Avec sa petite valise au bout du bras, Joseph ressemble à un pauvre voyageur de commerce. Où dor-
mira-t-il ce soir ?

De la distance où elle se trouve prudemment
retranchée, Gitta ne peut le suivre du regard plus de
quelques secondes. Mais elle voit, plus loin, le long
des quais, la foule qu'on entasse à coups de crosse
dans des wagons à bestiaux...

On a pu s'interroger sur l'attitude passive de la plupart des juifs face à la machinerie terrifiante de la
déportation. En réalité, outre tous ceux qui tentaient
de s'en sortir en achetant de faux papiers ou en devenant chrétiens, certains (plus nombreux qu'on ne l'a
généralement dit) tentèrent de résister ou de fuir —
parfois en luttant vaillamment.

Écoutons Raul Hilberg :

> Dans les zones I, II et III, plusieurs juifs tentèrent
> de fuir et de gagner la Slovaquie et la Roumanie. Les
> mouvements vers la Slovaquie semblent avoir été suf-
> fisamment importants pour inciter Veesenmayer
> (ministre plénipotentiaire nazi auprès du gouverne-
> ment hongrois) à demander au ministère des Affaires
> étrangères d'adopter des mesures préventives en
> déportant les derniers juifs slovaques. Dans les ghettos
> de Mukatchevo, Oradea et Tizabogdàny, les juifs s'em-
> muraient ou se cachaient dans des trous creusés dans
> la terre. La gendarmerie hongroise continua à décou-
> vrir des cachettes longtemps après que les ghettos
> eurent été évacués...
> Mais d'une façon générale, les juifs furent incapa-
> bles d'échapper aux mailles du filet. Voici comment

un observateur SS présent sur les lieux, le Sturmbannführer Höttl, décrivait la réaction des victimes : « Sans résistance et avec soumission, ils se dirigeaient vers les gares en bon ordre, par centaines, en longues colonnes, et s'entassaient dans les trains. Très peu de gendarmes contrôlaient l'opération ; il aurait été facile de s'enfuir. »...

Pour des humains normaux, il n'y avait hélas guère d'autre issue que la résignation. Mais Joseph était-il un « humain normal » ? Pas en tout cas au sens de mouton suivant automatiquement le troupeau. Pourquoi alors un être d'exception tel que lui a-t-il accepté de se rendre sagement à l'appel des nazis ? Pourquoi n'a-t-il même pas essayé de fuir ? Ce n'était certes ni par passivité, ni par mollesse.

Je m'accroche à cette idée : Joseph aurait agi tel un vieux samouraï qui se livre calmement au monstre des illusions...

Mais en réalité...

« Il pressentait ce qui allait arriver, écrira Gitta, il aurait préféré ne s'être jamais incarné, il avait peur. »

De quelle nature était la peur de cet être que Véra Székely, l'élève de Gitta puis de Hanna, me décrira plus tard comme : « L'adorable Joseph, si mûr, si drôle, si pince-sans-rire, si raffiné » ? Je l'ignore.

Pourquoi les voix « transpersonnelles » et pourtant si intimes, qui s'exprimaient par la bouche de Hanna, avaient-elles, à plusieurs reprises, placé Joseph tout en haut dans l'échelle de la sagesse ? Je l'ignore encore.

Pour Hanna, Gitta et Lili, la mort représentait trop évidemment la quintessence du mensonge et de l'illusion pour qu'il puisse être question une seule seconde de fuir devant elle. Fût-ce au prix d'un Golgotha.

Mais Joseph — pour qui la mort s'était avérée la seule vraie préoccupation quand était venue l'heure de poser « sa » question à l'Ange — comment vivait-il cela ?

On tourne longtemps autour du « mystère Joseph ».

À contempler de loin la folle aventure des « quatre de Budapest », on a tendance à ne retenir que la tristesse du mari de Hanna. Pourtant la voix de l'Ange, évoquant le difficile accès aux dimensions subtiles, avait dit un jour de Joseph : « C'est le "fils" qui sent le mieux ce dont il s'agit. » Or la même voix n'affirmait-elle pas que, sans joie, le contact avec la Lumière était impossible ?

So what ?

Gitta m'expliquera : « L'Ange avait dit à Joseph : "Ta terre est verte, ton ciel est vert !" Derrière ces mots, il nous a semblé comprendre que Joseph n'avait pas eu vraiment envie de s'incarner. Comme si, avant même de naître, il avait su ce qui l'attendait. Su ce qui les attendait tous. Et il avait terriblement peur. »

Peur !

Tellement peur. Sa vie durant.

Des années de peur. Et finalement un départ incroyablement digne. « Sans l'ombre d'une hésitation dans la démarche, racontera Gitta, nourri par la parole que, pendant onze mois, il avait entendu s'exprimer par la bouche de sa femme, il s'en est allé. »

Rétrospectivement, il me semble que toute l'attitude de Joseph depuis le début de cette histoire s'éclaire à la lumière aveuglante de cet instant, le 3 juin 1944, à la gare centrale de Budapest, où il se tient droit, infiniment grave, infiniment calme. Comme dans le rêve prémonitoire qu'ils avaient fait, Hanna et lui, à Nuremberg, Joseph se livre à la folie humaine.

Pour laisser s'éveiller le divin en lui ?

Nous vous saluons — vous quatre.
Le Chœur des Anges apporte ce message, répandez-le !
La croix n'est pas signe de mort !
Mourez avec elle et vous vivrez éternellement !
Vous ne pouvez échapper à la croix,
car votre tâche est d'en accomplir le signe.

(Vendredi saint, 7/4/44)

« Mais est-ce si simple ? » me tarabuste la voix de l'inconfort. L'Ange n'a-t-il pas dit que la souffrance, indispensable à l'animal qu'elle guide à rebours, était inutile à l'Homme, à l'Humain accompli, avec un grand « H » ?

Jusqu'où faut-il donc que des Joseph acceptent de jouer aux enfants de l'Homme, que l'on torture en toute terrestre impunité, aux humains endormis, inaccomplis, aux hommes avec un petit « h » ?

Et si les Joseph acceptent de se livrer, est-ce parce qu'il leur faut à leur tour « descendre en enfer », pour imiter Jésus, le rabbi Yeshoua qui, il y a deux mille ans, inaugura le champ humain jusqu'à l'infini ? Et ce supplice durera-t-il aussi longtemps que la forme ainsi esquissée par Bouddha ou le rabbi Yeshoua n'aura pas accouché de l'humanité entière — moment qui, dans la tradition juive, s'appelle l'avènement du Messie et, dans la tradition musulmane, le passage par la Douzième Porte, porte de la résurrection au-dessus de laquelle les soufis disent que Yeshoua danse ?

L'observateur « extérieur » contemple, médusé, l'abîme de ces questions.

Que se passe-t-il ensuite ? L'histoire ne le dit pas. On peut juste s'écorcher à l'imaginer...

Pressé maintenant comme un sac inerte entre les centaines de corps que les nazis ont entassés dans le wagon avant de le cadenasser, Joseph n'est pas loin de mourir de peur, mais aussi de tristesse. Car nulle part il n'est dit dans cette histoire que toutes ces âmes qui l'entourent vers le supplice participeront automatiquement au Grand Jeu de l'Homme. L'Ange, plusieurs fois, a parlé de la « deuxième mort », de la vraie mort en quelque sorte, de l'anéantissement hors de l'être...

Seront anéantis ceux qui ne vivent pas. Ceux qui n'interrogent jamais leur intériorité. C'est-à-dire ceux qui ne donnent pas et ne se donnent pas. Ceux qui bloquent en eux l'Acte créateur venu de l'Intemporel.

Observant de haut la gangrène partie d'Allemagne,

Joseph se posait peut-être la question : quels sont ceux, dans cette terrifiante histoire, qui s'excluent eux-mêmes de l'intemporel ?

Joseph sanglotait-il en silence dans le train qui, lentement, s'ébranlait en direction d'un camp de la mort ?

Quel camp ? On apprit plus tard que le train de Joseph ne transportait que des hommes, destinés à rejoindre d'abord un « camp de travail » hongrois. C'est donc peut-être en Hongrie même que l'ébéniste Kreutzer est finalement mort, mais ni Hanna, ni Gitta, ni aucun de leurs amis ne surent rien de la fin terrestre de Joseph.

4

LES JUSTES DE HONGRIE

Joseph parti, Hanna s'écroule. Elle passe des heures prostrée, atteinte de telles douleurs au cœur qu'elle ne peut se tenir debout. Sans l'énergie de « celle qui rayonne », c'est-à-dire sans Gitta, elle ne pourrait sans doute plus se relever.

Curieusement, un lien secret se révèle alors entre Gitta et sa mère. La « grande carcasse apeurée » (c'est ainsi que Gitta me la décrira un jour) a le don de calmer certaines douleurs en imposant ses mains sur le corps des autres. Sans rien dire de l'identité de Hanna, Gitta invite donc sa mère à venir soulager son amie terrassée par le mal — avec, paraît-il, d'étonnants résultats.

Mais il en faudrait beaucoup plus pour retenir Hanna, que le chagrin attire vers l'abîme.

Gitta : « Je l'ai alors vraiment vue porter en elle toute la misère de la terre. Autant Hanna pouvait monter haut, autant ses chutes l'entraînaient bas. Quand c'est devenu une chute libre, à la verticale, là, tout d'un coup, il est devenu clair que les Anges s'exprimant par sa bouche avaient pris, en nous contactant, un risque énorme.

— Comment cela ?

— Leur mot d'ordre principal a toujours été : "Soyez libres !" Libres de monter, libres de descendre. Libres d'aimer, libres de vous anéantir... Or ils nous avaient, par ailleurs, clairement expliqué :

"Nous sommes liés à vous à jamais." Notre partie *créée* est aussi inséparable de notre partie *créatrice* que les deux faces d'une pièce de monnaie. Si donc nous nous laissions emporter par le désespoir, nous les entraînions irrémédiablement avec nous dans notre chute.

— Comme si, en fait, ces Anges avaient eux-mêmes pris l'initiative de vous contacter ? Comme s'il s'agissait d'une sorte de conspiration angélique, dont le reste du cosmos créateur n'était pas forcément au courant ?

— Les Anges sont libres, bien sûr ! Même s'ils nous ont dit : "Nous avons notre propre guide, le Séraphin, et tous nous ne servons qu'UN SEUL MAÎTRE", nous avons bien senti, en même temps, qu'il y avait, dans les dialogues — dont ils avaient clairement pris l'initiative —, une vraie part de liberté, donc de risque. Le risque de la chute de l'Ange, nous l'avions particulièrement ressenti le jour où nous avions appris l'existence des chambres à gaz. Ce jour-là, Hanna nous avait dit : "Ou nous tenons le choc, ou nous entraînons les Anges avec nous dans le gouffre." »

C'était le 25 février 1944. Une dépression d'un genre tout à fait nouveau avait semblé aspirer Hanna et ses compagnons vers le néant. Ce jour-là, tout s'était passé comme si les Anges eux-mêmes se trouvaient menacés par la dissolution.

L'avertissement s'était répété le Vendredi saint :

> OU NOUS PÉRISSONS AVEC VOUS,
> OU NOUS NOUS PURIFIONS AVEC VOUS. (7/4/44)

Comme si le Grand Jeu (à la vie et à l'amour, par-delà la mort) dans lequel les quatre compagnons s'étaient lancés, se poursuivait au-delà de tout horizon humainement concevable. Comme si l'accomplissement de l'Homme était une aventure collective, globale, dont aucun élément ne pourrait se séparer, pour faire bande à part, pas même les Anges !

La voix l'avait dit un jour à Lili :

> UNE VIE VIENDRA, EN COMPARAISON DE LAQUELLE
> LA VIE ACTUELLE EST : MORT.

Ce même jour, le « guide intérieur » avait poursuivi :

> *CE N'EST PAS TOI — QUI FAIS DES ESSAIS.*
> *C'EST AVEC TOI — QU'IL EST FAIT DES ESSAIS.*

Du coup, Gitta s'était demandé « si, en cette époque de transition, des "essais" de ce genre » n'étaient pas tentés « partout dans le monde ». N'était-ce pas « le début d'une transformation générale de l'humanité » ?

Mais voilà : l'essai en cours depuis tout juste un an menace soudain, en ce mois de juin 1944, d'échouer par surcharge d'horreur...

Hanna gît, anéantie de chagrin.

Et pourtant non : Hanna se relève.

Maintenant, le processus est à nu. Gitta et Hanna se retrouvent à deux, en tête à tête. Lili ne vient plus du tout, même le vendredi. Elle continue à aider ses élèves, qui viennent la consulter chez elle, mais elle ne quitte plus le café de son frère, c'est trop dangereux.

Gitta, elle, continue de parcourir la ville, qui sent de plus en plus la mort, à la recherche d'un stratagème qui puisse sauver ses amies.

Hanna n'y songe même plus. Elle médite des heures entières. En elle, la voix devient chaque jour plus explicitement christique.

> *Où que soit le calice, le calice plein, là est l'autel* (...)
> *NE METTEZ PAS DANS VOTRE BOUCHE L'HOSTIE,*
> *MAIS SOYEZ L'HOSTIE !* (9/6/1944)

Le ton s'enflamme, la musique s'emporte, le rythme s'affirme.

> *Si votre cœur est faible,*
> *c'est que votre vibration est un peu plus ample*
> *qu'il ne faudrait. Seul, le rythme est fautif.* (...)
> *La planète tourne, le soleil est immobile.* (16/6/44)

Les bombardements s'intensifient. Notamment sur
le nouveau ghetto, que les nazis hongrois finissent
maintenant de murer dans le secteur de Pest le plus
menacé par l'aviation américaine et l'artillerie russe.

Les Alliés occidentaux ont définitivement vaincu
l'Italie fasciste ; ils ont débarqué en Normandie et
vont bientôt remonter la vallée du Rhône. De leur
côté, les Soviétiques avancent de plus en plus vite.
Partout, les armées de l'Axe battent en retraite.

En août 44, après la capitulation roumaine face à
l'Armée rouge, dans une atmosphère affolée, l'amiral
Horthy reprend assez d'ascendant pour faire stopper
les déportations de juifs. Le général Lakatos rem-
place le général Sztójay à la tête du gouvernement
hongrois, avec une double mission : préparer une
demande d'armistice (les contacts secrets avec les
Alliés ont repris, cette fois à Berne et à Stockholm),
et arrêter les persécutions antijuives. L'amiral-régent
fait même supprimer le port obligatoire de l'étoile
jaune. L'issue de la seconde guerre mondiale ne fait
plus de doute à présent, et les chefs hongrois font
tout désormais pour ne pas figurer au banc des accusés du grand procès que l'on commence à sentir
poindre, du côté de Nuremberg.

C'est dans ce contexte que s'organisent, à Budapest, pour sauver des juifs, un certain nombre d'initiatives courageuses, dont la plus connue est certainement celle d'un fonctionnaire de l'ambassade de
Suède, Raoul Wallenberg.

Troisième secrétaire de la légation suédoise à
Budapest, Wallenberg prend son poste le 9 juillet
1944, alors que le germanophile Sztójay est encore
premier ministre. La mission officieuse du secrétaire
est d'aider le maximum de juifs hongrois à obtenir le
passeport suédois, que les Hongrois (et parfois les
Allemands) reconnaissent comme laissez-passer
valable vers un pays neutre — encore faut-il pouvoir
accéder ensuite à la frontière d'un tel pays : Palestine,
Espagne, Portugal, Suède...

L'Histoire gardera le souvenir du courage et du
dévouement extrêmes avec lesquels Wallenberg s'ac-

quitta de sa tâche, intercédant si ouvertement en faveur de ses protégés, que les autorités hongroises et allemandes eurent tôt fait de le repérer[1]. Cela ne le découragea nullement et il alla jusqu'à mettre les fonctionnaires du régent Horthy en garde contre les représailles qui ne manqueraient pas de les frapper, sitôt l'Allemagne vaincue.

Quand l'antigermanique Lakatos prend la place de Sztójay, en août 44, Raoul Wallenberg redouble d'efforts, et le nouveau gouvernement nommé par le régent lui facilite discrètement la tâche, notamment pour distribuer de la nourriture dans le ghetto.

Au total, Raoul Wallenberg réussira à faire fuir de Hongrie quelque cinq mille juifs, fraîchement « naturalisés suédois ».

Dès qu'elle apprend l'existence de cet ange gardien bien en chair, Gitta Mallasz redouble d'effort pour obtenir des passeports suédois. Mais quand elle informe Hanna et Lili de sa démarche, celles-ci refusent à nouveau catégoriquement, prenant exemple sur ce rabbin de la petite ville hongroise de Körmend, dont on raconte qu'il vient de repousser les faux papiers — un passeport pour la Suisse offert par un riche avocat ami de sa famille —, pour se laisser volontairement embarquer avec ses ouailles vers Auschwitz. Ce faisant, expliquera Gitta un demi-siècle plus tard, cet homme avait contribué à « changer le karma collectif de l'humanité ».

---

1. Au nom de quelle fantaisie l'occupant laisse-t-il plus ou moins faire Wallenberg ? L'une des hypothèses défendues plus tard soulèvera une étrange coïncidence : à la même époque, le régime hitlérien en perdition aurait tenté de négocier une paix séparée avec les Anglais, par l'intermédiaire d'un banquier suédois du nom de Wallenberg. Neveu de ce dernier, le secrétaire diplomatique en poste à Budapest aurait donc bénéficié, au nom de la raison d'État, d'une certaine indulgence allemande. Cette hypothèse expliquerait par ailleurs la terrible dureté des Soviétiques vis-à-vis de Raoul Wallenberg (qu'un jeune commissaire politique de l'Armée rouge — un certain Leonid Brejnev ! — fit envoyer au Goulag en 1945) : si elle avait été conclue, la « paix séparée » des Allemands avec l'Angleterre se serait évidemment faite contre l'URSS.

Il y eut, en Hongrie, plusieurs « Justes » remarquables, dont quelques équivalents du fameux Schindler de Pologne — généralement plutôt des hauts fonctionnaires que des entrepreneurs privés, pour la bonne raison qu'en Hongrie ces derniers étaient essentiellement juifs eux-mêmes. Ceci jusqu'au cœur du ministère de la Guerre, où s'exerçait — autre surprise — une influence éclairée de l'Église — nous y reviendrons.

Écoutons l'histoire que raconte Gitta Mallasz, dans ses commentaires des *Dialogues avec l'Ange*.

> *14 juin 1944*
> *Parmi les juifs, les hommes de moins de quarante ans ont été déportés ; ceux qui restent, les femmes et les enfants doivent maintenant déménager pour s'installer dans le* (tout nouveau) *ghetto.*
>
> *Un de mes proches, homme politique influent, vient alors me voir et me parle d'un plan secret mis au point par un certain père Klinda, prêtre catholique de Budapest, remarquable par son courage et sa bonté active. Pour sauver du ghetto une centaine de femmes et d'enfants, un atelier de confection militaire va être installé dans un petit couvent vide, sous la protection du nonce apostolique et de quelques officiers supérieurs du ministère de la Guerre dont les noms restent, bien sûr, confidentiels. Les ouvrières devront y habiter, protégées à la fois par la nonciature et par le ministère de la Guerre, responsable de toute la production du matériel destiné aux armées.*

Pourquoi s'adresse-t-on à Gitta ? On a besoin de quelqu'un de sûr, d'irréprochable vis-à-vis des Allemands, et d'assez costaud pour mener à bien la direction de cette « Fabrik » à uniformes. Quelques hauts fonctionnaires, membres de la conspiration, ont aussitôt pensé à la fille du vieux général Mallasz, l'ancienne championne de natation — une figure qui ne devrait pas déplaire aux forces d'occupation, au cas où elles mettraient leur nez dans l'affaire.

Sait-on que les meilleurs amis de Gitta sont justement juifs ? Bien sûr, même si personne ne s'étend là-dessus — il vaut mieux que cette information ne circule pas ; encore que le premier contact ait eu lieu dans l'appartement de Hanna.

Gitta commence par hésiter. Elle a certainement su commander à de jeunes sportifs, et son caractère n'a rien perdu de son autorité depuis. Mais diriger une entreprise d'une centaine de personnes, « avec une discipline militaire », cela ne lui dit vraiment rien. D'autant qu'elle n'a pas la moindre expérience en matière de couture. Mais soudain...

L'idée me traverse, tout à coup, que ce serait peut-être là un moyen de sauver Hanna et Lili. Je réponds donc que j'accepte, à la condition que les noms de Hanna et de Lili soient ajoutés à la liste — déjà close — de cent dix personnes qui doit être présentée demain au ministère de la Guerre.

Sitôt ses conditions posées, Gitta se rue sur les lieux. Le « couvent » Katalin, qui abrite en réalité depuis des années une école ménagère catholique, se trouve dans le quartier résidentiel de Buda. Un grand parc l'entoure, sur fond de forêt. C'est très beau. Mais sitôt à l'intérieur, quel choc !

Une foule de cent à cent vingt personnes, trois fois trop nombreuse pour l'espace disponible, se bouscule déjà sur place dans une pagaille monstre !

Cent à cent vingt femmes et enfants hagards ont en effet débarqué là, avec leurs matelas et ce qu'ils ont pu emporter de chez eux, à la hâte. Chacun essaye de défendre son espace vital dans un mélange de panique et de hargne. À ce spectacle, Gitta manque de se sentir mal. Et l'on voudrait qu'elle donne à cette horde l'apparence d'une usine à « discipline militaire » ! C'est impossible. Mais il est trop tard pour reculer.

Alors, Gitta fonce tête baissée dans la seule direction qui lui semble possible : imposer une *véritable* discipline militaire. Au prix d'une certaine frayeur.

Gitta : « Je me suis dit "Merde alors ! J'ai intérêt à mettre de l'ordre là-dedans, sinon au premier contrôle nous sommes tous cuits !" »

En une seconde, l'ancienne farceuse, qui aimait faire la nique avec Hanna aux bourgeois snobs de la capitale, se glisse dans le costume d'un nouveau personnage : une peau de vache, que toutes ces femmes et ces enfants doivent immédiatement apprendre à craindre — là, sur-le-champ !

Gitta pousse un hurlement.

« Silence là-dedans ! En rangs par quatre devant moi. Et plus vite que ça, je vous prie ! »

Le regard noir, elle attend que la petite foule, ahurie, de toutes ces femmes et de leurs mioches se soit rassemblée dans le hall d'entrée. Sans décliner son identité, elle prend son air le plus méchant pour annoncer qu'à partir de ce jour, c'est elle qui commande, et qu'« on ne va pas rigoler ».

L'ensemble a des airs de grand-guignol extravagant — quand Hanna et Lili vont la voir ! En d'autres temps, Gitta ne tiendrait pas trente secondes avant d'éclater de rire. Mais là non. La situation est tragique. Et elle a plutôt envie de pleurer.

Je commence à me demander sérieusement si j'arriverai jamais à transformer cette horde de femmes, dont aucune n'a jamais travaillé en usine, en ouvrières disciplinées, et je ne vois qu'un moyen : profiter de la peur que leur inspire cet ogre — le terrible commandant inconnu. Je choisis une petite baraque de bois au milieu du parc pour être mon bureau : elle servira aussi de lieu de rencontre pour Hanna, Lili et moi, après le travail.

Enfin, je donne ma réponse au ministère de la Guerre. En tant que fille d'un ancien officier supérieur, on me juge digne de confiance. Mon « ordre de mission » en tant que commandant volontaire suit presque immédiatement.

Il y eut plusieurs initiatives similaires, à Budapest, au même moment. Mais l'« usine de guerre » du couvent Katalin allait abriter une expérience absolument inouïe.

5

LA KATALIN
(ESSAI DE SCÉNARISATION)

Enfin la lumière s'éteignit. Rita se retourna sur la planche qui lui servait de lit. À travers les vitres sales, partiellement recouvertes de papier d'emballage, elle vit les lumières de la grande villa voisine, sur le perron de laquelle deux soldats SS montaient la garde.

Malgré l'hiver qui arrivait, Rita transpirait. De nouveau, elle se trouvait face à l'invraisemblable vision de ce dortoir de fortune, où respiraient à présent des dizaines de corps écrasés de fatigue et de peur, sur des matelas posés à même le sol. Rita aussi était à bout. Mais, tout juste arrivée à la *Fabrik*, elle ne pouvait s'endormir. Ses yeux ne s'étaient pas encore habitués au décor de cet ancien petit couvent, transformé en usine à uniformes militaires. Elle ignorait tout de ceux qui avaient pris l'initiative de la transformation, à mille lieues de se douter que toute l'affaire avait été clandestinement montée par un prêtre et des hauts fonctionnaires du ministère hongrois de la Guerre.

Tout ce que Rita savait tenait en peu de chose : on avait indiqué à ses parents l'adresse de cette école Katalin, sur la route de Budakeszi, en bordure de la grande forêt Jánoshegy, l'un des plus beaux quartiers résidentiels de Buda. Là, lui avait-on dit, elle trouverait du travail dans un « atelier de confection » où l'on ne se formaliserait pas du mot « juif » tamponné au travers de sa carte d'identité depuis le printemps. Elle s'était donc rendue sur place, grimpant sur la colline à pied.

L'atelier en question, bien que fonctionnant depuis plusieurs mois, avait visiblement de graves problèmes d'intendance. L'appareil de production se réduisait à une trentaine de machines à coudre disparates. Une vingtaine de femmes étaient occupées à découper le tissu vert-de-gris, dans une grande salle aux ouvertures béantes — les portes ayant été retirées de leurs gonds et posées sur des tas de caisses en guise de tables. Vingt et quelque autres femmes, assises en cercle dans le grand vestibule du rez-de-chaussée, cousaient en silence autour d'une corbeille remplie de boutons.

Dès cette première matinée, Rita avait eu la confirmation que toutes ces femmes étaient bien juives.

Un écho métallique lointain annonça le passage du dernier tram. Rita pensa à sa famille, à son jeune frère, que des Croix fléchées avaient fini par assassiner, quelques semaines plus tôt, à force de le tabasser chaque fois qu'il prétendait librement traverser la ville malgré son étoile jaune. Un trait de douleur ricocha de ses yeux au fond de sa bouche et dans son ventre. Rita se mit à pleurer en silence. Elle revit son père, le visage dans les mains, n'osant regarder sa femme et sa fille pour leur dire qu'à son tour, il venait de recevoir sa convocation pour la gare centrale — ce dont tout le monde, à présent, comprenait le sens terrifiant. Par malchance, son père, à la recherche désespérée d'un travail, s'était fait domicilier, quelques mois plus tôt, dans une petite ville des Carpates. Comment aurait-il pu savoir que la machine de mort des nazis commencerait par là ?

Une heure du matin sonna à un clocher voisin. Rita se retourna à nouveau contre le mur poussiéreux et ferma les yeux. Mais le film de sa première journée à la *Fabrik* passait et repassait dans sa tête douloureusement éveillée.

Au sommet de l'escalier du grand vestibule, avait soudain surgi le « commandant », en jupe grise serrée. D'abord, Rita avait cru se tromper. Ce commandant, cette femme qui lançait des ordres du haut de son balcon, les mains posées sur la balustrade, comme le chef d'un navire de guerre, ce ne pouvait pas être...

Mais si, c'était bien elle ! — ses voisines le lui confirmèrent à voix basse : Gitta Mallasz, l'ancienne championne de natation, que toute la presse hongroise avait fêtée au début des années trente comme une héroïne nationale ! Rita était trop jeune à l'époque pour s'être intéressée aux records sportifs de cette femme si singulière — mais en Hongrie, les exploits aquatiques demeurent longtemps gravés dans les mémoires.

Que s'était-il donc passé pour que Gitta Mallasz se retrouve à la tête de la *Fabrik* ?

Rita n'avait pas eu le temps de poser la question autour d'elle. Une autre femme, aux gestes étonnamment doux après les aboiements du « commandant », était venue la prendre par l'épaule et l'avait conduite dans une pièce du premier étage, petite mais agréablement éclairée, s'ouvrant sur la face sud de l'ancien couvent. Une quinzaine d'enfants de deux à dix ans jouaient là, par terre, avec des bouts de carton et des bûchettes de sapin, surveillés par deux femmes plus âgées, que Rita fut invitée à venir assister.

« Chaque enfant est une plante particulière, lui dit la femme aux gestes très doux, tout le travail d'une jardinière d'enfant consiste à écouter avec suffisamment d'attention pour deviner, chaque fois, de quelle plante il s'agit. Si c'est un cerisier, inutile de vouloir en faire un sapin ! »

Et elle se mit à rire. C'était totalement irréel, fou, vu la tourmente où elles se trouvaient toutes jetées. Rita dut respirer un grand coup pour faire cesser le vertige qui menaçait soudain de la faire tomber.

Dans la petite pièce aux enfants, elle vit deux phrases écrites à la main d'une belle plume ronde, et affichées au mur.

Le petit enfant joue. Devenu adulte, il crée,

et

La matière est l'enfant de Dieu.

Puis les souvenirs s'enlisèrent dans un sommeil fiévreux ; la vigilance de Rita s'éteignit sous son crâne endolori.

À l'aube, quelques femmes se levèrent avant les autres et se rendirent dans la grande cuisine du « couvent », à la magnifique cheminée de céramique mais au garde-manger dégarni. Parmi ces femmes, celle aux gestes très doux — dont Rita apprit alors qu'elle s'appelait Hanna — donnait des consignes brèves. À l'évidence, c'était elle qui dirigeait l'intendance, et peut-être bien plus. On prépara un brouet, café d'orge et de houblon. Des enfants se mirent à pleurer à l'étage, s'éveillant le ventre vide et les yeux rouges. Les plus jeunes furent lavés dans une lessiveuse remplie d'eau tiède.

À six heures, tout le monde était debout. Trente minutes plus tard, le « commandant » s'adressait aux quelque cent femmes du haut de l'escalier du grand vestibule, d'une voix de stentor :

« Je suis désolée de vous annoncer que nous avons de nouveau un retard d'une semaine sur nos prévisions. Il est dans l'intérêt de *chacune* (elle marqua un temps d'arrêt) de faire son travail avec beaucoup plus de con-cen-tra-tion ! »

Plus tard, Rita découvre Lili, chatte au visage étonnamment radieux, au beau milieu d'une bande d'adolescentes qui bavardent pendant la pause dans le jardin.

Deux jours après, Rita quitte provisoirement son poste de jardinière d'enfant, pour remplacer une couturière malade.

On annonce la visite de contrôleurs allemands, début de panique.

Dans la soirée, Rita surprit de nouveau une conversation étrange entre Lili (la « jolie chatte ») et une petite rouquine qui faisait visiblement partie de ses protégées.

« Ne fais pas attention aux résultats, disait la femme au visage radieux, ce qui est — n'est plus. Là, tu ne peux plus aider. Voilà ce qui nous est dit : tu dois diriger ton attention là où se crée l'avenir.

— Mais comment ça ? demanda, anxieuse, la petite rouquine.

— Un jour, j'ai moi aussi posé cette question... », commença le visage radieux. Mais elle s'arrêta : intriguée, Rita s'était approchée des deux femmes. Celle au visage radieux lui tendit la main : « Je m'appelle Lili, et toi ?

— Rita. Je suis arrivée avant-hier. Je dois m'occuper des enfants.

— Alors nous travaillerons ensemble ! » lui dit Lili avec un sourire d'une force inattendue.

Rita en fut toute ébranlée. Cela faisait des années qu'elle n'avait plus reçu de sourire pareil. Bien avant la guerre !

Les femmes se séparèrent, chacune vers sa tâche. Rita se retrouva comme légèrement envoûtée, ne pouvant se débarrasser de l'impression lumineuse où l'avait plongée la brève conversation entre cette Lili et la petite rouquine...

Celle-ci travaillait à une machine à coudre à demi coincée contre la porte des toilettes. Rita n'eut guère de mal à l'approcher avant la fin de la matinée.

« Je te demande pardon, fit-elle, embarrassée, mais ce matin, j'ai... je vous ai entendues, Lili et toi, en train de parler du travail et... j'ai bien eu l'impression qu'elle te disait : "Ne fais pas attention aux résultats", est-ce possible ?

— Pourquoi ? demanda l'autre, le visage clos.

— Non, juste comme ça. Je me demandais s'il n'y avait pas par hasard des problèmes par ici. On travaille vraiment pour l'armée ? »

L'autre fit signe que oui.

« Dans ce cas, poursuivit Rita, ça serait du sabotage, non ? »

La petite rouquine éclata de rire. Puis elle chuchota : « Ça non, tu peux me croire ! Lili est très

amie avec le commandant. Je dirais même qu'elles
sont comme ça ! »

Elle croisa les index, enroulés l'un autour de l'autre. Rita rougit brutalement. Derrière sa machine,
l'autre eut un éclair dans les yeux : « Oh non, ce n'est
pas ce que je voulais dire. D'ailleurs, tu sais, c'est
même bien mieux que... ça. Bien plus fort. Ce qui
se passe entre elles, je n'y comprends rien, mais ça
m'inspire, tu sais, ça me donne du courage. »

Rita sentit un creux angoissant dans son estomac.
De quoi parlait-elle ? On aurait dit un délire. Devant
sa mine vide, la petite rouquine prolongea son
chuchotement : « Je vais en parler à Hanna. Il faut
que tu la voies. Maintenant, file à ta machine. Nous
avons une semaine de retard.

— Hanna ? Celle qui est si drôle ? Quel rapport ?

— Va rejoindre ton poste, je te dis. Va, je m'appelle Eva.

— Moi Rita.

— Eva, Rita, ce sont des masques bien sûr. »

Puis la dénommée Eva se replongea dans la couture d'un interminable ruban de coton.

6

L'USINE DU SALUT

TÉMOIGNAGE DE AGI

Ce texte (y compris les commentaires en bas de page)
faisait partie des notes que Gitta Mallasz m'a laissées
avant de partir.

Fin mars 1944, avec deux copines, graphistes
comme moi, nous trouvons du travail dans une usine
à ciment. On nous donne des livrets de travail officiels. Nous sommes soulagées. L'arrivée des Allemands met tous les juifs en grand danger et chacun
essaie de se planquer comme il peut, dans une
grande confusion. Au bout de quelques mois, un de
mes anciens professeurs, une femme qui a de bonnes
relations avec l'Église, m'avertit : la nonciature et le
ministère de la Défense organisent une usine de
guerre, dont le but secret est de protéger les juifs[1] en
les faisant passer pour ouvriers.

C'est la ruée. Mais le nombre de places est
restreint. Mon ancien professeur réussit à m'en procurer une. Dans ce temps-là, tout le monde croit
encore fermement en l'efficacité de la protection de
l'Église.

J'arrive avec un petit paquet en main. Une villa

---

1. Ou de provenance juive (juifs baptisés).

destinée à quarante personnes est envahie[1] par cent, cent vingt personnes. Tous sont accoutumés à une vie douillette. Ici, ils défendent avec leurs coudes le dernier petit espace de vie qui leur reste. Je suis au grenier, toute perdue parmi cette cohue, qui traîne des matelas, qui entasse des baluchons. Je serre mon petit paquet dans ma main.

Alors, une femme aux longues nattes blondes s'approche : « Tu n'as pas de couverture pour dormir ? Tiens, en voici une ! »

Une seule personne s'occupe des autres dans ce grenier : Hanna.

Nos regards se croisent et s'unissent :

« Dans tes yeux, me dit-elle, je vois que tu es des nôtres. »

Mais déjà elle disparaît dans la foule, pour aider quelqu'un d'autre. Une attirance profonde vers elle naît en moi. Ce qu'elle m'a dit m'étonne un peu, mais en apprenant qu'elle aussi est artiste, j'ai une réponse plausible.

Ce n'est que beaucoup plus tard que je découvre le vrai sens de ses paroles.

Le soir, il y a le « rappel militaire ».

Gitta — c'est bien elle — apparaît en haut de l'escalier de ce bâtiment néoclassique, sous le tympan que supportent des colonnes trop pompeuses.

Nous, en bas, attendons en rangs serrés l'ordre militaire[2].

Ma première impression, quand je vois ce visage dur — « Quelle femme laide !... » — s'évanouit dès qu'elle commence à parler, pour ne plus jamais revenir. C'est une personnalité forte, enthousiaste, qui nous parle du haut de l'escalier. Elle est inabordable et sévère, mais son être nous attire de façon inexplicable.

---

1. De la cave jusqu'au grenier.
2. Le bruit a couru que la fille d'un officier supérieur serait le « commandant » de cette usine, cela ne rassurait guère.

Mon séjour est cependant de courte durée. Pour obtenir un nouveau livret de travail, il me faut un certificat de mon poste précédent, à l'usine de ciment. Mais quand je m'y présente, on ne me lâche plus. Je dois travailler jusqu'à l'automne 1944. À ce moment-là, les matières premières cessent d'arriver par le Danube. L'usine ferme. Enfin l'occasion de retourner dans l'« usine de guerre » qui m'attire tellement ! On m'y accepte comme remplaçante à la cuisine où, tout de suite, je rencontre Éva et Ruszi[1]. Une expérience commune nous liera d'amitié jusqu'à la fin de notre vie.

Gitta habite la « baraque du commandant », que personne n'ose approcher. Hanna, Lili et Éva dorment dans une cabane à outils et se serrent pour me donner encore une petite place. Un soir, Éva me montre la copie d'un poème en allemand, que Hanna lui avait donné.

Je lis : « *Lasse die Gasse, wo die blasse Gosse sich ergiesset...* » (« Laisse la rue, où la pâle fange se déverse... »).

Je lis et relis, et un monde disparaît : l'ancien. Une voix autre, un rythme autre, un son autre, me touchent et résonnent au plus profond de moi-même.

Une aspiration depuis longtemps refoulée, enterrée, commence à chanter.

J'ai cherché dans des livres, dans des conférences, dans des religions. J'ai cherché sourdement. Et c'est la voix qui m'a trouvée... et elle m'éveille.

Bien sûr, je copie immédiatement les vers. Ce n'est pas tant le contenu qui me bouleverse, mais sa musique qui me transperce et m'élève.

Depuis ce jour, nous guettons Hanna. Va-t-elle nous donner de nouveaux papiers ?

Oui, elle nous en donne ! Au début rarement, puis plus fréquemment. Je note tout dans un petit cahier qui ne me quittera jamais. Pendant les bombarde-

---

1. En réalité, elles s'étaient rencontrées dès la première fois.

ments et l'insécurité totale, il sera mon espoir et ma consolation.

Hanna voit bien notre soif immense. Une fois, après le travail[1], elle s'assoit avec nous dans l'herbe, et nous explique les écrits — surtout la structure de l'enseignement : l'unité de l'homme avec son univers. Tout ce qu'elle dit reste ineffablement gravé en moi[2]. Après chaque explication, je suis remplie d'un nouveau potentiel d'énergie.

Pendant cette période-là, ma relation avec Hanna est la plus vivante. Elle nous parle des entretiens. Gitta apprend par Hanna que nous brûlons d'envie d'assister à l'un d'eux. Un jour, elle nous invite à faire la ronde avec elle, dans le parc. Je ne me rappelle plus le sujet de notre conversation, seulement de m'être sentie très honorée de cette invitation.

J'ai peu de contact avec Lili. Elle s'occupe surtout des jeunes et se trouve toujours entourée d'une nuée d'adolescents.

Un jour, Éva tombe malade. Personne ne comprend l'origine de sa maladie, mais elle a mal, très mal pendant quarante-huit heures. Puis, tout d'un coup, la nuit, son ouïe intérieure s'ouvre, et elle entend la parole rythmée de son *pareil de lumière*. Sa maladie mystérieuse la quitte pour ne jamais revenir.

La foule des ouvrières de l'usine de guerre voit en Gitta, Hanna et Lili des êtres qui les dépassent, par leurs actes de la vie quotidienne aussi bien que par quelque chose d'insaisissable. La « baraque du commandant » devient une légende, entourée de mystères bon marché. Ces commérages ne nous intéressent pas du tout. Notre seul désir est d'assister aux entretiens.

Gitta n'en est pas ravie, mais Hanna insiste. Donc, un soir, nous attendons dans la baraque du commandant.

---

1. Plusieurs fois, en fait.
2. Ce qui émerveille le plus Agi, c'est que la structure de l'univers soit exactement la même que celle de l'homme.

Gitta se prépare à tout noter dans ses cahiers d'écolier à couverture de moleskine noire.

Il règne un silence dense...

Tout d'un coup, je sens un champ d'énergie qui me dépasse complètement, qui me remplit et m'élève.

Hanna transmet les paroles de l'Ange... Son langage est naturel... Elle est plus concentrée que jamais... et son visage est rayonnant...

Je suis consciente de recevoir une Grâce ineffable, dont je serai responsable jusqu'à la fin de ma vie.

Quelques jours plus tard, je dois quitter l'usine de guerre.

Je ne serai pas présente lors de sa fin tragique.

7

L'ÉTÉ CHRÉTIEN

La dernière partie de l'aventure va durer cinq mois et demi. Cinq mois et demi d'espoir et de tension extrêmes. Cinq mois et demi de grâce et de folie.

Le « commandant » Gitta Mallasz ayant réussi à inspirer une véritable crainte à la centaine de femmes de son « usine de guerre », Hanna et Lili l'aident à prendre les choses en main sur le plan matériel.

L'action, même aux limites de l'humain, n'a, semble-t-il, pas son pareil pour vous arracher au chagrin. En quelques jours, Hanna redevient l'enseignante de haut niveau qu'elle a toujours été. Cette fois cependant, ses élèves ne sont pas des étudiants des Beaux-Arts, mais cent femmes et une dizaine d'enfants désemparés, pris presque au hasard dans la population juive de Budapest.

On est au début de l'été 44. La ville commence à manquer de tout. L'organisation de la simple intendance relève de l'exploit. Ces cent et quelque personnes vont dormir et manger sur place. Vu l'exiguïté des lieux et la rareté des vivres, la bagarre risque d'éclater à tout moment. La sévérité du « commandant » Mallasz et la douceur pédagogique de Hanna auront raison des plus gros dangers d'explosion — Lili s'occupant comme toujours essentiellement des adolescentes.

Début juillet, l'armée hongroise envoie son premier camion de tissu kaki. La découpe commence

aussitôt. Au début, les « ouvrières » sont si maladroi-
tes, qu'il faut quasiment tout refaire trois fois — et
jeter des dizaines de mètres de tissu. On court à la
catastrophe. Il faut corriger le tir d'urgence. Gitta saisit de quelle façon : elle organise un examen, sélec-
tionne les vingt meilleurs couturières, qu'elle nomme
« responsables d'atelier » — sous le nom séduisant de
« Jolly Jokers » — à qui elle confie la tâche de former
et de surveiller leurs quatre-vingts collègues moins
débrouillardes.

En un mois, la Katalin tourne à plein rendement.

Certes, au regard des normes militaires ordinaires,
la plupart des vêtements produits ici vaudraient à
leurs fabricants un passage en cour martiale ! Cela
préoccupe Gitta et Hanna en permanence.

Nous apprenons avec terreur que nous allons bientôt
avoir une inspection. Les piles de chemises faites n'importe comment augmentent de jour en jour. Hanna, Lili
et les « Jolly Jokers » travaillent fiévreusement vingt-
quatre heures sur vingt-quatre pour réparer les dégâts
commis par leurs « collègues ».

De mon côté, j'essaie, au ministère de la Guerre, d'obtenir un délai pour l'inspection. C'est extrêmement difficile : il faudrait que je tombe sur un « initié », un très
petit nombre d'officiers seulement ayant connaissance
du véritable but de notre atelier. Je n'en connais personnellement aucun, et ceux qui savent ne se trahissent
pas : être pris en train de protéger des juifs mettrait
immédiatement fin à leur carrière. Pourtant, j'ai la
grande chance de réussir à ce que l'inspection soit retar-
dée.

C'est aussi que la situation générale se trouve
désormais si loin de l'ordinaire, que les uniformes
sont finalement acceptés sans problème par leurs
commanditaires.

Et l'été 44 s'installe, splendide.

Rappelons que la villa qui sert de *Fabrik* est un
ancien couvent, au milieu d'un grand jardin, dans
l'un des plus beaux quartiers résidentiels de la capi-

tale, sur les hauteurs de Buda. Derrière une haie touffue, s'étend un second jardin, avec une autre villa, presque identique à la première. Au-delà, commence l'immense forêt Jánoshegy, d'où se dégage en cette saison un délicieux parfum de fleurs et de résine.

Certains jours, quand vient la pause de midi, les femmes pique-niquent dans l'herbe. Des affinités se sont révélées. Des petits groupes se sont formés. Du groupe de Lili fusent le plus de rires. Hanna va de l'une à l'autre, console un enfant, dissout une embrouille, résout mille problèmes — souvent en faisant rire tout le monde. Il y a du bonheur dans l'air. Un étrange bonheur évanescent, dont seule Gitta se trouve exclue : le sévère « commandant » déjeune évidemment seule dans son coin.

Certains jours, des femmes tentent une excursion en ville, à la recherche de nourriture et d'information sur leurs familles. C'est une expédition risquée. Elles risquent toujours de tomber sur des *Nilasz* enragés, qui peignent des croix gammées sur tous les murs et sur les tramways. Heureusement, en août, le gouvernement hongrois supprimera l'étoile jaune obligatoire. On se fera moins remarquer.

Pour la plupart des ouvrières, la « cabane du commandant », au centre du jardin, inspire un respect craintif. Pour Gitta, Hanna et Lili (et, à la fin, pour deux ou trois autres femmes), c'est un incroyable petit temple.

Le temple où la folle expérience des *Dialogues* se poursuit.

« Il suffisait qu'il y ait un moment de silence, nous racontera Gitta, Hanna me rejoignait dans la cabane, avec Lili. Nous allumions une bougie, et l'entretien commençait. »

En fait, pendant tout l'été, les entretiens continueront à se dérouler, pour l'essentiel, le vendredi après-midi. Il faut attendre l'automne et la tempête finale, pour que la voix qui inspire Hanna s'exprime vraiment n'importe quand, de façon totalement imprévisible.

En réalité, il ne s'agit plus d'« entretien ». À quelques rares exceptions près, la voix ne converse plus ni avec Gitta ni avec Lili, mais avec l'humanité entière. Elle clame. Elle déclame. Elle proclame. Elle enseigne. Elle prophétise. Elle console. Elle réjouit...

Une fois la vague d'inspiration passée, quand Hanna et Lili quittent la cabane et rejoignent l'atelier, leurs visages sont si rayonnants, que les autres femmes s'interrogent avec la plus grande perplexité. Que se passe-t-il donc dans la « cabane du commandant » ? On imagine que les rumeurs les plus bizarres se soient mises à circuler. Pourtant, ce qui ressort en premier du souvenir des survivantes de la Katalin, c'est une incroyable impression de légèreté et de bonheur !

Témoignage de Agi Péter : « L'ambiance dans la Katalin était fantastique. Nous nous sentions d'une extraordinaire légèreté. On ne possédait plus rien — au sens strict : plus rien —, et on s'en fichait. L'essentiel était d'avoir la vie sauve, et nous nous demandions : "Qu'est-ce que ça veut dire, vivre ?" Les circonstances nous amenaient à nous poser des questions authentiques beaucoup plus vite. Vraiment, ce fut une période fantastique. Pour moi, qui ai toujours eu la chance incroyable de pouvoir m'en sortir, aidée partout par des amis — il y avait beaucoup de gens très bien —, eh bien, je le dis sans hésitation : le temps passé à la Katalin, avec Hanna, Lili et Gitta, fut la période la plus heureuse de ma vie. »

Car Hanna et Lili — protégées en silence par Gitta — ne cachent rien de leurs préoccupations spirituelles. Avec celles des ouvrières qui s'admettent intéressées, elles en parlent ouvertement. Ce sont pour la plupart des femmes simples, que le langage de Hanna intrigue souvent.

La force est insuffisante et cela pèse.
La matière épaisse est élevée,
mais on ne peut pas l'élever davantage.
Voilà la tâche terminée. (21/7/44)

Comment réagissent les « ouvrières » de la *Fabrik* à ce genre de paroles ? Une majorité, sans doute, n'en pense rien. Elles ont d'autres préoccupations en tête ! Quelques-unes ressentent peut-être un malaise, songeant qu'en ces temps de fin du monde ces femmes étranges ne font finalement que participer de la folie générale. Tout donne tellement raison au camp de la paranoïa et de la peur ! Mais il en est aussi qui tombent à genoux, de stupeur émerveillée : avoir erré si longtemps, dans ce qu'elles croyaient être un monde de paix, pour finir par découvrir, là, dans la plus improbable des impasses... quoi donc ?

L'humanité ?

La Lumière ?

Dieu ?

Quelle divinité les paroles inspirées à Hanna allument-elles dans le cœur de ces femmes ?

Et cette focalisation sur Jésus-Christ, qu'en pensent-elles ?

Difficile de jauger. En tout cas, si l'on s'en tient aux apparences, cet été-là, toutes les ouvrières de l'« usine de guerre » dirigée par Gitta Mallasz devinrent chrétiennes.

Oui : toutes se firent baptiser.

Le même jour.

Hanna et Lili en tête.

Cela se passa le 2 juillet 1944.

L'Église, avons-nous dit, exerça une influence modératrice jusqu'au cœur de cet État hongrois ambigu qui, bien que manifestement antisémite, tenta plusieurs années de suite d'empêcher l'extermination des juifs nationaux. Insistons sur l'ambiguïté.

Les lettres du nonce (ambassadeur du Vatican) Angelo Rotta et celles du cardinal Jusztiniàn Serédi, rédigées en plein déchaînement meurtrier nazi, pendant le printemps et l'été 1944 (lettres adressées tantôt au gouvernement hongrois, tantôt au clergé, généralement chargé d'en faire la lecture aux fidèles[1]), ne mentionnent que très timidement leur réprobation devant l'inhumanité des déportations de juifs — citant celles-ci en dernière position, après les problèmes de ravitaillement, de hausse de prix, de difficultés de transports, ou d'assurances couvrant le bombardement des presbytères.

« La nonciature apostolique considère de son devoir d'élever une protestation contre de telles mesures », écrit le nonce Rotta.

« J'ai moi aussi une conscience », renchérit le cardinal Serédi...

Le plus choquant n'est peut-être pas la mollesse de la protestation de ces supposés adorateurs de Jésus-Christ. Ni que lesdits adorateurs aient pu finir par accepter, après d'âpres discussions avec les Croix fléchées, de dire une grand-messe pour « remercier Dieu du départ des Juifs » ! Comme l'écrit Raul Hilberg, réaliste : la hiérarchie catholique ne pouvait aller au-delà des limites imposées par deux mille ans d'histoire... Non, ce qui étonne le plus l'observateur non averti, c'est que, chaque fois, ces princes d'Église supplient que l'on fasse une exception pour leurs ouailles : les juifs convertis. En gros : « Tuez tous les autres, mais laissez en vie ceux dont je viens de récupérer les âmes. »

Peut-être cet étonnement est-il naïf. Peut-être l'apparente monstruosité de ces prélats était-elle en réalité le meilleur moyen de sauver, très concrètement, un maximum de vies...

Il est vrai que le mouvement de conversion des juifs alla bon train durant l'été 44. Cela n'était pas nouveau en soi.

« Depuis 1941, la société hongroise de la Croix catholique organisait une catéchèse de deux mois (deux séances préparatoires par semaine) pour les futurs chrétiens[2]. » Mais dans les jours qui suivirent la publication, le 29 juin 1944, d'une lettre du cardinal Serédi (publication pourtant fort discrète) exhor-

---

1. Lettres dont Raul Hilberg publie quelques extraits dans *La Destruction des juifs d'Europe*, *op. cit.*
2. Raul Hilberg, *ibid.*

tant à la clémence vis-à-vis des chrétiens d'origine juive, « il y eut plus de candidats juifs au baptême que durant les quinze années précédentes[1] » !

Du coup, la police hongroise reçut l'ordre de disperser les juifs qui faisaient la queue devant les églises (on expliqua qu'ils « menaçaient l'ordre public » !). Quant au vicaire général de Budapest, il mit aussitôt deux barrières draconiennes devant l'accès au baptême : trois mois de catéchèse obligatoire et un « certificat de désistement » signé par un rabbin — ce qui, à l'heure où la déportation de zones entières se réglait en quelques jours, équivalait à une condamnation à mort.

C'est dans ce contexte qu'il convient de replacer l'initiative du père Klinda, le prêtre officieusement chargé des relations entre Gitta Mallasz et la nonciature. Klinda avait joué un rôle décisif dans l'installation de l'« usine de guerre » à l'école ménagère Katalin. Selon le témoignage d'Eva Danos-Langley, Klinda était « un saint », dont la présence régulière contribuait grandement à soutenir le moral des femmes. Un jour de juin 1944, il proposa à Gitta de baptiser collectivement toutes les ouvrières qui en manifesteraient le désir, ainsi que leurs enfants.

Gitta organise aussitôt une assemblée générale dans le grand hall du rez-de-chaussée, et annonce la nouvelle.

La plupart des femmes acceptent séance tenante.

Mais Hanna et Lili refusent.

Pour elles, il serait sacrilège de jouer avec un rituel aussi puissant dans le seul but « opportuniste » (c'est leur expression) d'échapper aux nazis.

Une fois de plus, Gitta n'en revient pas. Elle qui, quelque trente ans plus tôt, a reçu sa première communion comme on connaît sa première cuite, elle serait prête à n'importe quelle imposture, fût-ce dans l'ordre du rituel religieux, pour sauver l'essentiel de ce que l'Éternel lui a donné : sa vie ! Elle comprend

1. Raul Hilberg, *ibid.*

d'autant moins l'attitude de Hanna, que celle-ci s'offre hebdomadairement à une inspiration ouvertement chrétienne...

C'est sur ce dernier terrain que Gitta décide d'appuyer son argumentation. Si elle n'a pas réussi à convaincre ses amies de se faire faire de faux passeports suédois, eh bien elle se jure de les amener jusqu'aux fonts baptismaux — pour la bonne raison que, cette fois justement, il ne s'agira pas d'un faux !

« La voix de l'Ange nous parle sans arrêt de Jésus, dit Gitta à Hanna, et tu t'en trouves bien. Alors sois cohérente avec toi-même : va jusqu'au bout, accepte d'être baptisée. »

> Je leur explique qu'une réalité spirituelle peut s'exprimer à travers une forme symbolique ; que ce baptême correspond à l'union du Ciel et de la terre et fait partie de notre tâche.

Le bras de fer dure plusieurs jours. Finalement, Gitta l'emporte. Le dimanche 2 juillet 1944, à midi, le père Klinda vient dire une messe à la *Fabrik* et baptise une à une l'ensemble des ouvrières de la Katalin.

Dans l'après-midi, un *Dialogue* débuté le matin même redémarre par ces mots :

> *On ne peut rien omettre.*
> *Seul le « plus » peut agir.*
> *Le feu aspire l'eau.*
> *Le baptême de l'eau délivre,*
> *lorsque vient le feu qui unit à LUI/ELLE (Ö).*
> *On ne peut rien omettre.*

Ce baptême collectif est-il un simulacre ?

C'est ce que pense d'abord Gitta, du moins concernant la plupart des femmes, en dehors de Hanna, Lili et de deux ou trois autres. Mais voilà que le père Klinda revient, le vendredi suivant, pour faire communier les nouvelles chrétiennes (contrairement aux consignes du vicaire général de Budapest, l'émissaire de la nonciature met les bouchées doubles). L'attitude générale de « ses ouvrières » prend le « commandant » Mallasz totalement au dépourvu :

> Je croyais que la plupart des femmes n'avaient accepté d'être baptisées que pour obtenir le certificat de baptême qui pourrait les protéger : je me trompais complètement. Ces malheureuses dont la vie tient à un fil prient avec une ferveur profonde. La communion qu'elles viennent de recevoir pour la première fois de leur vie leur fait espérer une protection d'un autre ordre.
> La chapelle est chargée d'une telle intensité de prière désespérée que j'en suis bouleversée.

Le père Klinda reviendra régulièrement célébrer la messe dans l'« usine de guerre ». Le 25 août, il est accompagné par un visiteur prestigieux : le nonce apostolique, Mgr Angelo Rotta, vient en personne encourager les ouvrières de la Katalin. Tout le quartier est au courant — ce qui améliore instantanément les relations de Gitta avec ses voisins : l'Église catholique a décidément une forte influence sur l'opinion publique hongroise.

Mais le moral des femmes baisse malgré tout de jour en jour. La plupart sont sans nouvelles de leurs familles depuis trop longtemps pour que le pire ne soit à craindre. Hanna n'est pas en reste. Tous les soirs, elle interroge Gitta, qui doit malheureusement secouer la tête : non, elle n'a pas de nouvelles de Joseph.

Tout va de plus en plus mal.

Et pourtant...

Il arrive que, passé un certain cap dans l'agonie, les mourants connaissent un « miraculeux » répit. Comme si toute l'énergie qu'il leur reste se rassemblait en tourbillonnant au fond de leur corps, pour fuser en un dernier feu d'artifice.

À la fin de l'été 44, les ouvrières de la Katalin, du moins celles dont l'attention et l'énergie convergent vers Hanna, traversent une telle phase.

C'est un début d'automne très doux.

Le vendredi 22 septembre, tard dans l'après-midi, alors que la plupart des ouvrières se reposent, quatre femmes sont assises autour de Hanna dans la « baraque du commandant ». Ce jour-là, la voix de l'Ange se fait vive et particulièrement stimulante. Elle annonce « une naissance prochaine ». Qu'est-ce à dire ? Sans nier la difficulté habituelle de la transition à travers l'« étroit passage », la voix déclare que l'essentiel se fera de soi-même. Les femmes autour de Hanna comprennent-elles de quel « passage » il est en réalité question ?

Le verbe se fait lyrique, s'envole dans une symbolique médiévale :

> *La tête du dragon tombe dans la poussière.*
> *La femme vêtue de Soleil accouche de l'Enfant,*
> *et elle est élevée.*
> *Les eaux grondent en bas,*
> *mais à la femme des ailes sont données,*
> *des ailes d'aigle qui fendent le ciel.*

Dehors, la nuit tombe. Gitta allume une bougie. Et voilà qu'à travers la porte de la baraque restée ouverte, les femmes voient des étoiles filantes traverser le ciel. La parole de l'Ange rebondit :

> *La pluie des étoiles*
> *est la poussière de l'ancienne Création.*
> *Le dragon se débat,*
> *mais il ne peut pas atteindre ce qui est Nouveau.*

Et, comme une autre étoile fuse :

> *L'enseignement ancien est poussière d'étoiles.*
> *La Nouvelle Lumière soude le Ciel à la terre :*
> LUMIÈRE, LUMIÈRE, LUMIÈRE !

Et encore :

> *Au-dessus de toutes les nations,*
> *au-dessus de toutes les divisions,*
> *de toutes les négations,*
> *l'éternelle affirmation : le OUI.*

Les résistants qui, à la même époque, combattent les nazis, aiment rappeler qu'ils ont sauvé l'honneur humain en disant : NON.

Paradoxe : les deux sont vrais.

Mais, quand vient le moment du *Grand Départ,* la question, pour chacun de nous, est pourtant bien de savoir dire OUI — le NON, à cette heure, serait infantile retour à la matrice primordiale...

Qui nierait que les quatre de Budapest auraient pu, en d'autres temps et circonstances, jouer le rôle de grands guerriers ? Maintenant leur refus du mensonge les fait basculer dans un au-delà de la résistance. Dans un territoire de la conscience où il s'avère beaucoup plus difficile d'accepter que de refuser — tout comme il est certainement plus difficile d'inventer un roman vivant qu'un roman morbide.

Transformer en psaume d'amour la fin du « roman » des *Dialogues avec l'Ange,* une part infime des humains ayant vécu à ce jour en auraient été capables.

Un mois pile après la nuit des étoiles filantes, le 22 octobre 1944, une compagnie de Waffen-SS vient s'installer dans la villa qui jouxte la Katalin.

8

L'ÉTAU SE REFERME

Pendant l'été 1944, le régent Horthy a vainement tenté, une dernière fois, de s'arracher au camp des perdants. Le 5 septembre, l'Armée rouge est dans les Carpates, d'où elle menace tout le territoire hongrois. Face à Hitler, Horthy ruse : soit les Allemands accourent immédiatement à son secours et repoussent les Russes, soit il sollicite l'armistice. Une semaine plus tard, l'Allemagne contre-attaque. L'avancée russe est momentanément arrêtée. Des centaines de milliers de réfugiés hongrois fuyant le front débarquent de Transylvanie. Le régent reprend néanmoins ses négociations secrètes avec les Alliés. Mais ceux-ci décident finalement de n'accorder aucun statut privilégié au régime de Budapest. Les Hongrois font en réalité définitivement partie de la tranche d'Europe destinée aux Soviétiques.

Il règne alors dans tout le pays une atmosphère de fin du monde. À Budapest, les Croix fléchées sont de plus en plus frénétiques. Leur chef, Ferenc Szálasi, habite carrément à l'ambassade d'Allemagne. Les *Nilasz* réclament que l'on entreprenne enfin la déportation des quelques cent vingt-cinq mille juifs de la capitale. En attendant, ils s'agitent autour du ghetto.

Le régent Miklós Horthy joue alors sa dernière carte : sans en avertir les Allemands, il signe un armistice avec Moscou, en accord avec la résistance hongroise, et il l'annonce, le 15 octobre, à la radio.

Les malheureux habitants de Budapest y croient et descendent en liesse dans les rues. Le soir même, les SS quadrillent la ville... où les *Nilasz* assassinent environ deux cents juifs. Le 16 octobre, le régent et sa famille sont arrêtés et envoyés en forteresse en Bavière[1]. Ferenc Szálasi prend le pouvoir le même jour et entreprend aussitôt d'instaurer un régime ouvertement « national-socialiste ».

L'une de ses premières mesures est de rendre l'étoile jaune à nouveau obligatoire. Le 20 octobre sont promulguées des ordonnances condamnant aux travaux forcés tous les hommes juifs de seize à soixante ans. Dans les jours qui suivent, des rafles frappent toutes les maisons marquées de l'étoile de David. La condamnation aux travaux forcés se trouve de facto étendue aux femmes de seize à quarante ans. Ils sont des dizaines de milliers à partir à pied — mille à mille six cents kilomètres dans la pluie, la boue, et bientôt la neige —, vers l'Autriche et l'Allemagne, pour y construire le « mur de l'Est », ou pour alimenter en main-d'œuvre les usines d'assemblage des avions de chasse et de V2.

Parmi les forçats, le poète Miklós Radnóti, que les quatre amis aimaient :

La canonnade en Bulgarie, intense, gronde,
percute la montagne, hésite, puis s'effondre ;
chaos d'hommes, de bêtes, de pensées, d'attelages,
la route cabrée hennit sous la crinière des nuages.
Mais ton image demeure dans ce grand bousculement,
au fond de moi lumineuse, et stable éternellement,
tel l'ange qui fait silence devant le monde détruit,
l'insecte qui fait le mort au creux de l'arbre pourri.

Dans les montagnes, 30 août 1944

Ou bien :

Du mufle des bœufs coulent sang et bave,
tous les prisonniers urinent du sang,
nous piétinons là, fétides et fous,

---

1. C'est là que les Américains trouveront l'amiral Horthy, qui réussira assez vite à s'exiler au Portugal, où il mourra, en 1957.

et souffle la mort au-dessus de nous.

Mohács, 24 octobre 1944

Ou encore :

J'étais tombé près de lui. Comme une corde qui saute
son corps, roide, s'est retourné.
La nuque, à bout portant... Et toi comme les autres,
pensais-je, il te suffit d'attendre sans bouger.
La mort, de notre attente, est la rose vermeille. —
Der springt noch auf[1], aboyait-on là-haut.
De la boue et du sang séchaient sur mon oreille.

Szentkirályszabadja, 31 octobre 1944[2]

Beaucoup meurent en chemin. D'épuisement, de
maladie ou, comme dans le poème, d'une balle dans
la nuque. D'autres forçats juifs sont envoyés en ren-
fort dans les mines yougoslaves. Quand l'hiver 44
arrivera, des milliers d'entre eux mourront dans des
conditions abominables.

À Pest, les nazis magyars attendent fébrilement
que l'on déporte les soixante-dix mille juifs enfermés
dans le nouveau ghetto — près du quart d'entre eux
périront bientôt de faim et de froid...

À la tête de son « usine de guerre », Gitta Mallasz
redoute le moment où les nazis vont la repérer. Le
fait que son vieux père ait été général dans l'armée
hongroise suffira-t-il à les épargner ?

Et que penser de cet officier SS qui vient de s'installer dans la villa voisine avec une vingtaine de ses
hommes ?

À partir de la fin du mois d'octobre, des bandes de
Nilasz se mettent à rôder toutes les nuits du côté de
la Katalin, en tirant des coups de feu en l'air. Certes,
les explosions sont devenues banales, et cela fait des
semaines qu'on entend dans le lointain le gronde-
ment des *orgues de Staline*, clameur venant de l'Est,

1. « Il a encore des soubresauts ».
2. Date possible de la mort du poète.

ininterrompue, sourde, angoissante. Mais les cris des Croix fléchées résonnent, eux, tout proches. Et ils semblent bien s'adresser à la *Fabrik*. Gitta, Hanna, Lili et les quelques femmes responsables de l'« usine de guerre » s'attendent à chaque instant au pire.

Le dimanche 5 novembre, les ouvrières viennent à peine de se remettre au travail après la pause de midi, lorsqu'un cri arrête toutes les machines à coudre :

« Les *Nilasz* ! Ils arrivent ! »

La voix vient du grenier. C'est la vigie dont Gitta a confié la responsabilité aux Jolly Jokers dès l'ouverture de l'« usine de guerre ». Si la Gestapo ou les Croix fléchées débarquent, s'est dit Gitta, ce sera forcément par la route de Budakeszi — ce qui laisse aux ouvrières une minute environ pour rassembler leurs esprits et tenter de fuir par la forêt...

Mais les *Nilasz kereszt* ne mettent pas plus de trente secondes pour arriver, au pas de course. Avant même que les femmes aient pu esquisser un geste (seules quelques ouvrières ont réussi à fuir par des trous dans la haie qui clôt l'arrière du jardin), une trentaine de Croix fléchées déchaînés déboulent dans la maison. La plupart sont très jeunes, dix-huit, vingt ans à peine. Quelques-uns portent la tenue verte officielle des *Nilasz*, mais ils ressemblent davantage à des bandits qu'à des soldats. Plusieurs se sont tout bonnement inventé leur uniforme, l'un avec un ceinturon de sous-officier allemand, un autre avec des épaulettes de lieutenant hongrois, on voit même des casquettes de l'ancienne armée impériale défaite en 1918 ! Mais ce qui en d'autres temps ferait rire, suscite ici la terreur : ces grands gamins déguisés se ruent sur les femmes, en jettent plusieurs à terre, et leur envoient de furieux coups de pied. Hanna et Lili se précipitent... mais que peuvent-elles contre la violence incontrôlable dont ces adolescents sont capables ? D'autant qu'ils sont armés comme cent ! Fusils, fusils-mitrailleurs, pistolets, grenades, couteaux de toutes tailles, qu'ils sont terriblement fiers d'exhiber sous les yeux terrorisés des ouvrières...

Les plus inquiétants sont cependant les quatre

adultes qui encadrent les agresseurs, à commencer par leur chef, tout maigre dans sa soutane noire sanglée d'une large ceinture de cuir rouge bardée de poignards et de revolvers : le « père » Kun.

Un personnage de roman d'horreur, repéré depuis longtemps parmi les militants les plus fous de Szálasi. C'est un ancien curé défroqué. Il lui est arrivé de diriger le service d'ordre des meetings *nilasz*.

Un malade. Plus tard, Gitta dira : « Il avait dû subir trop de pénitences, ça l'avait détraqué. C'était un sadique, qui recrutait des voyous totalement dévoués à sa personne, pour qu'ils lui rabattent des juifs, qu'il torturait lui-même à mort, savamment, lentement, dans une cave. »

L'homme prend les choses en main. Après avoir fait arrêter le tabassage, il ordonne à ses hommes de fouiller toute la maison.

Cavalcades dans les escaliers, de la cave au grenier. Hurlements de quelques femmes et enfants qui ont cru pouvoir se cacher. Kun fait rassembler tout le monde à coups de crosse, dans la salle principale du rez-de-chaussée. Puis il demande : « Laquelle d'entre vous est le fameux "commandant" ? » Il savoure ses mots.

Pour lui, le scénario est déjà écrit.

Gitta fait un pas en avant : « C'est moi ! »

Le curé fou la fixe longuement, de ses yeux noirs. Puis il se met à hurler, à l'adresse de ses troupes, dans un style étrange, à mi-chemin entre le sermon et l'appel au lynchage : « Sachez, mes frères, que cette femme est une chrétienne. Elle n'en est que plus coupable, au regard de Dieu, pour avoir voulu camoufler de la vermine juive et la soustraire au seul sort qui lui est dû. Pire que le juif, en effet, est le chrétien ami du juif ! Celui-là est d'ailleurs un faux chrétien, puisqu'il s'acoquine avec les assassins de Jésus ! Ceci n'est donc pas une femme chrétienne, mes frères, ni même une femme, c'est une chienne, vous entendez : une chienne ! »

Il hurle. Il écume. À cette seconde, Gitta pense que le fou va se ruer sur elle, pour la larder de coups de couteau, ou pour lui tirer une balle dans la tête. Mais le « père » Kun se contient. Une grimace hideuse lui tire la bouche des deux côtés. Il avale sa salive, retient son plaisir abjectement enténébré. Puis il siffle à Gitta : « Toi, tu peux me croire, je te réserve un traitement spécial ! Et puisque c'est toi qui diriges cette... porcherie, dis-moi un peu combien de juifs se cachent ici. Fais très attention : n'essaie pas de me rouler. Je veux un chiffre exact. Si tu mens, je t'exécute sur-le-champ. »

Un silence terrible s'abat sur la maison.

Une faille mortelle s'est ouverte dans le cœur de chaque femme. Gitta transpire. Elle a l'impression de fondre comme un cierge au milieu d'un incendie. Dire à ce fou combien il y a de personnes dans leur « usine de guerre » ? Mais, à dix ou quinze personnes près, elle n'en a pas la moindre idée ! Leur chiffre normal est de cent dix, en comptant les enfants. Mais certaines femmes se sont enfuies, et combien, le matin même, sont parties tenter leur chance du côté de l'ambassade de Suède ? Combien ? Gitta n'en sait rien.

Et voilà que tout d'un coup, mue par une force totalement imprévisible, elle s'entend proclamer d'une voix sûre et forte : « Soixante-douze ! »

Les femmes cachent du mieux qu'elles peuvent leur stupeur : comment Gitta pourrait-elle savoir une chose pareille ? À quoi joue-t-elle ? À la roulette russe ? Si elle se trompe, c'en est fini d'elle.

Incrédule mais méfiant, le « père » Kun fait compter les femmes et les enfants présents. À mesure que l'on approche de soixante-dix, la tension devient insupportable : soixante-huit, soixante-neuf, soixante-dix, soixante et onze ». La voix du milicien s'arrête sur « onze », comme suspendue dans l'air. Incroyable : à une personne près, Gitta a failli deviner combien l'ancien couvent abritait d'humains à cet instant-là ! À une personne près, elle s'est trompée. Le nazi magyar va-t-il en profiter pour l'exécuter tout de suite, comme il semble en avoir furieusement envie ?

De nouveau le silence. Une femme s'évanouit. Plusieurs éclatent en sanglots irrépressibles. Et tout d'un coup une bousculade dans le dos de Kun. Le curé fou se retourne. Une porte s'ouvre et un *Nilasz* fait triomphalement son entrée, poussant devant lui une jeune fille aux longs cheveux noirs : « Elle se cachait derrière une baignoire, chef ! »

Le milicien ne se doute pas qu'il vient, très momentanément, de sauver la vie de Gitta.

Soixante et onze *plus une* : il y a donc bien soixante-douze personnes dans l'ancien couvent Katalin.

La plus ahurie, c'est Gitta : la voix de l'Ange, pour une fois, aurait parlé par sa bouche à elle ? !

Le chef des *Nilasz*, lui, change de programme. Il sort de la pièce après avoir ordonné aux femmes de le suivre en rang par deux... et demandé à trois de ses hommes de « faire une escorte spéciale » à Gitta. Les trois brutes ne se le font pas dire deux fois : ils se mettent à cogner de toutes leurs forces sur le « commandant », la font trébucher par terre et lui envoient des coups de godillot dans le ventre et les reins. Gitta doit se relever d'elle-même, et rejoindre la longue colonne qui descend vers la route, sous une pluie fine et glacée.

Gitta marche avec difficulté, pliée en deux de douleur. Les coups lui ont fait gonfler la vessie — il lui faut aller se soulager derrière un arbre. Les trois voyous ne la lâchent pas d'un pas et l'humilient de leurs regards fouineurs. Plus tard, Gitta notera : « Étrangement, c'est à ce moment-là seulement que, tout à coup, je réalise que j'ai perdu ma liberté. »

La marche vers Budapest et vers la mort dure une demi-heure environ. Ils ont presque atteint la gare, d'où le « père » Kun compte les faire toutes déporter, quand soudain se produit le second miracle...

Une Mercedes kaki du ministère de la Guerre double la triste cohorte et s'arrête d'un coup de frein brusque à la hauteur du petit groupe de *Nilasz* qui entoure le « père » Kun.

Un officier hongrois en descend, brandissant un papier couvert de tampons : « Demi-tour ! s'écrie-t-il, mission industrielle spéciale : ces femmes sont sous la protection du ministère. Vous n'avez pas le droit de les emmener ! »

Les *Nilasz* manquent de s'étrangler. Kun se remet à écumer. Il hurle de plus belle. Mais rien n'y fait. L'officier du ministère a le pouvoir pour lui. Au bout d'un quart d'heure de palabres, les *Nilasz* se retirent, en hurlant : « Pourries de juives, vous ne nous échapperez pas ! »

Que s'est-il passé ?

L'ouvrière qui a réussi à s'échapper par l'arrière du parc a couru droit à la nonciature. Là, elle a eu la chance de tomber sur le nonce lui-même, qui a aussitôt envoyé un SOS aux hauts fonctionnaires de la « conspiration », au ministère de la Guerre. Et ces derniers ont fait diligence...

Escortées par la Mercedes kaki, les soixante-douze femmes rentrent à la *Fabrik*, ruisselantes de pluie et de larmes, sans oser croire qu'elles ont échappé à la torture et à la mort.

Pour combien de temps ?

9

LA VILLA VOISINE

Quand Véra parvint en vue du « couvent » Katalin, elle cessa soudain de pédaler, tant ses jambes s'étaient mises à trembler. Non pas en raison du froid piquant de ce matin de novembre 44, mais à cause du drapeau nazi qui flottait juste à côté, à l'entrée de la villa voisine. Et des soldats SS montaient la garde dans la rue... Emportée par son élan, elle les dépassa, pétrifiée, feignant d'être plongée dans une rêverie, et faillit ne pas s'arrêter du tout, pour disparaître dans les bois. Mais les jeunes SS plaisantaient et semblaient même ne pas l'avoir aperçue. À la dernière seconde, elle donna un coup de frein, descendit de sa bicyclette et pénétra dans le jardin de la Katalin.

À une fenêtre du premier étage, Hanna apparut presque aussitôt, le visage plus grave que jamais, et pourtant toujours aussi calme. Ce calme invraisemblable, que Véra aimait tant. Sans dire un mot, Hanna fit signe à la jeune femme d'aller ranger son vélo derrière la maison et disparut à l'intérieur. Véra s'exécuta et fit le tour de l'ancienne bâtisse, par le côté opposé à la rue. Au bout du grand jardin, à une cinquantaine de mètres, commençait, blanche de givre, la forêt de Jánoshegy où elle s'était si souvent promenée, enfant, puis entraînée au pas de course, une fois devenue nageuse de compétition.

Une bouffée de souvenirs lui envahit le ventre. La dernière fois qu'elle avait couru dans cette forêt, Véra

venait d'apprendre qu'elle représenterait la Hongrie
aux Jeux Olympiques de Berlin. Une euphorie jusque-là inconnue lui avait donné des ailes. Elle ne
courait plus, elle frôlait la cime des arbres. Berlin !
Le sourire de son entraîneuse lui apprenant la nouvelle revint une fraction de seconde l'illuminer. Et
pourtant... Derrière le sourire de Gitta Mallasz, Véra
avait alors perçu comme un tremblement, une incertitude. Ou bien se racontait-elle rétrospectivement
des histoires ? Gitta n'était pas politisée. Son vieux
général de père lui avait inculqué des principes de
vie stoïques, davantage que le sens des enjeux politiques et sociaux...

Véra lâcha la forêt gelée du regard, revint sur la
Katalin où, par une ironie du sort qu'elle cherchait à
décrypter, son ancienne entraîneuse et amie dirigeait
désormais une industrie de confection pour l'armée
allemande. Elle contourna la maison et allait atteindre l'entrée de l'atelier quand des rires lui parvinrent
du côté de la villa voisine, à l'entrée de laquelle elle
avait vu flotter la croix gammée. Pour rien au monde
Véra ne se serait retournée si, parmi les rires à l'évidence mâles et teutons, la jeune femme n'avait
reconnu, avec une stridente certitude, la voix de celle
qu'ici tout le monde appelait « le commandant ».

Gitta !

Offrant son rire si reconnaissable à ceux qui...

Non, ce n'était pas possible !

Véra se retourna et vit : dans une trouée de la haie
séparant le jardin de la *Fabrik* de celui où les SS
montaient la garde, Gitta Mallasz, ceinte d'un costume gris qui la rendait hommasse, plaisantait à
grands éclats de voix avec deux sous-officiers allemands. Elle semblait passer du bon temps ! Véra sentit ses épaules se voûter. Cent fois, elle avait vu Gitta
et Hanna monter toutes sortes de farces dans les
cafés de Budapest. Mais là, c'était insupportable.

Véra allait frapper à la porte de l'ancien couvent au
moment pile où Hanna l'ouvrit. Le maître et l'élève
tombèrent dans les bras l'une de l'autre, un bref instant. Puis Hanna s'écarta : « Viens voir comment
nous nous sommes organisées. »

Véra suivit Hanna sans un mot. Elles parcoururent la vingtaine de pièces de la *Fabrik* où s'affairaient des femmes chuchotantes dans le bruit des machines à coudre. Certaines se tenaient debout derrière les autres, qu'elles aidaient parfois d'un geste rapide. Hanna s'approcha de l'une d'elles et, lui posant la main sur l'épaule, murmura :

« Nous les avons baptisées "Jolly Jokers". Ce sont nos monitrices. Elles savaient déjà coudre en arrivant ici, alors que la plupart des autres n'avaient jamais touché une machine de leur vie ! »

Un adolescent en uniforme allemand attendait dans le grand hall qu'on lui rapporte un accusé de réception pour le ballot de tissu qu'il venait de livrer. Une vieille femme conduisait un enfant à la porte des toilettes. Hanna entraîna Véra dans le jardin. À une cinquantaine de mètres de l'ancien couvent se dressait une petite baraque en bois. C'est là que Gitta Mallasz avait installé son « quartier général ». Aucune ouvrière n'osait ne fût-ce que s'approcher de la terrible cabane.

Sitôt à l'intérieur, Véra interrogea anxieusement :

« Gitta, les Allemands, ils... rigolent ensemble ?

— Elle nous sauve, trancha Hanna. Sans sa connaissance parfaite de la langue allemande, sans son incroyable talent de comédienne, aucune de nous ne serait plus ici aujourd'hui. Je ne sais pas si tu te rends compte de ce qui pèse actuellement sur ses épaules. »

Véra fit signe que oui en silence. Puis :

« Et les messages ?

— Ils continuent de nous arriver, lui dit calmement Hanna, plus fort et plus lumineux que jamais. Tiens ! »

Elle tira d'un carton une liasse de feuilles manuscrites :

« Tu peux rester ici jusqu'à midi. Lis ça ! »

Elle eut un rire bref :

« Je ne sais pas si tu réalises la chance que tu as : rester seule dans la cabane du commandant ! Pour beaucoup de nos filles, cet endroit où elles n'ont

jamais mis les pieds trimbale une réputation complètement magique. »

Hanna allait sortir. Elle se retourna sur le seuil,
et dit :

« Je n'ai pas oublié que c'était ton anniversaire, tu
sais. Voici mon cadeau, il tient en peu de mots :

Laisse l'Homme Nouveau naître en toi !

Allez, je t'abandonne avec ça... »

Véra resta immobile. Le visage de celle qui était
devenue son guide spirituel avait atteint une extrême
transparence. Sa souffrance ne se sublimait qu'au
prix d'une extension totale, d'une ouverture sur l'infini. Peau de tambour tendue au point de vibrer à
la moindre caresse du vent. Véra frissonna, avec la
certitude soudaine que le dénouement était proche
et que c'était peut-être même la dernière fois qu'elle
parlait avec Hanna. Elle referma sa veste et se mit à
parcourir les feuillets manuscrits au hasard.

> *... le temps du Menteur est fini.*
> *Ce qu'il a voulu — la puissance*
> *qui lui avait été donnée — lui sera reprise.*
> *Il l'a voulue pour lui-même*
> *et il a tout couvert de mensonge.*
> *Mais ce qui était caché est proclamé au grand jour,*
> *et la puissance lui est reprise.*
> *Le mensonge se meurt, ses jours sont comptés.*
> *C'est LUI/ELLE (Ö) qui a dit :* ASSEZ !
> *La fin est le commencement.*
> *Les démons deviennent de nouveau des Anges.*
> *Écoutez bien ! Tout cela, tout ce qui a été annoncé,*
> SE PASSE EN VOUS-MÊME,
> *... EN VOUS-MÊME.* (21/6/44)

10

LA FIN

Budapest s'enfonce dans le plus noir des hivers. La défaite définitive des nazis n'est plus qu'une question de mois, peut-être de semaines. Mais les monstres résistent et la souffrance devient hallucinante. Dans l'usine à uniformes, pourtant, la vie se poursuit, avec ténacité et même avec une sorte d'humour noir.

Obsédée par la crainte de voir les Croix fléchées du « père » Kun à nouveau débarquer (comment pourraient-ils avoir renoncé ?), le « commandant » Gitta Mallasz vient d'avoir une idée d'une extrême témérité.

Tout a démarré avec la visite d'un soldat allemand, un ancien ami de Hanna et de Joseph, du temps lointain où ils faisaient leurs études à Munich. Guidé par la famille Mallasz, cet homme a trouvé le chemin de la *Fabrik*. C'est un artiste, un gentil, qui déteste les nazis et la guerre. Il travaille comme dessinateur au journal *Wehrmacht*. En discutant avec lui, Gitta a l'impression que c'est le Ciel qui lui envoie cet allié. Comment utiliser sa proposition d'aide ? Ce n'est qu'un humble soldat, mais il se dit prêt à tout, pour sauver son amie Hanna.

Tout d'un coup, Gitta « voit » toute une chaîne d'événements se télescoper dans son esprit.

De toute évidence, c'est à moi d'inventer un moyen pour veiller sur la vie de Hanna.

Nous sommes à une époque où la mort se repaît d'un

grand festin : quarante millions de vies humaines sont déjà consommées.

Comment protéger Hanna ? Où la cacher ? Notre usine de guerre n'est plus un refuge, mais une cible. Un beau dimanche, c'est moi qui risque d'être fusillée sur place. Tu interviens [*Gitta s'adresse ici à son Ange*], j'y échappe ; puis, au moment où je vais être déportée comme les femmes juives, tu interviens à nouveau, nous y échappons. Alors une idée autre, tout à fait autre me vient à l'esprit : faire protéger mes brebis par le loup le plus féroce qui soit, le loup humain.

Je suppose que c'est toi qui me l'as soufflée ; elle est si audacieuse, si impossible qu'elle ne peut pas avoir été conçue par mon seul cerveau[1].

Première étape : Gitta propose au soldat-dessinateur, pour sa rubrique, quelques dessins originaux sur le folklore hongrois féminin. Le bonhomme est ravi. Sous le regard curieux de Hanna, Gitta en rajoute : si le journal *Wehrmacht* en veut d'autres, elle est prête à lui faire tous les dessins qu'il veut ! En échange elle ne demande pas grand-chose — juste un petit mot de remerciement sur papier à en-tête du journal, un document qui fasse officiel, avec des tampons à croix gammée... Le copain dessinateur comprend aussitôt.

Dès le lendemain, le mot de remerciement (dûment tamponné) dans la poche, Gitta passe à la seconde étape de son plan. Mine de rien, elle s'en va faire un tour dans le parc du couvent, du côté de la villa où ont débarqué les SS. Voilà quelques jours qu'elle écoute, de loin, les soldats parler. Elle a repéré deux choses : 1) l'officier SS est souvent absent, 2) le caporal qui dirige les hommes pendant ce temps a l'accent bavarois — or, Gitta imite cet accent-là à la perfection — avec ses origines autrichiennes, rien de très étonnant...

La voilà donc dans le jardin, en train de siffloter un vieil air bavarois. De l'autre côté, le caporal dresse illico l'oreille, s'approche... Sans hésiter, Gitta le hèle

---

1. *Petits Dialogues d'hier et d'aujourd'hui*, Aubier.

et engage la conversation par-dessus la haie. Gitta la farceuse se fait passer pour une artiste allemande expatriée, qui a décidé de prendre la tête d'une usine de couture militaire, par pur amour pour son pays. Au moment opportun, elle exhibe son « certificat de travail » du journal *Wehrmacht*, expliquant qu'elle travaille également pour l'armée allemande.

Gitta la séductrice met toute la gomme. Le caporal et ses soldats frétillent. Ça n'est pas tous les jours qu'on peut parler à une femme allemande par les temps qui courent ! Et celle-ci dirige une boîte remplie de nanas !

Certes, la discipline demeure militaire, mais le charme joue. Surtout quand Gitta propose au caporal de venir prendre un verre de schnaps hongrois. Pour lui éviter de faire le grand détour par la route, elle lui demande, mine de rien, l'autorisation de tailler une ouverture dans la haie qui sépare la villa de la *Fabrik* — suggestion acceptée, que Gitta ordonne à ses ouvrières de mettre à exécution sur-le-champ.

En quelques jours, le « commandant » et le caporal deviennent grands copains. Chaque fois que le sous-officier allemand débarque à la *Fabrik*, les ouvrières redoublent de zèle, de vigilance... et de peur. Mais le bonhomme ne comprend rien — ou fait-il semblant ? c'est possible : on est en novembre 1944, tout le monde sait que l'Allemagne a perdu la guerre, le caporal SS demande juste à s'offrir quelque récréation.

C'est alors que Gitta lui dévoile sa folle idée : contre une possible attaque des Croix fléchées, elle voudrait faire protéger ses ouvrières juives par les SS ! Bien sûr, elle ne dit pas qu'elles sont juives. Elle évoque simplement l'existence de « bandes de voyous hongrois » qui menacent régulièrement ses filles et la bonne marche de l'usine, parle de l'attaque du 5 novembre. Si cela se reproduisait, ne serait-il pas possible de se mettre sous protection allemande, dans le jardin de l'officier SS — tiens, ça tombe bien, on a taillé un passage dans la haie —, le temps que... la police intervienne ?

Cela paraît fou, mais le caporal accepte.

Comment pourrait-il se douter du plan que le « commandant » Mallasz met en œuvre ?

*

Le 24 novembre, Hanna sait-elle qu'elle transmet le dernier message de l'Ange — répertorié, dans le livre des *Dialogues*, comme l'« Entretien 88 » ?

Un hymne à la joie.

Une cosmogonie musicale.

> *Le Seigneur est le Silence.*
> *Au sein du Silence reposait le Son.*
> *Il est devenu corps. Il est né. (...)*

Et comme, dehors, on entend les Croix fléchées pousser des hurlements :

> *Tumulte, vacarme, confusion, force dévastatrice*
> *qui détruit la loi !*
> *Le tumulte est le vide qu'IL / ELLE (Ö) ne tolère pas.*
> *La bouche qui se tait n'est pas encore le Silence.*
> *Chantez ici-bas, mes bien-aimés !*
> *Bientôt, le bruit va cesser !*
> *Chanter dans le bruit est impossible.*
> *Mais vous, mes bien-aimés, préparez-vous !*
> *Nous, nous chantons là-haut.*
> *Prêtez l'oreille !*
> *Apprenez ! Préparez-vous !*
> *Soyez unis à nous !*
> *L'amour immense, infini, le Cœur divin est nôtre. (...)*

*

Une semaine plus tard, le 1er décembre 1944, nouvelle alerte. L'ouvrière qui fait la vigie, planquée près de la route, déboule en hurlant : « Ils reviennent ! »

Gitta y pense depuis des nuits. Maintenant son plan est prêt. En quelques secondes, tout se met en place. Elle fonce à travers la haie, chez ses « amis » les SS. D'une phrase sèche — « *Schnell, diese ver-*

rückten Ungarn wollen meine Leute umbringen ! »
(« Vite, ces cinglés de Hongrois veulent tuer mes
gens ! ») — , elle fait sursauter le caporal bavarois, qui
appelle ses hommes à la rescousse. Ceux-ci se précipitent vers la *Fabrik*, grenades à la main.

Pendant ce temps, en quelques secondes, Hanna et
Lili ont poussé femmes et enfants hors de la maison,
en direction de la villa où flotte la croix gammée.
Incrédules, tremblant d'effroi, les ouvrières juives
passent entre les soldats SS, qui encadrent le « portail » de la haie en grognant : « *Schnell, lauft
schnell* ! » (vite, courez vite !), prêts à dégoupiller
leurs grenades — puis elles traversent le jardin des
Allemands, avant de s'enfuir, par l'arrière, à la queue
leu leu, dans la forêt de Jánoshegy[1].

Gitta, elle, est déjà de l'autre côté de la *Fabrik*,
flanquée du caporal SS, pour tenter de stopper les
assaillants... dont elle se rend compte avec soulage-
ment qu'il ne s'agit pas de Croix fléchées, mais de
soldats de l'armée régulière hongroise, conduits par
un jeune lieutenant. Celui-ci marque un moment
d'arrêt stupéfait quand il aperçoit les SS...

Pour gagner du temps, Gitta s'empresse de jouer
l'interprète entre le sous-officier allemand et l'officier
hongrois, traduisant tout de travers et brandissant
son fameux « certificat de travail » du journal
Wehrmacht, pour faire croire que son « usine de
guerre » est récemment passée sous contrôle allemand. Pendant quelques minutes, Gitta peut s'imaginer qu'elle va l'emporter. Le lieutenant fléchit légèrement ? Aussitôt, elle en profite, élève le ton, menace
des pires représailles si l'on osait tenter quoi que ce
soit contre son personnel.

Malheureusement, l'allié allemand de Gitta n'est
que caporal, alors que son adversaire magyar a des
galons — aussi ce dernier ose-t-il demander, poli-
ment et raide comme un piquet, qu'un officier alle-

---

1. Gitta l'apprendra plus tard : la totalité des femmes et des
enfants ayant réussi à fuir la « Fabrik » par la forêt, ce
1er décembre 1944, ont finalement survécu à la guerre — en réus-
sissant à se cacher dans les faubourgs de Budapest. Un miracle.

mand veuille bien lui confirmer officiellement le nouveau statut de la *Fabrik*. Gitta accepte et demande au
caporal d'appeler ses supérieurs. Elle n'a qu'un but :
gagner du temps. Elle est persuadée qu'ainsi, la totalité des ouvrières aura eu le temps de fuir — y compris bien sûr Hanna et Lili.

Le caporal SS s'en va donc téléphoner au colonel
dont il garde la villa, laissant derrière lui quatre
soldats, pour barrer le chemin aux militaires hongrois.

Dans ses commentaires des *Dialogues*, Gitta
racontera plus tard qu'elle entendit, depuis le jardin,
les hurlements du colonel SS au téléphone, tellement
il criait fort. Ce dernier n'était évidemment au courant de rien et ordonnait à ses hommes de ne surtout
pas se mêler des affaires entre Hongrois.

Pendant ce temps, une jeune ouvrière s'approche
du « commandant » Mallasz et, en quelques mots à
demi avalés, lui murmure : « Tout le monde est
passé, sauf un petit groupe, qui vous attend. »

Quoi ? ! ? Gitta doit bander tous ses muscles pour
ne pas hurler de fureur. Sans rien en laisser transpa-
raître, elle souffle d'une voix hachée entre ses dents :
« Tout-le-monde-s'en-va ! Dites-leur que c'est un
ordre ! » La jeune ouvrière s'éclipse.

Déjà, le caporal bavarois revient, les épaules bas-
ses. Il regarde Gitta d'un air désolé, puis lance un
ordre bref. Leurs grenades toujours en main, les SS
se retirent sans tarder.

Dix secondes plus tard, à la tête de ses hommes, le
petit lieutenant hongrois est à l'intérieur de la
Fabrik... dont il constate, furieux, qu'elle est vide.
Tout va alors très vite. Gitta reste calme. Elle se dit
qu'il va maintenant lui falloir affronter, seule, la rage
de ses compatriotes fascistes. La fille du général Mallasz va-t-elle passer en cour martiale ?

Mais une nappe glacée s'abat soudain sur elle. Par
une fenêtre, elle vient d'apercevoir dans la cour un
petit groupe d'ouvrières, entourées par des soldats
hongrois.

« Les folles ! Elles ne sont pas parties ! »

Il y a là seize femmes[1] qui n'ont pas pu s'enfuir par la forêt. Pas pu ou pas voulu...

Treize sont tout simplement trop vieilles, ou trop faibles pour courir. Mais les trois autres n'auraient eu aucun mal à se sauver. Elles sont restées volontairement, pour ne pas laisser Gitta seule face aux bourreaux. Ces trois femmes sont Hanna, Lili et Eva la petite rouquine.

Toutes sont d'origine juive. Pour elles, c'est clair, il n'y a plus aucune chance.

---

1. Gitta dira treize, mais Eva Danos sera formelle : « Lorsque nous nous sommes comptées dans le camion qui nous emportait vers les trains de la mort, nous étions seize ! »

24 novembre 1994. — La folle et lumineuse aventure s'est arrêtée net il y a cinquante ans. Aujourd'hui, il y a un demi-siècle tout juste, jour pour jour, la bouche de Hanna prononça les mots du dernier des quatre-vingt-huit entretiens des *Dialogues avec l'Ange.*

> *Croyez-le !*
> *L'Éternelle Vie est déjà vôtre !*

Une question me vient : peut-on dire que, malgré le feu et la souffrance alentour, la prééminence avait été donnée à la parole, l'action venant en second ? Rien n'est moins sûr. Hanna n'avait-elle pas, durant ces dix-sept mois de dialogue, systématiquement signalé la place cruciale de ceux qui n'avaient pas parlé, mais agi : Joseph et Lili ?

28 novembre. — Une critique revient souvent dans la bouche de mes rares amis qui n'aiment pas les *Dialogues* : « C'est tellement judéo-chrétien, ce truc ! »

Oui, on peut le dire, c'est judéo-chrétien : c'est-à-dire vraiment juif et chrétien à la fois, alors qu'en général, l'expression *judéo-chrétien* définit un ensemble historico-religieux plutôt vague, où l'un des deux termes disparaît dans l'inconscient, sous le poids de l'autre.

Eh bien quoi ? quel est ce snobisme ? Il est bien sûr plus chic (spirituellement correct) d'être bouddhiste, ces temps-ci, notamment zen ou tibétain — « Eux au moins sont athées, mon cher ! Ah vous ne saviez pas ? Si, si, ils le disent clairement : au centre de tout règne le Vide. »

La classe, quoâ !

Les *Dialogues* seraient, à mon sens, lisibles par n'importe quel bouddhiste, ou hindouiste, ou chaman animiste.

Qu'ils soient, en leur cœur même, imbibés de symbolique angélique juive et de symbolique millénariste chrétienne, va de soi. L'énergie se doit de prendre une forme. Ces formes-ci sont celles sur lesquelles notre civilisation a grandi. C'est par elles que nous pouvons le mieux rejoindre le tronc humain universel.

Mais quelle vision libertaire !

2 décembre. — Étonnante nouvelle : par l'intermédiaire de Dominique Raoul-Duval, qui fut la première éditrice des *Dialogues,* je découvre l'existence d'une psychanalyste hongroise qui, juive, a vécu toute la guerre à Budapest. Il paraît qu'elle n'« adhère » pas spécialement aux affaires d'ange, mais elle a raconté un jour à Dominique que plusieurs phénomènes similaires à celui des *Dialogues* auraient été signalés à cette époque-là, dans l'atmosphère sur-saturée d'angoisse de la Hongrie d'alors, transformée en cocotte-minute psychologique.

« La pression était si forte, a-t-elle dit en substance à Dominique, que des inspirations de style "prophétique" jaillirent en plusieurs lieux de Budapest. »

Cela semble logique. Et pourtant prodigieux. Pourquoi n'en parle-t-on pas davantage ? Sous une forte pression, des âmes éveillées, ou au moins partiellement éveillées, se mettraient à résonner avec une force de Vie supérieure. En va-t-il de même pour toutes les communautés assiégées, encerclées, mises sous pression ?

10 décembre. — Après avoir vainement tenté d'obtenir un rendez-vous d'elle, la psychanalyste hongroise me fait finalement savoir qu'elle « ne se souvient pas de ce qui s'est passé pendant la guerre à Budapest ». Je crois comprendre qu'elle ne tient pas à évoquer cette époque terrible. Je respecte évidemment son refus, malgré ma déception. Un ami de la psychanalyste me conseille de chercher les informations dont j'ai besoin auprès du « musée de l'Holocauste », à Washington. Mais dans ce cas, autant s'adresser peut-être directement à Jérusalem.

11 décembre. — L'explosion médiatico-angélique atteint des proportions stupéfiantes. Les maisons d'édition nous inondent d'ouvrages de toutes sortes sur les anges. Les guides pratiques genre « Comment contacter vos anges » se multiplient, avec généralement des listes de noms d'ange d'après la kabbale. Je crains que la plupart ne fassent de gros contresens. Si l'ange représente notre pouvoir de co-

création du monde et de nous-mêmes, alors chaque ange
est résolument unique et non prévisible, même par la kabbale — que les grands kabbalistes me pardonnent ! De
toute façon, je ne crois pas qu'il y ait beaucoup de « grands
kabbalistes » en circulation dans cette effervescence.

12 décembre. — Olivier Abel est professeur de philosophie
et d'éthique à la faculté protestante de Paris. Il doit publier
à l'automne 1995 un numéro d'*Autrement* sur « La résurrection des anges ». Pour l'instant, c'est dans la revue
Réforme (numéro du 10 décembre) que l'entretien se
déroule, et l'interlocuteur s'appelle Séverine Boudier.

Pour Abel, l'actuelle floraison angélique est plutôt
inquiétante. Le New Age, ce bouc émissaire-buvard, en
prend pour son grade : on s'y sert des anges, dit-il, comme
de « guérisseurs du grand spleen spirituel de nos pays et
de notre temps ».

« Dans l'imaginaire collectif, affirme le théologien, les
anges sont une sorte de corps de rêve, ils servent à suppléer
à ce en quoi nos corps n'atteignent pas ce corps de rêve, ce
corps parfait qui aurait à la fois tous les attributs de la
beauté, l'énergie de la santé et de la jeunesse, les capacités
communicationnelles et communautaires — une sorte de
corps mystique. C'est tout ce défaut, tout ce manque à être
de nos corps que les angélologies contemporaines dési-
gnent. »

Précisant le sens de son inquiétude, Olivier Abel s'arrête
sur trois constatations.

D'abord, lui semble-t-il, l'approche angélique du monde
correspond bien à la logique événementielle, accidentelle,
imprévisible des médias. Les anges gardiens apparaissent
et disparaissent sans laisser de traces. Comme des images
de télévision. Comme des dossiers ou des affaires dont on
vous rebat les oreilles, puis dont on ne dit plus rien.
Comme des French doctors humanitaires sur les lieux
d'une catastrophe ou d'une guerre. Vous les avez vus ?
Quoi ? Les avez-vous vus ?

En second lieu, reprenant ce que dit Serres sur la communication, Abel, de nouveau, se montre dubitatif : cette
vaste communication universelle censée défaire la malédiction de Babel ne nous rend pas meilleur. Certes,
l'homme moderne peut téléphoner, faxer, marchander avec
le monde entier grâce à son *e-mail*, joignable même depuis
le Boeing qui l'emporte à 800 km/h au-dessus des océans,
mais cet homme, qui a littéralement gagné le don d'ubiquité, est toujours aussi méchant que ses ancêtres. Pire : sa

nouvelle tour de Babel électronique enfonce ses fondations
« dans les charniers du Tiers-Monde », où toutes ces questions ne se posent, hélas, pas.

Enfin et surtout, le jeune théologien protestant s'offusque d'un manque essentiel : les anges modernes volent, lui
semble-t-il, dans le désordre d'une absence totale de Dieu.
Il comprend pourquoi : au temps d'Alexandre, quand il fallut trouver des passerelles entre toutes les cultures d'Occident et d'Orient, les divinités ailées servirent pareillement
d'interfaces. « Il n'empêche que du point de vue théologique, c'est un retour très inquiétant, parce qu'on ne rend
pas à Dieu ce qui est à Dieu. Et puis, on ne respecte pas
les anges eux-mêmes, dans la mesure où les anges sans
Dieu... Imaginez Noël avec les anges, mais sans l'Enfant...
Pourquoi ces anges dans le ciel ? Où est l'allégresse ? »

Les « anges de feu » ? Abel leur fait un sort à sa façon, en
rappelant que les bolcheviques avaient utilisé cette figure,
symbole de terreur...

Quant à définir les « vrais » anges, Abel se retrouve à son
tour sur la piste extraordinaire qui mène de saint Thomas,
ou de Suarez, aux temps modernes. C'est une piste escar-
pée, qui conduit par exemple à se demander ce qu'est une
voix — donc ce qu'est une *personne* : « par qui ça
sonne » —, ou ce qu'il advient de deux voix à l'unisson
qui fusionnent.

S'il faut trouver un lien plus direct à la chair, le
chercheur protestant cite Jésus répondant aux apôtres qui
viennent de lui demander aux côtés duquel de ses époux
la veuve de plusieurs hommes ressuscitera : « Vous serez
comme les anges. »

S'ouvre alors la vaste question du sexe des anges. Notre
partie immortelle est-elle asexuée, autrement dit déperson-
nalisée ? Non, puisque la résurrection réveillera la chair.
Alors ? Eh bien, déclare Abel, il faut « tenir à la fois que,
dans le royaume de Dieu, il n'y aura plus ni juif, ni Grec,
ni homme, ni femme, qu'on sera comme des anges... » et,
en même temps, que « la résurrection sera celle de la chair.
Cela signifie que les anges, finalement, sont encore plus
singuliers et que ce qui sera ressuscité en nous est encore
plus singulier que la différence homme-femme, juif-Grec ».

Alléluia ! Une inimaginable surprise nous attend !

Olivier Abel pourrait rester à la hauteur de cette joie. Il
évoque la sublime vision angélique du théologien Karl
Barth, pour qui les anges sont les mains de Dieu : de leurs
battements d'aile, ils séparent Dieu du néant — « avec
l'idée d'un combat, car il y a l'idée que le néant existe, qu'il

est une force ». Mais dès qu'il s'agit de livrer son propre credo, le théologien revient à la mélodie inquiète. Il aime bien, lui, Wim Wenders ; sa manière de voir l'ange plutôt comme un SDF largué, « livré à sa corporéité toute simple ». Au fond, la seule angélologie qui semble honnête à Abel définirait plutôt « l'absence des anges ». L'impossibilité de se les représenter. Ou alors de manière poétique. Et de dos. Comme eux par rapport à nous.

15 décembre. — À vrai dire, la vision d'Olivier Abel semble évidemment très étrange aux yeux de qui a découvert la « question de l'ange » par le biais des *Dialogues*.

Je trouve d'ailleurs étonnant que ce théologien ne mentionne pas du tout l'expérience de Budaliget/Budapest. Rien sur ce dialogue faramineux, et tournant autour d'un axe tellement fort ! Là, il ne pourrait pas parler d'« absence du Divin ».

23 décembre. — Comment faire retrouver à notre monde la vraie nature de l'ange ? Heureusement, de plus en plus d'intellectuels de niveau respectable se mêlent à la bataille et ne se contentent plus de regarder de loin les zélotes naïfs du New Age se faire d'autant plus facilement ridiculiser par l'ordre mécaniciste qu'ils sont autodidactes, voire illettrés.

Écoutons donc un peu philosophes et théologiens contemporains nous parler des anges. Oh, rien de bien complexe ! Mes propres limites sont vite atteintes. L'œuvre d'un Henri Corbin, par exemple, ou celle d'un Christian Jambet, de la même lignée, démarrent si haut et si fort dans l'angélologie chiite qu'il me faut vite renoncer.

Mais Marc-Alain Ouaknin, Olivier Abel, Didier Dumas, Jean-Yves Leloup... ou Gitta Mallasz, par chance, savent se mettre à la portée de tous, de façon simple. Pas simpliste. La plupart rappellent : l'ange est le messager de la Force créatrice. Le messager du Verbe.

26 décembre. — Qu'est-ce que le Verbe ? Parlons du statut des mots.

Au commencement de tout est la parole, dit Vaclav Havel en 1989 (avant la chute du mur de Berlin) dans un discours devant une société littéraire ouest-allemande, c'est le miracle auquel nous devons d'être hommes. Mais c'est aussi le piège, l'épreuve, la ruse et le test. Et plus encore qu'il ne vous semble, à vous qui vivez dans un pays de grande liberté de parole, dans une société où les mots ne semblent pas beaucoup importer (Havel est à l'époque étroitement surveillé par la police politique communiste). Car, à côté de la parole dont la liberté et la véracité galvanisent, il y a aussi la parole qui hypnotise, qui trompe, qui fanatise, une parole forcenée, menteuse, dangereuse, mortelle. Une parole-flèche.

La parole est un phénomène mystérieux, polysémique, ambivalent, traître. Elle est ce rayon de lumière au royaume des ténèbres, comme Bielinski a jadis appelé *La Tempête* d'Ostrovski, mais elle peut être aussi une flèche meurtrière. Pis encore, elle peut être tantôt l'un, tantôt l'autre, voire les deux à la fois !

Après avoir appliqué son idée aux discours de Marx, de Lénine et de Freud, l'écrivain tchèque en vient à parler de la parole du Christ :

A-t-elle servi de départ à l'histoire de notre salut et influé avec une puissance incomparable sur le développement culturel du monde, ou fut-elle le germe spirituel des croisades, des inquisitions, de la destruction des cultures américaines précolombiennes, puis de toute cette expansion contestable de la race blanche à laquelle nous devons tant de tragédies, y compris celle de voir aujourd'hui la plus grande partie de l'humanité réduite à la triste catégorie d'un monde paraît-il seulement tiers ? Je continue à penser qu'elle a plutôt joué le premier rôle ; mais je ne peux pas ignorer les piles de livres prouvant que même le plus pur christianisme originel contenait déjà, encodé en lui à son insu, ce quelque chose qui, dans un contexte où se sont conjuguées mille autres circonstances y compris la relative permanence du caractère humain, pouvait d'une certaine manière ouvrir en esprit la voie aux atrocités que je viens d'évoquer.

Vaclav Havel conclut son discours par ces mots :

Tirons donc les leçons de tout cela et déclarons, chacun pour soi et tous ensemble, la guerre aux paroles d'orgueil, regardons de près toute parole apparemment humble pour y déceler les œufs de coucou déposés par l'orgueil.

Il ne s'agit pas là, et de loin, d'une tâche purement linguistique. C'est un appel à devenir responsables des mots et envers les mots, un devoir éthique par essence.

En tant que tel, ce devoir ne prend pas sa source dans le monde qui nous est perceptible, mais loin au-delà de notre horizon, là où réside cette Parole qui était au commencement de tout et qui n'est pas la parole humaine.

Je ne vous dirai pas pourquoi il en est ainsi. Votre grand ancêtre Emmanuel Kant l'a fait beaucoup mieux que je ne pourrais jamais le faire.

> *Quelques mots sur la parole*,
> discours prononcé en octobre 1989, à Francfort,
> lors de la remise du Prix de la Paix,
> en français aux éditions de l'Aube.

28 décembre. — Un choc : j'ai reçu ce matin un faire-part : Véra Székély vient de mourir. Bon sang ! Je n'en reviens pas. Elle, si vive... Elle est partie le 24 décembre. Par tous les saints, ça c'est une date ! J'aurais tant aimé la revoir ! J'avais encore tant de choses à lui demander. Elle constituait l'un des tout derniers liens vivants avec l'aventure des *Dialogues* et je comptais beaucoup sur elle pour me corriger. Mais les liens se rompent. Il faut voler de nos propres ailes... Puisses-tu, Véra, toi si rigoureuse et si chaleureuse, t'envoler dans la Lumière — puisses-tu rejoindre la bande des quatre dans le hors-temps !

13 janvier 1995. — Je ne me lasse pas de répéter ces mots de Michel Cressole parlant, le 5 juillet 90, des *Dialogues* : « C'est le manifeste esthétique radical » !

Radical.

4 février. — Pourquoi la Shoah nous épouvante-t-elle davantage que le génocide des Amérindiens par les Espagnols, ou des Cambodgiens par les Khmers rouges, ou que les massacres du Rwanda ?

Ce qui nous anéantit, chez les nazis, c'est peut-être qu'ils remettent si fondamentalement en cause, par leur folie meurtrière froidement calculée, l'idée que l'homme moderne, l'Européen raisonnant et rationnel, serait différent, plus éveillé, humainement plus accompli, que ses

congénères des autres cultures, jusque-là systématiquement considérées comme « primitives », donc moins spirituelles, moins habitées par l'esprit... Eh bien non, si la
modernité a bien lancé le projet fabuleux et radicalement
neuf de la *liberté individuelle*, elle n'a pas, jusqu'à présent,
su insuffler à la chair l'esprit de ce qu'elle visait. Statu quo.

Le chantier de démolition a été mis en branle. OK. Les
anciennes figures de la Divinité ont commencé à tomber.
Mais rien de cosmiquement stable n'est encore sorti de là.
Tout reste à prouver. Les Romains décadents aussi avaient
commencé à tout casser. Et alors ? Nos « libres penseurs »
jouent les Lucifer : *Je n'ai besoin de personne en Harley
Davidson* ! *Tarzan fait son trou tout seul* ! *Notre Père qui
êtes aux Cieux, restez-y...* Certes, la terre est « parfois si
jolie », mais quelle prétention enfantine, ou plutôt infantile, que de refuser de voir qu'une force créatrice inouïe l'a
engendrée ! Avant de pouvoir faire l'amour, encore a-t-il
fallu que cette force inouïe nous invente un sexe ! Du point
de vue de la biosphère terrestre, nous modernes, n'avons
encore RIEN prouvé.

La modernité n'a apporté à l'accomplissement de
l'homme qu'un croquis de géométrie descriptive. Utilisable. Virtuellement prodigieux. Mais à remplir de chair. En
soi : vide, creux.

16 mars 1995. — Après une conférence sur les dauphins
au Salon de thalassothérapie, une sympathique ex-
anarchiste me parle de Makhno (souvenirs lointains). Cette
ancienne syndicaliste aimerait injecter de la prise de
conscience politique dans le New Age. Elle est amie avec
Leonid Pliouchtch et sa femme. Elle m'apprend que ces ex-
dissidents de l'ex-Union soviétique sont en train (depuis
des mois) de traduire les *Dialogues* en russe et en ukrainien — sans chercher à savoir si un éditeur sera intéressé
ou pas. Ils aiment tellement ce texte qu'ils ont tout simplement décidé de traduire, voilà tout.

31 mars. — Ai passé la journée à discuter avec Dominique
Bertrand, ex-rocker devenu, par la grâce d'un voyage en
Inde et de sa rencontre avec la grande Ma Anandamayi,
musicien de l'âme. Il pratique le chant harmonique mon-
gol — à des fins parfois thérapeutiques. Dominique m'a
appris que les *Dialogues* avaient joué un rôle déterminant
dans sa métamorphose. J'aime l'entendre m'en parler. Sa
lecture est vraiment celle d'un musicien. Il évoque la
« mélodie générale » des *Dialogues*, dont les quatre voix

d'ange constituent le chœur et les bruits de la rue (de la cloche qui sonne à l'église voisine aux cris des fanatiques nazis, en passant par toutes sortes de sons quotidiens) le contre-chant. C'est vrai qu'à mesure qu'elle coule, la parole des *Dialogues* intègre avec une aisance déconcertante tout ce qui se déroule alentour.

Dominique s'interroge sur la voix, sur la bouche, la gorge, le trou vide d'où sort le chant. Et puis sur la création. Il m'apprend que le mot « créateur » n'est utilisé que depuis peu (historiquement parlant : quelques siècles à peine) pour désigner autre chose que Dieu. Il aime tout particulièrement la phrase :

> *Ne sois plus la fleur, sois le printemps !*

Tout y est dit ; entre autres, le nécessaire passage de l'épanouissement personnel (caractéristique de l'hédonisme new-age) à l'idée du don, du don de soi.

Quand je lui fais part de mon interrogation sur la « part créatrice » de Hanna dans les *Dialogues*, puisque ceux-ci lui ont été littéralement « soufflés », Dominique me répond : « Mais tu sais, l'interprète d'un morceau de musique *crée*, même si ce morceau a été écrit par un autre. »

Dominique me parle aussi, longuement, du dernier entretien des *Dialogues*. Pour lui, musicien, c'est un texte essentiel — incontestablement celui, de toute cette aventure, qui l'a le plus marqué. Cela démarre ainsi :

> *Au commencement était le silence.*
> *Du sein du Silence est né le Son.*
> *Le son est l'Amour.*
> *Le Son est le Fils du Seigneur.* (24/11/44)

Au shintaïdo, nous apprenons à marier la voix au geste. Cet art du mouvement nous conduit à découvrir ceci : « En faisant vibrer *sonorement* le corps, celui-ci fait un bout de chemin vers l'origine. » (A. Palma.)

3 avril. — Je relis cette citation des *Dialogues* :

> *Si tu enfonces un clou, tu lèves d'abord la main.*
> *Le marteau s'éloigne, mais la force grandit — elle s'abat.*
> S'ÉLOIGNER DE DIEU
> EST UNE FORCE MERVEILLEUSE. (30/7/44)

D'abord, cela me fait penser à la force physique qu'on appelle *nucléaire forte,* celle qui, transmise par des *gluons,* relie entre eux les *quarks* constitutifs des protons et neutrons, cœur des atomes. Et puis je cesse de penser, et me contente de laisser mon corps se rappeler quelques exercices de shintaïdo. Quand enfin, je parviens à m'ouvrir un peu, et que, partant à toute vitesse les mains ouvertes devant moi, j'ai soudain l'impression de *tomber,* d'être aspiré vers l'avant, comme si l'horizon, tout là-bas à l'infini, m'aspirait... « S'éloigner de Dieu est une force merveilleuse », j'ai rarement lu de *koan* plus jubilatoire !

VI

APRÈS

*L'abandon au moment suprême de la cruci-
fixion, quel abîme d'amour des deux côtés !*
« *Mon Dieu, mon Dieu, pourquoi m'as-tu
abandonné ?* »
*Là est la véritable preuve que le christia-
nisme est quelque chose de divin.*

Simone WEIL
(*La Pesanteur et la Grâce*)

Peut-être le scénario dont rêvait Gitta
Mallasz devrait-il commencer ici ?

1

GITTA CONTRE VENTS ET MARÉES

Il ne s'écoule pas cinq minutes que le camion des militaires hongrois a disparu, emportant les seize femmes, dont trois ont refusé de fuir pour servir d'alibi à Gitta.

Gitta que les militaires fascistes magyars embarqueraient bien à présent, elle aussi, pour la pendre à un poteau télégraphique ou pour la noyer dans le Danube... Seule l'arrivée *in extremis* du père Klinda, qui porte le titre officiel de représentant du nonce apostolique, les en dissuade finalement. Ils acceptent d'écouter le fonctionnaire catholique plaider la cause de la responsable de l'« usine de guerre » dont le souci de protéger ses ouvrières faisait partie, explique-t-il, de sa mission officielle vis-à-vis des « juifs du travail ».

Bref, le soir même, Gitta est libre. Elle a pu, à la dernière seconde, récupérer les précieux cahiers à couverture de moleskine noire, où tous les dialogues ont été transcrits.

Libre et seule.

Désespérément seule.

Gitta rentre chez ses parents, où elle demeure comme assommée. Par extraordinaire, sa famille n'est au courant de rien — certes, le général et sa femme connaissaient l'existence de Hanna, Joseph et

Lili, mais ils ne se doutent pas une seconde de l'aventure que leur fille vient de vivre pendant dix-sept mois !

Pendant les jours qui suivent, Gitta fouille toute la ville de plus en plus folle, dans l'espoir, non moins fou, de retrouver ses amies quelque part. Il est vrai que la déportation des juifs de Budapest n'a pas encore été officiellement décrétée ; elle ne le sera jamais. En attendant, les nazis, allemands comme hongrois, embastillent certaines de leurs futures victimes dans des caves. Gitta se lance donc dans une tournée de ces caves transformées en geôles. Les poches emplies de tous les bijoux en or qu'elle a pu « emprunter » à sa famille, elle dilapide en peu de temps une fortune, à seule fin de se faire ouvrir, par des *Nilasz* corruptibles, des portes de souterrains abominables. Où croupissent des centaines de misérables, hommes, femmes, enfants aux yeux hallucinés, jetés dans l'ombre comme des bestiaux pour l'abattoir... Mais ni Hanna, ni Lili, ni aucune des quatorze autres femmes.

Voyage en enfer.

Pour rien.

Rien que des échanges de regards atroces.

Ses amies demeurent introuvables. Nul ne peut lui dire où elles sont. Même parmi ses « alliés » du ministère de la Guerre et de la nonciature.

Eût-elle fini par dénicher ses amies, qu'aurait pu faire Gitta pour les sauver ?

« L'or arrangeait bien des choses, me dira-t-elle. Avec un peu d'or, je les aurais arrachées de là, crois-moi ! J'ignorais qu'hélas, une heure à peine après leur arrestation, elles avaient été flanquées dans un train en partance direct pour Ravensbrück. Quand Noël est arrivé, j'avais perdu tout espoir. J'étais anéantie. Et dire que j'aurais pu leur procurer des passeports suédois ! Mais elles avaient refusé. En toute lucidité. Moi qui étais prête à tout, à toutes les ruses, à toutes les tricheries, je ne m'en remettais pas. Mais Hanna n'avait pas pu. Le mensonge lui était réellement devenu impossible. »

On a raconté, plus tard, qu'à l'arrivée de

Ravensbrück, au moment où l'on rasait la tête du nouveau contingent de déportées, une surveillante SS, intriguée par les longues nattes blondes de Hanna, ses yeux bleus et son nez droit de paysanne hongroise, lui aurait demandé : « Mais qu'est-ce que tu fais là, toi ? Tu es pourtant aryenne, ça se voit bien ! » Et Hanna lui aurait répondu : « Non, je suis juive ! » À demi convaincue, la surveillante lui aurait malgré tout épargné la chevelure.

Eva Danos, qui s'y trouvait elle aussi, et que nous rencontrerons dans l'épilogue, contestera la véracité de cette histoire : « Les camps étaient remplis de non-juifs *aussi* ! » Mais qu'importe ! Le dialogue avec la femme SS *pourrait* être vrai : Hanna et Lili ne savaient plus mentir.

Quant à Gitta, elle finit par baisser les bras : convaincue qu'elle ne retrouverait pas ses amies quelque part dans Budapest...

Pendant un demi-siècle, je me demanderai : aurais-je pu [les] sauver d'une autre façon ? Étais-je trop épaisse, trop sourde, trop aveugle pour capter une autre suggestion salvatrice ?

Cette question est lourde, écrasante.

Et puis, cinquante ans après, mes yeux tombent sur tes paroles, claires, si claires, et tout à coup il n'y a plus de poids, car mes yeux *voient*.

LUI/ELLE (Ö) TRACE L'ÉTERNEL PLAN —
QUI PASSE À TRAVERS NOUS,
MAIS RIEN NE SE PEUT FAIRE SANS VOUS.
CHOISISSEZ ! (12/5/44)

LUI/ELLE (Ö) a tracé le plan, toi [l'ange] tu me l'as transmis, moi je l'ai exécuté dans la matière — et alors, que s'est-il passé ?

Un facteur décisif manquait : le libre-choix de l'homme. Hanna a librement décidé de *ne pas* prendre la fuite.

Je m'incline devant la grandeur de l'être humain, seul responsable de ses actes[1].

1. *Petits Dialogues d'hier et d'aujourd'hui, op. cit.*

Le siège de Budapest par l'Armée rouge commence le 27 décembre 1944 et s'achève le 13 février 1945. Durant cette période, quinze mille personnes, dont dix mille juifs, meurent dans les quartiers de Pest. Au comble de l'hiver, alors que la canonnade soviétique ne s'interrompt plus une seule seconde, de nuit comme de jour, les Croix fléchées poursuivent leurs monstruosités s'emparant à tout moment de juifs, pris au hasard, et les précipitant du haut des ponts dans les eaux glacées du Danube.

*

Dans les heures qui suivent l'arrivée des Russes, la belle villa de la famille Mallasz est réquisitionnée. La colline de Buda a été moins touchée que la plaine de Pest, littéralement rasée. Tandis que les troupes pillent ce qui reste de la capitale hongroise, avec parfois une sauvagerie effrayante, les officiers supérieurs communistes se choisissent des dortoirs confortables. Ainsi un colonel et ses hommes viennent-ils frapper à la porte des Mallasz.

C'est Gitta qui leur ouvre la porte.

L'ex-championne de natation est particulièrement douée pour les langues : outre le hongrois et l'allemand, elle parle l'italien, l'anglais, le français, le slovène et le russe. C'est dans un russe plutôt châtié qu'elle lance tout de go : « *Kak koultourni* ! » (« Quel homme cultivé ! »).

Quand elle me racontera cela, en 1992, je commencerai par faire une moue dubitative. Gitta haussera les épaules : « Mais mon vieux, en pareil cas, il ne faut surtout pas hésiter ! J'étais encore jeune et jolie. J'ai mis le paquet. Après avoir perdu mes chers amis, il s'agissait maintenant de tout faire pour sauver au moins ma famille. »

Pas une mince affaire.

En tant qu'ancien général de l'armée commandée par l'amiral Horthy (l'homme qui a écrasé la révolution bolchevique de Béla Kun dans le sang), le père de Gitta se retrouve au premier rang des candidats pour le Goulag — et toute sa famille avec. Aussi la jeune femme met-elle en effet « le paquet ».

Le colonel russe qui occupe la maison a un complexe comparable à celui de certains chefs allemands en France, soucieux de passer pour « extrêmement civilisés ». Aussi apprécie-t-il fort que Gitta lui organise, une fois par semaine, un petit concert de chambre — la mère de Gitta installée au piano, accompagnée par deux violonistes « réquisitionnés » par Gitta en échange d'un dîner inespéré (la ville meurt de faim). En signe de gratitude, l'officier russe rapporte à Gitta et à sa mère toutes sortes de victuailles, mais aussi de bijoux chapardés dans les maisons voisines — dont les Mallasz s'efforcent ensuite de retrouver les propriétaires.

Le problème, c'est que le général Mallasz, lui, n'est absolument pas d'accord pour « séduire » le nouvel occupant. Pendant les deux mois de présence de l'officier russe dans sa maison, Gitta doit continuellement surveiller son vieux père pour qu'il n'attaque pas l'ennemi, revolver au poing.

« Dompter un animal sauvage, dira-t-elle, aurait été plus facile. »

La situation est si tendue que Gitta finit par tomber malade. Avec 41° de fièvre, elle s'en va, à pied dans la neige, à la recherche d'un improbable médecin, qu'elle finit pourtant par trouver, mais avec une infection dans le ventre, qui la rendra stérile.

La suite du Grand Jeu va s'avérer tout aussi brutale que son commencement.

Un gouvernement communiste prend bientôt le pouvoir en Hongrie. La dictature s'installe d'abord lentement. Puis, comme prévu, toute la famille Mallasz (sept personnes : le père et la mère de Gitta, son frère Otto — revenu vivant du front —, la femme de celui-ci et leurs deux enfants) se retrouve... dans un « village sous haute surveillance ».

Toute la famille, sauf Gitta, qui apprend la nouvelle par l'ancienne femme de ménage de ses parents — nommée « surveillante en chef » par les communistes : les Mallasz ont eu dix minutes tout juste pour faire leurs bagages.

Et Gitta ? Elle a réussi à se faire embaucher comme décoratrice du tout nouveau ministère de la Famille et des Affaires sociales — en vertu de ses multiples talents et de son ancienne notoriété de sportive non compromise avec l'extrême droite ; qu'elle ait lutté pour sauver des juifs ne compte guère, en revanche, pour les staliniens — au contraire : à la même heure, Raoul Wallenberg, l'« ange gardien » de la légation suédoise, est lui-même en route vers le Goulag ; il n'en ressortira pas vivant, malgré d'innombrables pressions internationales[1].

Bref, de nouveau Gitta est la seule à pouvoir circuler librement. Et de nouveau, la voilà en train de courir d'administration en administration, à la recherche d'un miracle, pour arracher les siens aux griffes des totalitaires. Et de nouveau, hélas, la cause semble entendue. Le lieu de détention de sa famille est à la frontière soviétique. Cela sent très mauvais. Avez-vous déjà vu un général blanc épargné par des Rouges en plein triomphe ?

Après plusieurs mois d'efforts acharnés, Gitta sent l'énergie l'abandonner. Elle en est à se dire : « C'est leur karma, je n'y peux plus rien », quand un petit cousin, qu'elle avait toujours pris pour un parfait nigaud, déboule chez elle en trombe et lui dit simplement, d'un air candide et enflammé : « Tu dois les sauver, Gitta. Tu *peux* les sauver ! »

Alors a lieu une scène très frappante, que Gitta racontera souvent, plus tard, comme LA scène de ses retrouvailles avec la voix de l'Ange.

La visite du cousin l'a ébranlée. Le lendemain elle descend dans la rue, pour se rendre à son travail, parcourt quelques dizaines de mètres et là, à un carrefour qu'elle s'apprête à traverser, une « présence » très dense se fait soudain sentir. En une fraction de

---

1. Sur toute « l'affaire Wallenberg », lire *Raoul Wallenberg, le Juste de Budapest*, l'excellent livre de Jacques Derogy, Ramsay, 1980 et Stock, 1994.

seconde, toute la force angélique l'habite à nouveau. C'est la première fois depuis le départ de Hanna. Comme si toute la ville s'illuminait.

« D'un seul coup, témoignera-t-elle, la "Lumière intemporelle" que j'avais connue dès ma plus tendre enfance, celle de la colline avec mon grand-père, celle aussi du coup de poutre dans l'œil au bal du Claridge, celle bien sûr de tous nos entretiens avec l'Ange, celle de mon "intuition" de ce qu'il fallait faire avec le soldat-dessinateur du journal *Wehrmacht*... a fondu sur moi, et sur la rue, et sur la foule qui s'écoulait pourtant indifférente autour de moi. Comme si je voyais le temps du dehors. Et d'un seul coup j'ai VU. Vu avec une clarté incroyable tout ce qu'il fallait que je fasse pour sauver ma famille. J'ai vu, comme en enfilade, se télescopant hors du temps, toutes les étapes d'un long parcours, à la fois psychologique et politique, à l'issue duquel je devais pouvoir, contre toute attente, faire libérer mes parents. C'était clair : l'Ange m'indiquait point par point toute la démarche à suivre ! »

Le long parcours, si fortement inspiré, l'occupe pendant deux semaines. En résumé : Gitta commence par aller dire à son ministre de tutelle, une femme, qu'il lui est strictement impossible de monter l'exposition « Les bienfaits du communisme pour la famille » *(sic !)*, si sa propre famille reste emprisonnée. C'est une exposition importante, sur laquelle une cinquantaine de personnes ont commencé à travailler, sous la direction de Gitta, à l'époque très rare artisan graphiste valide et efficace. Pour des raisons internes au parti communiste et aux batailles qui s'y livrent, la ministre a urgemment besoin que cette exposition soit une grande réussite. Aussi, devant l'air décidé de sa « décoratrice en chef », la dame, qui se trouve être l'épouse d'un des responsables de la police politique, se met-elle immédiatement à intriguer en faveur de la libération de la famille Mallasz... et finit par l'obtenir ! Ce sera l'une des très rares, sinon la seule, familles de généraux du régent Horthy à être officiellement libérée par le parti communiste hongrois — et remise dans ses meubles avec des excuses officielles !

Incroyable coup de pouce de la Providence ?

Gitta y croit évidemment à fond.

Ce sera son dernier « contact angélique » explicite avant longtemps. Une longue traversée du désert commence pour elle.

« Quinze années de communisme, racontera-t-elle, quinze années de lutte féroce, durant lesquelles j'allais me couper de tout ce qui n'était pas pure survie. Je suis devenue un cadavre ambulant. Mais au fond de moi, je gardais la certitude qu'un jour, cela finirait, et que je retrouverais la Lumière. »

Ce « cadavre ambulant », en « pure survie », se débrouille fort bien sur le plan matériel. Gitta Mallasz devient vite irremplaçable dans les coulisses artistiques de l'État communiste magyar. En peu d'années, la quadragénaire pleine d'énergie se retrouve à la fois responsable des costumes et interprète en chef du Ballet national de Hongrie — où elle gagne largement de quoi subvenir aux besoins de toute la tribu Mallasz ! En d'autres termes, elle fait partie de la nouvelle nomenklatura !

Pas tout à fait cependant : l'ancienne championne demeure rétive à tout embrigadement, et ne s'inscrit évidemment pas au parti communiste, qui, en retour, la considérera jusqu'au bout comme une artiste utilisable mais suspecte, à surveiller de près.

De son côté, Gitta, si elle reste profondément rebelle — dans la fibre vivante de chaque instant —, ressent le fait même de demeurer à Budapest et d'y travailler pour l'État à la solde des Russes comme de la collaboration. De la prostitution. Elle se compromet avec le mal personnifié : le Mensonge tout-puissant au pouvoir. « Pendant ces quinze années, dira-t-elle, j'ai eu conscience que, si je descendais d'un millimètre plus bas (dans la compromission), je me désintégrais. »

EXTRAIT DU JOURNAL DE GITTA

Sensibilité : « corps à corps » et « Brutalité ».

Aucune psychanalyse ne pourrait m'analyser de façon juste.

J'obéis souvent à d'autres lois.

Pendant les dix-sept mois des *Dialogues*, je suis devenue très sensible aux moindres nuances de l'Ange... Et cette sensibilité a dû se protéger subitement sous une peau de rhinocéros en face du nazisme et du communisme... une brutalité à tout écraser.

Sensibilité extrême et brutalité extrême ?

Sous le communisme, la vie était si dure que j'étais soulagée (presque) que Hanna ne soit pas revenue de la déportation, elle n'aurait pas supporté un deuxième hitlérisme : le stalinisme.

Même aujourd'hui, un demi-siècle plus tard, je suis hypervulnérable sous la carapace dure qui me protège.

On me regarde comme une personnalité forte. C'est faux !

Je suis hypersensible et j'ai dû jouer la personne forte parce que ma tâche était de transmettre les *Dialogues*. Il me semble que des mesures gentilles ne sont pas les miennes.

Pendant ses quinze années de « collaboration » avec les communistes, une seule excuse la sauve à ses propres yeux : elle fait cela pour les siens — que les staliniens épargnent, mais maintiennent consciencieusement au chômage et privent de tout passeport permettant un éventuel exil.

Ainsi tenue en laisse par les contraintes pesant sur ses parents, Gitta, elle, est autorisée à voyager avec le Ballet national, qui entame une série de grandes tournées en Union soviétique et dans les autres démocraties populaires, à commencer par la Chine.

Voyage mémorable entre tous. On est en 1952. Mao Ze Dong est encore l'allié des Russes. En tant qu'interprète des chanteurs et danseurs hongrois, Gitta Mallasz à l'insigne honneur de pouvoir visiter — à minuit, en Jeep militaire, après moult négociations, et dans un but purement professionnel — le théâtre privé du nouveau maître de l'Empire du Milieu, au sein même du Palais d'été, que nul étranger n'a plus pénétré depuis la victoire communiste de 1949. S'y déroule alors une petite scène, qui met immédiatement Gitta au courant de la vraie nature du pouvoir de Mao :

Il s'agit de mettre au point un cérémonial d'accueil. Le Ballet national de Hongrie, invité (avant celui du Bolchoï, question de « taquiner » diplomatiquement les Russes) par les Chinois, a l'intention d'ouvrir cette soirée privée en jouant l'hymne du pays hôte, puis le sien propre, avant de lâcher les danseurs sur la scène... Gitta voit alors une ombre passer dans les regards de ses interlocuteurs. Il lui faudra plusieurs heures de palabre pour comprendre sa gaffe : proposer de jouer l'hymne chinois, dans le théâtre privé de Mao, serait obliger ce dernier à se lever, manque total de tact, pour ne pas dire épouvantable sacrilège. Gitta expliquera donc, en riant, à ses chefs sidérés qu'on ne jouera surtout pas d'hymnes nationaux dans le théâtre du Palais d'été, c'est-à-dire dans le appartements du nouvel empereur rouge !

Gitta s'amuse froidement à relever la grossièreté de la contradiction. Cette indépendance d'esprit se paiera plusieurs fois à prix fort.

EXTRAIT DU JOURNAL DE GITTA

Tomber en disgrâce... je connais bien ce privilège, j'en ai fait souvent l'expérience pendant la tournée du Ballet hongrois en URSS et en Chine, au début des années 50.

Il m'arrive assez fréquemment d'être destituée avec un éclat officiel et d'être restituée le lendemain avec discrétion... en douce.

Je m'habitue donc avec un certain plaisir malin aux hauts et bas de la montagne russe, car je détonne trop de la norme officielle.

Et je sais bien que je ne suis pas trop « détrônable » : personne ne parle des langues étrangères parmi les cent danseurs, chanteurs et musiciens hongrois.

Mon russe n'est pas trop classique... selon les officiels il est aussi parfait que celui de l'interprète chinois... un compliment ambigu.

Nos caisses de costumes sont marquées par des petits bonshommes et bonnes femmes pour n'être pas renversées. Friper des centaines de costumes serait désastreux, nous n'avons qu'une seule repasseuse. Or, un jour, à Moscou, elle vient me voir en larmes... les costumes sont en état de serpillière mouillée. Que se passe-t-il ? Je me laisse donc conduire dans ma voiture officielle à la gare de déchargement. Des gros costauds ouvrent notre wagon, à coups de pied ils font culbuter nos caisses dans la neige, qui sont bien sûr trouées. Des barbares, quoi !

Au théâtre, je demande quelques chutes de contre-plaqué pour que nos garçons — ils sont tous des brico-leurs — puissent réparer les caisses. Le vieux chef de l'atelier est visiblement embarrassé, je sens qu'il a honte : « Cela m'est impossible, ce n'est pas prévu dans le plan quinquennal. »

Je m'adresse alors au responsable communiste. Le lendemain, je suis destituée, je n'ai plus le droit de rou-ler dans une voiture officielle : j'ai osé critiquer le déchargement des meilleurs ouvriers du monde : l'ou-vrier communiste.

À la frontière chinoise, j'observe de nouveau le déchargement des caisses. Je n'en crois pas mes yeux... je suis dans un autre monde.

Comme si les caisses étaient en porcelaine... je n'ai jamais vu des gestes aussi délicats, une relation aussi subtile avec la matière que celle de ces ouvriers sim-ples, probablement illettrés.

Là, tout s'inverse : devant cette culture millénaire, c'est moi qui me sens barbare.

Mais je serai destituée en Chine aussi.

La dynastie mandchoue avait implanté à Pékin des moines tibétains, de la secte « Bonnet rouge », proba-blement pour la protéger avec leur magie réputée. Or, j'avais le pressentiment que leur immense temple vivait ses derniers jours. Je m'y précipite donc pour voir cela de mes yeux.

Des statues géantes, bouddhas et divinités fantasti-ques, luisant d'or... à leurs pieds, des montagnes d'offrandes bariolées... une foule fervente... mais une atmosphère apeurée, sinon paniquée.

Dès mon entrée (je porte le tailleur officiel du Bal-let), je sens qu'un signal d'alarme silencieux circule... Une invitée de Mao ne pouvait être que communiste ! La foule recule devant moi... un silence étrange s'ins-talle et je reçois une décharge brutale : la haine concentrée.

Étais-je si bien protégée ?

En tout cas, je sors indemne de ce lieu.

Le lendemain, je suis destituée par mes hôtes : visiter un lieu de culte m'a rendue indigne de rouler dans une voiture officielle.

Un drôle de monde...

Incroyable bonne femme !

Tellement vivante qu'aucune tyrannie ne peut éteindre sa flamme. Blessée jusqu'au fond des entrailles par la disparition dramatique de ses « compagnons de Dialogues », elle repart néanmoins pour une nouvelle vie. De nouveau, elle séduit la plupart de ceux qui l'approchent. De nouveau, elle s'affirme femme libre, amante insaisissable, travailleuse acharnée. Organisée — les leçons de Hanna commencent à porter leurs fruits. Mais elle demeure fondamentalement solitaire.

Pourquoi, par exemple, Gitta n'a-t-elle jamais rien raconté de ses aventures, physiques et métaphysiques, à ses parents ? Aussi incroyable que cela paraisse, la famille Mallasz au grand complet n'a jamais rien su (du moins pas avant les années 90) de ce que faisait le plus excentrique — mais aussi le plus centré — de ses membres ! Quand on l'interrogera plus tard sur le sujet, Gitta répondra que les siens ne « pouvaient pas comprendre » ; que, sous le règne des communistes, faire état de l'existence des *Dialogues* — miraculeusement conservés dans les fameux cahiers à couverture vernie — risquait tout bonnement de remettre en cause le savant compromis auquel ses parents devaient la vie sauve. Fondamentalement, il lui semblait ne pas être en droit de dire quoi que ce fût concernant les *Dialogues*, avant que ceux-ci ne soient rendus publics. Seule exception, Agi, l'une des rescapées de la *Fabrik*, qui, très vite, était devenue sa principale assistante.

Avec Agi, oui, elle abordait parfois la question, osait soulever les souvenirs, malgré la douleur... à cause de la fin tragique de Hanna et de Lili.

À ce sujet, les faits s'étaient lourdement imposés. Dès l'automne 1945, quand Eva, la « petite rouquine » de la Katalin, qui faisait partie des femmes embarquées le 2 décembre 1944, avait donné un rapide signe de vie, avant de s'embarquer pour l'Ouest. Juste le temps de faire savoir à Gitta que Hanna et Lili étaient mortes en déportation, dans un train...

Gitta, cependant, n'avait pas vraiment écouté la « petite rouquine », ne voulant surtout pas en savoir trop long sur la fin de ses amies.

Comment elle-même allait-elle se comporter vis-à-vis de l'enseignement des *Dialogues*, durant ces quinze interminables années sous régime communiste ?

« Comme un fantôme, répondra-t-elle. Toujours à deux doigts de l'épuisement définitif. Avec une sorte de honte, de remords permanent, mais aussi la certitude que je n'avais pas le choix et qu'un jour viendrait, où je pourrais enfin remplir ma mission, concrétiser ma seule raison d'être : faire connaître au monde le formidable message des *Dialogues*. »

Faire connaître les *Dialogues* ? Oui mais quand ? Où ? Comment ?

La réponse était impossible. On avait l'impression que le stalinisme allait durer mille ans. Gitta s'en remettait donc au Ciel.

EXTRAIT DU JOURNAL DE GITTA

Tu me disais pendant le dernier entretien personnel avec insistance qu'« *entendre* » ta parole... ce n'est rien, « comprendre » ta parole... ce n'est rien — mais VIVRE ta parole... c'est tout.

Je « *comprenais* » parfaitement la stérilité de la compréhension sans en témoigner par des actes de la vie ordinaire... Mais cela me posait tout de même des problèmes : comment VIVRE une parole si énigmatique comme par exemple :

CE QUI EST VU D'EN BAS : « MORT » —
EST EN HAUT : « VIE ».

Eh bien, je pourrais le vivre si j'étais « en haut ». Mais pour le moment j'étais profondément enfoncée dans la misère du communisme... même écrasée.

Imbécile que j'étais !... Même au plus profond des misères, il n'y a pas d'impossible pour toi... Je peux en témoigner.

Et je témoigne : la mort est la joie la plus immense, la plus pure de la VIE.

Ma mère était hospitalisée.

Un matin je vais la voir et dans son lit une autre malade me regarde avec suspicion. Alors je me mets à chercher ma mère... tout le monde est énervé, on ne me répond qu'avec un haussement d'épaules ennuyé, et je continue à chercher ma mère dans ce labyrinthe de la mort. J'y erre de haut en bas. Personne ne sait me répondre. Enfin une vieille infirmière (était-ce une ancienne religieuse ?) me dit à voix basse : « Allez voir à la cave, à la morgue ! » Je descends sous terre, j'entrouvre doucement une porte... des caisses, des déchets entassés.

J'entrouvre la suivante... du charbon...

La troisième est vide, des planches non rabotées autour du mur... Mais là, au fond, il y a quelque chose... un cadavre nu... et ce cadavre est ma mère.

Je reste là, figée de terreur, pétrifiée de douleur.

Je ne pourrais dire combien de temps je suis restée là, clouée sur place, glacée... mais d'un coup tout bascule. Je participe à la vie de ma mère. Oui, à la vie qu'elle est en train de vivre à cet instant même :

Inondée par l'amour divin, caressée par une tendresse inimaginable

elle vit enfin dans la VIE de la Lumière... qu'elle n'a jamais rencontrée sur terre.

Tout était inondé de cette joie inconnue, la cruauté de la vie et sa beauté, le pauvre corps nu de ma mère, la morgue désolée, les arbres fruitiers en fleur que je voyais à travers la porte entrouverte, les collines et les nuages blancs dans le ciel printanier. Tout était transfiguré par une VIE rayonnante. Je pleurais de joie, d'une joie divine, la joie la plus intense que j'aie jamais vécue.

Cette joie paradoxale, ce retour de l'Ange devant le cadavre de sa mère seront cependant de courte durée. Lentement mais sûrement, un profond marasme spirituel s'empare de Gitta. Plusieurs fois, elle tente de tout oublier dans le cynisme. Ses succès professionnels et amoureux font d'elle une *nomen-klaturiste* parfaite — même si elle se garde bien d'adhérer au parti communiste, elle profite objectivement du système. Il lui arrive parfois, de plus en plus rarement, de repenser aux *Dialogues* et sa gorge se noue. Elle n'a alors qu'une envie : fuir. Mais c'est impossible, sa nombreuse famille (son frère Otto a maintenant trois enfants) dépend presque entièrement d'elle et de ses généreux revenus. Elle *doit* tenir le coup.

Mais voilà que son vieux général de père tombe à son tour gravement malade et meurt.

On est en 1959. Moralement, Gitta n'est jamais descendue aussi bas. Un jour, dans un train de banlieue, elle aperçoit son reflet dans la glace et sursaute : l'activisme et le mensonge l'ont affreusement enlaidie, elle n'a plus figure humaine. Gitta se rend compte qu'elle est en train de devenir une vieille femme aigrie.

D'un seul coup, tout bascule. L'immense responsabilité que Gitta a jusque-là ressentie vis-à-vis de sa famille change de nature. Ses trois neveux seront bientôt des adolescents. C'est une tout autre responsabilité qu'il s'agit maintenant d'assumer.

Du jour au lendemain sa décision est prise : il faut passer à l'Ouest au plus vite.

L'occasion se présente l'année suivante, lors de la prochaine tournée du Ballet national chez les capitalistes : en France.

Quand Agi, son assistante, voit Gitta soigneusement empaqueter les cahiers à couverture vernie et les glisser dans sa valise, elle comprend : sa patronne (qui vient de fêter ses 53 ans) ne rentrera pas en Hongrie à la fin de la tournée.

2

GITTA TRANSFORME L'ESSAI

Gitta Mallasz connaît déjà un peu la France. Elle y a accompagné le Ballet national hongrois, toujours comme chef costumière et comme interprète. C'était en 1956, juste après l'écrasement sanguinaire de la révolte anticommuniste de Budapest par l'Armée rouge.

Quand les artistes représentant le parti communiste hongrois débarquèrent à Orly, des douaniers français leur crachèrent dessus. Dans le secret de son cœur, Gitta les en remercia — elle aurait voulu les embrasser, mais l'heure n'était pas venue. Il fallut se plier à l'insupportable comédie — sourire aux dirigeants du PCF, Maurice Thorez en tête, et constater, la mort dans l'âme, de quelle façon ignominieuse le mensonge idéologique pouvait avilir les humains, même les cœurs purs.

« La pauvre Ingrid Bergman faisait partie des manipulés de ce jour-là, racontera Gitta. Invitée à assister à nos danses, elle avait imprudemment accepté la place d'honneur, au premier rang, sans comprendre qu'elle servait de caution aux massacreurs de Budapest.

« Tout cela était tellement sale, tellement faux. De notre point de vue, les intellectuels français membres du PCF ne pouvaient être que d'affreux cyniques, ou bien des clowns, des rigolos, des révolutionnaires de salon, dont nous nous moquions d'autant plus cruellement qu'ils nous faisaient mal. La réalité de ce que nous vivions, ils s'en contrefichaient ostensiblement. »

Mais voilà qu'un nouveau voyage en France se présente. Cette fois, Gitta est décidée : elle ne rentrera pas au pays avec les « camarades ».

Par chance, lors de sa première visite, elle a fait la connaissance du directeur d'une importante maison de disques, la Vox. Ce monsieur, un certain Mendelsohn, a apprécié le carnet de croquis que Gitta lui a montré. Il lui a promis de l'embaucher si, d'aventure, elle en ressentait le besoin un jour...

Ce jour est arrivé. La *Vox* tient ses promesses et engage Gitta séance tenante — pour dessiner des pochettes de disques. Seul problème : son visa touristique expire au bout de trois mois...

Se produit alors une série de coïncidences, où Gitta est fort tentée de voir, à nouveau, la main de la Providence. Les démarches réglementaires ont échoué. Tout semble raté et l'ex-championne se voit déjà contrainte de rentrer à Budapest (l'asile politique lui est interdit à cause des répercussions sur sa famille), quand un coup de fil totalement improvisé à l'autre bout de la France, à onze heures du soir, lui déniche (il n'y a pas d'autre mot), un « mari blanc », en la personne d'un certain Laci Walder, ex-communiste hongrois, ex-combattant des Brigades Internationales en Espagne, révolté en 1956, ayant acquis la nationalité française en tant que réfugié politique, et qui accepte, gratuitement, de faire profiter une femme inconnue de son nouveau statut — à onze heures du soir, par simple contact téléphonique[1] !

Une sorte de Joseph *bis*, avec qui Gitta se marie donc « pour de faux », et puis finalement « pour de vrai », lorsqu'elle s'aperçoit qu'il s'agit d'un homme

---

1. Bien après la mort de ce mari inattendu, Gitta écrira avec Bernard et Patricia Montaud un excellent petit livre d'entretiens, intitulé *Quand l'Ange s'en mêle* (Dervy), qui racontera toute cette histoire avec force détails.

d'une grande qualité, à la fois viril et pacifique, intelligent et drôle.

En fait c'est lui qui, à sa grande surprise, est tombé amoureux de cette compatriote exilée — qu'il avait d'abord accepté d'épouser sans l'avoir jamais vue, par pure solidarité antistalinienne.

Et voilà qu'elle lui plaît...

Cela fait quelques mois que Gitta et Laci se sont « mariés ». Ils vivent bien sûr séparément et ne se voient qu'occasionnellement, comme ce soir de 1961 où ils sont invités à un cocktail mondain. Soudain, Laci prend Gitta à part et lui annonce, tout raide, verre de champagne à la main : « J'ai l'honneur de te demander ta main. » Gitta sursaute. Ce n'est certes pas la première fois qu'on veut l'épouser... mais là, c'est différent : le prétendant est son « mari » !

Elle a un sourire en coin et ne répond rien. Le lendemain, elle se rend à l'hôtel où vit Laci, et lui annonce qu'elle accepte sa demande. Dieu sait si Gitta en a eu, des amants ! Avec Laci, les choses vont vite tourner différemment. Sous son sourire permanent, ce gentil est un guerrier qui, en quelques années (parfois bigrement orageuses), va savoir mater la sauvagerie de l'ancienne championne magyare et finalement se faire aimer d'elle — lui ouvrant ainsi la porte sur les trente années les plus épanouies de sa vie.

Quinze ans plus tard, elle racontera à Bernard et Patricia Montaud, ses grands amis des dernières années :

> Laci ? C'est un écorché vif. Un dur. Passionné de liberté, mais victime de cette même liberté. À dix-sept ans, il est déjà communiste... emprisonné... torturé. Pas une plainte. Pas une larme. Il réussit à s'évader. Il se bat en Espagne. Ses meilleurs amis tombent à ses côtés, tués par les balles des franquistes. Pas une larme. Plus tard, pendant la guerre, il se bat sous le drapeau français. Fait prisonnier par les Allemands, il s'évade à nouveau et traverse l'Europe en flammes. Il apprend alors que sa mère a été gazée. Pas une larme.
>
> Revenu en Hongrie, il découvre ce qu'est le communisme et il déchire sa carte du Parti en mille morceaux

en 1956. Il enterre un grand morceau de son passé. Pas une larme.

Après notre mariage, il rencontre son Ange et s'exclame : « Merci, mon Dieu ! » C'est trop fort pour lui... l'écluse se brise et il pleure toutes les larmes de sa vie. Il pleure et pleure... Il n'ose plus descendre dans la rue. Il pleure. Cela dure trois jours[1].

Devenu son amant, Laci ne tarde pas en effet à apprendre de Gitta l'existence des *Dialogues*. Pour lui, comme jadis pour Joseph, la rupture idéologique est totale. Cet ancien matérialiste n'aurait jamais pensé qu'il croirait un jour aux Anges ! Mais quand Gitta le fait basculer, il y va pour de bon. Bientôt, c'est lui qui entre dans les églises pour y allumer des cierges à la Vierge ou à saint Christophe — et c'est Gitta qui s'offusque, choquée.

Une nouvelle vie commence donc pour Gitta Mallasz et Laci Walder. Pendant les quinze années suivantes, ils vont se focaliser sur un seul but : traduire le contenu des cahiers à couverture noire vernie et les faire publier.

Enfin !

Gitta peut poursuivre le Grand Jeu, démarré vingt-cinq ans plus tôt avec Hanna et les autres.

Travail de fourmi, d'abord. Ils ne parlent qu'un français approximatif...

Trouver ses marques. Assurer ses amitiés. Ses collaborations. Tout de suite, il faut le dire, Gitta rencontre des personnalités remarquables — dont Karl Graf Dürckheim — et des dévouements extrêmes — dont ceux de femmes comme Hélène Boyer, Françoise Maupin ou Nadia Schild. Tous sont frappés par la joie de vivre de cette Austro-Hongroise invraisemblable, qui écrira un jour un tract portant ces mots :

---

1. D'après *Quand l'Ange s'en mêle, op. cit.*

CARTE D'IDENTITÉ

NOM : Mallasz
PRÉNOM : Gitta
NÉE LE : 21 juin 1907
SIGNE PARTICULIER : Parle tout naturellement à son Ange

Je ne propose
aucune nouvelle philosophie,
aucune nouvelle religion,
aucun enseignement de groupe.
Je ne dirige aucune secte
et je n'ai aucun disciple.

Je ne parle que de mon vécu
qui n'est vrai que pour moi seule.
Toutefois ceux qui sentent ce vécu
authentique, peuvent trouver
dans le livre-document
DIALOGUES AVEC L'ANGE
une nourriture saine et forte
qui les aidera à marcher
sur leur propre chemin.

QU'Y A-T-IL DE PLUS NATUREL
QUE DE PARLER ENSEMBLE ?
dit l'Ange. Mais comment ?
Certainement pas en l'entendant
par l'oreille extérieure.
« Entendre des voix »
est une maladie mentale.
Par contre, entendre la voix
silencieuse de son cœur
est plutôt un signe
de bonne santé psychique.
Il est absolument inutile
de s'approcher des DIALOGUES
et de moi, leur « scribe »,
en attendant un grand frisson
ésotérico-romantique.
Je ne suis pas un nouveau spécimen
ailé dans le zoo d'un nouvel Age.

Gitta Mallasz

Le travail de traduction des *Dialogues* commencera sérieusement en 1965, à Fontenay-aux-Roses,

dans la banlieue de Paris. Un chantier pharaonique, qui s'étalera sur plus de quinze ans et mettra à contribution un nombre impressionnant de gens — qu'agitera une comédie humaine à la mesure du message à traduire et de son impétueuse messagère !

Un jour, le 22 avril 1976, l'écrivain Claude Mettra, qui dirige, sur France Culture, une émission consacrée à des sujets spirituels et intitulée « Les vivants et les dieux », invite Gitta à venir lire à l'antenne deux ou trois des entretiens traduits en français.

L'impact est énorme. La radio transmet à Gitta des centaines de lettres d'auditeurs enthousiastes, brûlant d'en savoir davantage. Claude Mettra se décide alors à montrer cet étrange manuscrit à Dominique Raoul-Duval, alors éditrice chez Aubier. Intriguée, celle-ci accepte un rendez-vous dans un appartement du Marais... où on lui fait entendre un enregistrement de la voix de Gitta.

Un vrai jeu de piste !

Bientôt, l'éditrice découvre avec stupeur le manuscrit le plus fou et le plus beau de sa vie. Après quelques jours de suspense, le texte obtient le *nihil obstat* d'une éminence de la maison Aubier. À l'époque, il est encore intitulé *Les Quatre Messagers*. Dominique Raoul-Duval trouve alors un titre beaucoup plus percutant : *Dialogues avec l'Ange*. La direction artistique, de son côté, accepte la proposition audacieuse de Gitta : une couverture toute blanche où ne figurera même pas le nom de l'éditeur.

Claude Mettra écrit la préface, qui commence ainsi :

> C'est au plus profond de la nuit que se manifeste la lumière.
> C'est quand le cœur est dans le noir que la voix claire, proche du soleil, repousse les ténèbres.
> Cette lumière, cette voix claire, les quatre messagers en sont ici les témoins.
> C'était à Budapest, en l'an de disgrâce 1943.
> En ce temps-là le ciel s'était tout à fait obscurci, comme si une bête immense et noire s'était mise à voler entre cette terre qui est la nôtre et le soleil chargé de nous délivrer sa lumière.

Et il termine par ces mots :

> Ici témoignent Hanna, Lili et Joseph, les disparus, et
> Gitta, la survivante, dont le regard ruisselle d'un bleu
> lumineux mais dont les mains calleuses, familières au
> bois et à la pierre, sont mains laborieuses. Car il n'est
> point de parole qui ne passe par notre chair et notre
> terre. C'est cette chair et cette terre que fatalement tra-
> verse l'Ange.

Et c'est parti !

À peine publiés, fin 1976, les *Dialogues* reçoivent
un écho énorme.

Gitta, qui a bien pris soin de ne pas signer le
livre — elle n'en est que le « scribe » —, doit aussitôt répondre à un courrier important, qui lui arrive
du monde entier, parfois de personnages illustres.
Ainsi Narciso Yepes fera-t-il un jour savoir que sa
famille serait très honorée de pouvoir veiller à la
traduction espagnole. Et Yehudi Menuhin accepte
de figurer sur le bandeau de promotion de la version américaine.

Neuf traductions vont être mises en chantier dans
les années qui suivent. La dixième n'en sera pas une,
puisqu'il s'agit de la publication, en 1989, du texte
original, par une maison d'édition suisse proche de
la Fondation Jung ! Et l'on verra, chose qui ne nous
étonne même plus et qui aurait été littéralement inimaginable quelques années plus tôt, la librairie du
parti communiste de Hongrie présenter les *Dialogues
avec l'Ange* dans sa vitrine...

D'autres traductions sont à l'œuvre au moment où
nous écrivons ces lignes (printemps 1995) — notamment en russe et en ukrainien, par d'autres émules
inattendus : les ex-dissidents soviétiques Leonid et
Tania Pliouchtch.

Autrement dit, Gitta se retrouve vite au centre d'un
véritable maelström.

Elle pourrait facilement virer au gourou.

À vrai dire, la question du maître et de l'élève l'a
clairement intriguée pendant quelque temps. Peu

après son arrivée en France, elle a fréquenté, avec fièvre, un certain nombre de communautés plus ou moins ésotériques, « notamment, me dira-t-elle, pour tenter de mieux comprendre la relation maître-élève ».

Cherche-t-elle encore à clarifier sa relation à Hanna ? Peut-être, mais elle est surtout mue par une formidable curiosité et un appétit d'expérience que quinze ans de stalinisme ont exacerbés à l'extrême. N'oublions pas qu'en dehors de la conversation des « quatre compagnons », Gitta n'a jamais eu l'occasion de pratiquer quelque *voie* spirituelle que ce soit.

Ainsi fera-t-elle un séjour dans un groupe Gurdjieff. Ainsi entraînera-t-elle son mari, le gentil et tolérant Laci, dans un ashram en Inde. Ainsi la verra-t-on, pendant quelque temps, goûter à toutes sortes de pratiques plus ou moins ésotériques.

La conclusion de cette période exploratoire sera un grand appel à la liberté.

« Quand le gourou indien m'a dit : "L'élève ne peut recevoir les forces divines qu'à travers son maître, c'est pourquoi il doit retourner chez celui-ci jusqu'à la fin de sa vie", je me suis dit que cette voie n'était décidément pas pour moi. L'Ange m'avait enseigné que l'indépendance était la règle d'or. Je n'allais pas abandonner ça. Ni devenir gourou moi-même pour le faire abandonner à d'autres ! »

Joie et liberté, telle était la devise de Gitta Mallasz. Pour elle, l'essentiel était de savoir rester simple, drôle et surtout libre.

Souvent, la question m'est posée : « Comment pourrais-je rencontrer mon Ange ? » Il me semble utile d'inverser la question :
comment ne pas le rencontrer ?
En se sentant indigne de lui.
En le cherchant en dehors de soi-même.
En se faisant de lui une image « préfabriquée »...
au lieu de rester vide d'images.
En l'attendant avec impatience...
et non avec confiance.
En accomplissant les tâches quotidiennes avec tiédeur...
et non avec toute notre attention.

En souhaitant des « frissons ésotériques »...
au lieu d'une rencontre naturelle.

Les Dialogues tels que je les ai vécus, Aubier

Ne surtout pas devenir gourou.

Défi d'autant plus puissant que, dans le même temps, Gitta se trouve peu à peu invitée dans toute l'Europe à venir commenter les *Dialogues*. À donner des conférences. À parler à la radio. À diffuser des cassettes. À donner son avis sur tout. Elle refuse. Jusqu'au jour où, en 1980, à l'appel de Michel Cazenave et Yves Jaigu de France Culture, s'organise, entre scientifiques et philosophes, le fameux « colloque de Cordoue » : cette fois, Gitta est là, en compagnie des physiciens David Bohm et Olivier Costa de Beauregard, du neurologue Karl Pribram et du philosophe Christian Jambet. Grande est la tentation de se laisser entraîner par le mouvement et de devenir « une personnalité importante dans le monde de la spiritualité ».

Qu'elle le veuille ou non, elle est de facto une telle personnalité.

Mais Gitta, à l'évidence, ne joue pas le jeu. Fidèle à l'idéal libertaire que la voix de l'Ange a semé en elle, elle se retranche le plus souvent dans la vieille ferme que Laci et elle ont fini par s'acheter, en Dordogne. Une vie humble et retirée, voilà à quoi elle aspire désormais, et cela semble dans l'ordre des choses. Une douce retraite, enfin !

À la mort de son mari, en 1982, Gitta a soixante-quinze ans.

Cette fois, elle pense vraiment mériter de terminer ses jours paisiblement...

« Les Anges ne voyaient pas les choses du même œil que moi... mais alors pas du tout ! Ils m'ont catapultée à travers toute l'Europe[1]. »

---

1. D'après *Quand l'Ange s'en mêle, op. cit.*

3

GITTA ENSEIGNE

1982. Six ans s'étaient écoulés depuis la publication des *Dialogues avec l'Ange* et les invitations n'avaient cessé de pleuvoir sur Gitta, pour qu'elle vienne s'expliquer en public, pour qu'elle donne des conférences, pour qu'elle délivre un « enseignement spirituel ». Mais elle avait en fait presque toujours refusé.

Gitta éprouvait une véritable nausée à l'idée qu'un contresens majeur ne fasse déboucher une éventuelle exégèse des *Dialogues*, non sur les chemins de la Liberté, mais sur un état de dévotion insupportable.

L'agonie cancéreuse de Laci, son mari, qui avait duré six mois et dont Gitta sortit épuisée, marqua un tournant. En elle, quelque chose changea. En 1983, pour la première fois, elle accepta de donner une grande conférence — peut-être à la mémoire de Laci, l'ex-militant communiste dont le dévouement pour aider la traduction des *Dialogues* avait été si exemplaire de sincérité et d'abnégation.

L'invitation venait de la Fondation Carl Gustav Jung de Zurich.

L'œuvre du psychanalyste suisse était de celles qui avaient impressionné Gitta lorsque, désormais privée de l'aide de Hanna, elle s'était mise à étudier seule, dans les années 50, à Budapest. Ce qui lui plaisait chez Jung, c'était surtout ses récits autobiographiques — plus que ses théories sur l'inconscient collectif ou sur les archétypes transculturels. Dans *Ma vie*, Jung avait

notamment raconté ses dialogues avec Philémon, son
« guide intérieur », qu'il aimait se figurer comme un
vieil homme aux ailes immenses, tenant dans ses
mains quatre clés. « C'est cet Ange, précisera Gitta, qui
a enseigné à Jung l'objectivité de la pensée[1]. »

Zurich fut donc sa première destination d'*enseignante orale*. Deux soirs de suite, Gitta y tint en
haleine une foule d'étudiants et d'enseignants : l'am-
phithéâtre était bondé, le public juché jusque sur les
rebords des fenêtres. Déjouant les pièges qu'on ne
manqua pas de lui tendre, avec une telle facilité
qu'elle en vint à se demander si ce n'était pas « les
Anges qui s'exprimaient » à travers elle. Une fois ren-
trée de Suisse, Gitta dut admettre que la réponse à
sa question était à l'évidence positive : l'inspiration
angélique s'était clairement manifestée. Cela signifiait qu'elle ne devait certainement pas envisager de
prendre sa retraite, mais qu'il lui fallait, à soixante-
seize ans, entamer une nouvelle étape dans l'action.

Après avoir été l'interlocutrice, puis la messagère
et la traductrice des *Dialogues*, il lui fallait maintenant en devenir, bon gré mal gré, l'exégète. La pro-
motrice. La conférencière.

Un homme apparaît alors, Bernard Montaud, qui
va lui servir de conseiller, ou plutôt de « soin »,
comme on dit dans les arts martiaux pour désigner
l'assistant d'un instructeur, celui qui veille à ce que
le maître ne manque de rien. À partir du milieu des
années 80, Bernard Montaud, lui-même aidé par sa
femme Patricia, organise de véritables tournées de
conférences pour Gitta Mallasz à travers l'Europe.

Ensemble, la vieille dame et le jeune kinésithérapeute, lecteur de chinois ancien et d'hébreu biblique,
vont parcourir des milliers de kilomètres en voiture.
Et devenir grands amis. Tout de suite, ils se fixent une
règle : les conférences ne leur rapporteront pas un
centime, mais des séjours dans de bons hôtels et surtout dans d'excellents restaurants. Ni l'un ni l'autre ne
se sent attiré par l'ascèse : « Si nous avions eu besoin
d'argent, me diront-ils, nous nous serions fait payer

1. *Quand l'Ange s'en mêle, op. cit.*

pour ces conférences. Par chance, nous disposions de quoi vivre par ailleurs et pouvions donc nous offrir le luxe de vivre ces tournées comme un jeu. »

Un jeu au sens le plus direct, le plus enfantin. En vieillissant, Gitta retrouve le goût des blagues qu'elle organisait avec Hanna dans les années 30. « Elle pouvait inventer un nouveau jeu à la minute ! » racontera Bernard Montaud, dont une bonne partie des livres *César l'Éclaireur* et *César l'Enchanteur*[1] sera consacrée à l'incroyable créativité ludique de Gitta, jusqu'à la fin de sa vie.

Créativité ludique et, pourrait-on dire, thérapeutique, même si l'intéressée n'aimait pas ce mot. À travers ses plaisanteries, ses jeux, ses conférences, Gitta poursuit sa mission, sa tâche : transmettre l'enseignement de l'Ange.

Première priorité : différencier l'*inspiration angélique* du délire. La mode n'était pas encore aux « anges », mais Gitta sentait poindre une atmosphère de cour des miracles, qui lui faisait presque aussi peur que le désert spirituel qu'elle venait de traverser depuis la fin de la guerre.

EXTRAIT DU JOURNAL DE GITTA

Comment entendre l'Ange ?

À l'étranger, lors d'une rencontre avec les lecteurs des *Dialogues,* un psychiatre manifestement agacé m'a franchement attaquée : « Ces dialogues avec l'Ange, n'est-ce pas tout simplement un cas bon pour un hôpital psychiatrique ? » Je lui ai répondu ceci :

Si quelqu'un prétend entendre la voix de l'Ange avec son oreille extérieure, c'est un signe sûr d'une maladie de la psyché, et il devrait au plus vite consulter un psychiatre.

Si par contre quelqu'un entend la petite voix dans son cœur, c'est en général le signe de sa bonne santé psychique, à condition qu'il n'en soit pas possédé.

L'Ange exige notre indépendance et notre liberté.

Indépendant, je suis libre de le servir.

Dépendant, je me réduis au rôle d'une marionnette.

1. Dervy.

De plus en plus nombreux sont ceux qui, de nos jours, entendent des voix intérieures. Cette impulsion universelle va en croissant. Chacun entendra en fonction de ce qu'il est, de ses capacités à supporter des fréquences plus ou moins intenses, et chacun va traduire le message reçu selon son contexte culturel et sa maturité. L'important n'est pas la capacité *d'entendre* des messages.

L'important est de *vivre* la parole de l'Ange :
Nous transmettons sa parole.
Vous, vivez-la !

Son enseignement — mélange de commentaires des *Dialogues* et de mises en garde contre toutes sortes de malentendus —, Gitta allait donc le délivrer par le biais de conférences, aidée par un jeu de diapositives montrant quelques-unes des plus belles paroles de l'Ange, mais aussi et de plus en plus, sous forme d'écrits. Alors qu'elle avait cru sa vie active achevée, l'artiste graphique Gitta Mallasz partait maintenant à la découverte d'un tout nouveau mode d'expression. L'écriture.

EXTRAIT DU JOURNAL DE GITTA

L'écriture !
En 1976, juste après la parution des *Dialogues avec l'Ange*, Claude Mettra m'avait avertie : « Tu auras beaucoup de courrier... il faudra répondre à chaque lettre ! » J'avais répondu : « Bien sûr que je le ferai ! »

Naïve que j'étais, moi qui savais à peine écrire deux phrases à la suite ! Jusque-là je dessinais, c'était mon métier. Et d'un coup voilà que je me retrouvais sous un tombereau de correspondance. Comment faire ?

Après plusieurs années de laborieuse dispersion, je décidai de me lancer dans des « réponses collectives », c'est-à-dire des livres.

Mais du coup... j'attrapai le virus de l'écriture !
Non de l'*écriture*, mais de l'ÉCRITURE.
Et c'est quoi ?
Si je peux traduire clairement ce que toi-même — mon Ange — tu me suggères,
c'est L'ÉCRITURE.
Si les mots sont concis, puissants et agissants...
C'est L'ÉCRITURE.

Le fameux virus de L'ÉCRITURE a des effets spéciaux :
d'un côté, on ne peut plus supporter l'ennui mortel
des mots qui ont été mille fois rabâchés dans le
passé...
et de l'autre, il nous impose la nostalgie dynamique
du verbe pur, jamais encore prononcé
et qu'il nous faudra créer.

Là, commence l'aventure divine. Là seulement, je
deviens l'écrivain attiré du Ciel, l'écrivain du Nouveau.

La première « réponse collective » de Gitta parut
en 1984, sous le titre *Les Dialogues tels que je les ai
vécus*[1]. Je dois avouer une tendresse et un attachement particuliers pour ce livre, puisque c'est grâce à
lui que j'ai découvert les *Dialogues*. D'une certaine
façon, tout l'enseignement transmis par la bouche de
Hanna s'y trouve, magistralement ramassé par sa
première destinataire. Entremêlant citations et commentaires, Gitta campe la figure de l'Ange avec force,
écrivant par exemple :

Lorsque l'Ange m'expliqua que j'étais son *pareil plus
dense*, je ressentis sa présence toute proche, car cette
ressemblance créait entre lui et moi un lien presque
organique.
Et puis... un seul mot... et il disparaissait dans des
régions inaccessibles. Glacées. J'ai ressenti cet éloigne-
ment le jour où Lili demanda ce qu'était l'âme. Son Maître lui retourna la question et Lili balbutia : « ... C'est ce
qui est élevé en nous... ce qui n'est pas corps. » Mais
l'Ange rectifia :

TOUT EST CORPS.
CE QUI EST INSAISISSABLE POUR TOI —
« L'ÂME » —
POUR MOI, C'EST UN MUR ÉPAIS.

Et peu après :

JE N'AI PAS D'YEUX
POUR VOIR LES FLEURS TERRESTRES

1. *Quand l'Ange s'en mêle, op. cit.*

MAIS JE VOIS TON ATTENTE DE FÊTE.

On est alors au milieu des années 80. La médiumnité angélique n'a pas encore déferlé sur l'Occident, mais beaucoup d'interlocuteurs de Gitta lui posent la question : « Comment puis-je entrer en contact avec mon ange ? » Le fait de rédiger des « réponses collectives » sous forme de livres ne l'empêche pas de poursuivre une intense correspondance individuelle. Gitta répond en particulier aux enfants et aux adolescents qui lui écrivent...

EXTRAIT DU JOURNAL DE GITTA

Cher Dimitri,

Tu me demandes comment dialoguer avec ton Ange. C'est aussi facile que de dialoguer avec ton meilleur copain, mais pour qu'un dialogue avec ton Ange soit vraiment facile, il est bon de connaître certaines règles.

C'est toujours toi qui commences le dialogue, en posant la question la plus importante pour toi, celle qui te tient vraiment à cœur. L'Ange ne peut pas répondre à une question quelconque. Pose ta question lorsque tu es seul, à haute voix de préférence, ou bien en écrivant. Ne t'attends pas à une réponse immédiate. Ne t'attends pas non plus à entendre la réponse par ton oreille. L'Ange te répond dans ton cœur ; là, d'un coup, une certitude se fait : « C'est cela, la réponse à ma question ! » Disons que tu poses la question le soir, lorsque tu es déjà couché, eh bien tu vas entendre la réponse, peut-être dans ton rêve, ou bien le lendemain, à un moment tout à fait inattendu, au coin de la rue, ou quelques jours plus tard, même dans le métro. Si la question est sincère, la réponse de l'Ange vient infailliblement, et elle ne s'adresse qu'à toi seul.

Les questions que posent les enfants sont souvent les plus intransigeantes. En leur répondant, Gitta éclaire tout le monde...

EXTRAIT DU JOURNAL DE GITTA

Je viens de recevoir la lettre d'un adolescent qui m'a beaucoup touchée. Il m'écrit entre autres : « Je ne vois que des choses négatives autour de moi. La télévision, les journaux, nous gavent d'événements horribles : des enfants meurent de faim, des adultes s'entre-tuent dans des guerres absurdes et ainsi de suite... Je me demande souvent à quoi ça sert de vivre dans ce monde terne et sans espoir. »

Cette question, chacun d'entre vous peut effectivement se la poser, mais l'Ange ne dit-il pas :

NE PARTICIPE PAS AUX TÉNÈBRES
MAIS RAYONNE LA LUMIÈRE TOUJOURS ET PARTOUT ?

Car c'est toi qui es envoyé dans ce monde terne pour lui donner l'éclat d'une vie nouvelle.

C'est à toi de trouver le sens positif de toute cette négativité.

C'est à toi de découvrir le sensé dans l'absurde.

C'est à toi d'éveiller l'homme de son cauchemar d'autodestruction.

C'est à toi de le rendre conscient de ses possibilités nouvelles.

Et cette tâche n'est pas aussi gigantesque qu'elle paraît.

Elle commence par des actes simples, des actes infimes.

Elle commence, par exemple, en lançant un « bonjour » souriant à ton voisin morose...

Et ton sourire ouvre les écluses à la joie divine.

La joie de l'homme est explicable. Il se réjouit toujours de quelque chose : de sa bonne santé, de sa réussite, d'un beau paysage, d'une musique exquise...

Mais la joie de l'Ange est inexplicable. Il est la joie même, et s'il peut la transmettre, cette joie devient de plus en plus rayonnante, de plus en plus lumineuse.

Le sourire de l'homme est un canal.

Le sourire de l'homme est le véhicule du rayonnement divin.

Le sourire de l'homme transmet la joie de l'Ange.

JE T'ENSEIGNE : SEULE LA JOIE EST SÛRE.
POUR TOUT IL Y A UNE EXPLICATION.
POUR LA JOIE IL N'Y EN A PAS.
NOUS NE SAVONS PAS
POURQUOI NOUS NOUS RÉJOUISSONS,
MAIS C'EST LÀ NOTRE SERVICE.
ET CE QUE VOUS AVEZ REÇU EST SOURCE DE JOIE
POUR LES SANS-JOIE.

Sans ton sourire,
comment l'Ange pourrait-il accomplir son service ?
car :
Par ton sourire,
la joie de l'Ange peut se déverser dans notre misère.
Par ton sourire, les enfants cesseront de mourir de
faim.
Par ton sourire, les hommes cesseront de s'entre-tuer.
Par ton sourire, le monde sortira des ténèbres et du
désespoir.

LA JOIE ÉTERNELLE VOUS EST DONNÉE EN PARTAGE.
MAIS TRANSMETTEZ-LA.

En 1986, paraît le second livre de commentaires
de Gitta Mallasz, *Les Dialogues ou l'Enfant né sans
parents*[1]. Le caractère pédagogique du travail se fait
plus explicite. Gitta regroupe les innombrables questions qu'on lui pose à longueur d'année en quelques
grandes catégories. Le souci libertaire se renforce.
Par exemple dans le passage suivant :

Nos Maîtres intérieurs ne nous laissaient jamais
dire : *il faut* ou *je dois*. Un jour, désemparée par l'exigence de l'Ange, je lui demandai : « Que *faut*-il que je
fasse ? » La réponse fut immédiate et tranchante :

IL NE FAUT *pas !*

(... Ils) mettaient l'accent sur la notion du *possible* et
du *je peux*. Lorsque je dis : « Je *dois* faire quelque
chose », je me rends moi-même esclave de cet acte. Par
contre, si je dis : « Je peux faire quelque chose », j'attire les forces créatrices qui m'aident à accomplir cet
acte, parce que la parole crée.

MALÉDICTION EST : « *JE DOIS* ».
DÉLIVRANCE EST : « *JE PEUX* ».
L'ÉLU CHOSIT,
L'ÉLU PEUT AGIR.

1. *Op. cit.*

Mais plus les années passent, plus Gitta se rend compte de la difficulté d'enseigner la liberté, même en cet Occident où elle sent monter depuis peu un engouement plus ou moins sain pour de faux anges de carton, empêtrés dans un fatras paranormal ou sentimental.

EXTRAIT DU JOURNAL DE GITTA

Je souffre de voir l'image sacrée de l'Ange avilie en toc sensationnel.

(Mais comment l'homme gavé d'images télévisées les plus perverses pourrait-il avoir encore le goût du sacré ?)

Je souffre de voir l'étonnante simplicité de l'Ange déformée par l'intellectualisme stérilisant.

(Mais comment l'homme au cerveau robotisé pourrait-il avoir encore le goût de la sagesse ?)

Je souffre de voir la profondeur de l'amour de l'Ange pervertie par l'exhibitionnisme impudique.

(Mais comment l'homme réduit à son sexe pourrait-il avoir encore le goût de l'amour universel ?)

Je souffre de voir la majesté de l'Ange dégradée en pacotille.

(Mais comment l'homme qui piétine chaque jour sa propre dignité pourrait-il avoir encore le goût de ce qui est noble ?)

Et pourtant, c'est justement parce que l'homme est tombé au plus bas de lui-même, que l'Ange est venu pour lui redonner le goût :

— du sacré,
— de la sagesse.
— de l'amour,
— de la dignité.

Comment ? Grâce à la chose la plus simple qui soit : la demande.

Car l'Ange exauce la demande.

Peu à peu, de plus en plus assistée par Patricia et Bernard Montaud, Gitta trouve le style et la vitesse de croisière adéquats à sa nouvelle tâche. Enfin... presque. Sans doute l'ancienne championne veut-elle parfois aller un peu trop vite.

Par une froide matinée du printemps 1988, Gitta conduit sa 2CV sur une petite route de Dordogne, quand une tempête éclate. Un déluge. On n'y voit pas à cinq mètres. En proie à un sombre pressentiment, elle s'arrête sur le bas-côté. Mais, à plus de quatre-vingts ans, Gitta est restée aussi impatiente qu'à dix-huit ! Elle ne peut rester en place et redémarre en plein dans la trombe d'eau !

« Je connaissais bien cette route, que j'avais parcourue des centaines de fois. Pourtant, quelque chose en moi savait pertinemment ce qui allait arriver. À cet instant, j'ai consenti à ce qui allait se passer. Ainsi le veut notre libre arbitre... Nous consentons à prendre le risque de mourir. »

Une voiture la percute de plein fouet. Gitta en réchappe de justesse, mais se retrouve les deux bras cassés et sérieusement traumatisée.

« Ma voiture était en morceaux. Mais moi, j'ai refusé de mourir. Cela m'est arrivé deux fois dans ma vie. Là, à l'hôpital de Fumel, j'ai senti la mort assise, immobile, au pied de mon lit. Opaque, immense, comme une statue de Henry Moore. Je l'ai regardée calmement et je lui ai dit : "Pas maintenant."

— Tu te sentais plus forte qu'elle ?

— Non. J'ai fait appel à l'Ange. En Hongrie, quand je n'en pouvais plus de croupir sous le régime communiste, j'avais appelé le grand Archange Michaël à la rescousse. Et il m'avait aidée. Cette fois, dans ma nuit d'hôpital, j'ai appelé l'Ange de Lili, *Celui qui aide*. J'ai dit à la mort : "Je veux que l'Ange de Lili soit assis là, à ta place." Et la mort a disparu. Tu sais, à un certain moment du développement de la conscience, nous avons le pouvoir de choisir l'heure de notre mort. »

C'est dans ce petit hôpital périgourdin que Jeanne Gruson — l'amie qui allait plus tard me pousser à rencontrer Gitta — fit la connaissance du « scribe » des *Dialogues avec l'Ange*. Très impressionnée, Jeanne, qui sortait elle-même d'une grave maladie, regardait la vieille dame d'un air sans doute un peu trop béat, quand celle-ci lui demanda :

« Sais-tu que j'ai fondé une secte ?

— Ah bon ? s'étonna Jeanne.

— Oui, la secte de Ceux-qui-peuvent-se-gratter-le-nez-avec-le-pied ! »

Et sans attendre, assise en lotus dans son lit, l'ancienne championne sportive montra à la visiteuse parisienne médusée qu'elle avait conservé toute sa souplesse... et une saine méfiance vis-à-vis de la vénération pour les « maîtres ».

Quand ils apprennent que Gitta gît, les deux bras cassés, dans un petit hôpital du Périgord, Bernard et Patricia Montaud, se disent aussitôt que leur amie, qui aura bientôt quatre-vingts ans, ne va plus pouvoir vivre toute seule. À tout hasard, persuadés que des centaines d'offres d'hébergement vont lui parvenir du monde entier, ils proposent à Gitta de venir habiter chez eux : ils disposent d'une petite maison paysanne, tout à fait réparable, à côté de l'ancienne auberge où ils vivent, parmi les vignes de la Côte-Rôtie, près de Vienne.

Des appels arrivent bel et bien des quatre coins du globe — avec stupéfaction, la direction de l'hôpital de Fumel a même été obligée d'ouvrir pour Gitta une ligne téléphonique spéciale ! Mais hormis les condoléances et encouragements chamarrés, personne ne songe à offrir le gîte à la grande dame blessée. C'est avec euphorie que celle-ci accepte la proposition des Montaud. Ces derniers, aidés par les membres de leur association, Art'as — où l'on se guérit par les actes et le jeu, en réfléchissant à tous les détails de la vie quotidienne —, rénovent donc entièrement leur petite maison.

Et voilà bientôt Gitta Mallasz installée au lieu dit Tartaras, où elle va vivre les cinq dernières années de sa vie, entourée des soins amoureux et de l'assistance assidue — sur le plan tant culinaire que scriptural — de Bernard et Patricia Montaud. C'est là qu'en 1989, elle écrit son troisième ouvrage de commentaires, *Les Dialogues ou le Saut dans l'inconnu*, qui commence ainsi :

> Avant de vous raconter ce que j'ai vécu en présence de l'Ange, je voudrais clarifier ce que je comprends sous ce mot.
>
> Depuis que l'homme a acquis un certain degré de

conscience, il a connu cet être spirituel sous différents noms :
    — au Japon, c'est *Kami*,
    — dans l'hindouisme, *Deva*,
    — dans l'ancien Iran, *Daena* ou *Fraverti*,
    — dans la Grèce antique, *Genios*,
et Socrate parlait de son *Daimon*,
    — la tradition hébraïque le nomme *Malach*,
    — la chrétienne *Angelos* ou *Ange*,
et un journaliste jungien m'a récemment demandé
si ce n'était pas la *projection de mon inconscient*.
Toutes ces dénominations n'ont aucune importance.
Ce qui est capital est ceci : *comment cet être spirituel
agit-il en moi ?*
S'il m'aide
à devenir plus conscient de moi-même
et de ma tâche sur terre ;
à trouver mon indépendance
même face à lui ;
à me sentir non seulement créature,
mais aussi créateur ;
à me délivrer de mon attachement au passé,
mais aussi de ma peur du futur,
et à vivre intensément l'instant présent ;
à être responsable de moi-même autant que de l'univers entier ;
alors c'est une force de l'Amour divin,
c'est mon pareil de lumière
et moi, je suis son pareil plus dense sur terre.

L'une des dernières pages de ce troisième livre
d'exégèse rapporte une légende juive, où un Rabbi
Zaddik apparaît en rêve, après sa mort, à un ami qui
lui demande :
« Alors, comment ça va, là-haut ?
— Oh, on n'a pas le temps de s'ennuyer, répond le
rabbi. Le ciel d'aujourd'hui, c'est la terre de demain...
et le nouveau ciel de demain, c'est la terre d'après-
demain. Et ainsi de suite, éternellement. »

À partir de 1990, Gitta se met à beaucoup remercier. Elle remercie en tout premier son Ange, de
l'avoir *préservée de la fascination*.

« Comprends bien, me dira-t-elle un jour, que l'Ange est le messager de la création divine, et qu'il exerce donc sur nous une incroyable force d'envoûtement. Or, il m'en a préservée, en exigeant toujours de moi une totale indépendance. Mon Ange était très sévère avec ça. Tout le monde, en un sens, est fasciné par la figure de l'Ange, par sa force, par sa beauté, par sa grandeur. Mon ange réagissait vigoureusement à ce risque, en exigeant que j'élève ma dignité d'humain à la hauteur de sa dignité d'Ange. J'avais tellement envie d'installer une relation ombilicale entre lui et moi ! Mais lui ne transigeait pas :

ALORS TU NE SERAIS QU'UNE MARIONNETTE !

C'était dit avec une dureté ! Franchement, mon Ange ne rigolait pas avec ma liberté.

— Tu dis "mon Ange". Ne penses-tu pas qu'il en va ainsi de l'Ange de chacun ?

— Je ne sais pas... On peut tomber dans l'envoûtement, sans doute... Tant de gens manquent d'indépendance ! Je ne sais pas... Le mien en tout cas m'a appris à me libérer de beaucoup de choses : par exemple de mon émotivité, de ma sentimentalité, ainsi que des images de certains de mes rêves que, dans ma démesure, je prenais à la lettre — alors qu'il fallait comprendre leur langage symbolique. Au début, il m'avait directement aidée à interpréter mes rêves. Puis de cette aide aussi, il m'a appris à me libérer :

L'ENSEIGNEMENT QUE TU REÇOIS EN RÊVE,
C'EST À TOI D'EN COMPRENDRE LE SENS.

Plus tard, j'ai compris qu'en me préservant de la fascination, l'Ange m'avait permis de vivre *l'émerveillement*, et qu'en me préservant de l'*imaginaire*, il m'avait poussé à vivre *la réalité*, je veux dire l'*Éternelle Réalité* !

— Tu parles volontiers de la "sévérité" de ton Ange. Entre vous deux, c'était un corps à corps d'une dureté permanente !

— Oui, mais attention : même quand il était dur à

me faire pleurer, mon corps à corps avec l'Ange s'est toujours déroulé sur le *tatami* d'une immense tendresse divine ! N'oublie jamais, car un corps à corps avec l'Ange qui ne serait que sévérité, nul humain ne pourrait y survivre !

— De toute façon, à cette époque, en 1943-44, la sévérité était devenue le pain quotidien de tous. Aurais-tu pu imaginer un monde plus dur que celui où vous étiez peu à peu entrés ?

— C'est tellement paradoxal ! En un sens, oui, la vie était devenue très dure. Mais en même temps tout était devenu tellement plus... léger. La vraie liberté était à portée de main ! Je pense que c'est de cela que parlent les textes védiques de l'Inde ancienne, quand ils annoncent l'âge de fer, le *kali Yuga*.

— Quel rapport ?

— Les sages indiens disaient que le monde allait dégénérer, tomber dans un âge noir d'une dureté effroyable, mais que, de ce fait, l'illumination serait aussi de plus en plus facile. La libération, qu'à l'âge d'or on ne pouvait atteindre qu'au prix d'exercices et d'ascèses extraordinaires, eh bien les Rishis de l'Inde ont annoncé qu'elle deviendrait accessible à tout le monde, à mesure qu'on s'enfoncerait dans l'obscurité.

— Je voudrais partager cet optimiste ! Il y a certes de plus en plus de « *libérés* » autour de nous. Mais la population mondiale devient innombrable et beaucoup d'humains sont aliénés.

— Si un seul le vit, ça peut tout changer ! Parce que c'est contagieux. Ce qu'un Jésus a vécu, c'est à nous tous de le vivre maintenant. Habiter le corps de résurrection, voilà à quoi nous a invités l'Ange. Le corps de résurrection, c'est le "nouveau corps", moitié matière, moitié lumière. Et cela peut se vivre là, tout de suite ! Il suffit d'y croire.

— Je voudrais revenir sur un point qui me trouble. Tu dis que, sous la terreur nazie, vous vous sentiez à ce point dénudés que, finalement, vous en deveniez "légers", plus lucides et donc plus aptes à la liberté. Est-on vraiment plus lucide sous la tyrannie ?

— C'est contradictoire. En un sens, la rencontre avec les formidables ténèbres que représentait Hitler nous a projetés dans une expérience très lumineuse. Mais il est vraiment difficile de généraliser. La tyrannie finit quand même par user la fibre humaine. Il faut des moments de respiration tranquille. De belles choses sont peut-être sorties du Goulag, mais regarde les Russes : la tyrannie les a rongés. Sous la botte communiste, moi-même, pendant quinze ans, j'ai été incapable de méditer, de me concentrer, d'écrire... j'ai baissé en humanité.

— Et maintenant, ici, en temps de paix ?

— Je savoure le moindre chant d'oiseau, le moindre jeu du vent dans les arbres... Et c'est avec joie que je me lève à quatre heures du matin, pour écrire (c'est l'heure où je me sens le plus inspirée !). Mais bien sûr, à l'inverse, quand on vit dans cette société si "pacifique", si douillette, si confortable, le danger d'égotisme est aussi beaucoup plus grand, même si les vices sont mieux camouflés — du moins aux yeux naïfs, qui n'ont rien vu. Quand on a traversé une vie comme la mienne, l'égotisme et la mesquinerie des humains *confortables* d'aujourd'hui sautent évidemment aux yeux. C'est l'une des choses qui faisaient le plus horreur au messager du Ciel. »

En 1991, les éditions Aubier publient le quatrième et dernier livre de Gitta Mallasz, intitulé *Petits Dialogues d'hier et d'aujourd'hui*. Un mélange d'ultimes précisions sur les événements de 43-44 et de confidences sur la conversation quotidienne avec la *voix de l'inspiration intérieure*, c'est-à-dire avec l'Ange. Gitta, visiblement, sent qu'elle n'en a plus pour longtemps : l'ouvrage se termine, net et carré, par son testament spirituel :

Après avoir rappelé que, selon elle, l'humanité entre aujourd'hui dans son adolescence (et non pas, comme le croient certains, dans sa vieillesse), la grande dame de Budapest demande à ses lecteurs de l'aider à partager de manière responsable et digne l'enseignement des *Dialogues avec l'Ange*, qui est « une voie sans voie », liée à aucun rituel, à aucun lieu, à aucun gourou, à aucune « succursale de la Maison mère »...

Le testament lui-même tient en quatre pages, divisées en cinq clauses. Les *Dialogues avec l'Ange* sont un enseignement :

— « individuel » : à chacun son Ange, ce qui est vrai pour l'un ne l'est pas forcément pour l'autre ;

— « vécu » (et ce, jusqu'au plus profond de nos cellules) ;

— « naturel » (par opposition à exceptionnel, ésotérique, paranormal, romantique, etc.) ;

— « d'éveil » (l'Ange ne s'intéresse pas aux états de transe, ou de possession, au contraire : le contact avec lui n'est assuré que par un éveil total) ;

— « par la pureté du verbe » (et Gitta se contente de rappeler une phrase de l'Ange : « *Prends garde aux Judas qui vendent le verbe !* »).

Le Grand Jeu pourrait s'arrêter là. Courant 1991, Gitta, frappée par un accident cardiaque, se voyait déjà en train de mourir, seule dans sa maison de Tartaras, quand (tel le vieil Indien de *Little Big Man,* qui voulait mourir au sommet de la colline, mais dut rentrer au village parce qu'il s'était mis à pleuvoir) elle se releva une dernière fois, pour une dernière mission : mettre en chantier le « scénario cinématographique des *Dialogues* » — dont le présent ouvrage ne fera, c'est clair, qu'entamer le travail préparatoire.

Puis, ayant réglé ses dernières affaires, Gitta décolla. À la verticale. Du point de vue de Bernard et Patricia Montaud, qui l'accompagnèrent heure par heure dans son agonie, ce décollage constitua un ultime et fulgurant enseignement, que Gitta dicta littéralement à Bernard assis à ses côtés[1].

En Gitta, un corps à corps amoureux formidable s'est achevé le 25 mai 1992. En elle, ce jour-là, un animal indomptable a rendu ses armes à l'Ange.

---

1. Cette « dictée » et le récit des derniers instants de Gitta ont été rassemblés dans *Le Testament de l'Ange*, 1992. Albin Michel.

JOURNAL DE BORD. — VI

20 avril 1995. — Nous sommes créature et créateur. Que créons-nous ? Nous-mêmes. C'est-à-dire d'abord notre gestuelle. Nos gestes. La *geste* de nos gestes. Se mouvoir, mais aussi simplement se tenir, et parler, et même penser, et sentir, et s'émouvoir... rien que des gestes. En plus ou moins grande continuité chorégraphique. Les vivants coulent en continuité. Se savoir danseur à la fois actif et passif. Être dansé par le flot, plutôt que danser intentionnellement. Bien que nos pensées soient évidemment cruciales. « Nos pensées créent le monde », avons-nous titré le livre de Castello et Zartarian chez Laffont...

21 avril. — Après un stage de shintaïdo au bord de la mer, discussion avec Albert Palma. Il se marre de me voir plancher sur les anges. D'une certaine façon, que nous enseigne-t-il d'autre, dans *Wakamé*, que de contacter notre ange ? *Wakamé*, mot japonais pour dire : l'exercice de l'algue. Devenir telle l'algue dans le flot. À l'écoute du moindre changement de flux. Éperdument obéissant — bien qu'à chaque instant prêt à tout renverser et à se transformer en sabre immense, coupant la voûte céleste de haut en bas — aspiré par elle...

Nous ne sommes pas seuls dans la geste créatrice ! Il y a aussi LE/LA (Ö !) TOUT AUTRE.

Revenant cet après-midi de chez Albert, j'ai pris la rue du Chemin Vert, qui — par l'harmonie du hasard — descend magnifiquement des collines orientales de Paris, tout droit vers le monolithe noir de la tour du Montparnasse. J'ai repensé à Joseph, à qui son Ange avait dit « Ton Ciel est vert — car la terre est verte ». Ma route est verte aussi. Route des étudiants en humanité.

Bien sûr, l'étudiant a un maître. Pas un maître au sens

plus ou moins malsain qu'insinuent certaines peurs souvent médiatisées — maître et esclave, comportements
sado-maso, secte... Non, plutôt un maître d'école. Un ins-
tit'. Et en face, des écoliers. C'est simple.

28 avril. — Affiche sur une colonne Morris : Anne Frank.
Une pièce. Il y a quelques jours, nous avons vu en famille
l'adaptation de son journal au cinéma. Les enfants ne comprenaient pas pourquoi, au dernier moment, quand les
nazis découvrent finalement la cachette, le père d'Anne
Frank prend sa femme dans ses bras et lui sourit. Sourire
du condamné à mort à sa bien-aimée. Relire ce livre. C'est
un Dialogue avec l'Ange aussi. Tout d'un coup, il va m'apparaître sous un jour... radicalement nouveau.

11 juin. — Premier « Congrès international sur les anges »
au Palais des Congrès, à Paris. Un bon millier de personnes. C'est organisé par Evelyne Faure, de l'Espace Bleu, et
un tandem franco-italien, Gia et Joël, qui disent avoir
appris d'un « initié » comment mettre les gens en contact
avec leur ange. À priori ce type de démarche me repousse
instantanément à dix kilomètres. Je songe à la « bave des
malades » et au « grelottement des naufragés » dont parle
l'Ange quand Gitta ou Lili lui demandent ce qu'il pense de
la parapsychologie et du spiritisme. Et pourtant je suis à
l'affiche de cet étonnant rassemblement. Pourquoi ? Evelyne Faure est une amie, qui sait mes sympathies — le fait
que le Dr Xavier Emmanuelli soit de la partie m'a beaucoup rassuré — et mes faiblesses : devant mes réticences
explicites, Evelyne m'a invité à déjeuner avec Gia, char-
mante et fraîche Italienne, étudiante en médecine, qui a
usé d'un argument redoutable vis-à-vis d'un esprit honnête
et curieux (et naïf !) : « Avez-vous déjà pratiqué cette sorte
de prière collective ? » Je n'ai rien contre la prière collective ? Et je suis d'accord : il est difficile de parler de ce
qu'on n'a jamais pratiqué. Bref, me voilà piégé.

On me demande de parler le premier. Devant une telle
affluence, je m'amuse à évoquer Byzance et les grands
débats passionnés sur le sexe des anges — question dont
j'ai découvert sur le tard qu'elle était passionnante. Puis je
parle des *Dialogues* et des quatre compagnons de Budaliget, avant d'évoquer l'actuelle explosion angélique — dont
je donne quelques interprétations profanes.

Pierre Jovanovic, l'auteur de *Enquête sur l'existence des
anges gardiens*, qui parle juste après moi, reconnaît que, lui
aussi, doit énormément aux *Dialogues*. Jean-Paul Carton,

ex-animateur de la FM parisienne Ici et Maintenant, qui a connu une NDE du cinquième degré, nous balance un poème formidable sur l'ange. Puis Paco Rabanne fait un show, je dois dire de qualité, où il évoque certains jeux magiques dangereux qu'il pratiqua dans sa jeunesse, et la simplicité durement acquise depuis.

Hélas, Jodorowski n'est pas là. Xavier Emmanuelli non plus — la seule raison solide qui m'avait convaincu de venir !

Puis je fais la connaissance de l'étonnant, du tonitruant, du rabelaisien kabbaliste espagnol Aziel. Un kabbaliste authentique, dirait-on, héritier de l'école de Gérone. Avec la verve du César de Pagnol, cet homme-là pourrait sans problème occuper le colloque entier. Il est drôle, adore tenir un public en haleine et semble en savoir long sur l'angélologie juive (sa famille est marrane, juifs convertis de force par les Espagnols et l'Inquisition).

À propos d'angélisme kabbalistique, je n'arrive vraiment pas à comprendre comment la figure de l'ange — dont le signe est la radicale nouveauté créatrice, c'est-à-dire l'essence même de l'imprévisible — pourrait se retrouver dans les arcanes mathématiques des nombres, d'une façon quasi prédéterminée, mais bon...

Quand vient l'après-midi, Aziel, rusé personnage, ne dit plus rien. « Je n'ai de tout ceci, avance-t-il, qu'une vision intellectuelle... » Que ne l'ai-je imité !

Le début de la seconde séance révèle en effet ce que l'assistance attend réellement : de l'expérience, du vécu, du miracle — que les anges descendent sur nous !

En soi, la Pentecôte est une référence très forte. Mais on ne « provoque » pas la Pentecôte, même filtrée par les anges, en un quart d'heure de méditation. C'est ça, le spiritisme, dont l'ange dit : Bave des malades !

Tout le monde ne pense pas ainsi. Les organisateurs assurent savoir « faire descendre les anges », comme certains chamans provoquent la pluie... Que faire ? Quitter la salle ? Hélas, je laisse faire — *keep cool, man* ! — finalement, vingt minutes de méditation collective... c'est plutôt sympa, non ? Rien à redire.

Mais après la méditation, le ton change. Le public est invité à donner ses impressions. Une dame dit qu'elle a vu « une couleur violette descendre » sur son voisin. Une autre a ressenti un coup dans le genou. Un homme s'interroge sur la nature, divine ou profane, du sentiment de paix qui l'a envahi... Le miraculeux commence à sentir le rance.

Puis on interroge les orateurs à la tribune. Plusieurs sont

mal à l'aise. Le chanteur Michel Jonasz a le bon instinct de dire qu'on ne peut rien dire (sauf, quand même, bien sûr, un petit salut au passage à *Mère*, Sri Aurobindo et Satprem, ses amis). Je crois bon, pauvre de moi, de faire rebondir la discussion sur ce que Satprem, justement, dit de l'avenir de l'homme, m'interrogeant sur toutes les expériences « hominisantes » croisées en chemin (les mourants, les nouveau-nés, les dauphins, les samouraïs dédiés à la Vie, les anges...). Mal m'en prend ! Cette approche est visiblement beaucoup trop intellectuelle pour les gens présents. Je me fais durement rembarrer — brouhaha, sifflets, « Votre ange vous a quitté ! » me lance quelqu'un dans l'assistance. Ils veulent absolument « vivre des trucs », là, maintenant, tout de suite, et ne surtout pas en parler. Un couple de médiums québécois, fort connus si j'en juge par les applaudissements que provoque l'annonce de leur nom, a plus de chance. Il faut dire que ce ne sont pas des Pieds Nickelés comme Jovanovic ou moi, mais, semble-t-il, d'authentiques guérisseurs, à la parole appuyée sur une pratique de bons samaritains. Ils calment une ambiance qui, peu à peu, s'aigrit.

Un extrait de la belle interview télévisée de Gitta Mallasz par Michel Cazenave remet momentanément les choses en place. Le journaliste Henri Tincq, du *Monde*, me questionne sur l'étrange phénomène socio-culturel que nous avons sous les yeux. Je suis d'autant moins à l'aise pour lui répondre que viennent de défiler à la tribune une demi-douzaine de personnes, assurant que, grâce à ce genre de « contact angélique », elles ont retrouvé, qui un travail, qui l'amour, qui la santé... Quand, à la clôture, dans une atmosphère désagréablement électrisée, le journaliste m'annonce qu'il va sans doute écrire un article méchant, je ne peux que l'approuver. Je quitte le Palais des Congrès en proie à une véritable nausée.

12 juin. — J'en suis encore malade. Pourquoi suis-je allé me fourrer dans un pareil traquenard ? Et lorsqu'on m'a demandé à quels moments j'avais été « en contact » avec mon ange, pourquoi avoir répondu : « L'ange m'est souvent apparu à l'envers : sous forme de cauchemars » ? Alors que la réponse était si simple ! J'ai été en contact avec ma partie angélique : — en permanence pendant ma petite enfance ; — chaque fois que je suis tombé amoureux ; — chaque fois qu'une joie sans raison (autre qu'elle-même) m'a envahi ; — chaque fois que j'ai été inspiré ; — chaque fois que j'ai été créatif ; — chaque fois que je me suis mieux incarné ; — chaque fois que j'ai donné ; — chaque fois que j'ai éveillé ; — chaque fois... Bon sang ! J'ai été en contact avec mon ange un paquet de fois !

13 juin. — Le petit article de Tincq à la une du *Monde* est finalement très gentil. Il s'interroge sur l'étonnant bric-à-brac new-age et sur l'authentique soif de spiritualité de notre époque.

3 août. — Le grand stage de shintaïdo se déroule cette année dans un volcan d'Auvergne ! Pratique plus grave que d'habitude, plus profonde aussi. Comment prendre conscience que je ne suis qu'un mouvement qui s'incarne momentanément ? La pratique d'un art gestuel aussi fortement inspiré que le nôtre y aide. Au bout de quelques jours, des liens exaltants, difficiles à décrire, se révèlent entre, par exemple, le fond du ventre et la paume de la main : l'ouverture du bassin aide l'ouverture de la main et réciproquement. Du coup, toute l'existence prend une autre saveur. Et j'ai envie de toucher tout le monde. Mais... Quel rapport avec l'incarnation du mouvement ? Ouch ! Je m'avance là sur un terrain dont, vraiment, je ne peux pas encore parler.

Albert m'a offert le manuscrit de son prochain livre : *Le Gué du Ciel.* Je l'ouvre et tombe sur le poème suivant :

> Quand midi fait taire toutes les ombres
> Et ouvre toutes les gueules,
> Quand le crime généralisé de l'appétit
> Bourdonne au-dessus de nos assiettes,
> Quand le parfait et l'ordinaire
> Déchirent le même drap,
> Quand le sage et le fou
> Se disputent le siège du vide,
> Quand les mains et la pensée ignorent
> Qu'elles forment un même corps,
> Le ciel échappe un peu plus
> Aux savantes équations des hommes,
> Et l'herbe pousse sans théorie.

4 septembre. — Fallait s'y attendre : parmi les dizaines et les dizaines de livres consacrés aux anges depuis quelques années, en voici un consacré aux anges déchus, intitulé *Enquête sur l'existence des anges rebelles*, et signé Édouard Brasey (Ed. Filipacchi). Le démarrage séduit. On distingue bien l'idée manichéenne de « diable comme puissance absolue », supposé « symétrique de Dieu », que l'auteur tient pour idiote (où il rejoint Gérald Messadié et son *Histoire générale du Diable*), de l'idée d'ange rebelle qui, elle, a ses lettres de noblesse dans la plupart des grandes traditions, y compris évidemment dans le judéo-christianisme. *Shâtan* (en hébreu) ou *Shéïtan* (en arabe), c'est celui-qui-résiste, celui-qui-fait-obstacle, celui-qui-s'oppose à ce que prône l'ange. Ce rebelle systématique, tout homme le porte en lui — ce qui nous distingue évidemment des animaux qui, tous, obéissent à la Loi naturelle (du moins tant que l'homme n'intervient pas).

En ce sens, on ne peut qu'être d'accord avec Édouard Brasey : chacun de nous porte en lui un ange divin et un ange rebelle. Sans ce dernier, qui sans cesse nous tente et nous met à l'épreuve, nous ne pourrions pas évoluer, changer, progresser, nous éveiller...

Mais, de la même manière que je ne vois pas l'intérêt d'aller répéter sempiternellement sur des milliers de pages les milliers de noms, ou les milliers de rituels, liés aux milliers d'anges répertoriés par nos ancêtres (sauf à faire pure œuvre d'érudit), je ne vois pas non plus l'intérêt de passer des heures à lire des milliers d'histoires sur les milliers de rituels lucifériens ou satanistes, tous plus ou moins pathologiques.

L'ange m'intéresse dans la mesure où son signe est la création, c'est-à-dire le RADICALEMENT NOUVEAU — dont personne, par définition, ne peut rien dire à l'avance.

L'ange rebelle, à son tour, peut m'intéresser dans la mesure où il me parle de la RÉSISTANCE à la Loi, dans les milliers d'aspects où cette résistance a lieu, chaque jour, en chacun de nous. Alors, je me sens directement concerné. Mais aller répertorier les cristallisations/momifications ritualisées de cette résistance à travers les temps, cela ne peut pas mener loin. Une amie me dit : « Mais c'est la psychanalyse que tu nies ! »

Bien sûr, il y a l'attrait plus ou moins avoué pour les histoires de cul extraordinaires. Les cultes satanistes viennent puiser là, à la fois de l'énergie et de l'audience. Mais alors, j'ai la vague impression qu'on tombe à nouveau dans le travers dénoncé par Michel Serres : les anges chuteraient par « amour », ou plus exactement par désir sexuel. Le philosophe dénonçait avec raison cette vision, influencée par des siècles de puritanisme. Quand des humains se rencontrent, tombent amoureux et s'accouplent, je pense que l'ange est heureux — car cette rencontre, cette nouveauté, cette passion, ce jeu, cet amour, en un sens, *C'EST* lui. Quand l'amour devient bestial, eh bien, on retrouve le « diable »... qui n'existe pas : c'est simplement une instance psychique interne qui, ayant été tordue, souffre et fait une hernie — depuis l'enfance, ou la naissance, ou même avant. Dans la mesure où ils sont de l'ordre de la non-communication, les rituels sado-maso ne font intervenir aucune entité autre que des hantises et boursouflures psychiques. Alors que, comme dit Serres, la chute ou la rébellion des anges est liée, elle, à l'apprentissage de la liberté et du pouvoir, et non pas à une quelconque « nature diabolique » du désir sexuel. La rébellion est liée à l'adolescence, pas à la maladie.

3 octobre. — Conversation au téléphone avec Jeanne Guesné. En lisant quelques pages de son dernier livre, *Le 3e Souffle*, qu'elle présente un peu comme un testament, j'ai eu le désir soudain d'appeler l'admirable vieille dame, chez elle, à Vichy. Nous parlons des anges, et tout de suite elle embraye sur Jacob, en me disant : « Son échelle est à double sens : ce que vous descendez d'un côté, vous le remontez de l'autre. »

Cela me fait penser à la *double échelle du soi*, de John Lilly (cf. *Le Cinquième Rêve*). Mais descendre, pour Jeanne, n'est pas forcément synonyme de négatif ni même d'épreuve. C'est presque une descente chamanique. Elle me conseille par exemple : « Descendez au fond de vous-même, jusqu'à la profondeur où vous rencontrerez un dauphin — puisque chez vous, cela prend cette forme. Éveillez-vous à ce niveau-là de votre être. Alors, peut-être, la lumière jaillira en vous. » Je dis à Jeanne que les chamans-faiseurs-de-pluie savent ainsi « devenir la terre qui a soif ». De sa voix si fraîche, elle s'exclame : « Ah mais c'est tout à fait ça ! Vous voyez, à cet instant précis où nous nous parlons, on peut voir la réalité de deux manières différentes : vous et moi pouvons nous voir comme deux particules séparées par quatre cents kilomètres, qu'un fil téléphonique fait se rejoindre ; mais nous pouvons aussi, après un certain travail, nous percevoir comme un seul point, qui s'amuse se manifester sous forme de deux entités distantes de quatre cents kilomètres.

— Comme le petit garçon qui s'ennuyait et disait : "J'aimerais bien être deux petits chiens pour m'amuser ensemble ?" »

Elle rit : « Exactement ! »

Parlant de Gitta Mallasz, avec qui Jeanne s'était plusieurs fois entretenue, la conversation s'en va vers la souffrance, la vieillesse, l'agonie. On sait que Jeanne Guesné brûle d'un mal terrible, le zona, qui ne lui laisse aucun répit. Elle dit : « La moitié de mon buste n'est pas touchable », mais ajoute aussitôt, sans fausseté dans la voix : « Ma souffrance est comme un tuteur pour un arbuste : ça me maintient éveillée. » Étonnant : avec elle, ce type de conversation n'a pas le moindre arrière-goût malsain. Malgré tout, elle en a marre. Elle se compare à une très vieille voiture qui ne pourrait plus rouler qu'en première, et encore, sans monter les côtes !

« Or, ce qui vous parle en ce moment, s'étonne-t-elle, ce qui vit, ce qui aime, cela n'a pas d'âge ! Par contre, les mésaventures finales de la vieille voiture, cela n'a vraiment aucun intérêt. S'il vous arrive jamais d'assister aux derniers soubresauts d'une très vieille voiture comme la mienne, s'il vous plaît, Patrice, n'en parlez pas, n'écrivez rien dessus, cela doit juste retourner à l'humus... »

18 octobre. — Je me décide enfin à appeler Eva Danos, la « petite rouquine » qui accompagna Hanna et Lili jusque dans les camps de la mort. Il est grand temps !

Cet été, je l'ai ratée de peu, averti trop tard d'un voyage qu'elle faisait à Budapest. Mais nous nous sommes parlé au téléphone et elle m'a donné son numéro de fax.

Comme Gitta, cette femme semble parler toutes les langues. Son français est quasiment parfait. Comme je m'en étonne, puisqu'elle vit depuis presque cinquante ans en Australie, elle me répond : « C'est que j'ai habité quelque temps à Paris dans l'immédiat après-guerre. »

La conversation dure une bonne demi-heure. Eva est vive et légère, même lorsqu'elle me raconte les grandes lignes de ce qui s'est passé quand les seize femmes de la Katalin ont été déportées à Ravensbrück, en décembre 1944. Je lui dis que Gitta m'a laissé quelques feuillets intitulés « Récit des camps » et rédigés lorsque les deux femmes se sont revues, en 1980, en Dordogne. Je lui propose de lui faxer ces pages. Eva accepte aussitôt, en proie à une évidente perplexité.

20 octobre. — Nouveau coup de fil à Eva. Le ton a radicalement changé. L'ancienne déportée hongroise devenue australienne retient visiblement une émotion pleine de colère : « Le texte que vous m'avez envoyé est un tissu de mensonges !

— Ah bon ?

— Vous savez, monsieur, je suis extrêmement attachée à

la vérité historique. Or ces pages sont pleines de détails erronés. L'esprit de ce que nous avons vécu dans les camps s'en trouve trahi. Je vous demande donc instamment de ne pas publier ces pages.

— Pourtant, Gitta...

— Peu importe, monsieur, cela ne m'intéresse pas. »

Je la sens prête à raccrocher. J'ai mal. Alors, je parle de ce qui me tient le plus à cœur dans toute cette histoire. Montrer que la Lumière peut pénétrer même au fond de l'enfer. Je parle de la Bosnie. Je parle de la solidarité que Francis tente, avec tant de courage, d'organiser entre Paris et Sarajevo. Je parle du désespoir qui nous guette à chaque instant. De la chorégraphie des *Dialogues*...

Finalement, Eva me dit : « Le plus simple est que je vous envoie mon journal. Ainsi, vous ne risquerez pas de commettre d'erreurs à votre tour. »

Je la remercie chaleureusement. Je demande à Gitta de m'aider à tenir le fil.

21 octobre. — J'apprends la mort d'Albert, un vieil ami, atteint d'une maladie redoutable. Sa fille Anouchka était avec lui en Égypte. Elle dit qu'il irradiait. Cela faisait un bail qu'il en rêvait, des Pyramides ! Et puis toc, son cœur s'est arrêté de battre, alors qu'il nageait dans la mer Rouge. Les *vieilles voitures,* comme dit Jeanne Guesné, choisissent parfois des endroits somptueux pour arrêter leur course ! La dernière fois qu'on s'était vus, on avait parlé des anges... Malgré tout l'apaisement qu'avait connu son âme depuis le début de sa maladie, il conservait un zeste acidulé de cette ironie qui l'avait si longtemps tiré en avant, et s'était amusé à me raconter un livre de Nabokov, où « l'ange » est en fait une diabolique Lolita. On avait ri comme des gosses, il ne se servait plus de son humour comme d'un bouclier contre le Ciel et prenait ce genre de dérive littéraire au second degré... C'est drôle comme tous ces thèmes se croisent et se recroisent. Va, Alberto, fonce en plein dans la Lumière !

4 novembre. — Gilles Deleuze s'est donné la mort. Parlant de l'œuvre du philosophe, Robert Maggiori écrit, dans *Libération,* qu'il avait abouti à une « extraordinaire extension de la notion de *création* : création de multiples, création d'événements, création non de sens mais de connexions, de circulations, de branchements, de superpositions, qu'[il] expérimentera dans les domaines de l'art, de la littérature (Proust, Klossowski, Melville, Beckett, Lewis Carroll...), de la science et de la philosophie elle-même. »

Qu'est-ce que *créer* ?

« Écrire, ce n'est pas faire chanter les mots, mais faire vibrer et bégayer la langue entière, la faire délirer, d'un délire-santé, d'un spasme inorganique qui la secoue, l'ouvre, la déterritorialise, la recompose selon d'autres intensités, d'autres relations rhizomatiques, d'autres plans. L'art fait de même (...). La science fait de même (...). La philosophie fait de même, lorsqu'elle fabrique des concepts pour penser l'Impensable, en créant des points inédits, des carrefours, des nœuds qui ouvrent de nouvelles lignes, de nouveaux chemins, de nouveaux labyrinthes. »

L'article conclut en parlant d'une œuvre « des plus originales du siècle, qui, si elle se réduisait à un seul mot, nous enjoindrait de chercher encore et toujours l'*incommunicable nouveauté qu'on ne savait plus voir* ».

Palsambleu, ne dirait-on pas la définition de l'Ange ?

12 novembre. — Reçu d'Australie le livre d'Eva Danos. Impressionnant opuscule couvert de moleskine noire. Sur la couverture un simple matricule, *92944*, au-dessus d'un triangle rouge. J'apprends ainsi qu'à Ravensbrück, Hanna, Lili et Eva faisaient partie des « politiques ». Le titre du livre ne figure qu'à l'intérieur, et sur le tranchant : *Prison on wheels.* Cette « prison sur roues » désigne évidemment le train dans lequel Hanna et Lili sont mortes, en mars 1945...

13 novembre. — Je lis le journal d'Eva avec une lenteur inhabituelle. Chaque ligne fait descendre ma gravité plus bas.

14 novembre. — Je sais maintenant, dans le détail, comment ont fini Hanna et Lili. Silence.

15 novembre. — Je pense à Gitta. À l'impossibilité où elle fut d'entendre parler de l'ultime voyage de ses deux compagnes de Grand Jeu. Je pense aussi au différend qui l'opposait à Eva. Vu du dehors, en fin de compte, rien que des détails. Mais pile sur les déchirures de leurs cœurs. Je me demande comment en parler. Ce sera l'épilogue du *Corps à corps.*

16 novembre. — Rencontre avec le journaliste Djenane Tager d'*Actualités religieuses* (mensuel catholique ouvert sur tout le champ spirituel et religieux contemporain). Eux aussi préparent un numéro sur les anges. D.T. ne comprend pas comment j'ai pu me trouver embringué dans le colloque du mois de juin. Sa question : pourquoi cette flambée angélique *maintenant* ? Qu'en sais-je ? Je suis imbibé de la lecture du journal d'Eva. Mais je ne peux rien en dire, cela paraîtrait incongru. Il est vraisemblable que, quand la pression générale (crise morale, culturelle, sociale, économique, guerrière...) atteint un certain seuil, les humains sont contraints de trouver des solutions. Ça crée ou ça casse. C'est l'exigence de Création. Évidemment, on peut aussi imaginer des tentatives de retour en arrière, des régressions par rapport à la liberté individuelle (intégrisme ou fascisme). Ou bien une fuite en avant dans l'accélération des processus déjà en cours (capitalisme dur, croyance aveugle en la techno). Ou encore des tentatives de bâtir des utopies strictement matérialistes... mais il est clair que l'idéologie matérialiste s'effondre par pans entiers : autrement dit, les temps n'ont jamais été aussi propices à ce que l'humanité se fraye de nouvelles voies, crée du *Nouveau*, se tourne vers la Source d'inspiration essentielle, vers l'Axe de toutes chose, vers le Centre dont parlent toutes les autres cultures. Il doit y avoir une loi de *l'angélisation par urgence.*

18 novembre. — Voilà trente ans que, pour évoquer le « retour du sacré » dans la société moderne, une phrase revient, comme un leitmotiv : André Malraux aurait dit : *Le XXIᵉ siècle sera spirituel ou ne sera pas.* Certains contestent l'authenticité de ces mots. L'enquête nous apprend que la fameuse phrase est venue dans une conversation avec André Frossard quand, opposant les mots *religieux* et *mystique*, Malraux aurait dit : *Le XXIᵉ siècle sera mystique ou ne sera pas* (sous-entendu : *pourvu qu'il ne soit pas religieux* !).

20 novembre. — Parlé avec Didier Dumas au téléphone. Il poursuit son travail sur la Genèse. « La faute de Caïn c'est le défaut de langage ; le péché, c'est la répétition. »

L'Ange, c'est le nouveau. Le Verbe créateur. La non-répétition.

24 novembre. — De passage à Paris, Agi me contacte. Je suis surpris. Je croyais que l'ancienne assistante de Gitta ne voulait plus avoir affaire à moi. Elle et son frère m'invitent à un sympathique petit dîner en *tête à tête*. Ils rient beaucoup. Pourtant, nous évoquons des histoires très sombres. Ivan a fait partie des « bataillons juifs de Hongrie » (dont il dit que seuls les anciens qu'on avait décorés pour bravoure en 14-18 pouvaient porter les armes, ce qui ne correspond pas tout à fait avec ce qu'écrit Raul Hilberg). En février ou mars 44, il revient du front ukrainien. En mai, remobilisation, mais cette fois dans une atmosphère qui sent l'extermination. Ivan est sûr que Joseph n'a pas été déporté, mais qu'il est mort dans l'un de ces bataillons-là. Il raconte les longues marches forcées, vers la Roumanie, la Yougoslavie, puis l'Autriche, quand il s'agissait de rejoindre les usines de V2. Hallucinants récits, où la folie des nazis prenait des formes plus archaïques que dans les camps d'extermination « scientifiques » : massacres purs et simples, sans raison, en pleine montagne, à la mitrailleuse...

Agi, elle, insiste beaucoup sur l'ambiance de « suprême légèreté » qui régnait dans la Katalin — elle s'en rappelle avec une vive émotion, c'est sans doute le meilleur souvenir de sa vie : « À cette époque, l'expérience spirituelle était grandement facilitée par le fait que le superflu avait disparu. »

Bob Hinshaw, de la Fondation Jung de Zurich (qui gère les traductions non françaises des *Dialogues*), est allé visiter la fameuse villa l'été dernier. Il a dit à Agi avoir retrouvé dans la Katalin quelque chose de l'ambiance des *Dialogues*. Le bâtiment est en effet toujours là. Il l'a photographié tant et plus. Par contre, la villa voisine, celle qu'occupèrent en 44-45 l'officier SS et ses hommes, a été rasée. À la place, on a bâti (coïncidence ?) un centre culturel juif.

Agi elle-même a eu beaucoup de chance de n'avoir pas ses papiers en règle — raison pour laquelle Gitta l'obligea à quitter l'usine de guerre une semaine avant la fin. Au lieu de rentrer chez elle comme on le lui conseillait, Agi se cacha chez des amis... Si elle était restée à la Katalin, elle est persuadée qu'elle aurait fait partie du petit groupe final et aurait été déportée.

Avant que nous nous quittions, elle me dit : « Sans Gitta, Hanna n'aurait jamais pu parler avec la voix de l'Ange. Jamais. Donc les *Dialogues* sont en quelque sorte l'œuvre collective de ces deux femmes.

— Pourquoi ne pas dire l'œuvre de trois femmes et d'un homme ?

— On pourrait dire cela. Mais il y a eu des entretiens sans Lili, et sans Jo (c'est comme ça que Hanna l'appelait souvent), alors qu'il n'y en a jamais eu sans Gitta. »

15 décembre. — Comme convenu, je faxe l'épilogue du *Corps à corps* à Eva. Elle me prévient : il lui faudra plusieurs semaines pour me répondre. Je suis impatient.

30 décembre. — Nouveau stage de shintaïdo dans un gymnase impressionnant, sur les bords du lac de Madine, à deux pas de Verdun.

9 janvier 1996. — Reçu un fax d'Australie : à quelques corrections près, Eva Langley-Danos est d'accord avec la partie de l'épilogue (lire p. 373) qui la concerne. Ouf ! Avec une attention minutieuse, elle accompagne le texte corrigé d'une série de questions qui me touchent énormément.

Cher Patrice,

Après un Noël revigorant (j'en avais bien besoin) auprès de mes enfants et petits-enfants, j'ai utilisé un jour de pluie pour lire votre épilogue. Il est bien écrit et reflète l'esprit de mon journal.

Mais, car il y a un « mais », vous devez savoir maintenant mon attachement insistant à ce que j'appelle la « vérité historique ». Je me rends compte qu'il est pratiquement impossible, pour ceux qui n'ont (heureusement) pas eu à traverser l'épreuve de ces temps, de sonder l'abîme de l'inhumanité. Aussi ai-je dû corriger votre texte là où tel adjectif ou telle tournure de phrase aurait pu altérer le tableau de la réalité. Par ailleurs, le sens de certaines expressions françaises m'échappe. Enfin quelques rapides commentaires pourront peut-être vous éclairer. On y va !

Remarques générales :

1. Nous avons été déportées de la Katalin le vendredi 1er décembre 1944, et non pas le samedi 2.

2. Ravensbrück était un « camp de concentration ». Les camps d'« extermination » (*Vernichtungslager*) comme Auschwitz tuaient les gens de manière « directe », par fusillade ou par les gaz. Dans les camps de concentration, la mort vous attendait au bout d'un long calvaire, et les fours crématoires ne servaient « que » pour brûler les cadavres ramassés dans les baraquements.

3. Il ne m'est pas désagréable de vous voir me décrire comme une « jeune fille », mais j'avais vingt-quatre ans lorsque je commençai à ensei-

gner à Notre Dame de Sion : peut-être « jeune femme » irait-il mieux ?

   4. Que veut dire « intello » ? (page 4, ligne 6).
   5. Que signifie « S.T.O. » ?

Etc.

Suivent une dizaine de pages de texte corrigé, dont certaines entièrement retapées à la machine à écrire.

Quel cadeau !

19 février. — J'ai encore reçu une dizaine de livres sur les anges ce mois-ci — dont un beau *Dieu, l'Homme et l'Ange*, de Laurent Guyénot (éd. Trédaniel) et *Cheminer avec les anges*, de Helmut Hark (éd. Dangles). Le déferlement continue. Je renonce à tout lire, et même à tout répertorier. Je note au passage l'intéressant numéro d'*Autrement*, dirigé par Olivier Abel sur « Le Retour des Anges ». Très intellectuel, mais généralement dans le bon sens : je vais peut-être enfin comprendre l'Ange selon Henri Corbin, et suivre la continuation de cette quête dans l'*imaginal*, quand elle est menée par mon ami Christian Jambet et Guy Lardreau, les ex-maoïstes devenus explorateurs des univers intérieurs ! Belle déception en revanche, quant à la façon dont cet ouvrage collectif traite des *Dialogues avec l'Ange*. Pour la sociologue Françoise Champion, il s'agirait d'une sorte de délire syncrétique tout à fait inintéressant et, pire encore, « new-age ». Le « New Age » a fait jaser tant et plus, mais je ne savais pas que ce machin-là était déjà à la mode dans les camps de concentration nazis — ce qu'on peut être naïf quand même ! Heureusement, de grands esprits sont là pour nous guider.

21 février. — Bernard et Patricia Montaud m'accueillent dans leur nouvelle maison des collines de l'Isère. Ils me racontent des histoires que je ne connaissais pas sur les dernières années de la vie de Gitta. Je me rends compte à quel point la vieille dame que j'ai connue avait été transformée par le dialogue quotidien avec ses jeunes compagnons, qu'elle aida à évoluer vers une vie plus simple, plus drôle, plus ouverte, plus ludique ; c'est peu dire qu'elle a bouleversé des tas de vies ! À l'inverse, je crois qu'ils firent évoluer aussi : en l'aidant à *donner*.

Je suis intrigué par ce que les Montaud me disent du travail que Gitta les poussait à accomplir pour non seulement entrer en contact avec leurs « moitiés créatrices », mais pour « faire naître » celles-ci. « Rappelle-toi, me dit Bernard, comme Gitta était heureuse lorsque quelqu'un posait pour la première fois une question à son ange. Elle s'écriait : "Un ange est né !" Tout le monde n'a pas forcément un ange, tu sais. » J'en reste ébahi. *Faire naître son ange* ? Comment diantre la créature pourrait-elle engendrer la Force qui la crée ? Quel est ce drôle de boomerang ? Sans doute Gitta suggérait-elle qu'il est du ressort de l'humain de prendre contact avec sa part divine. Sans cette initiative, sans cette demande — cette supplication, cette prière —, le contact ne se fait pas et l'« ange » demeure quelque chose de virtuel... Patricia explique : « Comme on apprend à marcher et à parler, on apprend à dialoguer avec son ange. C'est naturel mais ça s'apprend. »

Sans doute, mais le petit enfant ne vit-il pas en permanence avec son ange ? Ce dernier disparaît-il lorsque l'enfant grandit ? Ou demeure-t-il, en *stand-by*, dans l'antichambre de la conscience ? Et ce serait alors à nous de le tirer de là, et de nous placer du même coup dans la Lumière ? Je réalise combien je demeure encore ignorant et balbutiant en ces domaines.

22 février. — Parlant avec Bernard et Patricia, je me rends compte que je me trouve en quelque sorte à mi-chemin de mon exploration des *Dialogues avec l'Ange*. Il faudrait envisager une suite, un tome II, centré cette fois sur la façon dont Gitta Mallasz, une fois le texte des entretiens hongrois publié, fit s'incarner l'enseignement de l'Ange, en aidant des dizaines, des centaines, peut-être des milliers de personnes à entrer en contact avec leur intériorité et à métamorphoser leur vie — passant, comme dit Bernard, « de l'homme-métier à l'homme-tâche ». On pourrait intituler ça « Gitta Mallasz (1907-1992), une incarnation »... ?

4 mars. — Alors que j'achève mon manuscrit plusieurs amis critiquent sérieusement le titre que j'ai choisi. Non que *Corps à corps avec l'Ange* leur semble inapproprié, mais, me disent-ils, « La Source blanche » sonne beaucoup plus fort.

« D'ailleurs, ajoute l'un d'eux, c'est le titre que t'avait choisi Gitta. Il serait choquant que tu ne respectes pas ce choix. »

Je finis par m'incliner. Le livre s'appellera donc *La Source blanche*.

LE DERNIER CORPS À CORPS

Nous avions plusieurs fois discuté, avec Gitta, sur le point de savoir s'il fallait publier ce qui suit. Elle était plutôt réticente. « Ne t'intéresse pas à l'ombre ! » répétait-elle souvent. Or, comment imaginer plus sombre que cette histoire ? Gitta craignait surtout que la vision d'une Hanna s'effondrant finalement sous les coups ne viennent ternir l'idée que les lecteurs des *Dialogues* se font d'elle. Elle disait : « Hanna était plus sensible qu'un sismographe, mais si on utilise un sismographe pour couper du bois ou pour enfoncer des clous, il se brise ! Comprends-tu ? »

Qui n'aurait compris ?

Pour ma part, je trouvais que le témoignage d'Eva devait au contraire être rendu public, tant ce qu'il rapporte de la fin de Hanna et de Lili ancre leurs existences dans le monde réel où nous vivons — jusqu'à l'insupportable. Mais dans une lumière de Golgotha.

Et puis il y avait Eva elle-même...

NOTES LAISSÉES PAR GITTA

Je fouille dans mes papiers et je tombe sur l'écriture de Laci, mon mari, enterré en Dordogne. Je lis la date : septembre 1980.

Eva, la seule rescapée des camps nazis, est venue

nous voir lors d'une derrière visite en Europe. Le voyage la fatigue ; sa santé est vraiment fragile.

Notre petit chiot la salue en sautillant autour de nous, en aboyant de sa petite voix aiguë de bébé-chien, mais elle se sauve derrière mon dos, elle s'agrippe à moi, je sens son corps frêle trembler dans une peur panique.

Souvenirs noirs ?

Elle a été mordue souvent par les chiens policiers SS.

... Puis, par un après-midi, sa langue se délie, les souvenirs noirs surgissent, et à ce moment-là, c'est moi qui me sauve lâchement.

Par contre Laci note tout consciencieusement...

En réalité, Gitta avait été la première à entendre le récit complet d'Eva, dès que celle-ci était revenue de Dachau, en 1945. L'ancienne championne en resta muette pendant des jours. Puis Eva s'exila de Hongrie, vers l'Australie, via la France où elle séjourna de 1946 à 1949. Et Gitta n'en parla plus jamais à personne. Ou plutôt : du terrible témoignage d'Eva, Gitta décida en quelque sorte de ne conserver que quelques bribes, que sa mémoire se mit à lentement transformer en un scénario minimal — juste suffisant pour pouvoir dire sans mentir que, « jusque dans les camps de la mort », Hanna et Lili s'étaient « comportées de façon exemplaire ». Et basta !

Mais voilà que, trente-cinq ans plus tard, Eva débarqua soudain des antipodes. Gitta ne voulut pas rouvrir la plaie. Elle laissa son mari écouter seul.

Ce que j'allais apprendre par la suite me prouva d'ailleurs que, pour Laci aussi, l'épreuve fut rude, et qu'il ne « nota » pas tout « consciencieusement ». C'eût été sans doute déplacé. Les « noirs souvenirs » qu'Eva voulait confier à celle qui avait été le « commandant de la Katalin » — parler et pleurer cette fois tranquillement et non dans la fièvre hallucinée de l'automne 1945 —, Laci ne ressentait nul désir de les prendre en note. Il se contenta d'écouter avec le plus de compassion possible les paroles de la « petite rouquine » — devenue entretemps Eva Langley, docteur ès bibliographie, éditrice du journal *Children in Hos-*

pital, et fondatrice d'une « bibliothèque par correspondance » (sur toutes les questions touchant l'enfance), à Sydney.

Les quelques feuillets que Gitta me laissera plus
tard, intitulés « Témoignage d'Eva », ressemblent
plutôt à des souvenirs reconstitués après coup, dans
un style télégraphique qui leur donne un air vrai,
mais qui sont en réalité pleins d'inexactitudes. Une
façon, je pense, de ne pas totalement nier l'horreur,
sans s'en encombrer l'âme pour autant...

Ici, Gitta m'aurait sans doute vertement tancé :
« Franchement, mon vieux, quelle importance, toutes ces histoires ? De grâce, laisse tomber ! »

Que lui aurais-je répondu ?

Les *Dialogues* constituent certes une œuvre spirituelle magistrale *en soi*, quelles qu'aient pu en être
les circonstances. Mais voilà que l'une des femmes
déportées vers Ravensbrück avec Hanna et Lili, le
vendredi 1er décembre 1944 — la seule des seize qui
s'en soit sortie, après avoir échoué à Dachau —, nous
demande d'entendre son témoignage.

Comment pourrions-nous ne pas accepter ?

Le 29 avril 1945, les troupes américaines libèrent
le camp de concentration de Dachau, en Bavière.
Parmi les rescapés, une petite jeune femme atteinte,
comme beaucoup, du typhus. D'abord soignée aux
portes du camp, par les Américains eux-mêmes, qui
lui sauvent la vie, elle se retrouve au bout de quelques semaines à l'hôpital militaire auxiliaire de
Sankt Ottilien, géré par des moines et des médecins
allemands sous contrôle allié. Là, elle est censée peu
à peu retrouver des forces pour pouvoir enfin rentrer
chez elle, en Hongrie. Mais la malheureuse est maintenant menacée par un autre mal, plus terrible que
le premier : la mémoire. Chaque fois qu'elle s'endort,
la jeune femme fait un cauchemar atroce — elle se
voit sur les collines de Budapest avec sa meilleure
amie, Lili, qui marche souriante à ses côtés. Mais
quand Lili se tourne, sa jolie figure se métamorphose
en une tête de mort grimaçante. Chaque fois, Eva

se réveille en hurlant. Épouvantée à l'idée du retour inévitable, chaque nuit, de ce cauchemar, la jeune femme n'ose plus s'endormir et voit son équilibre mental gravement menacé.

Un moine bénédictin, le père Schrott, qui sort lui-même de Dachau, aide les rescapés du mieux qu'il peut. Quand la jeune femme l'appelle au secours, il lui apporte du papier et un crayon et dit : « Écrivez tout.

— Mais *tout* quoi ? implore-t-elle.

— Le pire. »

Elle accepte et, pendant l'été 1945, qu'elle passe alitée, elle écrit une sorte de journal. Une fois exprimé, le cauchemar quitte Eva, qui réussit enfin à dormir et à retrouver assez de santé pour rentrer chez elle. Son terrible journal intime sera édité plus tard, à compte d'auteur, sous le titre *Prison sur roues*. Eva m'en a envoyé la traduction anglaise, publiée à Sydney, en Australie[1] C'est essentiellement à partir de ce texte qu'est écrit ce qui suit.

Âgée de vingt-quatre ans, Eva Danos (prononcer Danoch), était professeur d'économie à Notre Dame de Sion, une école plutôt huppée de Budapest fondée par l'ordre religieux du même nom et formant des secrétaires de direction. Sa famille était convertie au catholicisme, mais d'origine juive trop récente pour ne pas craindre les dernières lois antisémites rendues plus menaçantes par la présence des Allemands depuis mars 1944. Aussi son père n'hésita-t-il pas longtemps quand la mère supérieure de Sion lui proposa d'inscrire sa fille sur la liste d'embauche de la Katalin, une « usine de guerre » protégée par le nonce apostolique. Du jour au lendemain, Eva se retrouva embarquée dans l'incroyable aventure...

Tout de suite, elle remarque Lili, dont elle ne tarde

---

1. Dr. Eva Danos, *Prison on wheels : From Ravensbrück to Burgau. English translation of hungarian original, written in 1945 by Eva Langley (née Danos)*, Sydney, NSW, Australia, 1990. Ce texte a été réimprimé en 1990, ISBN 0 7316 9000 1.

pas à suivre les cours de gymnastique pendant les pauses. Pour Eva, la plus improbable, la plus inconcevable des illuminations va d'abord passer par un accomplissement physique : petite, intellectuelle, une jambe estropiée depuis une poliomyélite d'enfance, Eva, qui a toujours vécu dans une certaine tension défensive, découvre soudain, là, dans cette planque cernée par les nazis... les bienfaits d'une gymnastique très particulière, qu'on appelle « relaxation » — un demi-siècle plus tard, son corps s'en souvient encore. Lili lui apparaît donc comme l'enseignante la plus inattendue du monde. Quasiment une sainte. Une sainte qui rirait tout le temps !

Eva ne tarde pas à se lier d'amitié avec d'autres jeunes femmes, en particulier avec les dénommées Agi et Russi (Elisabeth Ruesznyak) qui, elles, ne quittent pas Hanna des yeux. Avec Eva, elles forment bientôt un trio inséparable — celui-là même qui aura droit à assister à certains « entretiens ».

En fait, après le premier entretien, Eva prend peur. Profitant de la visite d'un jeune jésuite, venu ce jour-là remplacer le fameux père Klinda, elle se confesse et demande ce que l'Église pense de la communication avec les anges. Le prêtre répond :

« Ce contact est possible, mais il faut être très prudent. De même qu'on n'autoriserait pas un enfant à jouer avec de l'électricité à haute tension, notre mère l'Église nous conseille la plus grande circonspection dès qu'on touche au surnaturel. »

Assurée, au moins, qu'il ne s'agit pas forcément du diable, Eva se met à participer aux activités du groupe — recopiant les textes des *Dialogues*, les discutant avec d'autres... En peu de temps, la voilà au comble de ce bonheur et de cette légèreté extrêmes, dont nous parlera également Agi Péter.

Eva : « Les circonstances étaient si exceptionnelles ! Une incertitude totale régnait sur tout. Nul ne pouvait dire de quoi serait faite sa prochaine minute. La mort planait sur nous depuis bien des mois. Et voilà que nous nous retrouvions entraînées par ces femmes incroyables. Gitta, le « commandant » unanimement redoutée. Hanna, toujours une bonne plaisanterie à la bouche. Et Lili, si souriante ! Elles ne cessaient de nous encourager, de nous pousser en avant. Pour la plupart d'entre nous, c'était la première fois qu'on nous stimulait de la sorte. Cette atmosphère exacerbait notre inspiration supérieure. Même moi, qui n'avais jamais écrit la moindre rime, je me sentis un jour poussée vers ma chambre, où je me mis soudain à rédiger un poème — un talent tout à fait nouveau venait de s'éveiller en moi, sous la pression. »

Mais voilà qu'arrive le fatidique 1er décembre 1944. Quand elle voit les femmes et les enfants juifs fuir sous la protection si étrange des Waffen-SS, Eva n'hésite pas une seconde : quoi qu'il advienne, elle restera toujours aux côtés de Lili, désormais sa plus grande amie et, pourrait-on presque dire, son *idole*. Or Lili n'hésite pas non plus : Hanna et elle ne sauraient laisser Gitta et le père Klinda seuls face aux nazis hongrois dont la proie vient de s'échapper. Dans l'heure qui suit, elles sont seize de la Katalin que la machine de mort emporte vers l'Allemagne.

Le camp de concentration de Ravensbrück, au nord de Berlin, regroupe alors soixante mille femmes. Soumises aux pires traitements et à toutes sortes de travaux forcés, souvent intentionnellement absurdes — comme de devoir décharger, dans la bise et la neige, de pleins camions de pommes de terre à l'aide de fourches : ou bien à la main, c'est-à-dire sans pelle, des wagons de charbon ; ou encore de déplacer d'énormes tas de sable, pour les remettre ensuite à leur place initiale — ces femmes à peine nourries doivent se lever tous les jours à trois heures du matin et attendre jusqu'à sept heures, au garde-à-vous, transies et immobiles, dans le froid de l'hiver prussien, généralement vêtues de simples haillons, jusqu'à ce que les chefs SS veuillent bien faire l'appel. Dans l'arrière-fond, la nuit rougeoie de la lueur des fours crématoires. De partout on s'évanouit, et aussitôt les coups de cravache pleuvent sur les corps affaissés, quand ce ne sont pas les chiens qu'on lâche, ou la balle dans la nuque...

Tout cela est connu et nous n'allons pas faire ici la description de la vie quotidienne à Ravensbrück, sinon pour éclairer de quelques traits particuliers ce qu'il advient des « esclaves » Hanna, Lili, Eva... et Klara — car sitôt arrivées au *KZ* (camp de concentration), les trois amies ont en effet été adoptées par une quatrième Hongroise, qui ne les lâchera plus.

De nouveau, il est donc question de « quatre amies ».

Pouvoir rester ensemble leur devient vite la chose la plus précieuse au monde, surtout la nuit quand, dans les baraques conçues pour mille deux cents personnes (littéralement infestées de poux et autres parasites, soumises au sadisme d'*aînées de chambrée*, généralement polonaises), le cauchemar prend, pour l'individu isolé, des allures dantesques. Durant de longues semaines, elles parviennent donc à se serrer les coudes, et même parfois à se faire appeler aux mêmes corvées. Ainsi Hanna et Eva sont-elles, un temps, désignées ensemble aux latrines.

Contrairement à ce que l'on pourrait croire, c'est une tâche enviée.

Eva : « Il s'agissait en fait de ramasser dans tout le camp des excréments gelés. De vrais cailloux. Pour ce travail, nous recevions double ration de *mangelwurzel* (sorte de betterave pour bestiaux) et d'ersatz de pain, que nous partagions ensuite avec Lili et Klara. Mais surtout, cette corvée nous autorisait à nous déplacer dans tout le camp, ce qui était sinon strictement interdit. De cette façon, nous pouvions rencontrer d'autres prisonnières, leur parler, demander des nouvelles, explorer, fouiner... C'est ainsi que nous sommes tombées, un beau jour, sur notre fameux livre de messe français, devant l'infirmerie. »

Ce missel inattendu va jouer un grand rôle pour le moral des quatre amies et du groupe informel qui s'est constitué autour d'elles. Comment ce livre se trouve-t-il là ? Sans doute a-t-il été confisqué à un déporté arrivé de France... Il devient aussitôt leur plus grand trésor. Dès qu'elles le peuvent, elles en lisent des fragments, qu'elles se traduisent tant bien

que mal les unes aux autres. La lecture la plus appréciée a lieu pendant les terribles heures d'attente, de
trois à sept heures du matin. Dans la nuit glaciale, les
petits bouts de textes sacrés, même à peine audibles,
même murmurés dans une langue étrangère, aident
tout un groupe d'« esclaves » à ne pas s'écrouler de
froid, de douleur, de faim et de désespoir. Plusieurs
femmes font tout, chaque matin, pour se tenir à
proximité de celle qui lit. Il faut évidemment faire
très attention à ne pas être surpris. Mais la vigilance
du groupe est grande et le livre ne tombera jamais
entre les mains des gardiennes.

En 1947, alors qu'elle vivra à Colombes, dans la
banlieue parisienne, Eva fera la connaissance d'un
prêtre, l'abbé Michonneau, qui extirpera de ses
rayons un livre de messe strictement identique à
celui du camp et lui en expliquera l'origine singulière. Ce « Missel quotidien de formule moderne »
avait été clandestinement conçu pour les Français
enrôlés de force en Allemagne par le STO — Service
du travail obligatoire — (ce genre de soutien était
strictement interdit par les Allemands). L'abbé avait
collaboré à la réalisation de l'ouvrage, ainsi qu'à sa
diffusion. Il se demandait si un seul de ces livres
avait atteint son but. Le témoignage d'Eva fut le premier à lui apporter une réponse.

Ce que les femmes de Ravensbrück apprécient le
plus, dans ce livre de prières, ce sont les images. Des
photos de paysages en paix : des arbres en fleurs au
printemps, un paysan en train de semer dans un
champ, un pique-nique à la période des moissons,
les toits d'un village recouvert de neige... Ce qu'elles
aiment par-dessus tout contempler, ce sont des scènes de la vie quotidienne : une famille à table, un
bébé endormi dans son berceau, une mère serrant
son enfant contre elle... Pour les damnées de
Ravensbrück, regarder ces photos est comme une
coulée de miel dans l'âme. En les regardant, elles
pleurent, mais ces larmes leur font du bien. Elles les
rattachent à une humanité qu'elles pourraient croire,
sinon, à jamais disparue.

Et puis il y a Hanna et Lili.

Jusqu'à la mi-février, c'est-à-dire pendant deux mois et demi, Hanna fait admirablement face à l'abomination.

Eva : « Hanna me disait tout le temps : "Regarde les arbres, ma petite, regarde le soleil, comme tout cela est beau. Nous reverrons la Hongrie !" Sa voix était chaude et ses yeux bleu ciel me regardaient avec une tendresse infinie. Elle continua ainsi à apaiser toutes celles qui l'approchaient, comme je l'avais vue faire dans l'usine de guerre.

— Et Lili ?

— Toujours la même. Toujours cette incroyable douceur. Le matin, quand nous nous levions, elle me disait : "Nous rentrerons à Budapest ensemble, tu verras !" en me serrant les mains avec force. Sans exagérer : de me sentir à ses côtés m'enlevait l'essentiel de mes tracas ! »

Lili, la belle prof de gym, est bien sûr la plus sportive des quatre. À son arrivée, elle aurait pu se faire admettre dans la police intérieure du camp, une position très privilégiée. Mais elle a repoussé cette possibilité, comprenant qu'il lui faudrait immanquablement frapper ses codétenues...

Hanna, elle, bénéficie d'un privilège moins encombrant : à son arrivée au camp, on ne lui a pas coupé ses grands cheveux blonds, qu'Eva aime comparer aux champs de blé des plaines hongroises. Hanna a pris cela pour un heureux présage.

(Ivan, le frère d'Agi Péter, qui fut lui-même déporté, m'expliquera que cela arrivait couramment : étaient souvent dispensés de l'humiliation de la tonte tous les Germains, Flamands, Anglo-Saxons et Scandinaves...)

Hélas, comme dans une tragédie biblique, les sbires du tyran sanguinaire finiront malgré tout par tondre cette chevelure d'or, et alors, le fil du Grand Jeu des *Dialogues avec l'Ange* se rompra brusquement...

Au début du mois de février, les femmes du baraquement sont réveillées en pleine nuit et brutalement chassées dehors. Au lieu de l'habituel appel, on leur apprend que l'on va opérer une « sélection » et que cinq cents d'entre elles, les plus vaillantes, iront travailler dans une usine (on ne disait pas qu'il s'agissait d'aéronautique). À la plupart des prisonnières ; ce genre d'information fait peur. Qui sait quel nouveau traquenard sadique se cache là-derrière ? Les mères qui ont réussi à garder leur fille avec elles tremblent à l'idée d'en être séparées. Les quatre amis se tâtent. On dit que les « esclaves » travaillant en usine sont mieux traitées, mieux nourries... mais pourront-elles rester ensemble ?

L'heure de la sélection arrive. Scènes à hurler de douleur et de rage, où les femmes doivent défiler, squelettiques et nues — d'abord dehors, puis dans des salles non chauffées, fenêtres grandes ouvertes au vent de février — devant les chefs SS et les représentants de l'usine. Bien sûr, la commission de sélection remarque le pied droit d'Eva, couvert de cicatrices, séquelles de sa polio.

Suivent dix jours d'attente, dans l'atmosphère irréelle de ce début 1945, où l'on entend, quatre-vingts kilomètres plus au sud, les bombardements russes sur Berlin qui flambe. L'Armée rouge approche. Le sol du camp tremble. La nuit, l'électricité est parfois totalement coupée. Même les miradors perdent leurs projecteurs. On entend des cris, des appels. Des rumeurs folles circulent...

Le 15 février enfin, on lit la liste des cinq cents femmes sélectionnées pour le travail en usine. Les numéros 92945 (Hanna), 92943 (Lili) et 92952 (Klara) en font partie. Mais pas le numéro 92944 (Eva). À l'idée de rester seule, la malheureuse « rouquine » s'effondre...

Mais un jour à peine s'est écoulé qu'elle apprend la « bonne » nouvelle : plusieurs des femmes sélectionnées dix jours plus tôt sont tombées malades entre-temps, on cherche donc d'urgence (et cette fois sans sélection) des remplaçantes. Eva est la première sur les rangs. En peu de temps, elle retrouve ses chères amies. Elles se font réciproquement la fête.

Il est des joies exubérantes jusqu'au fond de l'enfer !

Les malheureuses ne se doutent de rien.

Très vite, les cinq cents sélectionnées s'aperçoivent que leur sort ne s'améliore pas, au contraire : on les traite plus bas que terre. Une seule consolation : elles vont se laver ! Mais avant de pouvoir prendre une douche (la première depuis deux mois, hélas à toute vitesse — on fouettera les retardataires), il faut passer sous la tondeuse des SS, et cette fois, Hanna n'y échappe pas.

Quelques femmes trouvent encore la force incroyable de plaisanter — « Tu es mignonne comme ça, lance Lili à Eva au crâne rasé, on dirait un petit garçon ! » Mais bientôt, elles s'aperçoivent que quelque chose cloche : Hanna reste prostrée sous la douche. Elles doivent l'en sortir de force. Hanna pleure. Elle dit : « Ils ont coupé mes cheveux. Qu'allons-nous devenir ? Nous ne rentrerons jamais chez nous. »

Cette phrase, mot pour mot, Hanna va la répéter inlassablement jusqu'à sa mort, treize jours plus tard.

Car l'esprit de Hanna s'en est allé.

Elle n'est plus qu'un corps régi par des automatismes. Lili, Eva et Klara vont vite s'en rendre compte.

Tout se passe comme si l'admirable, la sensible, la subtile, la douce, l'intelligente Hanna venait de mourir. Comme si le fait de lui couper sa belle chevelure blonde avait sectionné le dernier fil qui la retenait à la vie terrestre.

La suite, qui occupe les deux tiers du journal d'Eva Danos, est épouvantable. Nous n'en dirons que quelques phrases.

Les cinq cents femmes sont entassées, très serrées, dans des wagons à bestiaux, pour une destination inconnue. En fait, on les dirige vers Dachau et Burgau, sept cents kilomètres plus au sud. Mais le voyage, au lieu de durer trois jours, va s'étaler sur plus de deux semaines. L'Allemagne est bombardée nuit et jour et le train doit s'arrêter à tout bout de champ, pendant des heures, tantôt en plein soleil, tantôt dans des bourrasques de neige. À l'intérieur, les femmes n'ont quasiment rien à manger ni à boire.

La nuit, impossible de s'allonger pour dormir — sauf pour une prisonnière plus costaud, qui tabasse, jusqu'à tuer, celles qui osent s'approcher de trop près d'elle. Les autres s'entassent littéralement les unes sur les autres, infestées de bêtes. La cuvette des toilettes déborde. On se bat pour le peu de nourriture rance que, trois ou quatre fois en tout, les gardiens du train leur donnent en pâture. Pire que la faim, le manque de sommeil et le froid : la soif. De tous les wagons montent des plaintes atroces. De temps en temps, une femme SS ouvre une porte et fouette celles qui osent crier.

Et pourtant...

Même là, dans ce cloaque pestilentiel et diabolique, Lili, Eva et quelques autres, dont deux très jeunes filles, parviennent à rester totalement humaines. À partager. À se consoler. À se masser.

Il leur arrive même de chanter.

Au début, Lili, Eva, Klara lisent parfois des bouts du fameux missel, qu'elles ont déchiré en quatre et glissé dans leurs chaussures. Mais bientôt, les belles pages disparaissent, détruites par les batailles de la nuit.

Hanna, elle, est définitivement « partie ». Elle sombre lentement et s'éteint biologiquement au treizième jour du voyage, le 1er mars 1944, un jour après que Klara eut elle-même succombé d'épuisement.

Lili meurt au cours de la quatorzième nuit, assise, la figure enfouie dans ses genoux repliés, brûlée, rongée par six jours de typhus, les bras et le visage couverts de grandes taches rouges...

Quelques heures avant son dernier souffle, elle a poussé un grand cri :

« Seigneur ! Si je sors d'ici vivante, je fais le vœu de donner toute ma vie pour servir l'humanité ! »

Douce Lili ! Comme si tu n'avais pas déjà plus que tout donné à l'humanité !

La petite et chétive Eva, pour qui les trois autres se faisaient beaucoup de souci avant de partir, reste donc la seule des quatre amies, annihilée, sur le sol nu et glacé du train de la mort qui, enfin, parvient à destination.

Elle va devoir encore vivre un mois et demi dans les camps. À l'usine aéronautique de Burgau, destination de la « prison sur roues », le projet des SS de faire travailler les femmes de Ravensbrück s'avère tout de suite impraticable, tant les survivantes du voyage ont consumé leurs ultimes forces.

Désormais, plus rien ne peut atteindre Eva. Elle flotte dans un coton de néant.

Un jour, une femme SS entre dans la baraque, appelle Eva et lui montre une série de photos de tous les cadavres retirés du train Ravensbrück-Dachau. Il s'agit d'identifier les victimes, toutes supposées « décédées de mort naturelle » aux yeux de l'administration allemande (étrange, délirante, diabolique bureaucratie totalitaire). Eva sursaute : elle reconnaît le visage, épouvantablement défiguré, de Lili. « Vous reconnaissez celle-là ? » s'enquiert la SS, toute contente. Eva ne peut se contrôler. Malgré son immense faiblesse, elle explose :

« Oui, je l'ai reconnue, bien que vous l'ayez rendue irreconnaissable ! » Normalement, ce genre d'incident vous vaut une mort immédiate. Eva s'attend à ce que la SS sorte son revolver et la tue sur place. Mais il ne se passe rien. L'autre se contente de relever, satisfaite, le nom de famille de Lili...

Après Burgau et un séjour dans une « succursale » du camp, Eva et une centaine de prisonnières parviennent, après une marche forcée, à Dachau.

Lorsque, le 29 avril, les Américains ouvriront enfin les portes du célèbre camp (construit dès 1933, il a servi de modèle), Eva pèse vingt-huit kilos, et ne peut plus marcher...

*

NOTES LAISSÉES PAR GITTA

15 novembre 1990. C'est un après-midi d'automne parmi les vignes de la vallée du Rhône. Tout est joyeux. La récolte a été bonne, le soleil est doux et amical. Les

couleurs rayonnent... Plus d'une décennie s'est écoulée
depuis la visite d'Eva.

Après avoir relu les notes de Laci, je reste anéantie
longtemps, très longtemps.

Et puis je m'accroche à un petit rayon de lumière.

C'était à Budapest à l'automne 1944...

J'appelle au secours et nos voisins SS accourent, les
grenades à la main, pour protéger environ cent femmes et enfants juifs contre les nazis hongrois.

Ils sauvent leurs vies.

Serait-ce le seul cas où les nazis allemands ont sauvé
des juifs ?

Possible.

Alors ?

Alors... là un petit rayon de lumière a percé la nuit.

Et la nuit tout à fait noire — sans espoir — n'existe
plus pour moi.

Pas moyen de feinter, ni de tricher avec la règle de
base du Grand Jeu de l'incarnation. L'humanité est
une immense tragédie de liberté, dont rien ne dit
qu'elle finira par s'accomplir sur cette Terre.

Une seule solution : oser le *maximum !* Malgré les
gouffres d'ombre pestilentielle, oser croire au maximum — *et le vivre.* Oser se jeter dans l'inconnu avec
une jubilation d'enfant — corps, cœur, esprit grands
ouverts. Alors, dit l'Ange, sous chacun de vos pas
dans le vide, naîtra une île fleurie — où tout humain
pourra ensuite poser ses propres pas, s'éveillant à
chaque pas davantage.

*

Si je m'en tiens à ce que la société matérialiste
croit, l'immense appel à la joie des amis de Budali-
get/Budapest est strictement inconcevable, vu l'horreur de la situation où la vie les avait jetés et où l'existence de trois d'entre eux se termina. Ou alors (c'est
une réponse classique), ils étaient devenus fous, délirants — et l'on dira que cela se conçoit aisément et que
« ne retire rien à la beauté artistique de leur
œuvre » — *ni vu ni connu, je t'embrouille.* Mais cette
version des choses cloche. Car la lucidité des quatre

amis était immense, et rarissime leur aptitude à mener à terme leur Grand Jeu, jusque dans ses derniers détails, jusqu'au dernier moment, jusqu'à la dernière goutte de lumière, de vie, de sang.

Il y avait de quoi désespérer à tout jamais de l'engeance humaine.

Ils virent en elle la manifestation de la Suprême Divinité.

Comment est-ce possible ?

Je ne peux personnellement m'expliquer cette énigme que par une aide venue d'« ailleurs ».

Une aide ?

Un coup de pouce plutôt. Mieux : un coup de sabre. Une coupe, au sens où l'entendent les samouraïs, mais une coupe issue d'en dehors du monde spatio-temporel, d'en dehors du concevable.

Cette coupe venue d'ailleurs, ouvrant d'une échancrure fulgurante le ciel d'orage plutôt bas sous lequel se déroule l'habituel de nos vies, les fit inonder de lumière. C'est la même coupe, ouvrant sur la même Lumière, qui sidère les personnes traversant une NDE, ou connaissant un satori, ou une illumination, ou une extase mystique... Sauf qu'ici, la Lumière entrait en résonance avec un récepteur humain particulièrement bien réglé. Hanna. Ou plutôt *Hanna-Gitta-Joseph-Lili*, carré collectif d'êtres libres.

De la matière, nous sommes les oreilles. Celles-ci sont hélas souvent bouchées. Le carré *Hanna-Gitta-Lili-Joseph* entendait admirablement bien. Comme Mozart, ou comme Moïse, comme Descartes, ou comme Einstein...

Comme les channels et les médiums ? Paix à leurs « inspirations », mais non : car ces dernières ne mettent presque jamais en branle *la totalité de la personne humaine*. La « coupe venue d'ailleurs » qui ouvrit le Ciel de Hanna et de ses compagnons ne semble pas interprétable en termes de psychologie, précisément parce qu'elle met en jeu l'*ensemble* des dimensions humaines. Or que nous disent les « sciences humaines » de la *totalité* de l'homme ? Rien, bien sûr ; il faudrait pour cela *une* science humaine, au singulier, et cela ne va pas non plus. Pourquoi ?

Est-ce seulement parce qu'il y a, derrière l'idée même d'*une* Science de l'homme, au singulier, le spectre d'une pensée totalitaire ?

La réponse de l'Ange serait sans doute que notre seul mental ne pourra *jamais* accéder à cette connaissance globale de l'homme. Car le mental, le cerveau, la capacité intellectuelle, l'intelligence analytique et/ou synthétique, tout cela ne constitue jamais qu'un ensemble d'outils, dont nous disposons et jouons, certes avec grande dextérité, mais pour accomplir un projet qui dépasse largement cet outil lui-même et dont il n'a qu'une vague idée.

C'est quoi, l'*Homme* ?

Heureusement, nous disposons de bien d'autres intelligences, en étendant la notion à son vrai bassin de survie : intelligence du cœur — chère aux soufis —, intelligence du ventre — le fameux *hara* des Orientaux, cher aux maîtres-tambour et aux guerriers —, intelligence du corps entier quand il vit pleinement sa fonction première : le geste. L'acte.

Tout tiendrait dans la capacité créatrice spontanée de nos gestes, atomes d'actes, inséparables de la *continuité ondulatoire* du mouvement du monde...

Pour l'enfant, tout est neuf à chaque instant. Les odeurs, les couleurs, les voix, les visages, les paysages, les atmosphères, les émotions, les sentiments, tout. Il est donc en permanence en contact avec sa part d'Ange.

Comment rester enfant à vie, sans être pour autant à côté de ses godasses, voilà la question.

La routine, l'ennui, le cliché sont les signes de la morbidité. Dont la guerre fait évidemment partie. Hélas, celle-ci sait aussi se déguiser en séductrice parée de tous les appâts de la nouveauté — pour les jeunes mâles surtout.

Comment distinguer la guerre routinière de la colère de l'Archange qui s'abat ?

Quel rapport entre la routine et le sage respect des Lois ?

On peut faire l'amour dix fois et, déjà, s'ennuyer.

Ou, à la dix millième reprise, continuer de s'émerveiller, sidéré par la découverte permanente.

Le corps doit nous servir de boussole dans cette tempête.

Pas le corps du body-building, qui hypnotise les foules. Le corps n'est que l'ombre du geste. « Je suis dansé », constate le mystique. Les Orientaux ont l'air de comprendre cela mieux que nous. La chair est un théâtre. Les Chinois ont poussé cette constatation jusqu'à des limites abyssales quand, pour parfaire leur science, des médecins de l'Empire du Milieu observaient attentivement les gestes des torturés, que l'on dépeçait vivants devant la cour impériale.

Que cette intelligence de la pensée, du geste et de la parole ait pu s'éveiller assez pour nous offrir de sublimes prophéties, à partir du corps d'une femme juive, encerclée au milieu de la folie nazie, pousse à croire que nous vivons une période d'une intensité biblique rare. Des pages très fortes, essentielles sans doute, du *Livre de l'humanité* s'écrivent sous nos yeux ! Comment ne le verrions-nous pas ? Les *Dialogues avec l'Ange* sont un magnifique « laboratoire biblique ».

Peut-être pourrait-on dire aussi bien « laboratoire védique », évoquant le grand Livre sacré de l'Inde, ou « laboratoire taoïste »...

Mais Joseph ?

Déjà, avec Elisabeth Kübler-Ross redécouvrant l'art d'accompagner les mourants aux portes du camp de Maïdanek, puis déclinant les différents stades de l'agonie et l'ineffable compassion qui doit les accompagner, dans un langage audible par les humains modernes, j'avais eu l'impression de tomber sur des pages bibliques en pleine élaboration vécue[1], ou revécue — la *Near Death Experience* tendant à situer le fabuleux processus aux origines de l'homini-

---

1. Dans son confondant « séminaire » du Billings Hospital, grand centre hospitalier universitaire de Chicago, de 1966 à 1969.

sation, dans une Genèse intemporelle, où l'humain
jubile dans un jardin de symboles.

Avec les *Dialogues*, on se trouve en quelque sorte
projeté à l'autre extrêmité de la bibliothèque sacrée :
parmi les prophètes, à l'interface judéo/chrétienne.

Mais Joseph ?

Je cherchais une alternative réelle à tous les sub-
terfuges de ma vie. Les *Dialogues avec l'Ange* m'ont
donné une faramineuse réponse.

Tu *peux* vivre l'accomplissement de l'Homme, m'a
dit l'Ange.

À condition :
de peser,
d'habiter ton corps,
de rire,
de lâcher prise,
de construire,
de mesurer,
d'aider...
c'est-à-dire d'abord — et cela résume tout :
de donner.

Ce que Hanna, Gitta et Lili nous ont *donné*, est
DIVINEMENT FOU.

Et Joseph ?

Jusqu'au bout, Joseph sera resté ma tache aveugle.
Mon point de rupture. Mon maillon de faiblesse. Est-
ce un hasard si le seul homme de cette aventure fit
moins facilement front aux terribles épreuves qui les
attendaient tous ? Accomplissement de l'HOMME,
répète-t-on tout au long de ces pages. Par là, on
entend l'HUMAIN, bien sûr. Mais il n'est pas indifférent
de constater que cet accomplissement est souvent
mené par des FEMMES.

Qu'elles soient bénies !

Ces femmes-là, elles, se revendiquaient d'une
figure masculine : le Christ.

Du moins d'une certaine idée du Christ. Du Christ

cosmique[1] ! La « coupe venue d'ailleurs » qui ouvre l'humain à la lumière de son propre mystère créateur, quel plus beau nom lui donner ? À la fois Créateur et créé, à la fois innommable et nommé, à la fois Dieu et homme, oui cela peut s'appeler le Christ, c'est-à-dire l'HUMAIN accompli. Christ cosmique, mais aussi Jésus humblement humain, ami des pauvres et des gueux, misérable lui-même, avouant honnêtement son infinie petitesse. De ce Jésus-là, Joseph fut le bouleversant représentant. Celui qui, par ses peurs pleines de compassion, a vraisemblablement permis aux dialogues de conserver leur sillon droit.

Christ cosmique ET humble Jésus.

Inaccessible rêve de l'animal-homme ?

Projet insensé ?

Illusion des illusions ?

Telle est notre substance infiniment paradoxale. La sagesse millénaire de nos ancêtres nous le dit : tout se joue dans les détails, dans les toutes petites choses, dans l'humilité intime très subtile de chaque instant. Mais il suffit que nous nous éveillions une seule seconde *réellement*, pour nous rendre compte que, dans le plus infime de ces détails, nous sommes traversés par un courant ÉNORME.

Savoir dire oui à cette énormité, oser plonger dans ce courant, exige une totale confiance dans le don insensé de la Vie. Contrairement à ce que tout nous pousse à croire, l'humain a l'étoffe d'effectuer ce plongeon dans le hors-temps et de devenir artiste créateur de joie. De sublimes martyrs nous l'ont dit.

---

1. Comme dit l'ex-dominicain Matthew Fox dans le livre ainsi intitulé, (Albin Michel).

ANNEXE 1

LE MESSAGE DE MORGEN À GABOR

« Cela faisait quelque temps, raconte Gitta Mallasz, que je me faisais les pires soucis pour mon ami Gabor » qui avait fini par s'engager chez les Waffen-SS. Il sembla alors à Gitta que leurs routes se séparaient irrémédiablement.

Le 18 décembre 1943, Hanna est occupée à repeindre la maquette d'une publicité, quand soudain elle pose son pinceau et dit à Gitta : « J'entends des mots allemands. Ils sont destinés à Gabor. Vite, note ! » Ce qu'elle fait aussitôt. À son immense surprise, elle entend alors Hanna réciter (pour une fois, c'est peut-être le mot qui convient) l'une des plus extraordinaires poésies allemandes qu'il lui ait été donné d'entendre.

« C'était à la fois cinglant et empli de compassion. Ma stupeur était d'autant plus grande que Hanna ne maîtrisait que très approximativement la langue allemande. »

Plus tard, la voix s'adressant à Gabor se nommera : Morgen — ce qui, en allemand, signifie soit « matin », soit « demain ».

Quand, trente ans plus tard, dans les années 70, Gitta demandera à Pierre Emmanuel — qui traduisit, entre autres, Rainer Maria Rilke — s'il ne serait pas d'accord pour écrire en français les messages de Morgen, le poète lui avouera avoir rarement lu le texte allemand plus fondu dans la racine même de sa langue. Après quelques essais, il déclarera forfait.

Autant dire que nous ne réussirons pas non plus à transcrire ce texte en français. Pour que les lecteurs germanophones puissent néanmoins se faire une idée, couchons ici noir sur blanc le premier message de Morgen, avec, à côté, pour les autres, le sens brut et hélas trahi de ces premiers vers.

Du Feigling,	Toi le lâche,
du Verhätschelter !	toi le gâté !
EINEN	il n'y a qu'UN
Führer gibt's :	Führer :
Der Himmlische Hirt.	le Berger Céleste.
ER spricht :	IL dit :
ES WIRD !	QU'IL SOIT !
Was war,	Ce qui était
ist nicht wahr.	n'est pas vrai.
Es blitzt wie Stahl,	Éclairs d'acier,
kahl.	chauve.
Du Aal,	Toi, l'anguille,
es naht die Wahl !	le choix approche !
Bist geschmückt	Tu es décoré
wie ein Christbaum	comme un arbre de Noël
mit wunderbaren Kräften.	aux forces merveilleuses.
Tue das Rechte !	Fais ce qui est juste !
Vergeudest himmlische Gaben !	Tu gaspilles des dons célestes !
Wirst zahlen bis zum letzten Groschen !	
	Tu paieras jusqu'au dernier sou !
Zittere vor mir !	Tremble devant moi !
Umsonst kriechst du in dich hinein !	En vain te recroquevilles-tu !
Es gibt keinen Schlupfwinkel für dich !	
	Il n'y a aucun recoin pour toi !
Bist durchsichtig wie Glas —	
	Tu es transparent comme du verre —
zerbricht wie Glas !	cassant aussi !
Die Seele muss Freiheit haben !	L'âme doit être libre !
Als Würdenträger bist du erkoren	
	Tu es bardé comme un dignitaire
und kriechst im Schlamm herum	et tu rampes dans la boue
wie ein Maulwurf.	telle une taupe.
Freudlos irrst du im Kreis.	Sans joie tu tournes en rond.
Brich hervor, du Geist !	Échappe-toi, esprit !
Ich mahne dich heiss,	Je t'avertis chaudement,
Gott weiss,	Dieu sait
wer du bist.	qui tu es.

L'exhortation secoue Gitta au plus profond. Hanna, pour une fois, n'a pas compris tous les mots qu'elle prononçait et Gitta doit lui en traduire quelques-uns en hongrois. Autrement dit, dans ce cas particulier, l'inspiration de

Hanna se rapproche de celles des médiums « viscéraux », qui ne savent pas ce qu'ils disent.

Mais les deux femmes se demandent surtout comment transmettre le message. Gitta craint un refus immédiat et ironique de son ami d'enfance. Elle décide de procéder par étapes. Elle commencera par le mettre doucement au courant de l'existence des *Dialogues* et des bouleversements qu'ils ont provoqués dans sa vie...

Ce qu'elle fait bientôt, lors d'une promenade en forêt. Gabor écoute Gitta en silence, puis lui pose des questions telles qu'elle en est persuadée : son ami a été touché.

Fiévreusement, elle retourne à Budaliget à vélo et raconte tout à Hanna. Dans l'instant qui suit, « arrive » le second message de Morgen.

C'est un cri de joie.

> Il est mien !
> Je danse sauvagement ! (...)
> Il devra lourdement expier (...)
> Ce n'est qu'un enfant,
> qui a peur en forêt...

Une dizaine d'autres « messages pour Gabor » résonneront dans la conscience de Hanna. De plus en plus scandés et lapidaires, de plus en plus purs... Ainsi, le 13 janvier 44 :

Die zweite Geburt	La seconde naissance
Dunkel im Schoss,	Dans l'obscurité du giron
zart und bloss,	fragile et nu,
nass,	mouillé,
schwimmt das Kind.	nage l'enfant.
Blass	Pâle
glimmt das Licht	luit la Lumière
im Traum	dans le rêve
kaum.	à peine.
Das Kind wird reif.	L'enfant mûrit.
Der Reif wird eng.	Le cerceau devient étroit.
Zwäng	Force-toi
dich durch,	un chemin,
empor	vers le haut
zum Tor !	jusqu'au porche !
Brich	Éclate
zum Licht !	vers la Lumière !
Keine Schicht	Aucune strate
hält dich !	ne te retient.
Es weicht	La nuit
die Nacht	cède

und bleibt	et reste
im Schacht.	dans le puits.
Das Kind	L'enfant
erwacht	s'éveille
zum ewigen Leben.	à la vie éternelle.
Der Tot ist tot,	La mort est morte,
wird nie mehr geben.	n'existera plus jamais.
Nur Leben	Rien que la Vie
in Gott.	en Dieu.

Mais les événements se précipitent. Gabor passe tous ses moments libres à écouter la radio allemande, l'oreille collée au haut-parleur.

Gitta, à son grand regret, ne parvient pas une seule fois à se retrouver seule avec lui, pour lui transmettre les messages de « son Ange ». Gabor rejoint son corps d'armée SS sur le front russe, sans que Gitta ne puisse l'approcher une seconde fois seule à seul.

Ce n'est que vingt-deux ans plus tard, en 1966, à Paris, que Gitta donnera enfin à son ami la liasse de poèmes de *Morgen*. Ils le feront beaucoup pleurer.

En 1995, une traduction de *Morgen* est prête. Espérons qu'elle paraîtra bientôt.

UNE RADIOSCOPIE DE GITTA MALLASZ

Le 10 mars 1977, Gitta Mallasz était invitée à présenter le nouveau livre des éditions Aubier, les *Dialogues avec l'Ange*, sur France Inter, dans l'émission « Radioscopie » de Jacques Chancel. Moment important. Brusquement, les Dialogues vont se trouver propulsés dans le grand public francophone. L'émission elle-même mérite qu'on s'y arrête. Au début, Jacques Chancel ne semble pas vraiment s'intéresser à cette invitée, que ses assistants — ou sa programmation quotidienne — lui imposent. Plus tard, dans le petit livre d'entretien *Quand l'Ange s'en mêle* (avec Bernard et Patricia Montaud), Gitta Mallasz racontera comment elle a perçu cet entretien radiophonique : « Au début de l'émission, j'étais franchement inquiète. Il y avait une atmosphère électrique. Je savais que trois millions d'auditeurs étaient à l'écoute. En plus, je crois que Jacques Chancel avait des problèmes d'ordre technique à régler avec les preneurs de son dans la cabine, tu sais, ces cabines d'enregistrement hermétiquement isolées du studio. Il me posait des questions et moi je répondais dans le vide, car pendant que je parlais il dialoguait avec la régie au moyen d'un langage semblable à celui des sourds-muets. C'était vraiment dur. À chaque instant j'étais à ma limite, risquant de ne pas trouver le mot suivant. Ce que je disais était plat, manquait d'intensité. Et puis, il m'est venu une inspiration : "Donne-lui à lire l'entretien sur le sourire". Alors, en un instant, tout a basculé. Finies, les communications urgentes avec la cabine, la voix de Jacques Chancel devenait de plus en plus intéressée.

Vois-tu, il avait prêté ses cordes vocales à l'Ange, et cela devait forcément agir. À partir de ce moment-là, tout a marché comme sur des roulettes. Déjà, pendant l'émission, le standard d'Aubier est bloqué, on commence à s'arracher le livre, j'ai oublié combien de fois ils ont dû le réimprimer par la suite. C'est important pour nous cette histoire, celui qui prête sa voix à l'Ange est habité par lui au moment de la lecture. C'est pourquoi je conseille toujours de lire les Dialogues à voix haute. »

Rejoignons à présent Gitta Mallasz et Jacques Chancel au moment précis où cette émission prend vraiment son envol.

JACQUES CHANCEL : Gitta Mallasz, vous avez tout à l'heure raconté que lorsqu'on vous avait demandé : « Combien y a-t-il d'ouvrières ? », *quelqu'un* vous avait soufflé le chiffre soixante-douze. C'était donc l'Ange. Dans d'autres occasions de votre vie, depuis 1943 jusqu'à aujourd'hui, y a-t-il eu un Ange pour vous souffler quelque chose d'utile, d'essentiel ?

GITTA MALLASZ : Oui, oui, oui, mais c'est trop personnel.

J.C. : Et dans des moments très précis ?

G.M. : Oui.

J.C. : Donc l'Ange s'est toujours manifesté, c'est ce qui est important ?

G.M. : Seulement si c'est nécessaire, parce que l'Ange, déjà au début, je voulais m'appuyer sur lui et j'ai posé la question : « Comment est-ce que je pourrais toujours entendre ta parole ? » Et la réponse fut prononcée avec un mépris extraordinaire : « Alors tu ne seras qu'une marionnette ! » L'Ange veut que l'homme prenne ses responsabilités, qu'il soit indépendant, qu'il agisse selon sa propre loi, qu'il la trouve lui-même, et seulement là où l'homme est à son sommet, à sa fin, au plus haut, où il ne peut faire plus que ce qu'il a fait jusqu'à maintenant, là, l'Ange peut répondre. D'ailleurs, dans le dernier entretien personnel, l'Ange me l'a expliqué très nettement : « C'est au sommet de ta question que je peux te répondre. Ne descends pas, ne t'arrête pas, parce que s'arrêter c'est la deuxième mort. Je suis au sommet, et là, tu peux me trouver. Là où l'homme finit, commence l'Ange. »

J.C. : Tous les entretiens sont notés, et l'on s'aperçoit que l'accent est toujours mis sur l'amour, ou sur le don de soi, ou sur la joie, ou sur la souffrance.

G.M. : Ah, mais il nie la nécessité de la souffrance ! Il dit : « J'habite dans la joie. Si tu veux me trouver, tu ne peux me trouver que dans la joie. » Et l'une des instructions les plus typiques de l'Ange, c'est l'entretien sur le sourire. L'Ange habite dans le sourire. Si vous voulez bien lire ce passage ?

J.C. : Vous me l'avez marqué, je crois. J'ai vu l'ensemble des choses, mais le seul fait que vous l'ayez marqué, vous, c'est que cela a une signification. C'est à la page 161 [il s'agit ici de la première édition, dans l'édition intégrale ce passage se situe page 211 — J.C. lit l'entretien tel que publié dans les premières éditions, qui diffère ici de l'édition intégrale, NDLR], l'entretien du 18 février 1944 : « Entretien avec Gitta ».

Je parle du sourire.
La bouche représente la matière dans le visage.
Elle est en bas.
La force d'attirance vers le bas tire la bouche en bas,
la force d'attirance vers le haut l'élève.
Tout animal sait pleurer, gémir.
SOURIRE, SEUL L'HOMME LE SAIT. C'est la clef.
Ne souriez pas seulement
lorsque vous êtes de bonne humeur !
Votre sourire est sourire créateur !
Non pas sourire artificiel, mais sourire créateur !
Si les forces d'attirance vers le bas agissent,
elles ferment.
       Geste horizontal au niveau de la bouche
Tout est tiré vers le bas. Tout.
Le sourire est à l'image de la Rédemption. Symbole.
La force créatrice élève la matière.
Cela dépend de toi.
Me connais-tu ?
Gitta : Oui.
C'EST MOI QUI SUIS LA MESURE POUR TOI.
Comment peux-tu reconnaître ta voie,

si tu ne souris pas ?

J'HABITE DANS LE SOURIRE ET JE SUIS TA MESURE.

Le sourire est symbole : Maîtrise sur la matière.

Si tu lis un livre, tu l'approches de toi
pour bien voir.

Si tu veux me lire, il faut que tu t'approches.

J'HABITE DANS LE SOURIRE.

Je ne peux pas pleurer,
car il n'y a rien sur quoi pleurer.

Il ne faut pas pleurer sur le manque.

Méchanceté, épouvante, ténèbres,

Votre nom est : manque.

Non manque d'eau, mais manque de feu.

La créature impuissante pleure,
car elle ne sait pas faire autre chose.

J.C. : Mais j'imagine que lorsque Hanna vous disait toutes ces choses, Hanna aspirée par l'Ange, habitée par l'Ange, vous deviez quand même être surprise ?

G.M. : Elle était un instrument.

J.C. : C'est tellement beau, tout cela !

G.M. : On le vivait.

J.C. : Et c'est tellement attendu, en plus, c'est tellement le bon sens, la vérité, qu'on a l'impression que cela a toujours été écrit.

G.M. : Oui, mais oui.

J.C. : Alors vous me dites : « Bien sûr, c'est naturel. »

G.M. : Mais la nature n'est pas seulement notre être créé. Nous sommes aussi créateurs.

J.C. : Oui, c'est vrai. Alors il faut dire que lorsque j'ai annoncé l'autre jour cet entretien avec vous, j'ai dit : « Une étrange expérience spirituelle. » Et vous m'avez immédiatement écrit, parce que vous estimiez qu'il fallait démystifier cette expérience, la présenter telle qu'elle était, et vous dites : « C'est une expérience naturelle, elle correspond à la nature de l'homme, vécue dans sa plénitude. » Alors, estimez-vous que c'est une expérience tout à fait naturelle ?

G.M. : Oui, c'est la vraie nature de l'homme. L'Ange explique toujours que l'homme est à moitié créé et à moitié créateur. Le monde créateur, c'est le monde des Anges, le monde créé, c'est notre être animal, jusqu'à notre intelligence. Mais il faut faire le pont, le lien entre les deux. C'est cela, la tâche de l'homme.

J.C. : Mais vous avez déjà le bonheur d'être quelque part. Vous avez la chance d'avoir été entendu, d'avoir pu parler, et de pouvoir croire que tout cela existe ?

G.M. : C'est donné à tout le monde, parce que nous sommes au temps où cela s'ouvre. Nous vivons un temps où toutes les valeurs s'écroulent. Et l'Ange dit bien : « À l'approche de la Lumière, si tu vois s'écrouler quelque chose, sache que c'est la Lumière qui approche. » Cela annonce que tout ce qui n'est pas rempli du Verbe éternel s'écroule. Cela s'adresse à tout homme. On voit maintenant toutes les valeurs s'écrouler, mais c'est en même temps que la Lumière vient. Et c'est beaucoup plus facile pour l'homme d'aujourd'hui, de s'ouvrir vers Dieu, vers l'Ange. Je dis « Dieu » dans le sens le plus sacré de ce mot, et « vers l'Ange » parce que le temps est mûr.

J.C. : Oui, mais tout le monde vous dira, ceux qui sont très occupés de ces choses, tous ces gens-là vous diront que c'est quand même une aventure spirituelle, et vous refusez le mot « spirituel » ?

G.M. : C'est spirituel, évidemment, mais j'ai refusé le mot « étrange ».

J.C. : Oui, c'est vrai. Disons pourtant que cela peut paraître étrange pour beaucoup de gens.

G.M. : C'est peut-être étonnant, mais c'est à la portée de tout le monde.

J.C. : Il faut admettre une fois pour toutes que l'Ange peut parler à quelqu'un ?

G.M. : Oui. Est-ce étonnant ou étrange que Mozart ait fait sa musique, sa musique divine ? Non, personne ne s'étonne. Hanna avait la même qualité d'écoute intérieure. Celle de Mozart était dirigée vers les sons, vers les harmonies, et celle d'Hanna était dirigée vers les paroles divines.

J.C. : Hanna avait une capacité d'écoute intérieure, elle était très intuitive. Mais vous aussi.

G.M. : Oh non !

J.C. : À partir du moment où elle vous a dit :

« Attention, ce n'est pas moi qui parle », vous avez eu vous aussi une capacité d'écoute !

G.M. : Mais vous voyez que ma capacité d'oreille intérieure était encore endormie. L'Ange a parlé à travers moi, il m'a donné ce chiffre de soixante-douze sans que je sache. Alors qu'Hanna était consciente de formuler les paroles que l'Ange a voulu traduire par elle, mais elle était en même temps consciente du monde extérieur. Elle vivait sur deux plans, consciemment et simultanément. Et c'est une capacité que chaque homme pourrait développer en lui-même.

J.C. : C'est-à-dire révéler le maître que nous avons chacun à l'intérieur de nous-même ?

G.M. : Oui, et c'est une richesse inouïe.

J.C. : Mais on pourrait penser que dans cette aventure, où vous étiez quatre, vous avez travaillé à certains moments en communion, et que vous avez eu des moments de transe. Or il n'y a pas eu de transe ?

G.M. : Non. C'est exactement le contraire. C'est un éveil conscient, une prise de conscience, tous sens éveillés, sur deux plans, à la fois matériel et intérieur. Jamais de transe, jamais d'extase, c'est pourquoi je dis que c'est naturel, parce que c'est la vraie nature de l'homme.

J.C. : Pendant ces dix-sept mois, vous avez été particulièrement heureux, tous les quatre, de pouvoir poser des questions et en plus, d'avoir des réponses ?

G.M. : On nous disait la vérité, enfin ! La vérité que nous avions cherchée si longtemps, si intensément.

J.C. : On ne vous a plus jamais dit la vérité, après ?

G.M. : Si, je le vis encore, j'essaie de le vivre.

J.C. : Donc vous avez encore des communications ?

G.M. : À l'intérieur de moi-même, mon Ange me répond, pas en mots, mais en certitudes.

J.C. : Que pensez-vous de ceux qui vous disent : « Je n'y crois pas du tout, je n'y croirai jamais, vous êtes habitée mais ce n'est pas possible » ?

G.M. : Je connais une jeune femme qui avait entendu parler des Dialogues avec l'Ange et disait : « Non, je ne veux pas lire ce livre, parce qu'après je ne pourrai pas vivre de la même façon. » Elle disait la vérité. À partir du moment où l'on a vécu cela, ou seulement lu ce livre avec le cœur et les sens ouverts, on ne peut plus vivre de l'ancienne façon, parce que c'est une responsabilité que de prendre connaissance de ce qui a été dit là.

J.C. : Je ne suis pas tellement d'accord lorsqu'elle dit ne pas vouloir lire ce livre. On n'a pas le droit de refuser. C'est seulement après avoir lu que l'on peut dire cela.

G.M. : C'est une question de maturité intérieure. Tout le monde n'est pas prêt à supporter cela, car ce n'est pas un lit de roses. Il faut prendre ses responsabilités et vivre selon ces responsabilités.

J.C. : Où en est aujourd'hui votre mysticisme ?

G.M. : C'est ce que je vous ai écrit : le mysticisme, l'étrange, tout cela ne nous intéressait pas. Tout ce qui change l'homme à l'intérieur de lui-même, après une maturité éthique, est intéressant si cela nous fait vivre et agir d'une autre façon dans la vie quotidienne. Il n'est pas question de s'envoler dans les nuages, mais d'agir. L'Ange dit : « Tu agis *par* moi, ne me défigure pas, tu es ma main sur terre. » C'est ça le lien, il faut témoigner de l'Ange par des actes, pas s'envoler dans les hauteurs et en rester là.

J.C. : On a dû certainement faire des parallèles entre votre expérience et celle de Bernadette. Elle aussi a écouté la voix de la Vierge ?

G.M. : Oui, à sa façon. C'est toujours très individuel. Si l'Ange vous parlait, il le ferait selon votre individualité, selon vos besoins, et l'intensité de votre demande.

J.C. : Pour chacun de nous, il y a eu un événement de notre vie où quelqu'un nous a parlé, ou s'il ne nous a pas parlé, il nous a fait faire quelque chose, qui ne peut pas venir de nous. Donc nous avons tous des Anges, qui sont en litanie quelque part, et qui font la ronde, et qui nous surveillent ?

G.M. : Oui. Il faut dire tout d'abord que, dans le mot « foi », les Anges comprennent autre chose que la foi dans un dogme ou dans une confession quelconque. La foi, selon l'Ange, est une force vivante divine qui nous fait croître intérieurement. Lili a posé un jour la question : « Est-ce que tout le monde a son Ange, son instructeur ? », et l'Ange a répondu : « Non, nous sommes entièrement faits de foi. Si tu as la foi, si tu crois que je peux te parler, je le peux. Si tu ne le crois pas, je suis muet. »

J.C. : On a pourtant l'impression qu'à un certain moment, vous avez tout de même été séparés. Hanna et Lili sont parties pour les camps de concentration, elles y sont mortes. Vous, vous avez survécu. Il est dit dans les Dialogues : « Il y a les femmes qui n'osent pas partir et celles qui ont décidé de ne pas se sauver. » Et parmi celles-ci, qui ont décidé de ne pas se sauver, c'est-à-dire, d'une certaine manière, de mourir, il y avait Hanna et Lili. Et il existe ce témoignage d'une ouvrière internée avec Hanna à Ravensbruck, qui raconte la mort d'Hanna au camp de concentration. Lorsqu'on rasa la tête des prisonnières, une surveillante SS s'est approchée de Hanna et lui a dit : « Qu'est-ce que tu fais ici avec tes nattes blondes, tes yeux bleus et ton nez droit ? Es-tu aryenne ? » Et Hanna a répondu : « Non, je suis juive. » Ce qui voulait dire : « Je veux mourir. »

G.M. : Non. Ce n'était pas la volonté de mourir. Elle était incapable de mentir. Si elle a traduit les paroles de la vérité pendant dix-sept mois, c'est parce qu'elle était devenue incapable du moindre mensonge.

J.C. : Il y a un autre entretien avec vous, le 1er octobre 1943, où il s'agit d'ivresse :

> Toute ivresse est avant-goût du Sans-Poids.
> C'est pour cela que l'homme la recherche...
> mais sur le mauvais chemin.
> SOYEZ IVRES DE DIEU.

Je vous disais tout à l'heure que vous parliez souvent de Dieu, alors que vous dites ne vouloir parler que de l'Ange. Mais vous vous laissez entraîner, c'est elle qui parle de Dieu ?

G.M. : L'Ange a vénéré Dieu. Quand il a prononcé le nom de Jésus, il y avait une telle intensité de vénération dans la voix de l'Ange que j'étais étonnée de voir à quel point l'homme a perdu tout sens du sacré. Mais il a évité les mots que l'homme a défiguré. Quelquefois il les a prononcés, mais toujours avec une intonation qui était bien loin de ce qu'on imagine, ou de la façon dont l'homme prononce le nom de Dieu ou de Jésus.

J.C. : Vous est-il arrivé de parler de tout cela avec des prêtres, des religieux, des moines ?

G.M. : Je viens justement de recevoir de Suisse une lettre merveilleuse, écrite par un prêtre. Il a rencontré par hasard le livre des Dialogues qui l'a profondément émerveillé.

J.C. : Il a compris ?

G.M. : Il a surtout compris que nous vivons maintenant le temps où tout cela s'ouvre.

J.C. : L'Ange continue :

Vertu, bonté, bonnes intentions
ne sont que pots ébréchés, pots vides, sans la Boisson.
Avec une soif inextinguible
soyez assoiffés de l'IVRESSE,
qui seule est rédemptrice.
Que voulez-vous donner, s'il n'y a rien en vous !
Vous êtes des pots misérables sans la Boisson.
Cela te pèse-t-il ?

Et vous répondez : « Non » ?

G.M. : Parce que je savais que la Boisson est donnée à celui qui demande.

J.C. : « Est-ce difficile à porter ? » Et vous répondez : « Cela m'élève. » Vous étiez donc déjà élevée par tout ce que vous racontait Hanna ?

G.M. : Dites plutôt « l'Ange », car dans ces moments-là Hanna disparaissait. Sa personnalité était un instrument pour traduire ce que l'Ange voulait dire.

J.C. : D'accord, elle disparaissait. Mais lorsque vous en aviez fini et que vous faisiez autre chose, elle redevenait Hanna ?

G.M. : Oh, mais naturellement. Elle était même tellement consciente qu'elle s'observait elle-même en

train de formuler le sens de ce que l'Ange voulait
dire.

J.C. : Elle ajoutait :

Toute ivresse est hommage à Dieu
L'Ivresse la plus grande absorbe la plus petite.
Mais la plus petite continue à vivre dans la plus grande.
Rien n'est perdu !
Qu'il n'y ait donc pas de doute en ton âme !
LE PLUS SACRÉ, C'EST L'IVRESSE.

Et je me demande si toutes ces phrases ne devraient
pas rester comme quelque chose d'acquis, de transmis.
C'est un message, et peut-être êtes-vous la messagère.
Mais attention, on peut vous accuser de tout !

G.M. : C'est le testament que j'ai reçu, et que j'ai
essayé de transmettre dans les Dialogues.

J.C. : Vos amies auraient-elles accepté que vous en
fassiez un livre ?

G.M. : Mais elles savaient que cela se ferait ! Et à
leur départ, elles me savaient en danger de mort et
elles avaient peur que je sois persécutée par les
Nazis, que je sois fusillée s'ils ne trouvaient personne
à déporter. Hanna a toujours dit : « Si l'un de nous
doit rester en vie, ce doit être toi, pour transmettre
ce message. » Alors j'essaye de le faire, comme je
peux, avec ce livre.

J.C. : On pourrait également dire que ce sont des
indications de sagesse, qu'il faudrait reprendre à son
compte, inscrire quelque part, là où l'on habite, là où
l'on essaye de penser. Parce que l'on trouve des phrases telles que : « La grandeur de l'obstacle n'est pas
punition », ou « Ne vous appuyez pas, ce qui paraît
l'appui le plus sûr, c'est le vide le plus noir », ou
encore « Le corps n'est donné que pour donner. » On
pourrait penser que ce sont des vérités premières,
mais il faut quand même les rappeler car on ne le
sait jamais trop ?

G.M. : Tout l'enseignement de l'Ange est donné
pour qu'on le vive, dans chaque cellule de notre
corps, et pas seulement pour qu'on le comprenne
intellectuellement.

J.C. : Il ne vous a rien appris, mais il vous a rappelé l'essentiel ?

G.M. : Oh, j'ai énormément changé ! Je ne savais pas que le printemps d'une évolution de l'homme arrive, que cela va devenir possible pour tout le monde. Quand Lili a dit un jour : « Je ne fais pas assez d'essais dans mes cours », l'Ange a répondu : « Mais les essais sont faits avec TOI. » Alors je me suis demandé si ces mêmes essais sont faits partout dans le monde. Les forces divines veulent s'incarner maintenant dans l'homme. L'homme doit s'accomplir, doit vivre dans sa plénitude, et non pas se fermer aux possibilités qui sont innées en lui. C'est cela le message vivant et plein de joie, parce que la vie devient passionnée et pleine de joie si on peut suivre cela, parce que l'on est sans cesse devant de nouvelles possibilités.

J.C. : Vous ne vous êtes pas interrogée par la suite, pour savoir quelle chance vous avait guidée dans ces interrogations, si vous aviez été choisie pour être celle qui interroge l'Ange ?

G.M. : Si. C'est une joie, et une responsabilité. Mais il y a toujours le doute.

J.C. : Mais le chemin n'est pas mystérieux ? C'est ainsi et voilà ?

G.M. : C'est le chemin dans la vie quotidienne. Incarner l'Ange dans la vie quotidienne.

J.C. : Chacun d'entre nous devrait donc poser les questions ?

G.M. : Oui. Et si ces questions sont posées sincèrement, vous aurez certainement la réponse, en vous-même.

J.C. : Comment les pose-t-on, ces questions ?

G.M. : Dans votre cœur, avec passion. S'il y a un manque, et si l'on est conscient de ce manque, il peut être rempli. Mais si l'on se croit parfait, si l'on n'a pas de manque, il n'y a pas de moyen de combler ce manque. Si un verre est plein, on ne peut pas verser de boisson dedans. Notre manque est une chose extraordinaire.

J.C. : Nous ne pouvons pas avoir l'aventure que

vous avez vécue, mais on peut avoir d'autres aventures ?

G.M. : Vous pouvez avoir l'aventure à votre mesure, et selon votre individualité.

J.C. : Vous étiez quatre, à la recherche de la vérité...

G.M. : À la recherche *passionnée* de la vérité.

J.C. : ... et soudain, quelqu'un s'est mis à parler par la bouche d'Hanna. Et ce que nous devons faire, nous, c'est poser les questions à l'intérieur de nous-mêmes, et notre maître intérieur, que nous avons en chacun de nous, va peut-être nous répondre ?

G.M. : Pas peut-être, sûrement. Si la question est sincère. C'est une loi.

J.C. : Comment peut-on être tout à fait sincère, dans la question que l'on se pose à soi-même ?

G.M. : Il s'agit de la plus grande sincérité que vous pouvez atteindre sur le moment. L'Ange ne vous demande rien d'autre que d'être au sommet de vous-même. Parce que là où l'homme finit, l'Ange commence.

J.C. : Et pour être au sommet de soi-même, il faut être seul ?

G.M. : Vous pouvez l'être en plein boulevard Raspail, dans la foule. Ce n'est pas une question d'extérieur. Vous pouvez être en vous-même au milieu de la foule.

J.C. : Vous avez dit que la souffrance n'a pas de sens. C'est l'Ange qui le disait ?

G.M. : Oui. Il nie absolument la nécessité de la souffrance. Par nos actes, s'ils ne suivent pas notre conviction éthique la plus haute ; nous appelons la souffrance, et elle nous enseigne. Mais l'Ange ne dit pas de se vautrer dans la souffrance, il dit : « La souffrance vient, mais laisse-la partir quand elle le veut. C'est un ange qui nous enseigne aussi. »

J.C. : En ce moment précis, beaucoup de gens vous écoutent, qui se posent sans doute des questions. Ils peuvent se dire : « Je crois », ou « J'ai envie de croire », ou « Je suis en train d'être émerveillé. » Et puis il y en a d'autres qui ne peuvent pas comprendre, qui sont cartésiens. Qu'avez-vous à leur dire ?

G.M. : Ce que je dis ici représente si peu de ce

qu'on m'a donné à vivre, et j'ai tout noté dans ce livre.
Qu'ils prennent ce livre et peut-être leur dira-t-il quelque chose, peut-être les aidera-t-il à vivre et à se développer intérieurement. Et peut-être pas. C'est une
aventure.

J.C. : C'est une aventure qu'il faut vivre, chacun ?

G.M. : Oui.

J.C. : Revenons-en à ce beau passage sur le sourire :

> Vous passez à côté de lui, il est tellement connu !
> Vous ignorez ce qu'il signifie.
> IL EST PONT AU-DESSUS DE L'ANCIEN ABÎME.

Le sourire a vraiment une importance capitale, et
il est très bien étudié. Mais savez-vous sourire
comme vous souriiez autrefois ?

G.M. : Je ne sais pas. Je ne me vois pas ! Je sais
seulement si je suis remplie de joie.

J.C. : On pourrait penser que vous ne faites pas
que vous adresser à l'Ange, qu'attendre une voix qui
viendrait d'ailleurs ?

G.M. : Non, surtout pas ! Il faut d'abord que je
fasse, moi, tous les efforts possibles. L'Ange n'est
pas gratuit.

J.C. : Il faut le mériter ?

G.M. : Il faut aller jusqu'au bout de vos possibilités.
Là, l'Ange commence. C'est pour cela que c'est une
voie qui vous met continuellement à l'épreuve.

J.C. : Vous êtes mariée, vous êtes peintre, vous tra-
vaillez selon une méthode ancestrale hongroise,
votre pays d'origine, sur des coffres en bois. Qui vous
redonnera la voix de l'Ange ? Vous l'avez parfois
dans l'oreille ?

G.M. : Je ne sais pas. Si vous la sentez.

J.C. : Je crois qu'il faut en revenir à cette phrase si
vraie : « Le maître doit exister en chacun d'entre
nous. »

G.M. : Oui. Il ne *doit* pas, il *existe*. Seulement, il
faut s'ouvrir à lui.

Table

AVANT-PROPOS : Les vieilles dames qui ont changé
ma vie 11

I. — UN DÉSIR DE SCÉNARIO
   1. Le contact 15
   2. Le défi de la vieille dame 23
   3. À toi de jouer ! 27
   4. La visite aux témoins 32
   5. Le cauchemar 42
   Journal de bord I 46

II. — QUATRE JEUNES GENS MODERNES
   1. La jeune juive et la fille du général hon-
     grois 61
   2. La championne et la masseuse 66
   3. Joseph, ex-révolutionnaire ! 72
   4. L'atelier graphique 78
   5. Le voyage à Londres 83
   6. Hanna, Gitta et leur samsara 87
   7. Les quatres amis 91
   Journal de bord II 97

III. — LA FOUDRE
   1. Un balcon sur l'enfer 115
   2. Du mensonge 120
   3. Soudain... qui ? comment ? pourquoi ? 128
   4. Les trois premiers dialogues 133
   Journal de bord III 142

IV. — LA SOURCE BLANCHE
  1. De l'inspiration 157
  2. Mise en place d'un paysage 168
  3. Fragments d'un enseignement de vie 174
      1. Rallumer le sentiment de nouveauté . 175
      2. Retrouver nos racines bibliques 184
      3. Replacer l'Humain au centre du
         monde 189
      4. Au sommet, découvrir le Christ 199
      5. Éléments d'une morale angélique 202
  4. Les derniers dialogues personnels 211
  Journal de bord IV 219

V. — L'ENFER
  1. L'invasion 237
  2. Le nouveau baptême 243
  3. La déportation de Joseph 249
  4. Les Justes de Hongrie 255
  5. La Katalin 263
  6. L'usine du salut 269
  7. L'été chrétien 274
  8. L'étau se referme 285
  9. La villa voisine 293
  10. La fin 297
  Journal de bord V 304

VI. — APRÈS
  1. Gitta contre vents et marées 317
  2. Gitta transforme l'essai 332
  3. Gitta enseigne 341
  Journal de bord VI 357

ÉPILOGUE : Le dernier corps à corps 373

ANNEXE 1 : Le message de Morgen à Gabor 393

ANNEXE 2 : Une radioscopie de Gitta Mallasz 397